KB246170

NAHASH

나하쉬 1권

지은이_조례진 | 초판 1쇄 인쇄_2013년 9월 6일 | 초판 1쇄 발행_2013년 9월 13일 | 발행처_도서출판
청어람 | 발행인_서경석 | 편집장_권태완 | 편집_장미연, 손수화 | 주소_경기도 부천시 원미구 심곡2동
163-2 서경B/D 3F | 등록_1999년 5월 31일(제1081-1-89호) | 문의전화_032)656-4452 | 팩스
_032)656-4453 | http://www.chungeoram.com | 전자우편_chungeorambook@daum.net | 어림번
호_8-0029 | 파본은 구입하신 서점에서 교환하여 드립니다. 저자와 협의하여 인지를 붙이지 않습니다.
책값은 뒤에 있습니다.

※KOMCA(한국음악저작권협회) 승인 필.
※본문 중 일부 주석은 국립국어원 표준국어대사전에서 인용한 것임을 밝힙니다.

ISBN 978-89-251-3449-9 04810
ISBN 978-89-251-3448-2 (SET)

미혹하는 자

나하쉬

NAHASH

조례진 지음

I

들불의 신령(神靈)

CONTENTS

「」는 스페인어, “”는 영어, 『』는 한국어입니다.

프롤로그

ONe

으적! 으적! 으드득!

그것은 끔찍한 식사였다. 정신없이 식사에 열중하고 있는 사내들의 머리 위로 솟아오른, 핏물에 젖은 손이 소름 끼치도록 창백한 빛을 발했다. 게걸스러운 하이에나들처럼 모여든 그들 사이로 절규는 이미 끊긴 뒤였다.

축축한 소리만이 울려 퍼지는 어두운 공간은 어느 농가의 창고인 듯 보였다. 간간이 흔들리는, 늘어진 몸 아래로 짚더미가 어지럽게 번져 있었다. 그리고 한 뭉텅이로 기이하게 일그러지는 그림자를 비춘 목제 벽에는 삽과 갈퀴 같은 농기구들이 비정하도록 평범한 일상을 암시하고 있었다.

휘이이이……. 문득 묘한 한기(寒氣)를 품은 바람이 불어들었다.

사내들은 멈칫했다. 그리고 하나둘 고개를 들기 시작했다. 벌겋게 물든 입가에서 비릿한 핏물이 뚝뚝 흘러내리고, 어둠의 그늘에 가려진 몇 쌍의 눈들은 허기진 짐승의 것처럼 푸르스름하게 번들거렸다.

문가의 한 중앙에 어디서 나타난 것인지 알 수 없는 검은 그림자가 서 있었다. 밤바람에 느리게 흩날리는 트렌치코트, 긴 다리를 감싼 정장바지, 단정한 남성용 구두……. 비정상적으로 휘황한 달빛에 역광을 받아 얼굴은 제대로 보이지 않았지만, 그 차림은 이런 시골에서 볼 법한 것이 아니었다. 그리고 낮은 바람에 살랑이며 흐트러지는 붉은 머리칼.

짧게 친 머리칼은 도회적인 스타일로 단정했건만, 이런 무채색의 어둠 속에서 더욱 도드라지는 선명한 적동(赤銅)의 빛깔은 오히려 소름이 끼칠 정도였다. 지독히도 불길한 색이었다.

크르르르……. 사내들은 짐승이 그르렁거리는 것 같은 기괴한 목울음을 내며 물러났다. 그 가운데 덩그러니 한 구의 시신이 나타났다. 몸이 이상한 각도로 뒤틀리고, 목과 가슴 부근의 살점이 모두 사라진 끔찍한 몰골로 보아 살아 있을 가능성은 없어 보였다. 하지만 문가에 선 남자는 어떤 반응도 보이지 않았다.

놀라지도, 경악하지도, 심지어 달아나지도 않았다. 그런데 변화가 일어나기 시작했다.

휫— 날카로운 한줄기의 바람이 불어들었다. 그리고 허공에 여러 개의 소용돌이 같은 뒤틀림이 일어나고, 그 각각의 격렬한 동심원으로부터 실체화된 세 마리의 짐승이 뛰쳐나왔다.

크르룽!

언뜻 대형견처럼 보이지만 호랑이를 닮은 모양새에 괴이하게 긴 송곳니를 가진 기이한 짐승들이었다.

뛰어나오는 동시에 달려들자, 사내들은 괴물 같은 소리를 내지르며 짐승들과 뒤얽혀 창고 바닥을 나뒹굴었다. 하지만 대형견보다 뛰어난 턱의 힘과 고양이 과(科)와 같은 도약력을 지닌 짐승들은 압도적이었다. 순식간에 사내들의 목을 물어뜯어 버려 그들은 처절한 비명과 함께 자욱한 재가 되어 흩어졌다.

그 와중에 한 사내가 가까스로 짐승을 억누르고 단번에 목을 비틀었다. 우드득! 뼈가 박살나는 소리가 섬뜩하게 울렸다. 짐승의 목 또한 기묘한 방향으로 틀어졌다.

분명히 그러했건만, 짐승은 오히려 노란 형광색의 눈을 형형하게 빛냈다. 동시에 반대 방향으로 틀어진 몸이 휘릭— 편집되는 영상처럼 공간의 뒤틀림과 함께 원래 방향으로 맞춰졌다. 그리고 외마디 소리를 내기도 전에 사내의 목을 물어뜯었다. 그러자 다른 사내가 돌파구는 하나뿐이라는 사실을 깨달았는지 괴성을 내지르며 붉은 머리의 남자에게로 달려들었다.

쿠웅, 사방이 진동했다.

아니, 그것은 공간 자체가 울부짖는다는 느낌이었다. 그리고 영혼까지 위협하는 충격파와 함께 공기가 거대한 해류처럼 회전하며 초고밀도의 블랙홀을 생성하듯 한 지점으로 모여들었다.

바로 가볍게 뻗은 남자의 손으로.

탁류와 같은 공기의 흐름은 남자의 손에서 어떠한 형체를 갖춰가기 시작했다. 쿠르르르……. 쿠르르……. 섬뜩하도록 맑은 윤광을 내뿜는 검, 그것은 불꽃처럼 휘몰아치는 허공에서 제련되듯 유려한 모습을 드러내었다.

검이 공기를 가르며 방향을 틀었다. 얇은 옷감 너머 매끄러운 근육을 타고 탄력이 흘렀다. 그리고 획― 허공을 가로지르는 한 줄기의 예리한 은빛, 허공에 떠 있는 사내의 목을 깔끔하게 양단하고 지나갔다. 자신에게 무슨 일이 일어났는지조차 깨닫지 못한 사내는 외마디 한 번 지르지 못하고 그대로 산산이 흩어졌다.

후오오오! 재의 돌풍이 휩쓸고 지나간 자리, 슥― 비스듬히 아래쪽을 향하는 검에 차가운 윤기가 스쳤다. 그리고 거울 같은 칼날에 마지막 남은 사내가 압도되어 얼어붙어 있는 모습이 비쳤다.

넘실넘실 달빛이 내려와 문가를 비추고, 여전히 무심히 서 있는 붉은 머리 검사(劍士)의 어깨에 망토처럼 사뿐히 내려앉았다.

그의 입가에서 흘러나온 하얀 김이 스산하게 흩어졌다. 그가 조금 고개를 들자 얼굴을 가린 어둠 속에서 선득한 광채가 빛났다.

마치 동굴 깊숙이에 숨은 무시무시한 괴물처럼.

"비켜."

휘리리리릭!

고개를 조금 옆으로 젖힌 붉은 머리 남자의 뒤로 뻗어져 나온, 비정상적으로 긴 채찍이 사내의 목을 휘감아 틀어쥐었다. 사내는 컥! 외마디를 내지르며 단번에 상당한 거리를 끌려갔다. 그 끝에 채찍을 팔에 휘감아 쥔, 머리부터 발끝까지 검은 로브(Robe)로 감싼 왜소한 남자가 있었다.

파악!

아니, 남자가 아니었다. 사내의 머리를 사정없이 짓밟는 부츠도, 느슨하게 묶여 있던 허리끈이 풀어지고 로브의 앞섶이 열리며 드러난 우아한 굴곡도 분명히 여성의 것이었다. 더구나 중세의 수도사나 입을 법한 로브 안에 입은 흰 티셔츠에 짧은 청바지, 검은 발목 부츠는 유행에 민감한 현대 여성의 것과 같았다.

매력적인 구릿빛 허벅지에 근육이 꿈틀거리며 사내의 머리를 짓밟는 발에 힘이 가해졌다.

"성자(聖子)."

굵은 채찍에 목이 감긴 사내는 이미 안구에는 실핏줄이 올올이 돋아났고, 시뻘겋게 달아오른 얼굴에 관자놀이 위로는 푸른 뱀 같은 미세 혈관들이 울룩불룩했다. 하지만 그는 그런 상태로도 킬킬대며 웃었다. 거기에 히죽이 웃는 입술 사이로 드러나는 기다란 송곳니는 그야말로 '괴물'과 같았다.

컹! 컹! 크룽! 크르르! 그에 여자를 보호하듯이 선 세 마리의 짐승들은 더욱 사납게 짖었다.

"목적이 뭐야? 왜 이런 곳까지 네 개들을 보냈지?"

툭, 하고 사내의 안구에 실핏줄이 터지며 한쪽 눈이 새빨갛게 물들었다. 그럼에도 그 눈은 기괴한 안광으로 흡사 유리알의 표면처럼 번들거렸다.

"아비……게일……."

섬뜩한 읊조림이었다. 마치 피가학적인 이상성욕자처럼 자신을 밟고 선 그녀를 여왕인 양 경배하는 듯도, 허기진 짐승처럼 입맛을 다시는 듯도, 강렬한 살해 욕구에 지배된 살인자인 듯도 한.

그 섬뜩함에 여자는 그대로 얼어붙었다. 그런데 그때, 옆에 인기척이 느껴졌다. 흠칫해 돌아보려는 순간, 허리춤에 차고 있는 총을 가져갔다. 그리고 철컥, 슬라이드를 당기는 쇳소리와 동시였다.

"발 치워."

타앙! 총성과 함께 사내는 그대로 재가 되어버리고, 깜짝 놀라 발을 치운 그녀의 옆으로 붉은 머리의 남자가 지나갔다. 여자는 그 늘씬한 뒷모습을 황당하게 쳐다보았다. 그 손에 장검은 이미 감쪽같이 사라지고 없었다.

"뭐 하는 거야? 아직 대답을 듣지 못했……."

말을 끝내기도 전에 휙 총이 날아와 그녀는 얼떨결에 받아 들었다.

"녀석이 잘도 대답해 주겠군."

뒤도 돌아보지 않고 말한 붉은 머리의 남자는 시신 옆에 앉아 가볍게 들춰보았다. 그제야 시신을 바라본 여자는 무언가를 가까스로 삼키듯이 꾹 이를 사리물었다. 그리고 성호를 긋고 기도한 후에 남자의 뒤로 다가갔다.

"어때."

"동공이 열려 있어. 산 채로 먹혔군."

그때 등 뒤에서 새하얀 빛이 폭발하듯이 창고로 쏟아져 들어왔다. 시신의 상태를 더욱 적나라하게 드러내는 대낮 같은 빛에 여자는 시린 눈으로 뒤를 돌아보았다.

사방을 밝힌 빛의 폭우 속, 창고 앞에 멈춘 차의 헤드라이트가 조금 잦아들고 그 사이로 검은 실루엣들이 움직였다. 거의 남성으로 구성된 일행은 대부분 주변을 수색하기 위해 움직이고, 몇 명만 안으로 들어왔다.

"이 농가는 한국계 이주민 소유입니다. 부부가 노모와 함께 사는 모양인데, 노모의 시신은 집에서 발견됐습니다.”

여자는 살짝 턱을 들고 로브의 모자 아래로 바깥을 보았다.

“다른 인간은 없었나요?”

“예, 노모와 이 남자뿐입니다.”

“부부가 산다고 하지 않았나요? 아내는요?”

보고하던 사내는 고개를 내저었다.

“어디에도 보이지 않습니다. 다행히 오늘은 다른 곳에 간 게 아닐까요?”

“혹시 모르니까 더 찾아보세요. 도망가느라 펜스를 넘어갔을 수도 있으니 수색 범위를 더 확대하시고요. 성자가 왜 이런 곳을 습격했는지에 대한 단서가 될 만한 건 없나요?”

“아뇨, 그냥 평범한 농가입니다. 그나마 눈에 띄는 거라면 이주민 소유라는 건데……. 속도위반 딱지 한 번 받아보지 않은 사람들입니다.”

여자는 바깥으로 가는 반면, 붉은 머리의 남자는 몸을 일으키고 조용히 창고를 둘러보았다. 밖에서 들어오는 빛에 작은 악마들 같은 어둠이 웅숭그린 천장에서부터 핏자국이 번진 벽, 이런저런 물건에 가려진 구석…….

그런데 갑자기 뒤에서 당혹한 사내의 음성이 들려왔다.

“왜 그러십니까?”

남자는 천천히 고개를 돌렸다. 여자가 나가다 말고 그 자리에 멈춰 서 있었다. 하지만 되묻는 음성은 오히려 그쪽이 의아해하는 듯싶었다.

“네? 뭐가요?”

"어, 그게⋯⋯."

그제야 여자는 뭔가를 느낀 듯이 제 눈가를 짚었다. 그리고 한참이나 제 손을 내려다보는가 싶더니, 느린 그림처럼 남자를 돌아보았다.

"이상해⋯⋯ 나."

둥그런 볼을 타고 내리는 한줄기의 가느다란 물길⋯⋯.

고개를 드는 여자의 로브 아래로 밤빛처럼 유연한 검은 눈동자에 갈쌍한 물기가 넘실댔다. 애절하게 흔들렸다.

"그리워⋯⋯. 갑자기 눈물이 나. 울고 있어⋯⋯. 그리워 미칠 것 같아. 그래⋯⋯. 있는 거야, 여기에."

남자는 갑자기 고개를 돌리고 창고를 둘러보았다. 그리고 더 깊은 안쪽으로 들어가 창고 한편에 수북이 쌓여 있는 짚더미를 헤치기 시작했다. 난데없는 행동이었지만, 그 뒤로 세 마리의 짐승이 다가가―그들은 반쯤 놀이를 하듯이 신나게―함께 짚더미를 헤쳤다.

어느 순간 그가 멈추었다. 세 짐승은 끼잉, 낑, 작게 앓는 소리를 내며 몇 걸음 물러났다. 여자를 포함해 모두는 그런 갑작스러운 행동을 의아하게 지켜보았다. 넓은 등에 가려져 그가 무엇을 보고 있는지 볼 수 없었던 것이다. 이내 그가 조금 움직였을 때, 그 팔 아래 공간으로 짚더미 속에 꼼짝 않고 웅크리고 있는 여인이 보였다. 다들 거친 신음을 삼켰다.

"죽⋯⋯ 었어?"

남자는 딱딱하게 굳어 있는 여인의 몸을 손으로 가볍게 훑었다. 확인해 보는 손길이었다. 그런데 그 찰나, 강한 힘으로 단번에 여인의 팔을 뒤로 젖혀 부러뜨렸다.

"뭐 하는 거야!!"

비명 같은 외침에도 남자는 태연히 대답하며 일어났다.

"이미 죽었어, 남자보다 먼저."

"그래도 유체를 손상시키는 건 죽은 자에 대한 모독……!"

남자를 물어뜯을 것처럼 분노를 터뜨리던 여자가 멈칫한 이유는─

"안은 채로 경직됐어."

그가 들어 올린 것 때문이었다. 남자가 마치 짐짝처럼 들고 있는 아기를 본 모두의 눈이 팽창했다.

정말로 아기였다. 강보에 싸인, 고작 한 살이나 되었을까 한 젖먹이.

둥그런 볼은 동화 속의 어린 공주님처럼 윤기를 발하고, 둔덕이 완만한 코는 신비로운 이국(異國)의 핏줄, 색색 숨을 몰아쉬는 입술은 보드라운 연꽃잎 색이었다. 굳이 성별을 확인하지 않아도 '여자아이'가 확실한, 이 비극 속에서 가장 기적적인 생물체였다.

울어서는 안 되는 상황을 이해하고 있는 것처럼 고요하고 초연한 먹빛 눈동자 또한.

─흡사 보살.

윤회의 고리를 잡고 피안(彼岸)으로부터 돌아온 어린 성인과 같았다.

그 우담바라의 흩씨와 같은 해사한 낯 위로 기이하고도 우미한 광휘마저 흐르는 성싶었다. 보살의 현신(現身)과 같은 빛을 마주한 이들은 본능처럼 경외를 느꼈다. 그런데 그것은 찰나의 착각

이었는지, 아기는 얼굴을 일그러뜨리고 목젖이 보이도록 울기 시
작했다.

여자는 홀린 듯이 다가가 남자에게서 아기를 받아 안았다. 하
지만 한 번 시작된 울음은 포근히 안아주는 품속에서도 더욱 거
세어질 뿐이었다.

"그래…… 너구나, 너였어. 네가 날 불렀어……."

곁의 사내가 한탄처럼 말했다.

"이런 곳까지 와서 사냥을 한 이유가 이거였군요. 귀신같은 놈
들……. 아직 이렇게 어린데 어떻게 알아내고……."

꾹 입술을 사리문 여자는 손등으로 슥슥 눈물을 닦아냈다.

"뒤처리하세요."

여자가 다소간 냉정하게 명령을 내리고, 품의 아이는 로브 속
에 조심히 감싸 안고 창고를 나섰다.

비가 왔는지 아직 젖어 있는 건초를 밟을 때마다 척척한 소리
가 났다. 창연한 창공에는 소금밭 같은 은하수가 넘실댔다. 그리
고 비가 온 뒤 더욱 싱그러운 공기 속에 풀벌레들이 여기저기서
쓰륵쓰륵 울었다. 장중하고도 소박한 자연의 침묵은 오히려 비정
하게 느껴졌다.

서늘한 바람에 두툼한 로브 자락이 흩날렸다. 금세 기운이 다
했는지 아기의 울음소리는 이미 잦아들었고, 숨이 있는 짐승들이
주변에 이토록 많은데 찰나 묘한 침묵이 감돌았다. 그때였다. 굵
직한 발자국이 난 젖은 건초 위로 불빛이 스치며 뒤로 확 거센 불
길이 일었다. 순식간에 타올라 큰 창고를 거대한 아가리 속에 집
어삼켰다.

불길은 마치 욕설을 퍼붓는 로키 신의 광증처럼 거세게 타올랐
다. 고적한 둔덕 위에 창궐하는 역귀(疫鬼)를 태우는 들불처럼 번
져 가는 불길…….

그 가운데 여자의 주변으로 세 마리의 짐승이 달려와 꼭 간식을
바라는 강아지처럼 맴돌았다. 그에 세 짐승을 내려다본 여자는 멈
칫했다. 남자를 포함한 사내들도 하나둘 그녀를 돌아보았다.

아앙……. 아기가 콧구멍을 벌름대는 짐승에게로 고사리 같은
손을 뻗고 있었다. 사납던 짐승은 온순한 눈망울을 빛내며 촉촉
한 코끝을 아기의 손에 가져다 대었다.

아기는 웃었다. 태어나 처음 느껴보는, 저와 다른 이질적인 동
물의 감촉이 신기한지 별빛처럼 눈을 빛냈다.

"대범하기도 하지……."

여자는 울듯이 웃었다. 아무것도, 심지어 자신의 부모가 끔찍
하게 살해당했다는 사실조차 모르는 아기가 너무나 평범해 울음
이 날 것만 같았다. 이렇게나 아무것도 모르는 갓난쟁이일 뿐인
데…….

아기가 거의 품에서 떨어질 듯이 양손을 뻗치고 짐승의 귀를
잡으려고 했다. 그것은 싫었는지 짐승이 낑낑대며 누군가의 뒤로
숨었다.

매끄러운 구두, 굳건하게 땅을 딛고 있는 다리, 검은 옷차림,
그에 대비되어 치명적으로 강렬한 적동빛의 머리칼. 그리고 불길
그림자 속에 사느란 윤기를 흘리는, 한여름의 숲을 닮은 초록의
미혹(迷惑)…….

그 선연한 색채를 마주한 아기가 일순 멈칫했다고 느낀 것은

착각이었을까. 부모의 죽음조차 모르는 젖먹이건만.

"봐."

여자가 안아보라며 내밀었지만, 붉은 머리의 남자는 움직이지 않았다.

"우리에게로 왔어."

그저 조금 시선만 내려 아기를 보았다. 아기는 어느새 가만히 그를 올려다보고 있었다. 정제된 흑요암처럼 연한 빛이 흐르는 눈동자는 불길의 그림자를 비춰 타오르는 것 같은 착시를 불러일으켰다.

그 광경을 지켜보는 모두는 묘하다—고 생각했다. 외형으로만 보면 그 셋은 한 가족이라고 해도 이상하지 않았다. 여자, 남자, 그리고 아기. 그러나 여자는 어머니로 보이지 않았고, 남자는 아버지로 보이지 않았고, 또한 아기는 자식으로 보이지 않았다. 그들 셋이 모두 다른 인종이었기 때문만은 아니었다. 오히려……

무어라 해야 할까…….

그래, 왜일까. 똑바로 남자를 쳐다보는 아기의 눈에…… 아주 기묘한 생각이 들어버리는 이유는.

이내 여자는 벅차오르듯이 말했다.

"우리에게로 왔어, 또 하나의 '신령(神靈)'이."

AnD

그는 묵묵히 하관(下棺)을 지켜보고 있었다.

천천히 광중으로 내려가는 관은 매끄럽게 옻칠이 된 붉은빛으로, 위에는 50개의 별이 빛나는 성조기에 비스듬하게 겹쳐진 삼색기가 덮여 있었다. 고인이 살아온 영혼의 고향과 태어난 육신의 고향을 나타내는 것이었다.

겨우내 얼었던 대지에 푸름이 돋아나고 웅크리고 있던 초목들은 자연의 자비에 보답하듯 한껏 기지개를 켜고 있었다. 봄의 여신이 내쉬는 숨결에 만물이 회생하는데, 어떤 이는 캄캄한 지하 세계로 돌아가고 있었다. 바람이 다소간 선선한 손으로 관을 어루만지자, 관중들 사이로 새어 나오던 흐느낌이 오열로 변했다. 누군가는 혼절할 듯이 오열하고, 혹은 참담한 기색으로 꾹 이를 물고, 또 누군가는 조용히 눈물만을 흘러내었다. 그럼에도 내내 조용히 지켜보고 있을 뿐인 붉은 머리의 남자는 흡사 사자(死者)의 발치에서 그를 데려가고자 기다리고 있는, 아무도 볼 수 없는 저승사자인 성싶었다.

"기나긴 터널을 지나 우리의 사랑스러운 딸이었고, 자랑스러운 영웅이었던 이가 영면에 들게 되었습니다."

국군 의식과 같은 경건한 추모사가 끝을 맺어가고 있었다. 단상 위의 신부는 뭉근한 바람을 마주하고 서서 침통히 고했다.

"그녀를 우리의 신께 보냅니다. 평온한 잠에 들게 하소……."

"어째서!"

갑자기 날카로운 비명 같은 소리가 터졌다.

막 시작되던 추모곡은 급히 중지되고, 사람들은 놀라서 발원지를 돌아보았다. 남자도 천천히 고개를 들었다. 반대쪽 무덤가의 여자가 그를 향해 울분을 터뜨리고 있었다.

"어째서 막지 않았어!"

검은 원피스를 입은 갈색 머리의 미녀는 할 수만 있다면 그를 찢어버리기라도 할 것처럼 악을 썼다.

"아비게일이 입버릇처럼 하던 말이 성자를 끝내야 한다는 거였어! 그래, 며칠 전에도 그런 말을 했는데! 갑자기 사라졌다면 성자한테 가는 게 분명했잖아!"

낭황한 주변 사람들이 그녀를 말렸지만, 해방구 없는 좌절과 분노에 사로잡힌 여인은 누구라도 희생양으로 삼아야 하는 듯 보였다. 그랬다. 그가 이 뜻하지 않은 죽음에 책임이 있다는 것이 어불성설임을 스스로 알고 있을 거면서도.

"자결했다고? 웃기지 마! 아비게일이 자결했을 리 없어! 성자

그놈이 눈을 파랗게 뜨고 살아 있는데! 그놈 앞에서 자결할 리가……!"

악을 쓰다 못한 여인은 지탱해 주는 이에게 무너져 흐느끼기 시작했다.

"그만둬, 사라."

문득 담담한 여인의 음성이 다가왔다. 일순 등줄기가 오싹해질 만큼 고혹적인 음색으로, 딱딱한 영국식 악센트가 섞여 있으면서도 나른한 어투가 사내들을 수렁에 빠트리는 요부와 같았다. 실제로 고리타분한 검은 정장으로도 숨겨지지 않는 육감적인 몸매는 엄숙한 영결식에 온 사내들마저 한 번씩 시선을 멈추게 했다.

"이번에 아비게일은 정말로 각오하고 갔던 거야. 설사 장로님이셨다 하더라도 못 말렸어."

갈색 머리의 미녀는 무어라 발작적으로 말하려다가도 그저 한없는 절망감에 흐느낄 뿐이었다. 이내 주변 사람들이 그녀를 걱정하며 부축해 몸을 돌렸다.

짧은 소란의 끝에 사람들은 천천히 자리를 비우고, 간간이 주변에서 대화를 나누는 사람들을 제외하면 무덤가에는 두 사람밖에 남지 않았다. 검은 망사 장갑을 낀 손으로 클러치백을 가볍게 쥔 여인은 시선을 돌리지 않고 말문을 텄다.

"결국 이렇게 돼버렸네."

예상했다는 듯, 그래서 허무하다는 듯, 검은 베일 너머로 황홀한 청록색 눈동자가 미망인의 것처럼 처연한 윤기를 머금었다.

"그래, 예견되었던 일이지. 네가 사랑하는 사람은 가장 끔찍하게 죽도록 정해져 있는걸."

그런 말을 할 때조차 그냥 단순한 사실을 전하듯 담담했다. 물론 남자 또한 묵묵히 그 말을 들었다. 애초에 분노나 허탈감 같은 감정을 느낄 수 없는 사람처럼.

"명심해. 네가 또 누군가를 사랑하게 된다면……."

그런데 여인은 울고 있었다.

짙은 베일 너머로 둥그런 볼을 타고 한줄기의 물기가 소리도 없이 흘렀다. 청록빛 눈동자는 애틋한 물기에 젖어 있었으나, 죽은 이를 떠나보낸 구유를 닮은 동공 깊숙한 곳에는 불길이 일고 있었다. 증오, 분노, 살의……. 어둡고 음습한 감정들이 지옥처럼 들끓었다.

"그땐 기필코 내가 널 죽여 버릴 거야."

돌아가는 걸음은 멈추지 않았다.

휘이이……. 거의 모든 조문객들이 자리를 뜨고, 뭉근한 봄바람이 사방에 피어 있는 초록 잎을 흐트러트리며 남자의 눈에 고인 녹음(綠陰) 또한 묘하게 훑어갔다.

남자는 오랫동안 갓 세워진 묘비를 응시했다.

ABIGAIL DE LA CRUZ

Our dear daughter, rest in peace

아비게일 델 라 크루즈

친애하는 딸, 평화 속에 잠들다

아주 오랫동안…….

　묵직한 커튼을 젖히자 햇빛이 한 움큼 쏟아졌다. 암실 같던 방 안 가득 부연 먼지가 일었다. 권위 높은 학자의 서재처럼 책에 둘러싸인 방 안에서는 퀴퀴한 종이 냄새가 났다. 그리고 메마른 잉크의 텁텁한 냄새 또한.
　환하게 밝아진 사방에 남자는 가느다랗게 떴던 눈을 원래대로 뜨며 앞을 보았다.
　장례식에서의 복장 그대로 단정한 구둣발로 마룻바닥을 밟았다. 허름한 목제 바닥은 무게를 이기지 못하고 작게 울었다. 끽, 끼익……. 걸음은 중앙의 탁자 곁에서 잠시간 멈추었다. 그것 역시 곧 무너질 것처럼 많이 낡아 있었다.
　깔끔하게 정리된 남자의 손이 맨 위에 놓인 책을 들었다. 파라락……. 빠르게 넘어간 책장은 책갈피가 꽂힌 곳에 멈추었다.

　'안녕하세요.'
　'감사합니다.'
　'식사 하셨어요?'

　삐뚤빼뚤한, 그로서는 읽을 수 없는 언어로 몇 개의 문장이 적혀 있었다. 아마 최근에 열과 성을 다해 배우던 한국어이리라.
　책을 내려놓고 고개를 들자, 앞에는 향연이 펼쳐졌다. 한쪽 벽을 모두 꽉 채우는 사진의 향연……. 그러고도 공간이 모자라 옆 벽으로 슬금슬금 번져 갔다.

그것도 모두 단 한 사람, 아비게일 자신의.

왼쪽 천장에서 시작된 향연의 첫 번째는 저를 그린 스케치였다. 본인이 그린 것인 듯 조금은 어설픈 스케치……. 두 번째도, 세 번째도, 점차 실력이 나아진다는 것을 빼면 머리카락 길이와 옷차림만 달라지는 그녀 본인을 그린 그림은 거의 벽의 절반을 차지할 정도로 이어졌다. 그리고 마침내 굉장히 화질이 좋지 않은 사진으로 바뀌었다. 시대의 흐름을 나타내듯이, 사진은 점차 화질이 좋아지고 또 그만큼 사진 속 그녀의 모습도 선명해졌다.

그럼에도 하나같이 사진 속의 그녀는 웃지 않았다. 무표정하게 앞을 주시하고 있을 뿐, 거의 수백 장에 다다르는 사진 속의 표정이 모두 같았다. 스물여덟, 그 절정기에 이른 꽃다운 나이도.

"이 방만은 절대 보이지 않으려고 하더니……. 이런 거였군요."

남자는 시선을 돌렸다. 허름한 문가에 장례식 복장과는 조금 다른 검은 일색의 차림을 한 흑발의 여인이 강보에 싸인 아기를 안고 있었다.

"장례식은…… 잘 치르셨습니까."

남자는 대답하지 않았다. 그저 여인의 품에 안겨 그를 말간 눈동자로 응시하는 아이를 따라 응시할 뿐이었다. 그리고 놀라운 일이 일어났다. 아기를 구조한 이래 처음으로 그가 손을 뻗었던 것이다.

"이리로."

여인은 놀랐으나 내색하지 않고 다가갔다. 그리고 아기를 그의 품에 조심히 안겨주었다. 겹겹이 겹쳐진 강보에 구름처럼 감싸인 아기는 깊고 넓은 품속에 안착했다. 의외로 그는 안정적인 자세로 아기를 받아 안았다. 가만히 있어도 명검 같은 긴장감이 파르랗게 느껴지는 남자인데도, 아기를 안은 모습이 그다지 어색해 보이지 않았다.

아기는 낭랑한 웃음을 터뜨리며 팔다리를 저었다. 모두 함부로 건드리기조차 꺼려하는 남자의 턱을 탁탁 치고, 다가온 손가락을 우물우물 씹어댔다. 어린 나이에도 벌써 사분한 눈웃음이 어느 때보다 즐거워하는 성싶었다.

"이분은…… 어떻게 되나요?"

앞으로 가지런히 모은 여자의 손에 힘이 들어갔다.

"여태 아비게일 아가씨가 돌봐주었지만, 이제 그분은 돌아가셨습니다. 우리의 최대 공적에게……."

남자는 풍성한 강보째로 아기를 좀 더 가까이 안았다. 막 유모의 젖을 먹었는지 다스한 우유 내음과 아이 특유의 말랑한 체취가 풍겼다. 턱에 아스라이 와 닿는 숨결은 연꽃잎으로 만들어진 폐에서 나오는 것처럼 보드랍고 달았다. 그리고 그를 초연히 응시하는, 신비롭도록 농담(濃淡)이 짙은 검은 눈동자가 묻고 있는 것만 같았다.

괜찮아? 라고.

마주 응시하는 그에게서 대답이 없자 무언가를 이야기하고 싶어 하는 것처럼 그의 턱을 탁탁 치며 아앙, 앙, 옹알거렸다. 괜찮아, 다 잘될 거야, 라고 말하듯이.

남자는 주머니에서 무언가를 꺼내 들었다. 햇빛을 받아 허공에서 반짝거리는 보석, 눈부신 취록빛 녹주석이었다.

완전한 녹색이라기보다 투명한 수면 아래 만화경처럼 다채로운 초록빛이 찰람대는 오묘한 색을 지녔다. 아름다움이 지나쳐 사람을 홀릴 듯한 광채란 과연 이런 것인가 싶었다. 그런데 은줄 끝에 흔들리는 것이 모빌처럼 시선을 끌었는지 아이는 옹알이하며 손을 내뻗었다.

차르륵, 보석은 연한 심장 위에 내려앉았다. 아이는 새로운 물건에 호기심을 느낀 듯 보석을 쥐고 입안에 우물대기 시작했다. 보석은 금세 단 침에 흥건해졌다. 하지만 남자는 개의치 않고 보송하게 돋아난 머리칼을 쓸어 넘겼다. 그리고 새끼 고양이처럼 고롱고롱 웃는 아이의 귓가에 속삭였다.

"널 지켜줄 물건이다."

선명한 색채를 가졌음에도 채도를 나누자면 한없이 흑에 가까운 남자와 온전히 백에 가까운 아기의 모습을 여인은 말없이 응시했다. 흑과 백이 섞여들어 시린 햇빛 속에 하얗게 바래는 듯해서였을까. 눈가에 스스로도 의미를 알 수 없는 물기가 서렸다.

아마, 아이러니하게도 그 아름다운 모습이 이루 말할 수 없이 처절하게 비쳤기 때문이리라.

나른한 공기 속에 묘한 소곤거림이 섞여 있었다.

남자는 천천히 눈을 감았다 떴다. 복도는 끝도 없이 이어져 있었다. 대청마루를 따라 난, 스산한 윤기를 흘리는 전면 창 너머 사방은 짙은 암흑이었다. 복도에 걸린 등의 불빛만이 때때로 산들거리고, 밤쥐의 기척조차 없었다.

"이쪽으로 오시죠."

중년 사내가 손짓하는 대로 남자는 모서리를 돌아갔다. 그 뒤를 곤히 잠든 아기를 안은 흑발의 여인이 조용히 따랐다.

지켜보는 기척이 있다. 남자는 바로 알았지만 아무 말 하지 않았다. 위험한 기척은 아니었다.

사내는 복도 끝의 장지문 앞에 멈추었다. 그리고 드륵— 열고 안으로 손짓했다.

은은한 향내가 감도는 방 안, 고아한 병풍 앞에 잔뜩 긴장한 채 앉아 있는 중년의 여인이 다급하게 몸을 일으켰다. 그리고 이미 완벽한 옷매무새를 추스르고 깊이 허리를 숙여 인사했다.

"오셨습니까."

사내가 병풍 앞 가운데 자리에 준비된 소반을 가리켰다.

"이곳으로."

중년의 부처가 그보다 연장자임이 분명했으나, 이 자리의 누구도 사내가 젊은 남자에게 상석을 권해도 이의를 제기하지 않았다. 남자 또한 당연한 듯 가운데 자리로 다가갔다. 그리고 코트 자락을 걷어내고 방석 위에 정좌했다.

건너편의 중년 여인은 그 모습을 조금 멍하게 지켜보았다. 여러모로 서양인이 분명했음에도 자연스럽게 정좌하는 모습이 이상하지 않았다. 아마 무사나 수도사가 풍길 법한 그 정갈한 공기 때문이었으리라.

그런데 왜였을까. 등허리에 소름이 흘렀다.

본능적인 거부감이었다. 그는 놀라울 만큼 미남자였지만, 그것은 오히려 기이한 마력을 풍기는 아름다움이었다. 섬뜩한 빛깔의 머리카락 때문만은 아니었다. 핏기가 비치지 않는 대리석 빛 피부에 붉은 입술까지, 완연한 사내에게서 풍기는 지나친 색기는 도리어 상서롭지 않았다. 마치 사람의 간을 빼먹는 둔갑 여우, 두룽개재(충청남도 태안군의 민간전설)처럼.

그가 날렵한 눈매에 숱이 짙은 속눈썹을 드리우며 천천히 눈을 감았다 뜨는 모습이 느린 그림처럼 비쳤다. 그리고 매혹적인 색의 눈동자로 똑바로 그녀를 응시하자, 숨까지 더럭 막혀왔다. 그는 어딜 보로나 단순한 '인간'이 아니었다.

아주 잠깐이지만 잊힌 고대의 금서를 열어본 것 같은 느낌마저 들어, 여인은 분분히 눈을 내리깔았다.

"이렇게 찾아주셔서 감사합니다. 먼 길을 오느라 힘드시진……."

말하는 중년의 사내에게 남자는 가볍게 손을 올렸다. 단순한 동작이었는데도 사내는 바로 입을 다물었다.

"연락, 받으셨겠죠."

부부는 시선을 교환했다. 그리고 그보다 한 걸음 뒤에 앉은 흑발의 여인이 안고 있는 아기를 훔쳐보았다.

"정말입니까? 저분을…… 저희가 키우라는 말씀이십니까?"

흑발의 여인이 나서서 대답했다.

"장로님께서 결정하신 바입니다."

"하면 친부모는……."

"살해당했습니다. 구조대를 파견했지만 이미 늦은 뒤였습니다. 아마 아가씨를 지키려고 했던 것 같습니다. 아가씨도 화를 입기 직전에 겨우 구조할 수 있었습니다.”

“그런…….”

“이번 일은 이례적이었습니다. 아가씨는 고작 한 살이 되었을 뿐인데 ‘발견’ 되었으니까요. 하나 너무 어려서 지금으로서는…….”

“당분간 평범하게 키워달라…… 그런 말씀이십니까?”

그들 부부는 상당한 자산가였다. 그리고 인근에 존경받는 명문(名門), 하나뿐인 아들을 어려서 잃고 부부끼리 의지하고 살아와 금슬도 좋았다. 공적인 부분에서의 평가 또한 흠 잡을 데 없이 좋았다.

좋은 부모가 되어주리라.

“예.”

그때였다. 남자가 갑자기 흘긋 입구를 돌아보았다. 그 작은 몸짓에 반응해 모두 그쪽으로 시선을 돌렸다. 일순 불편한 침묵이 흘렀다. 눈치챈 것이다, 장지문 너머에서 숨죽이고 이야기를 엿듣는 밤새의 존재를.

바로 문 너머로 조금 쉰 여자의 목소리가 들려왔다.

『차를 내왔습니다.』

드르륵— 이국의 언어와 함께 문이 얼핏 열렸다. 틈새로 보이는 손은 여성의 것임에도 일을 많이 해온 듯 투박했다. 하지만 문이 한 뼘쯤 열렸을 때 중년 사내가 짐짓 엄하게 말했다.

『그냥 밖에 두고 가거라.』

문을 열던 손이 멈칫했다. 그리고 틈새로 여자가 힐끗 눈을 들었다. 바로 남자와 눈이 마주쳤다.

아무렇게나 묶은 검은 머리칼, 피로한 기색이 짙은 암갈색 눈동자. 화장기라고는 없는 밋밋한 동양인의 얼굴……. 제법 싱그러운 나이임에도 나이 든 여인처럼 보이는, 길거리에서 마주쳤다면 시선 한 번 가지 않았을 평범한 여자였다.

눈이 마주치자마자 여자는 다급히 문을 닫았다. 타악, 거친 소리가 났다.

"저희 집에서 일하는 사람입니다. 영어는 모르니 걱정하지 않으셔도 됩니다."

흑발의 여인이 일어나 중년 여인에게 잠든 아기를 건네주었다. 그녀는 긴장한 기색으로 손에 땀을 닦아내고 조심스럽게 아기를 받아 안았다.

"어쩜 이리 고운지……. 저, 이름은 무엇인가요?"

남자는 잠깐 아기를 바라보았다. 친부모가 작성한 출생신고서에 어떤 이름인가가 쓰여 있기는 했으나, 기억조차 나지 않을 만큼 평범한 이름이었다. 그녀에게는 어울리지 않았다.

"평소에 부를 이름은 임의대로 정하셔도 좋습니다."

중년 부부는 동시에 아기를 바라보았다. 그 눈에 감도는 따듯한 빛을 보아, 기적처럼 그들에게 온 아기에게 어떤 이름이 어울릴지 생각해 보고 있으리라.

"열다섯이 되면 데리러 오겠습니다."

흠칫.

생각지 못했던 말도 아닐진대, 중년 여인은 벌써부터 그때를 생각하는지 상처받은 얼굴이 되었다. 하지만 곁에서 남편이 조용히 눈치를 주자 얼른 표정을 수습했다.

남자는 자리에서 일어났다.

"저, 차라도 한잔……."

"용건은 끝났습니다."

담백하게 말한 남자는 장지문을 열었다. 그리고 바닥의 다반 위에 곱게 놓여 있는 다기 세트를 한 번 내려다보고 그것을 비켜 걸음을 내딛었다. 뒤조차 돌아보지 않는 인영은 긴 다리만큼 성큼 복도 너머로 사라졌다. 그 뒤를 따라 흑발의 여인도 방을 나서려고 했다.

"한 가지, 물어도 되겠습니까?"

사내의 말에 여인은 차분히 예, 하고 돌아보았다.

"저분은……?"

여인은 미묘하게 웃었다. 보통 인간보다 많은 것을 알고 있다고 해도 근본적으로는 평범한 인간인 그들로서는 남자가 누구인지 알 길이 없으리라.

하기야 오랫동안 그를 봐온 그녀도 그란 남자를 알 수가 없는데. 무슨 생각을 하는지, 무엇을 목적으로 사는지, 감정이라는 게 있기는 한 것인지…….

"훗날 지금과 똑같은 모습으로 그대들을 찾아올 분입니다."

여인은 깊숙이 허리를 숙여 인사하고 방을 나섰다. 의미심장한 잔영을 남기는 말에 부부는 더는 그녀를 잡지 못했다.

복도를 가로질러 간 여인은 금세 남자를 따라잡았다. 그리고 묘한 공기가 감도는 복도의 가운데 흔들리지 않는 등에 물었다.

"이제 십수 년간 만나지 못할 텐데…… 그냥 가도 괜찮으시겠습니까?"

남자는 뒤돌아보지 않고 대답했다.

"그녀가 겪을 이별은 훗날의 한 번으로 충분합니다."

그때 저 멀리 이제 아기의 아버지가 된 사내의 목소리가 희미하게 들려왔다. 기순이, 너 아직 여기서 뭐 하느냐……. 곤란해하는 여자의 목소리가 따라왔다. 죄송합니다, 금방 가겠습니다……. 이내 타다닥, 급히 달려가는 발걸음 소리가 멀어졌다.

기순.

왜였을까. 이국의 어감이기는 해도 그다지 특이할 것 없는 이름이었는데, 묘하게 머릿속에 각인된 이유는.

잠깐 그쪽에 정신이 앗겼던 여인은 다시 남자를 돌아보았다.

"아가씨는 당분간 안전한 곳에 맡겼고……. 이제 어디로 가십니까? 성자를 쫓으실 겁니까?"

둘도 없는 친우였다. 이제 고인이 된 여자나 이 남자나 둘 다 성격상 요란스럽게 지기지우 티를 내지는 않았지만, 일견 연인으로 오해할 만큼 두 사람은 항상 같이 있었다. 흡사 단둘만의 낙원에 다른 이는 누구도 허용하지 않는 배타적인 이브와 아담처럼…….

둘의 세상은 흡사 라푼젤의 것처럼 견고한 탑이었다. 그런데 인사 한마디 남기지 않고 탑을 뛰쳐나간 여자는 시신조차 돌아오지 않았고, 남자는 조금도 흔들리지 않았다.

처음에는 그저 그리 보이는 것뿐이라고 생각했다. 항상 그런 인물이니까. 흔들리지도, 감정을 내보이는 법도 없이 늘 이 차안(此岸)에서 한 발자국 벗어난 방관자인 듯이……. 그러나 실제로도 남자는 흔들리지 않았다. 친우의 죽음 앞에 쓰러져 오열하지 않았다. 식음을 전폐하고 슬퍼하지 않았다. 그저 그 걸음을 멈추어서는 안 되는 절대적인 이유가 있는 듯이 묵묵히 전진할 뿐이었다.

신의 깃발 아래 진군하는 기사처럼.

"장로님께 전해주십시오."

반쯤 어둠에 묻혀 침침한 빛 아래 돌아보는 눈에 파르란 윤광이 스쳤다.

"당분간 자리를 비우겠다고."

남자는 스산한 어둠 속으로 걸음을 옮겼다. 그 짙은 암영에 묻혀 서서히 사라졌다. 그때, 뒤늦게 익숙한 것의 상실을 깨달은 듯 저 멀리서 아기가 소리 높여 울기 시작했다.

여인은 반사적으로 뒤돌아보았다. 저절로 그리로 향하려던 걸음이 멈칫했다. 저쪽과 이쪽 세계를 나누듯 빛과 어둠의 경계가 선명했다. 저 너머 빛의 세계는 어린 그녀의 무대, 어둠으로부터 온 그들은 당분간 그 무대에서 퇴장해야 할 역할이었다.

"잊지 마십시오."

여인은 나직이 속삭였다. 혼잣말이었으나 꼭 누군가에게 주지하듯 했다.

"당신은 우리의 신이 남겨준 귀중한 분입니다. 그 사실을 잊지 마셔야 합니다."

곧 여인도 어둠으로 스며들었다. 이내 고요한 복도에는 아무것도 남지 않았다. 온 힘을 다해 울부짖는 아기의 울음소리뿐이었다.

두 달 뒤, 문화재에 버금가는 고택이 불타올랐다. 모두가 잠든 새벽녘, 원인은 방화였다. 범인은 신기루처럼 사라지고 부부는 화마 속에 그을린 시신으로 발견되었다. 그러나 아기의 유체는 수색에도 불구하고 끝까지 나타나지 않았다.

불길 너머 이 세상으로 온 아기는 또 그렇게 불길 너머로 사라졌다.

그 후로 아기가 어떻게 되었는지 아무도 알지 못했다.

영원히…….

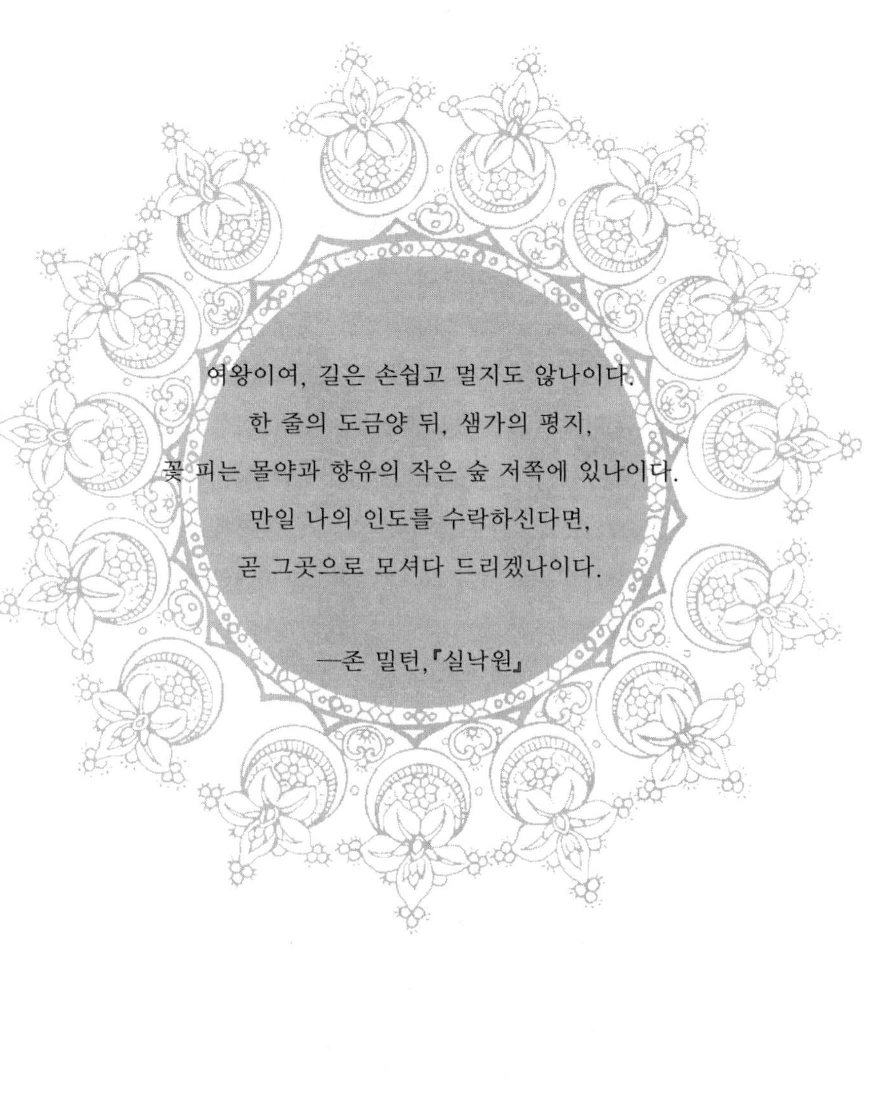

여왕이여, 길은 손쉽고 멀지도 않나이다.
한 줄의 도금양 뒤, 샘가의 평지,
꽃 피는 몰약과 향유의 작은 숲 저쪽에 있나이다.
만일 나의 인도를 수락하신다면,
곧 그곳으로 모셔다 드리겠나이다.

―존 밀턴,『실낙원』

들불의 신령(神靈)

1

타앙, 콰앙!

폭발이 사방을 뒤흔들었다. 초속으로 공기를 타고 번져 나간 충격파에 유리창이 터져 오르고, 파편들이 서늘한 빛을 반사하며 까마득한 고도 아래의 어둠으로 추락했다. 그리고 밤바람이 묵직한 둔기처럼 내부로 불어들어 복도에 흩어진 이런저런 잔해들을 단숨에 휩쓸어 바깥으로 내던졌다.

타닥! 탁! 파지직!

무너진 천장에서 흉물스럽게 흘러내린 전선들에서는 번개 같은 스파크가 강하게 튀었다. 하지만 이미 빛을 잃어 어두침침한 복도에 사방으로 너절하게 흩어진 남자들은 꼼짝도 하지 않았다. 어떤 이는 팔이 없고, 어떤 이는 다리가 없고, 또 어떤 이는 목이 없었다. 사지가 갈가리 절단되어 이미 원형을 찾아볼 수 없는 '덩어리' 또한 있었다.

그들은 그렇게 한 방향으로부터 내쳐진 모양새 그대로 형체가 흐려지는가 싶더니, 바짓단 아래부터 재가 되어 흩어졌다. 사라락, 사라락……. 하나둘 높은 고도의 바람에 휩쓸려 사라졌다.

그 복마전의 가운데, 그림자 하나가 몸을 일으켰다.

기이할 만큼 담담한 몸짓에 따라 옆으로 무언가가 툭, 떨어졌다. 무심히 아래를 내려다본 눈에 제 오른팔이 창백하게 굳은 채 바닥에 떨어져 있는 모습이 비쳤다. 폭발로 절단된 단면에서는 질척한 잔해들이 흘러내렸다.

장검을 들고 있는 왼손을 올려 볼을 쓸자 핏물이 묻어났다. 유리창의 파편에 비친 모습을 보니, 폭탄 자살을 시도한 적들이 덮쳐 왔던 오른쪽 방향으로부터 자잘한 생채기가 온 얼굴을 뒤덮고 있었다. 한쪽 팔도 잃었다. 하지만 남자는 신경 쓰지 않았다.

자박……. 선득하게 빛나는 유리 파편들이 구둣발에 밟혀 으스러졌다.

사방이 굴곡졌다. 과다출혈에 의한 착시가 아니라, 실제로 벽과 바닥이 물컹거리는 젤리가 된 것처럼 파동치기 시작했다. 그는 멈춰 서서 가만히 눈을 감았다.

사냥의 막바지, 마력이 거의 남아 있지 않았다. 아마 공간을 위험에 빠뜨리지 않고 마법을 쓸 수 있는 기회는, 한 번.

건물과 완전히 동조되어 있는 감각 체계에 저 깊숙한 지하에서부터 이 가장 최고층에 이르기까지 내부에 있는 모든 것들의 기척이 전해져 왔다. 그는 최대한 정신을 집중했다.

철저한 암흑의 세계에 공간과 공간이 뒤섞이고, 모든 사물과

현상이 경계를 잃었다.

최초의 혼돈처럼 삼라만상이 한 덩어리가 되어 얽혀들었다.

그것은 인간으로서는 존재조차 느낄 수 없는 시공 사이 억겁의 찰나, 곧이어 혼륭한 곳에 아주 미진한 것에까지 존재하는 규칙이 살아났다. 그리고 태초에 거인 반고(盤古)가 사방에 제 육신을 흩뿌려 한순간에 만물을 창조했듯이 세계가 재창조되며 혼돈에서 의식이 갈라져 나왔다.

슥 눈을 뜨자, 창망한 밤하늘이 시야 가득 저 지평선까지 가없이 펼쳐져 있었다.

폐허가 된 복도는 어느새 흔적도 없고, 먹먹하도록 가까운 검은 하늘뿐이었다. 둔기 같은 강풍이 전신을 휩쓸어갈 듯이 불어왔다. 고고히 빛나는 달 하나만을 머리 위에 이고 있는, 지상에서 가장 높은 곳은 이 세계에 유일하게 남은 육지인 성싶었다.

그가 발을 디딘 바닥에 그려진 흰 라인을 따라가면 연결되어 마침내 닿는 곳, 초록색의 충격 흡수용 신소재 카펫이 깔린 착륙장의 정중앙에 '성자'는 서 있었다. 오망성 가운데에 소환된 마왕처럼.

혈혈단신. 더는 방패 삼을 제 동족도 남아 있지 않았다.

아무것도 없는 공간을 가르고 나타난 남자를 바라본 벽안의 눈이 크게 뜨였다. 그러나 곧 환희를 참을 수 없는 듯이 목을 젖히고 웃었다. 쩌렁쩌렁한 웃음소리는 소리가 부딪혀 돌아올 곳도 없는 막연한 공간에서도 섬뜩하게 울려 퍼졌다.

"아직도 환술을 쓸 힘이 남아 있었나! 이 건물 전체를 본떠 이 공간에 이중화하고 있으면서도!"

그럼에도 무시무시한 바람마저 발치에 복종시키고 단 한 자루의 검을 들고 나타난 붉은 머리의 사냥꾼은 조금도 의기양양해하지 않았다. 그저 제삼자인 양 묵묵히 응시할 따름이었다.

늘 그렇듯이 모든 게 자신과는 상관없다는 것처럼.

이를테면 초자연적인 존재에 가까운 관조로.

"정말…… 너는……."

성자는 자신과 직선상에 서 있는 그를 훑어보았다.

"그래, 그렇지."

창백한 극도의 미를 뽐내는 타락천사와 같은 성자는 천상의 것임직 한 미소를 지었다. 그토록 화사한 미소는 그 같은 존재에게 속할 수 없는 것이어야 했음에도, 아이러니하게도 성자는 창조주가 가장 애정을 다해 빚은 것 같은 피조물이었다.

입 밖으로 튀어나온 두 개의 송곳니와 형광색으로 번쩍대는 고양이 눈만 아니라면.

"날 여기까지 몰아넣을 사냥꾼이 있다면 너밖에 없을 거라고 알고 있었어. 그래, 너밖에……."

옆으로 누운 칼날에 선득한 푸름이 윤기처럼 흘렀다.

"할 말은 그게 다인가?"

사냥꾼은 물었다. 웅장하게 뒤틀리는 허공을 뒤로하고, 더욱 강하게 불기 시작한 바람에 펄럭대는 코트 자락을 무심히 내버려두고.

전설 속의 거인이 되살아나려는 듯이 착륙장 전체를 두른 허공이 소용돌이치기 시작했다. 그러자 이죽거리는 빛을 품고 있던 벽안이 팽창했다. 사방은 한 치 앞도 구분되지 않았다. 흡사 공간이 곤죽으로 뒤얽힌 듯 앞과 뒤, 위와 아래가 없었다. 따라서 사냥꾼의 기척 또한 느낄 수 없었다. 누군가가 내장을 모조리 꺼내 거꾸로 집어넣은 것 같은 격렬한 역함 속에서 성자는 가까스로 정신을 붙잡았다.

'뒤!'

콰직! 파열음이 울렸다.

"아······?"

조금은 멍한 듯한, 짧은 외마디가 누군가의 입에서 흘러나왔다. 그것이 자신이라는 건 조금 후에야 깨달았다.

눈앞에 저주를 받지 않고서야 나올 수 없는 색을 한 눈동자가 살기로 유리알처럼 예리하게 번들거리고 있었다.

주춤 한 걸음 물러나자, 더할 나위 없이 깨끗하게 심장을 관통한 검이 갈비뼈에 걸려 거슬리는 마찰음을 냈다. 하아아······. 뼛속까지 아린 추위에 부연 김이 입가에서 흩어졌다. 단숨에 검이 빠져나갔다. 그 반동으로 고개가 튕기듯 뒤로 젖혀짐과 동시에 피가 튀었다. 사방으로 비산했다.

쿠웅! 그대로 날아가 바닥에 솜인형처럼 늘어졌다. 보이는 것은, 너무나 짙고 창망해 그를 무겁게 짓누르는 것 같은 하늘뿐이었다.

그런데도 웃음이 났다. 이토록 죽음이 가까웠던 적이 언제였나 싶어 새삼 감회가 새로웠다.

머리 위로 사냥꾼이 다가왔다. 물 쓰듯이 마력을 써놓고도 아직 숨소리 하나 흐트러지지 않은 상태였다.

괴물 같은 놈······.

정말 그로서도 인정할 수밖에 없을 것 같았다. 인간은 상상도 할 수 없는 많은 세월을 살아오며 적잖은 괴물들을 봐왔지만, 자신하건대 '이것' 같은 것은 없었다. 하기야 혈혈단신으로 그 자신을 이 궁지까지 몰아붙인 유일한 사냥꾼이라는 점부터.

녀석이 손을 뻗어왔다. 엄청난 악력에 흉곽이 열렸다. 깊숙이 이물감이 밀고 들어왔다. 전신이 경련할 정도의 고통에 악다문 어금니가 깨지고, 얼굴 전체에 불뚝하게 돋아난 혈관들이 푸들푸들 떨려왔다. 그는 극악한 고통에 울부짖고 말았다.

온갖 형용할 수 없는 소리와 함께 뜨뜻한 피가 솟구쳐 얼굴을 덮어왔다. 몸을 일으킨 사냥꾼의 손에서 무언가 자잘한, 탈 듯이 뜨거운 덩어리들이 얼굴에 척척히 떨어졌다.

선(善)은 선으로, 악(惡)은 악으로…….

수만 악행의 대가는 과연 그에 상응하도록 고통스러웠다. 하지만 묻지 않을 수 없었다. 악을 벌하는 악은 과연 선인가? 보라, 제 가슴을 갈라 아직도 펄떡대는 핏덩이를 꺼내간 잔인한 사냥꾼의 모습을. 온통 비릿한 핏물로 점철한 채 야만성이 오롯이 살아난 눈을 한 저 광폭한 짐승을 보고 어느 쪽이 악인지 누가 알 수 있을 것인가.

실로 아름다웠다. 수만 악으로부터 경외받는 그로서도 경외할 수밖에 없는 극악 그 자체였다.

크큭……. 그는 그 아이러니의 묘미를 참을 수 없어 웃었다. 마침내 사냥꾼은 검을 들었다. 단 한 칼, 그럼 이제 이 몇백 년을 이어온 지독한 악연은 끝나는 것이다.

"하아……. 아가씨는…… 하, 찾았…… 나?"

열에 들뜬 음성이 샌 찰나, 사냥꾼이 멈칫했다. 그 반응에 성자
는 크게 웃어버렸다.

"넌 그녀를 찾지 못할 거다."

그는 예언처럼 단언했다.

"영원히……."

혹은 저주처럼.

"네가 찾아내기 전에 내가 먼저 찾아내 손가락 하나 남기지 않
고 모두 먹어버릴 테니까. 꽤 보드라운 거였는데, 비명도 그만큼
보드랍겠지?"

물론 그 정도의 위협에 사냥꾼이 흔들리는 건 기대하지도 않았
다. 한 합으로 바위도 가를 수 있는 예리한 칼날이 목을 베어 들
어오고 있었다. 성대가 잘리기 직전, 성자는 마지막 힘을 끌어모
아 괴성을 내질렀다.

"하하하하하하하하하!"

어쩌면 광인의 웃음인 듯도 한 소리를.

그 찰나였다. 강한 바람이 옥상을 휩쓸며 굉음이 다가왔다. 사
냥꾼은 날카롭게 고개를 들었다. 높은 허공에서 내리꽂힌 시린
헤드라이트 빛이 그를 비추고 있었다. 뒤이어 선두의 한 발을 이
어 연달아 총성이 울려 퍼졌다.

착륙장으로 근접한 헬리콥터가 랜딩기어를 내리기도 전에 그
안에서 사내들이 뛰어 내려왔다. 그리고 착륙장 중앙에 힘없이
늘어져 있는 성자에게로 달려가 그를 수습해 헬리콥터로 돌아
갔다. 막 마지막 사내가 랜딩기어에 발을 걸치고 올라설 때였
다.

휘릭! 아무것도 없는 허공이 천처럼 펄럭이며 확 갈라지더니, 그 안에서 어느 순간 사라져 버렸던 그들의 적이 나타났다. 짙은 밤하늘을 배경으로 검은 코트 자락이 흡사 악마의 타락한 날개처럼 비상하고, 섬뜩한 사신의 모습에 다른 남자들이 채 반응하기도 전이었다. 일직선으로 세워진 검이 먹이를 사냥하는 맹금의 발톱처럼 똑바로 마지막 사내의 머리를 관통했다.

픽. 사내는 형체 그대로 재가 되어 폭발했다.

아주 찰나였으나 시간은 충분했다. 헬리콥터는 바람의 날개를 단 듯이 훌쩍 하늘로 비상했다. 그리고 전속력으로 북쪽을 향해 날아갔다.

북녘, 검은 뱀과 거북의 신이 다스리는 황천의 나라……. 저주받은 밤의 아들이 해를 피해서 가야 할 안식처로.

그는 검을 내렸다. 코트 안쪽으로 손을 넣었다 빼자, 손에 거의 한 덩어리처럼 걸쭉한 핏물이 묻어났다. 피를 머금어 무거워진 코트가 벌어진 자리에 깊숙이 꽂힌 단도가 새파란 광채를 발하고 있었다.

그는 그것을 주저 없이 뽑아내 내던졌다. 달카랑! 그 주인의 뛰어난 심미안을 짐작케 해주는 섬세한 금세공의 단도가 쓰레기처럼 나뒹굴었다.

마침 코트의 주머니에서 울기 시작한 핸드폰을 꺼내 들자, 익숙한 번호가 '부재중 통화 26건' 이라는 메시지와 함께 떠 있었다. 핸드폰을 귓가에 대었다. 본인은 그다지 신경 쓰지 않는 듯했으나 그 옆얼굴을 타고 서늘한 식은땀이 주르륵 흘러내렸다.

상대는 군인에게서나 들을 수 있을 법한 묵직하고 절제된 음성으로 말했다.

[환술을 거둬주십시오. 그래야 저희 지원팀이 돌격할 수 있습니다.]

"알겠습니다."

그는 그대로 지그시 눈을 감고 거대한 초고층의 건물 전체를 텐트처럼 덮고 있는 환술을 거둬들였다. 깊숙한 지하에서부터 1층으로…… 3층의 복도를 걸어가는 경비원을 지나쳐…… 인기척 없이 조용히 잠들어 있는 사무실을 스쳐…… 바로 아래층에 엉망이 된 복도까지 지나 커다란 공간이 블랙홀 같은 작은 점 안에 빨려들 듯이.

이내 그는 조용히 눈을 떴다.

간교한 성자는 이번에도 달아났다.

하지만…….

시선이 저편의 피 웅덩이 속에 하잘것없이 내팽개쳐져 있는 물체에 닿았다. 아직 연한 분홍빛을 띠고 있는 표면에 얼키설키 뒤얽힌 혈관들과 너절하게 흩어진 줄기들…….

성자는 심장을 잃었다. 당분간은 깨어날 수 없으리라.

그는 한쪽 무릎을 꿇었다. 눈을 깜빡이자 시야에 검은 점들이 명멸했다. 이제야 과다출혈로 인한 현기증이 느껴지기 시작했다. 수십 마리의 뱀파이어를 혼자 상대하는 일은 아무리 그라도 무리였을까. 하지만 그는 이렇게 있을 수 없었다.

그 아이를, 그녀를 찾아야…… . 염념(念念)의 몽환경 속에서 그를 찾아온 연꽃의 정령처럼 연한 눈을 가진 그 아이를…….

그때 아주 멀리에서 위잉— 울리는 기계음 같은 소리에 그는 흐릿하게 눈을 떴다. 시야가 온통 흐렸다. 환한 빛이 빠르게 명멸하고, 시끄러운 소리들이 주변을 폭풍처럼 휩쓸고 있었다. 그제야 자신이 잠깐 정신을 잃었었다는 사실을 깨달았다.

키츠카!

먼 곳에서 필사적으로 귓가를 두드리는 소리가 들려왔다. 콰르르르― 성큼 귓가에 다가온 소리는 거대한 폭포가 떨어져 내리는 것 같은……. 그래, 헬리콥터의 프로펠러 소리였다. 그는 자신이 헬리콥터 안에 누워 있다는 사실을 깨달았다.

키츠카!

눈부신 빛 너머로 누구인지 알 수 없는 인영이 그를 목청껏 부르고 있었다. 그사이에도 의식은 자맥질하듯 암전되었다가 빠르게 수면 위로 떠오르고를 반복했다.

키츠카! 네가 해냈어! 녀석을 마주하고 살아 돌아온 사냥꾼이 없는 성자의 심장을 네가 가져왔다고! 이 괴물 같은 자식!

느린 그림처럼 눈을 감았다 뜨자, 시야에 가득 산란하는 눈부신 빛 가운데 웃음소리의 환청이 메아리쳤다. 들릴 리 없는 소리에 귀 기울이며 다시 눈을 감았다 떴다. 쏟아지는 빛 사이로 함박 웃는 얼굴이 스쳤다.

해를 닮은 얼굴.

달을 닮은 입술.

별을 닮은 눈.

늘 궁금했다. 모두가 이야기하는 것처럼 그 아이가 화마 속에서 이 세상을 등졌다면, 해가 되었을까. 달이 되었을까. 아니면 별이 되었을까. 아마 별이 되었을 것이다. 해가 되기에는 너무나 작고, 달이 되기에는 여러 다른 별들을 졸졸 따라다니는 응석받이 아기별이 되었으리라.

하지만 그런 가정은 쓸모없는 짓이었다. 그 아이가 이 세상에 없을 리 없으니까.

찾아낼 것이다. 온 세상을 다 뒤져서라도, 지옥의 사출산과 삼도천을 넘어가서라도 신이 이 세계에 일말의 애정은 가지고 있었다는 것을 증명해 낼 것이다. 그 눈부신 빛마저 없애지는 않았을 것이라고…….

"죽지…… 않았습니다……. 어서 그녀를……."

의식과 무의식의 연옥에서 떠오르는 대로 중얼거렸다. 커다란 인영은 확 그의 목살을 틀어쥐고 끌어 올렸다. 아니, 옆에서 지원팀의 의무병이 호통 치는 소리에야 그렇다는 것을 알았다. 하지만 인영은 그러거나 말거나 그를 흔들며 소리쳤다.

키츠카, 잘 들어! 아가씨를 발견했어!

달팽이관을 통해 그 말이 뇌에 전달된 찰나, 그는 감았던 눈을 천천히 떴다.

“그녀를……?”
이것은 너무나 소망한 끝에 듣고 만 환청일까.

그래! 우리 신령님이 죽지 않고 살아 있었다고! 믿어져?

인영이 눈앞에 뭔가를 들이밀었다. 가물가물한 시야에 온통 흐리게 보일 뿐이었지만 그것이 사진이라는 것 정도는 인식되었다. 그리고 그 작은 사진 속에, 한 소녀가 활짝 웃고 있었다.

봐! 우리 아가씨야! 이렇게나 컸어. 이렇게…….

울먹이는 목소리 따위는 이미 들리지 않았다. 그는 손을 들었다. 감각이 둔탁한 손끝에 사진의 매끄러운 표면이 스치고, 그 아래에 사분히 휘어진 눈매가 있었다.
그녀였다. 드디어 찾았다.
그는 몸을 일으켰다. 팔에 링거가 연결되어 있었다. 핏물에 젖은 앞섶은 활짝 열려 있고, 숨을 몰아쉴 때마다 산소호흡기로부터 산소가 날카롭게 폐부를 파고들었다.
투두둑— 우악스러운 손길로 몸에 붙은 호스와 전선들을 전부 뜯어냈다. 하지만 의지와 달리 옆으로 기우뚱 넘어지는 몸을 느끼고 그는 오른팔이 없다는 사실을 깨달았다.
팔이 필요했다, 팔이…….
다시 싸울 수 있는 팔이!

누우세요! 과다출혈로 쇼크 직전입니다! 당장 돌아가서 수혈을
받지 못하면……!

의무병이 무어라 외쳤다. 하지만 그는 도통 이해할 수 없었다.
자신은 수혈 따위 받을 수 없는 것을. 다행히 성가시게 설명할 필
요는 없었다. 옆에서 커다란 인영이 의무병의 머리를 후려갈기며
고함을 질렀다.

이 녀석은 수혈 같은 거 받지 못해! 마지막 순혈종이거든! 녀석
을 살릴 수 있는 건 장로님뿐이니까 어서 연락 넣으라고 했잖아!
이 멍청아, 넋 놓고 있지 말고! 엉덩이를 걷어차여야 움직일 테냐!
키츠카, 넌 일단 누워!

이쪽이 환자임을 전혀 고려하지 않는 힘에 의해 몸이 눕혀졌
다. 그리고 그에게서 떠나가려는 굵직한 팔을, 키츠카는 온 힘을
다해 움켜쥐었다.

으윽! 너 이 녀석…… 반송장이 이런 힘은 어디서 나오는 거야?

"그녀를……."

그래, 알아. 지키고 있을게. 다시는 잃어버리지 않도록……. 그
러니까 네 녀석은 안심하고 푹 자고 일어나. 이런 귀신같은 몰골
로 아가씨를 데리러 갈 수는 없잖아…….

충분하지는 않지만 그나마 안도가 되어서였을까. 그는 눈을 감았다. 무겁게 내려앉는 눈꺼풀의 틈 사이 사진 속에서 웃고 있는 낯선 여자가 비쳤다. 기분이 묘해질 만큼 낯선 얼굴이었건만, 눈부신 웃음기를 머금은 눈은 기억하는 그대로였다.

그 눈 속의 찬란한 빛만은…….

별빛이 사라지고, 어둠이 찾아왔다.

어디가 위이고 아래인지도 구분되지 않는 철저한 암흑, 그는 혼자였다. 언제부터 이곳에 있었는지는 알 수 없었다. 눈을 감은 순간부터였을 수도 있고, 하루, 한 달, 몇 년이 지났을 수도 있었다. 어둠은 깊고 짙어 중력도, 공기도, 냄새도 없었다. 그런데 어디선가 소리가 들려왔다.

그는 귀를 기울였다. 천천히 눈을 뜨자 카펫을 밟고 있는 자신의 구둣발이 보였다.

복숭아 빛의 푹신한 카펫, 낯설었다. 어디서도 본 적이 없었다. 즉, 이것은 과거의 기억을 환기시키는 보통 꿈이 아니라는 의미였다. 하지만 그는 어차피 그 자신의 것도 아닌 이런 꿈 따위를 보고 있을 틈이 없었다. 어서 눈을 떠야 했다. 그에게는 할 일이…….

달칵, 달칵……. 연이어 들려오는 소리에 고개를 들었다. 어둠 속에 한 여인이 싱크대 앞에 서서 차를 끓이고 있었다.

늘씬한 뒤태, 어렴풋이 물결치는 흑단빛 머릿결이 탐스럽게 등을 타고 흘렀다. 밤하늘에 반짝이는 별들의 강처럼 시야를 어지럽혔다. 거의 허리까지 흐르는 머리카락 아래 작은 엉덩이는 봉긋했다. 허리는 두 손으로 다 잡을 수 있을 만큼 가늘었다.

전체적으로 부러질 것처럼 몸태가 가녀린 여자였다. 반팔 아래로 희게 드러난 팔은 애참할 지경으로, 단순히 말랐다기보다 그 유난히 시린 빛이 그러했다. 바지런히 움직이는 모습으로 보아 어디가 불편한 것 같진 않았는데 왠지 희미한 병색을 풍겼다.

얼굴은 보일 듯 보이지 않았다. 하지만 그는 조바심을 내지 않았다. 이런 종류의 꿈은 잘 알고 있었다. 항상 결정적인 것은 제대로 보여주지 않는 법이었다. 예지(預智)의 탐험은 허락하되 타인에게 누설할 수 있을 정도로 완벽한 그림은 허락하지 않듯이……. 모든 삼라만상을 볼 수 있는 천리안은 신의 것, 그는 때때로 타인의 미래를 훔쳐볼 수 있는 관찰자에 불과했다.

이내 여인은 찻잔을 들고 어둠 속에 희미하게 떠오른 방문 너머로 사라졌다. 그리고 독백극이 끝난 무대처럼, 정적이 잦아들었다.

'끝인가?'

누구의 것인지는 몰라도 보통 본인의 인생을 뒤바꿔 놓을 정도로 강렬한 사건만을 보여주는 계시의 꿈치고는 꽤나 밋밋했다. 차를 끓이는 여인이라……?

그런데 살짝 열린 문 틈 너머로 나직한 소리가 새어 나왔다. 울음소리 같았다. 하지만 문틈 너머는 완벽한 어둠이라 그림자조차 비치지 않았다. 애원하는 듯, 앓는 소리 같기도 한 울음이 들려올 뿐이었다. 그를 부르듯 간헐적으로, 그러나 끈질기게.

어차피 안면조차 없는 타인의 꿈이었다. 무시했어도 됐을 것을, 그는 걸음을 디뎠다. 푹신한 카펫을 밟고 가 방문에 손을 짚었다. 틈 사이로 새어 나오는 소리는 갈수록 짙어지고 있었다.

흐느낌, 거친 숨소리……. 그는 이 소리의 정체를 알고 있었다. 그러나 문을 미는 손은 멈추지 않았다. 그의 의지가 아니었다. 몸이 멋대로 움직였다. 운명의 거대한 손에 조종당하는 꼭두각시처럼.

끼익……. 힘을 주자 문이 천천히 밀려났다. 그리고 어둠 속에 두 나신이 떠올랐다. 늠름한 남체와 달처럼 환한 여체…….

남체가 탄력적으로 움직일 때마다 그 아래 깔린 여체가 그대로 뭉그러질 것 같았다. 그럼에도 여자의 붉은 입술에서 애끓는 음성이 차올라 넘쳤다. 단단한 허리를 옥죄는 허벅지, 그리고 만월 같은 유방이 탐스러웠다. 남자의 손이 그것을 우악스레 이지러뜨렸다. 살집이 손가락 사이로 넘치고, 젖과 꿀이 흐르는 풍성한 언덕 끝에 새빨간 유두가 금지된 과실처럼 영글었다. 뜨거운 정사의 환몽 속에서 선악과처럼 남자를 유혹했다.

날카로운 정염의 흉기에 찔려 여자는 비명을 내지르지만, 남자는 자비가 없었다. 여자는 올가미에 걸린 짐승처럼 괴로워하면서도 달뜬 환희의 신음을 터뜨렸다. 그 아래로 흑단빛의 머리칼이 흐트러졌다.

붉은 머리칼이 여체를 타고 핏물처럼 흘렀다. 태양이 녹아 흐른 녹물과 같은 적동의 빛이 식인 식물의 촉수처럼 여체를 휘휘 휘감고 있었다.

하아아…….

처녀림을 정복하고 황홀감에 젖은 남자가 고개를 젖혔다. 나른한 몸짓을 따라 붉은 머리칼이 어둠 속에 빛나는 군신(軍神)의 육체를 타고 흘렀다.

아니, 신이 아니었다. 처녀 제물을 탐하는 괴물 이무기에 가까웠다. 새빨간 입술을 핥으며 요매한 광채를 내뿜었다. 그 치명적인 빛깔이 눈을 공격하지만, 그는 꼼짝도 할 수 없었다.

남자가 이쪽으로 고개를 돌렸다. 그리고 처음부터 침입자의 존재를 알고 있었던 것처럼 입술을 길게 늘어뜨리며 웃었다.

그의 눈, 그의 얼굴로.

그때 비정상적인 쾌락에 몸서리치던 여자가 목을 젖히며 비명을 내질렀다. 붉은 촉수에 휘감겨 여체가 하얀 뱀처럼 꿈틀댔다. 지독히 선정적인 그림의 끝, 남자의 어깨를 움켜쥐고 있던 하얀 손이 힘없이 늘어졌다. 정신을 잃었다고 볼 수도 있었으나, 푸르스름하니 창백한 빛을 발하는 손은 주검의 것이었다.

여자는 그렇게 가장 화려한 절정을 맞이하며 숨을 거두었다. 붉은 머리의 괴물은 그 차가운 이마에 입 맞추었다. 몹시도 사랑스러운 듯이― 마치 네크로필리아(Necrophillia:시체 애호가)처럼.

동상처럼 굳어 서 있는 그의 발치에 어둠으로부터 무언가 토르르 굴러와 부딪혔다. 시선을 내리자 낯익은 찻잔이 있었다.

찻잔. 검은 머리의 여자.

그는 깨달았다. 이것은 최초로 타인이 아닌 자신에 대한 꿈임을.

"일어나거라."

그때 머릿속에서 범종(梵鐘)이 울리듯 목소리가 공간에 가득 찼다. 그는 눈을 떴다. 새하얀 빛의 폭우가 눈 안으로 쏟아졌다.

금빛 홈에 열쇠를 집어넣는 손이 덜덜 떨려왔다.

하지만 두려움마저도 지금 그녀를 멈추게 할 수는 없었다. 다급히 주변을 살피고, 문 사이의 틈으로 재빨리 스며들었다. 그리고 조심히 문을 닫고 바짝 등을 기대자, 심장이 쿵쾅대는 소리가 귓가에까지 울려왔다. 굵은 침이 목구멍을 타고 넘어갔다.

사방은 완벽한 백(白)의 공간이었다. 천장도 바닥도 없는 것처럼 전부 하얗게 발겨진 무채색의 공간, 빛이나 어둠조차 없던 태초의 혼돈을 떠올리게 했다. 그 일률적인 색 때문에 허공에 떠 있는 것처럼 보이는 철제 난간에 조심히 다가섰다. 그곳에서 아래층을 내려다볼 수 있었다.

아아……. 황홀감인 듯도 하고 좌절감인 듯도 한 한숨이 터졌다.

갓 내린 눈밭 같은 바닥에 붉은 형상이 정(靜)의 춤을 추고 있었다. 수학적으로 가장 완벽한 원형의 가장자리를 따라 붉은 글자들이 덩굴처럼 뻗쳐 있고, 그 가운데 잎사귀가 무성한 고목을 형상화한 그림이 그려져 있었다. 하지만 그것은 단순한 나무 그림이 아니었다. 비트루비우스 기하학과도 같은 황금의 균형을 유지하고 있었다. 그녀가 보아온 이래로 가장 완벽하고 아름다운 진(陣)의 구조였다.

그 중앙에서 '그'가 깊은 잠에 들어있었다.

　바닥에 길게 펼쳐진 붉은 머리칼은 탐스러운 적동색으로 흐르고, 허리 아래로 덮은 천을 제하면 깨끗한 알몸이었다. 똑바로 누운 몸은 완벽한 비율에 하나 흠 잡을 데 없는 수학과 창조의 숭고한 예술품이었다.

　"괴물이래."
　"다가가면 갑자기 눈을 뜨고 잡아먹는다고 했어."
　"모두 쉬쉬하잖아. 거긴 우리는 쳐다볼 수도 없는 금지된 구역이고."

　그를 처음 본 것은 몇 주 전이었다. 원래 장로님을 모시던 아이가 그만둔 후로 운 좋게 그녀가 그 역에 배정되면서였는데, 처음에는 멋모르고 장로님을 모시게 된 것만을 기뻐했다.
　그런데 이곳에서 그를 보았다. 온갖 소문만 무성한 이 금역의 주인을.
　그를 본 이래로 잠을 이룰 수가 없었다. 밥을 먹을 수도 없었다. 이것이 무어라 부르는 감정인지는 몰라도 그를 다시 보고 싶다는 생각뿐이었다. 몇 번이나 이곳에 숨어들어 오면서 다시는 그러지 말아야지 결심해도, 이성은 본능을 통제하지 못했다.
　하염없이 그를 내려다보는 눈이 몽롱했다.
　그에게 닿으면 어떤 느낌일까. 그가 눈을 뜨고 그윽이 그녀를 바라봐 준다면 어떨까. 그리고 깊이 잠들어서도 고집스럽게 닫힌 입술에 닿는다면…….
　그 색채가 소름 돋도록 선명한 성적인 환몽은 이 세상의 끝까지 계속될 것처럼 끝이 없었다. 끼이익― 갑자기 문이 열리는 소리가 들려오지 않았더라면.

아래층에서 들려온 소리에 기겁한 그녀는 얼른 몸을 물려 구석에 숨었다. 금역에 몰래 들어온 사실을 들킨다면 사단이 날 게 분명했다.

아래층에 희끗한 그림자가 나타났다. 이 방처럼 새하얀 로브를 머리부터 발끝까지 뒤집어쓰고 있었으나, 그녀는 상대가 누구인지 알 수 있었다.

장로.

그녀들은 항상 하얀 로브를 둘렀다. 현자이며 순교자의 표식으로. 하지만 어째서? 지금은 장로가 들어올 시간이 아니었다. 그것을 알고 있어서 일부러 늘 이 시간에 숨어들어 왔건만…….

장로는 숨이 없는 인형처럼 잠든 남자의 머리맡에 섰다.

"일어나거라."

로브 아래로 잔뜩 쉬어 있되 명료한 노인의 음성이 울렸다. 그러나 남자는 반응이 없었다. 공기 중에 유영하는 은빛 미립자가 단정한 얼굴 위로 가만히 내려앉았다.

"시간이 되었어."

장로는 한 번 더 인내심 있게 말했다.

"이제 그만 돌아오려무나."

그와 동시였다. 원형의 진이 빛을 발하기 시작했다.

우우웅……. 기묘한 공명을 울리며 스스로 살아 있는 생명체처럼 고동쳤다. 두쿵, 두쿵……. 꼭 심장 소리 같았다. 갑자기 전력으로 가동되기 시작한 기계처럼 그 힘찬 소리가 사방에서 울렸

다. 을씨년스럽던 공간을 빠듯이 채우는 강렬한 생명력이 손에
잡힐 것처럼 선연했다. 그 압력에 거친 숨이 터져 나갈 것만 같아
그녀는 강하게 입을 틀어막았다.

원형의 진 안에서만 소용돌이처럼 휘몰아치던 적동빛이 중앙
의 남자에게로 응축되었다. 그리고 잦아들며 마침내 흔적도 없이
소멸됨과 동시에—

그가 슥 눈을 떴다. 그녀는 눈을 부릅떴다. 경악인지 감탄인지
는 스스로도 알 수 없었다.

남자는 장로를 보았다. 그녀가 상상해 오던 대로 깊은 숲 속의
그윽함을 닮은 녹색의 눈동자는 상상과 달리 조금도 온유하거나
다정하지 않았다. 그렇다고 시리도록 찬 것도 아니었다.

절대적인 고요, 그것이었다.

그의 손끝이 가장 먼저 움직였다. 손끝에서 시작된 힘은 탄탄
한 팔을 타고 다부진 가슴으로, 그리고 군마처럼 강인한 다리까
지 나아갔다. 그 흐름이 육안으로도 확실히 보였다.

남자는 바닥을 짚고 몸을 일으켰다. 그때 하반신을 덮고 있던
천이 흘어져 내려 훔쳐보는 처녀의 얼굴은 탈 듯이 달아올랐으
나, 그는 개의치 않고 똑바로 섰다. 하지만 그대로 서 있을 뿐이
었다. 육체는 완벽한 남성의 것일지라도 막 태어난 아이처럼.

검버섯이 핀 늙은 손이 그 얼굴을 타고 목에서 어깨로 내려갔
다. 장로가 관찰하는 것처럼 그를 훑는 모습이 꼭 갓 태어난 제
창조물에 찬탄하는 프랑켄슈타인 박사인 듯이 느껴졌다. 그 손
길에 성적인 뜻은 전혀 없었는데도, 나신의 아름다운 남자와 순
교자의 복색을 한 늙은 여인의 조합은 몹시 기이하면서 선정적

이었다.

 "팔은 하자 없이 재생되었구나. 거의 심장에 가깝게 잘려서 생
각보다 재생에 오래 걸렸지만, 다행히 잘 붙었어. 일단 옷부터 걸
치려무나."

 금발의 정수리만 흐릿하게 보이는 여자가 그에게 옷을 내밀었
다. 건네받은 그는 속옷도 입지 않은 채로 청바지를 끌어 올려 입
고 흰 와이셔츠를 둘러 입고는 단추는 대강 잠갔다. 고대의 신을
숭배하듯이 보았던 그에게 단번에 입혀진 '현대'의 색은 차치하
고라도, 지극히 개인적인 모습을 보이거나 혹은 보고도 아무렇지
않지 못한 사람은 자신뿐인지 그녀는 궁금했다.

 "일어나지 못할 줄 알았어. 그런데 이렇게 멀쩡하게 돌아오다
니……. 역시 넌 괴물이구나."

 여태 침묵을 지키고 있던 여자가 말했다. 뒤돌아 있어 얼굴은
보이지 않아도 싱긋 웃는 듯이 느껴지는 말에서 묻어나는 것은,
적나라한 악의였다.

 "무슨 경거망동이냐."

 "제 나름대로 반갑다는 인사라고요. 하여간 장로님은 유독 이
남자만 편애하신다니까요."

 여인은 어깨를 으쓱이고 먼저 방을 나섰다. 그러거나 말거나,
그가 마침내 입을 열었다.

 "그녀는 어떻게 됐습니까?"

 상상한 대로 은밀한 숲을 닮은 음성이었지만, 어조는 상상과
천지 차이였다. 곧고 곧아서 곧 부러질 것 같기라도 한 무뚝뚝한
어조는 그 환몽적인 외모와 조금도 매치가 되지 않았다. 그에게

서 기대했던 나른한 신비로움보다…… 뭐랄까……. 그래, 꼭 권
위적인 상사를 떠올리게 했다.

"보호 중에 있다."

"결계 너머에 있습니까?"

장로는 고개를 끄덕였다.

"가겠습니다."

"맡기마."

장로는 그 자리에 그대로 서서 공기에 녹아들 듯 투명해지고
투명해져서 마침내 흔적도 없이 사라졌다. 당연했다. 그들이 보
는 장로는 늘 '실체'가 없는 그림자였으니까.

그때였다. 그가 슥 고개를 든 찰나, 똑바로 그녀를 쳐다보았다.

경악한 그녀는 크게 날숨을 들이켰다. 들켰다는 것 때문만이
아니었다. 그렇다고 그가 특별히 무엇을 한 것도 아니었다. 그런
데 여전히 붉은 진의 한가운데에 초연히 서 있는 남자가…… 소
환된 악마처럼 어둡고 위험한 생명력을 내뿜었다. 전신에 넘실대
는 그것이 현기증이 일도록 매혹적이었다. 보석 가루를 뿌려둔
것처럼 반짝거리며…….

그것은 아주 찰나, 곧 남자는 시선을 내리고 그냥 방을 나섰다.
그녀는 다리에 힘이 풀려 그대로 주저앉고 말았다. 문득 한 동료
가 귓가에 은밀히 속삭였던 말이 살아났다.

"분명히 거기엔 아주 무서운 게 있는 거야."

"환각을 보았니?"

갑자기 들려온 목소리, 심장이 멎었다.

부들부들 떨며 뒤돌아보자, 무표정한 금발의 미녀가 육감적인 몸으로 가볍게 굴곡을 만들고 서 있었다. 아까 아래층에 있던 여인이었다. 이곳까지 올 만한 시간이 되지 않았지만, 그녀에게는 공간이나 중력이 족쇄가 되지 않는다는 사실 또한 잘 알고 있었다.

"마, 마녀님……."

반원형 계단 위에 서 있던 금발의 미녀가 다가오기 시작했다. 그리고 덜덜 떨고만 있는 그녀의 바로 앞까지 와 섰다.

"넌 예쁘구나. 저들은 예쁜 걸 좋아하지. 특히 너처럼 순진하고…… 고운 살결을 가진 처녀를."

나긋한 손이 가만가만 정수리를 쓰다듬을 때마다 참을 수 없는 소름이 일었다.

"사, 살려주세요……. 아, 아무에게도 여기서 본 걸 이야기하지 않을게요! 제발……."

눈물을 뚝뚝 흘려내며 애걸하자, 뜻밖에도 여인은 크게 소리 내어 웃었다.

"설마 너도 마녀가 어린아이를 잡아먹는다는 옛날이야기를 믿는 거니? 얘, 난 단지 널 걱정하는 거란다. 네가 무서워해야 할 건 내가 아니야."

돌아간 시선이 아래층에 닿았다. 따라 시선을 돌리자, 비어 있는 원형의 진 안에 남자가 누워 있던 자리에 그려져 있는 낯선 것이 보였다.

나무를 휘어감은 붉은 뱀.

“명심하렴. 또 ‘저것’과 마주치게 된다면 전력을 다해 도망쳐.
뒤도 돌아보지 마.”
　여인은 음산한 눈으로 의미심장하게 경고했다.
　“괴물의 환각에 지배당해 죽고 싶지 않다면.”

2

어, 저 남자.

귀희는 고개를 갸웃했다. 분명히 아는 얼굴이었다. 며칠 전부터 보이던 얼굴인데, 그녀가 기억하는 바에 의하면 오늘로 정확히 삼 일째였다.

‘여행자 같은데.’

옷차림부터가 그러했다. 단정한 재킷에 셔츠, 세미 정장바지와 구두는 사철이 열대성 기후인 이곳의 주민들이 즐길 만한 게 아니었다. 그리고 늘 멀리서만 봐서 잘은 모르겠지만, 삼 일 내내 구석 자리에 앉아 술만 마시고 소리 소문 없이 사라지는 모습은 분주하게 사는 마을 사람들과는 차이가 있었다.

물론 그가 유독 눈에 띈 이유가 그런 것만은 아니었다. 굳이 꼽자면…… 이 어두침침한 바(Bar) 안에서도 늘 선글라스를 끼고 있기 때문일까? 아니면 이런 날씨에 모자까지 푹 눌러쓴 묘한 패션 센스 때문일까?

귀희는 주문서를 허리춤에 꽂으며 피식 웃고 말았다.

가끔씩 이런 외지까지 흘러들어 오게 된 개인의 사정이 궁금해지는 일은 불가항력이었다. 특히 저 구석의 남자는 묘한 분위기를 풍기면서—굳이 말하자면 꼭 실연당한 것 같은?—고독을 자작하고 있는 모습하며, 선글라스를 쓰고 있긴 해도 드러나는 이목구비가 꽤 반듯해 보여 그런 것 같았다.

'하여간 나도 어쩔 수 없는 여자라니까.'

멋진 여행자와 찰나적이되 달콤한 로맨스는 말 그대로 환상일 뿐이었다. 종종 그런 동료들을 보긴 했지만, 한 번도 그 끝이 좋았던 적은 없으니까.

「어이, 귀희.」

귀희는 외국인에게는 다소 어려운 이름의 특성상 '귀희'와 '기히'의 중간 발음이 나는 낯익은 부름에 고개를 돌렸다. 싱긋 뒤따라가는 눈웃음은 버릇이었다.

「뭐 가져다 드릴까요?」

테이블에 동료들과 옹기종기 앉은 중년 남자가 씩 입술을 늘어뜨리며 웃었다. 그리고 엄지손가락을 젖혀 앞의 무대를 가리켰다.

「오늘도 한 곡 불러주지?」

자기들 대화에 집중하고 있던 다른 손님도 바로 '오, 그거 좋지' 하고 추임새를 넣었다.

「안 돼요.」

「어라? 어째서?」

노래를 불러달라고 하면 늘 좋아서 팔짝 무대로 뛰어 올라가던 그녀였다. 손님이기 전에 옆집 아저씨인 그는 웬일인가 싶었다.

「사장님이 함부로 무대에 올라가지 말래요.」

귀희는 새침하게 말하며 흘긋 바(Bar) 쪽으로 눈짓했다. 마을의 주민들이 과반수를 차지하고 있는 이곳 '팜팜(PamPam)'의 손님이라면 사장이 바텐더를 겸한다는 것은 모두가 아는 사실이었다.

「저런! 호세! 그러면 안 되지!」

「우리가 무슨 낙으로 사는지 뻔히 알면서!」

「우우! 악덕 사장은 물러가라!」

좁은 내부에 짓궂은 소리가 가득하자, 난데없이 '악덕 고용주'로 모함받게 된 호세는 난감한 웃음을 지었다.

「하여간 자네들이 저 말썽꾸러기의 버릇을 다 망치는 건 아나?」

「예쁜 여자는 자고로 조금 버릇없는 편이 매력적이거든.」

귀희는 짐짓 자신을 흘겨보는 호세에게 어깨를 으쓱했다. 내가 뭘 어쨌다고요? 하고 자신의 무죄를 피력하듯이. 그러자 그는 결국 졌다는 듯이 무대 쪽으로 손짓했다.

「사장님 최고!」

귀희는 깔깔 웃으며 얼른 쟁반을 내려놓고 바(Bar) 뒤에 놓아둔 큼직한 통기타 케이스를 꺼내 들었다. 그리고 누가 잡을세라 훌쩍 무대로 달려 올라갔다. 차림은 'PAMPAM'이란 이름이 총천연색으로 프린트가 된 검은 티셔츠에 활동성이 좋은 청바지, 그 위에 검은 앞치마를 두른 상태라 가수 노릇을 하기에는 맞지 않았다. 하지만 무대라고는 해도, '팜팜'은 거의 지역 주민들이 일이 끝난 후에 식사와 수다를 겸하는 만남의 장소 같은 곳이라 지켜야 할 격식이라고 할 만한 것도 없었다.

약소한 무대의 중앙에 스툴을 끌어다 앉은 귀희는 기타를 꺼내 능숙하게 조율했다. 이어 앞의 스탠딩 마이크를 손끝으로 톡톡 두드렸다.

음질이 좋지 않은 마이크 특유의 윙— 소리가 울렸다. 그리고 아직 조금은 소녀인 듯도 싶은 허스키한 목소리가 나직이 퍼졌다.

「신청곡은 없으신가요?」

부옇게 번져 가는 시가 연기 사이로 한 중년 남자가 싱긋 웃으며 말했다.

「늘 부르는 것으로.」

귀희는 그에게 윙크하고 마이크를 제 입가에 고정했다. 박수가 나오고, 소리가 잦아드는 끝에 탁, 탁, 속이 빈 통기타를 두드리며 가볍게 리듬을 타기 시작했다.

작은 손이 능숙하게 현을 탔다. 비록 부에나비스타 소셜 클럽의 멤버 같은 실력은 못 되고 싸구려 기타의 음도 뛰어나진 않았으나, 오히려 그 투박한 소리가 시골 로컬 바의 공기와 독특하게 어우러졌다. 특히 허름한 무대 위, 아직 소녀에 가까운 동양인 아가씨가 가녀린 몸태로 커다란 기타를 들고 연주하는 모습엔 색다른 정취가 있었다.

천장이 낮은 바(Bar)의 조명이 베일처럼 소녀의 정수리로 내려앉았다. 그리고 사금 같은 눈부신 빛이 전신을 은은히 감싸니 소녀는 마치 후광을 발하는 것만 같았다.

입가에는 잔잔한 미소까지 머금은 그 모습이 외진 자리에 홀로 앉은 남자의 선글라스에 비쳤다. 그녀가 눈을 천천히 감았다 떴다. 머리칼이 흘러내리자 살짝 고갯짓을 했다. 노래가 고조에 이르자 콧잔등을 가볍게 찡그렸다.

장막 같은 유리알 너머 조금도 미동이 없는 눈동자는 그 일거수일투족을 지켜보고 있었다. 그 고요한 우물에 고인 그녀는 마침내 무언가를 느낀 듯 그를 바라보았다.

빛에 안겨…….

말간 먹빛 눈동자가 그를 응시했다. 곧 싱긋, 웃었다. 달고 부들부들한 케이크를 떠올리게 하는 눈웃음은 그토록 달콤했으나 의례적인 인사였던 듯 바로 고개를 내리고 연주에 집중했다.

타라랑……. 마지막 음이 잦아들자 짧은 침묵 후에 박수가 터져 나왔다. 소녀는 활짝 웃고는 짐짓 과장스럽게 허리를 숙이며 인사했다.

그때, 중력에 의해 검은 티셔츠 속에서 목걸이가 쏟아졌다. 그리고 목 뒤에 한 갈래로 느슨하게 묶은 머리칼과 함께 목걸이 끝의 녹주석 장식이 찰랑였다. 한눈에도 심상치 않은 윤기가 흐르는 것, 공해의 물빛을 닮은 보석은 침침한 조명 아래 묘한 잔영을 남기며 흔들렸다.

손님들은 더욱 요란스럽게 휘파람을 불고 박수 소리를 높였다. 곧 귀희는 무대에서 내려오며 흘긋 구석 자리를 돌아보았다. 어쩐지 놀랍지 않게도, 남자는 그곳에 그 모습 그대로 있었다.

왠지 모르게 기묘한 남자였다. 수많은 여행자들의 사정을 어찌다 일일이 알 수 있겠느냐마는, 남자는 그 단조로운 느낌에도 불구하고 유독 시선을 끌었다. 꼭 컬러 사진 속에서 오히려 두드러지는 흑백의 색채처럼.

살짝 호기심이 일어 말을 걸어볼까 싶은데, 마침 다른 손님이 하이파이브를 청해왔다. 그리고 다시 고개를 돌렸다.

「어라?」

당황해 저도 모르게 입 밖으로 소리를 내고 말았다. 구석 자리는 비어 있었다. 시선을 돌렸다고 해도 10초나 될까 한 짧은 시간이었는데.

「왜 그래?」

한 손님이 물었다.

「어, 저기 앉아 있던 손님…….」

「거기? 누가 있었나?」

「그게……. 아니, 아무것도 아니에요.」

귀희는 남자가 사라진 구석 자리로 가보았다. 자리를 사용한 흔적이라고는 테이블 위에 반듯하게 놓인 술 한 병과 잔 하나, 남겨진 술값과 미화로 20달러나 되는 팁이 전부였다. 어차피 여기선 미화를 사용할 수도 없는데.

「뭐, 여행자는 맞는 모양이네.」

어깨를 으쓱인 귀희는 일단 팁과 술값을 앞치마의 주머니에 넣었다. 그리고 청소하기 위해 술병을 드는데 병이 그대로 꽉 차 있었다.

「어?」

혹시 싶어 비어 있는 잔을 들여다보니 물기 하나 없이 깨끗한 새 잔이었다.

「허어? 이건 또 뭐래?」

「뭐가 뭐야?」

그리 중얼대며 바(Bar)로 돌아온 귀희가 의아했던지 칵테일을 섞고 있던 사장 호세가 물었다. 그녀는 쟁반을 올려놓고 스툴에 걸터앉아 고개를 갸웃하다가 이내 결심하고 그를 돌아보았다.

「왜, 아까 저 구석 자리에 앉아 있던 손님 있잖아요.」

「아아, 그 이상한 손님?」

역시 자신만의 평가는 아니렷다.

「그죠? 사장님이 봐도 이상하죠?」

「그렇지. 자기가 칸트도 아니고 삼 일 연속으로 똑같은 시각에 와서 똑같은 시각에 가는데다 시킨 술에는 손도 대지 않으니까.」

「어제와 그제도 그랬어요?」

「키도 훤칠하니까 더 눈에 띄었지. 그런데 가만히 지켜보니까 술은 붓는 시늉도 하지 않더라고. 내 생각에는…….」

차차차착! 달칵달칵! 호세가 흔드는 쉐이커 속에서 우주가 창조되는 것처럼 요란한 소리가 울렸다.

「우리 귀희한테 관심이 있는 게 아닐까 하는데?」

「에에?」

「그 손님이 왔다 가는 시각은 늘 네가 일할 때니까.」

「설마요! 사장님도 참. 소설 한번 격렬하게 쓰신다니까.」

이래 봬도 한참 춘심이 동할 나이. 이쪽의 호오를 떠나서 그런 사람이 있을지 모른다는 가정만으로도 괜스레 가슴이 뛰어서 오히려 난색을 표하고 말았다. 아마 부끄러움의 반증이었을 것이다. 아직, 음, 남자친구 같은 걸 만들 생각은 없었지만 왜, 그런 것 있지 않은가?

「소설일 건 뭐 있어? 세레나데도 한 곡 뽑았겠다, 이제 데이트 신청만 하면 되겠네. 뭐, 너보다 나이는 좀 있어 보이더라만……. 오차 범위 열 살 정도는 사랑으로 극복해라. 그 이상은 잘 생각하고. 육아와 치매 수발을 같이 하고 싶지 않으면.」

시선 한 번 오갔을 뿐인데 벌써 애까지 낳아버린 초고속 진행은 그러거나 말거나, 귀희는 손사래를 쳤다.

「제가 뭐라고…….」

「뭐긴.」

호세는 안 그래도 굵직한 이목구비를 가진 남미인 혼혈 특유의 느끼한 윙크를 날렸다.

「버릇없는 예쁜이지.」

아까 당한 것을 그대로 돌려주는 말에 귀희는 피식 웃고 말았다.

「예에, 쓸데없는 생각은 그만두고 일이나 하라는 사장님의 명을 받들겠습니다요.」

귀희는 기지개를 한 번 쭉 켜고 일어났다. 그때 마침 저 멀리 그녀를 부르는 손님이 있어 그들에게 다가가 '주문하시겠어요?' 하고 웃음 짓는 순간, 그 이상한 손님에 대한 생각은 머리 뒤편으로 밀려나고 말았다.

‘팜팜’ 은 공식적으로는 새벽 2시에 문을 닫았다.

흥이 동한 손님 이코르 마을 주민들이 밤새 판을 벌이는 경우도 있기 때문에 때로 비공식적으로 아침까지 하기도 하지만, 웨이트리스들은 대개 2시 정도면 일이 끝났다. 그 후에는 손님들이 주방을 습격해 음식을 가져가 먹든 요리를 해 먹든 전적으로 그들이 알아서 할 일이었다. 그것이 ‘팜팜’ 의 불문율이었다.

정리를 모두 끝낸 귀희는 캐비닛에 넣어둔 묵직한 기타 케이스를 등에 짊어졌다. 그리고 퇴근길에 치한을 마주쳐도 거뜬할 것 같은 무게의 가방을 들고 입구로 다가갔다.

「으아, 피곤하다. 그럼 저 먼저 퇴근합니다.」

오늘도 아침까지 계속될 조짐이 보이는 술판에 모여 앉은 사람들에게 인사했으나, 뭔가 게임을 하는 중인지 다들 인사도 하는 둥 마는 둥이었다. 이때 빨리 사라지는 게 상책이었다. 잘못하다가는 술판에 아침까지 붙들려 있을 가능성이 농후하기 때문이었다.

귀희는 머루 알 같은 눈동자를 데구루루 굴리며 눈치를 살피다 슥 문을 밀었다. 그런데 막 발 한쪽을 바깥으로 빼는 찰나였다.

「귀희야.」

들려온 굵직한 목소리에 귀희는 속으로 ‘크으’ 하는 소리를 삼켰다.

‘성공할 뻔했는데.’

귀희는 억지춘향 웃음을 지으며 뒤를 돌아보았다.

「헥터 아저씨.」

나이답지 않게 건장한 근육질의 헥터는 아까 귀희에게 신청곡을 말했던 그 손님이었다. 나이는 마흔 중반 정도. 월남전에 참전한 경험이 있다더니 어부면서도 묘하게 퇴역 장성 같은 느낌이 있는, 귀희의 의견에 따르면 꽤나 멋진 중년이었다.

「가냐?」

헥터는 괴물 오징어도 맨손으로 때려잡을 것 같은 손으로 귀희의 머리를 흩뜨렸다.

「네, 오늘은 이만 가봐야 할 것 같아요.」

귀희는 최대한 '그러니 오늘은 이만 보내달라' 라는 애원의 빛을 담아 그를 올려다보았다. 점잖아 보여도 술이 들어가면 여지없이 뱃사람의 면모가 나오는 이 겉보기로 '꽃중년' 이 가장 방심할 수 없는 요주의 인물이기 때문이었다. 그런 마음을 읽었는지 헥터는 두툼한 입술을 끌어 올려 웃었다.

「그래, 오늘은 가봐라. 특별히 보내주마.」

뒤에서 사람들이 낄낄대며 외쳤다.

「어이! 주책 중년! 아가씨한테 치근덕대지 말라고!」

「우리 헥터 군, 젊은 애인 생겼나~? 어디 싱싱한 영계의 기운을 우리도 좀 느껴보자고! 데려와!」

「안 돼! 우리 귀희를 근육으로 위장한 술살만 뒤룩뒤룩 붙은 생선쟁이 따위에게 보낼 성싶으냐! 이 아저씨에게 온누! 우쭈쭈쭈~」

헥터는 눈을 위로 굴리며 절레절레 고개를 내저었다.

「술만 들어가면 주책도 저런 주책이 없지.」

귀희는 '아저씨가 제일 심하시면서' 라는 말이 매우 하고 싶었지만 현명하게 혼자만의 생각으로 놔두었다.

「하여간 저 하이에나들이 덤벼들기 전에 어서 가봐라.」

「네, 그럼 내일 봬요!」

귀희는 얼른 클럽을 빠져나갔다. 그리고 다른 사람들이 뒤따라 나와 잡을까 봐 후다닥 지상으로 통하는 계단을 올라가는데, 헥터가 문을 열고 뒤에서 물었다.

「데려다 주랴? 등에 멘 그거 무거울 텐데.」

「괜찮아요. 매일 메고 다니는걸요. 들어가서 노세요.」

휘휘 손을 내저은 귀희는 입구의 모서리를 돌아 사라졌다. 그제야 헥터는 가볍게 숨을 내쉬고 안으로 돌아갔다. 그런데 문이 닫히기 전의 찰나, 아니나 다를까 그 틈새로 그의 뱃사람 특유의 굵직한 고함이 터져 나왔다.

「으윽! 그 덜렁이는 것 집어넣지 못해! 아! 이 사람아!」

귀희는 절레절레 고개를 내젓고 말았다. 사장 호세가 언뜻 이야기했던 '나체 지옥의 판타지아'가 시작되려 하고 있는 것이리라.

귀희는 흥얼대며 밤거리를 걸었다.

아메리칸 드림으로부터 약 100마일, 때로 푸른 물비늘이 무지갯빛으로 넘실대는 카리브해에 인접한 서인도제도의 쿠바는 사시사철이 따듯한 나라였다. 부에나비스타 소셜 클럽, 체 게바라, 시가, 그리고 헤밍웨이의 나라, 쿠바. 특히 본토에서 조금 떨어진 이 후벤투드 섬(Isla de La Juventude)은 소나무 향이 섬 어디를 가나 향기롭게 감돌고, 싱그러운 벽록빛 융단이 대지 위로 흐르듯 펼쳐진, 지상낙원 같은 곳이었다. 거대한 보물섬을 품은 바다는 따듯한 에메랄드빛. 밤이 되어도 달착지근한 바람에 창문들은 환히 열려 있고, 멋대로 조각퍼즐을 맞춰놓은 것 같은 집들이 늘어선 거리는 인기척 하나 없이 고적했다. 후벤투드, 젊은이들의 섬. 비록 세계 각지에서 온 젊은이들이 번성을 일궜던 시절의 생기는 사라졌지만 모든 여행자들이 꿈꾸는 공기는 밤이 될수록 더욱 찬연했다.

그녀의 마을은 섬의 수도 누에바 헤로나(Nueva Gerona)에서도 남쪽으로 쭉 달려 내려오면, 최남단 군사지역 바로 전에 다시 바다를 만나는 해안가에 자리 잡고 있었다. 집은 그런 마을에서도 외곽에 있어 갈수록 거리의 풍광은 한산해졌다. 하지만 아주 어려서부터 걸어온 길이었다. 눈을 감고 물구나무를 서서라도 갈 수 있었다.

「저…….」

그럼에도 갑자기 들려온 목소리에 흠칫 놀란 이유는 그 길 위의 변수는 예측할 수 없기 때문이었다. 그런데 화들짝 돌아본 곳에 있는 상대의 얼굴들이 낯익었다.

「아까…… 음, 클럽…….」

어눌한 스페인어.

확실히 기억나지는 않지만, 아까 팜팜에 왔던 여행자들이었다. 꽤나 오래 여행을 다닌 듯 히피 차림을 하고 있었는데, 남자 둘은 안 되는 스페인어를 해보려고 씨름하다 결국 영어로 바꾸어 물었다.

"혹시 영어할 줄 알아요?"

그 말은 알아들었지만, 영어가 그리 유창한 편은 못 되는 귀희는 고개를 내저었다.

"그래도 우리가 무슨 말 하는지 알아들을 줄은 알죠?"

어떡할까 고민하다 고개를 끄덕였다.

"음, 그러니까."

어떻게든 의사소통이 가능하게 됐는데도 남자들은 서로 묘한 시선을 교환할 뿐 선뜻 말을 하지 않았다. 귀희는 눈을 치켜들었다. 왠지 감이 좋지 않았다. 해를 끼칠 것 같진 않았지만, 설마 이 패턴은…….

"혹시 시간 있어요? 우리랑 놀래요?"

귀희는 한숨을 가까스로 참았다. 종종 이런 남자들이 있었다. 자신이 딱히 미인은 아닌데 아마 순해 보이는 느낌이 멋대로 다룰 수 있을 것 같아서이리라. 한바탕 휘젓고 자기들 나라로 돌아가면 그만인 여행자들은 더욱 그랬다. 특히나 외부 세계와 거의 단절되다시피 한 이런 섬 시골 마을에서라면.

귀희는 고개를 내저어서 거부 의사를 밝혔다. 하지만 예상대로 남자들은 쉽게 포기하지 않았다.

"그러지 말고, 우리는 미국에서 예일에 다니는데……."

여자 쪽이 시큰둥하다 싶으면 그 나라에서 알아준다는 학교나 직장을 들먹이는 남자들의 패턴 또한 모르지 않았다. 그 진실 여부는 차치하고 말이다. 특히 미국인이랍시고 쿠바인들이라면 모두 우러러볼 거라고 생각했다면 천만의 말씀, 만만의 콩떡이었다. 그들에게도 엄연히 '취향'이라는 게 있다는 말씀.

"우리 막 여기 왔거든요. 가이드 좀 해주면 저희가 맛있는 거 사줄게요."

"그래요, 같이 놀아요."

"그러니까…… 시간 없다고요."

도저히 안 되겠다 싶어져서 대충 떠오르는 영어 단어들을 조합해 이야기했더니, 갑자기 남자들의 얼굴이 밝아졌다.

"어? 영어할 줄 아네?"

"오, 잘됐네. 우리가 영어 가르쳐 줄게요. 그쪽은 가이드해 주고, 우리는 영어 선생 해주고. 딱 좋네!"

남자들이 갑자기 너무 빨리 말하는 바람에 귀희는 대부분 알아듣지 못했다.

「네? 뭐라고…….」

"자, 우리 숙소에 가서 술 한잔하면서 천천히 이야기해 보자고요."

남자들은 이제 그녀의 손목을 잡아끌기 시작했다. 막무가내인 남자들이 처음은 아니지만, 보통 마을 아저씨들이 도와주었기 때문에 혼자서 대하기는 처음이라 당황스러워진 귀희는 어떻게 해야 할지 알 수 없었다. 그래서 힘에 끌려 저도 모르게 몇 걸음 끌려갔다가 놀라서 얼른 발에 힘을 주어 멈춰 섰다.

「이봐요!」

"왜 그래요? 혹시 우리 의심하는 거예요?"

남자의 어조가 날카로워지자 귀희는 놀라 말을 우물거리고 말았다.

「예? 아니, 그게 아니라…….」

"아, 거, 너무하네. 우리가 그쪽한테 뭐 어떻게 했어요? 그냥 좋은 마음으로 좀 같이 놀자는 건데."

"여기 사람들은 다 이렇게 각박해요? 내가 뭐라도 했으면 억울하지나 않지."

속사포처럼 쏟아지는 말을 알아들을 수도 없거니와 그 어조가 점점 격해져 귀희는 그저 당혹스러울 뿐이었다. 그런데 그때, 둘 중 한 남자가 귀희가 알아들을 수 없을 거라 생각해서였는지 아니면 들으란 것이었는지 혼잣말처럼 중얼댔다.

"옐로우라 그런가?"

확 얼굴에 열이 올랐다. 그 단어는 어떤 영어 단어보다 잘 알고 있었다. 멕시코에서 건너온 토착민 1세대의 후손이나 메스티소*와 물라토*들이 대부분인 이 마을에서 그녀 같은 순수한 동양인은 누구보다 눈에 띄게 마련이니까.

분을 참을 수 없어진 귀희는 가방을 들어 그 남자를 내려쳤다. 워낙 든 게 많아서 아프기도 했겠지만, 맞았다는 사실만으로도 남자는 기가 막힌 듯 웃었다.

"이게 진짜!"

남자가 확 손을 들어 올리자, 맞는다 싶어진 귀희는 얼굴을 가리기 위해 얼른 가방을 들었다. 아니, 들려고 했다.

소리가 들려온 것은 바로 그때였다.

아마 발걸음 소리인 것 같았다. 그런데 크게 이상할 것 없는 소리에 멈칫해 버린 것은, 아마 그 기묘함 때문이었으리라. 소란 통에 잘 들리지도 않았어야 할 작은 소리가 확성기를 댄 것처럼 귀에 확 꽂혀왔다.

---

* 메스티소:라틴 아메리카의 스페인계 백인과 인디오와의 혼혈
* 물라토:백인과 흑인의 혼혈

공격적인 상대를 앞에 두고 있으면서도 귀희는 저도 모르게 뒤를 돌아보았다. 저 멀리, 장막처럼 두터운 어둠을 가르고 희읍스름한 인영이 윤곽을 드러내고 있었다.

전혀 급한 것 없이 서서히 이쪽으로 가까워졌다. 두 미국인 남자 역시 그것을 얼떨떨하게 쳐다보고 있었다. 그리고 마침내 형체가 분간될 정도로 가까이 왔을 때, 귀희는 어! 소리를 내지를 뻔했다.

그 남자였다. 그 이상한 손님!

그는 꼭 그들이 보이지 않는 것처럼 초연한 공기를 휘감고 똑바로 걸어왔다. 그리고 다섯 걸음쯤 남은 거리에서 멈춰 섰다. 흡사 그제야 그들을 발견했다는 듯이.

아무도 섣불리 입을 열지 않는 가운데, 뒤의 두 미국인이 주춤하며 한 걸음 물러섰다. 남자가 딱히 곤경에 처한 여자―귀희―를 도와주려는 기색을 보이는 것도 아니고, 그저 쳐다보고만 있는데도 그 분위기에 위압된 듯이.

더구나 그는 척 보기에도 웬만한 남자보다 머리 하나가 더 위에 있는 장신이었다. 선이 날렵하게 떨어지는 도회적인 복장 탓인지 딱히 위압적인 풍채로 느껴지진 않았으나, 그저 서 있는 것만으로도 묘한 힘을 발산했다.

"야, 가, 가자."

두 미국인은 안 되겠다 싶어졌는지 얼른 걸음을 물렸다. 그리고 귀희가 넋을 놓고 있는 새에 얼른 왔던 길로 되돌아갔다. 그저 혈기 왕성한 청년일 뿐인 그들은 남자의 묘한 분위기에 더불어 행인이 있다는 사실에 의욕을 상실한 것 같았다.

문득 남자의 고개가 살짝 아래로 향했다. 여전히 눈은 보이지 않았지만 그 각도로 인해 자신을 보고 있음을 알 수 있었다.

꿀꺽, 굵은 침이 목을 타고 넘어갔다.

자신도 빨리 도망갔어야 하는 건데, 아무래도 타이밍을 놓친 것 같았다. 자신을 해칠 것 같진 않았지만 혹시 모르는 이야기였다. 확신을 하기에는 묘하게 위험한 분위기였다.

호랑이 굴에 끌려 들어가도 살아날 구멍은 있으니 일단 인사로 분위기를…….

「가, 감사…….」

미처 말을 끝내기도 전에 남자가 앞으로 한 걸음 내딛었다. 놀란 귀희는 거의 펄쩍 뛰어오르다시피 했다. 하지만 남자는 멈추지 않고 다가오더니, 바싹 긴장한 그녀를 무심히 스쳐 지나갔다.

「저, 저기요!」

저도 모르게 잡고 말았다. 그래도 멈추지 않을 거라는 예상과는 달리, 남자는 멈추었다. 말은 없었지만 뒷말을 기다리고 있는 것을 알 수 있었다. 하지만 할 말이란 게 있을 리 만무했다.

「어…… 그러니까…….」

남자는 지체 없이 다시 걷기 시작했다. 조금 더 주춤거리던 귀희는 집으로 가기 위해 발걸음을 돌렸다. 그런데 아차. 그러고 보니 집으로 가는 길목은 남자가 가는 쪽이었다.

'에, 저 뒤를 따라야 하나.'

조금 고민이 되었지만, 자신에게 관심도 없어 보이는 남자를 상대로 이렇게 경계하는 것도 우스운 일이다 싶었다. 더구나 길을 돌아가자면 또 어떤 변수를 마주칠지 알 수 없었다.

귀희는 끙, 소리를 내고 미적미적 남자의 뒤를 따랐다. 자신은

절대 그를 따라가는 게 아니라 그저 집으로 갈 뿐이라고 중얼대
며.

꽤 긴 길을 가면서도 남자가 뒤돌아보는 일은 없었다. 분명 뒤
따라오는 기척을 느낄 텐데, 어쩌면 저럴 수 있을까 싶을 만큼 철
저히 모른 척이었다. 귀희는 '더 가면 해안뿐인데요' 라고 말하고
싶었지만 어차피 무시당할 것 같았다.
꼭 동네 바둑이처럼 뒤를 따르며 '저런 분위기라면 깡패한테
걸릴 일은 절대 없겠다' 쯤의 실없는 생각을 하며 걷고 있을 때였
다.
「앗!」
뭔가에 걸려 넘어질 뻔해 얼른 몸을 세우고 아래를 보았다.
나 참, 되는 일이 없으려니 운동화 끈까지 말썽이었다. 투덜대
며 끈을 묶고 몸을 일으켰다. 그런데 남자는 아까 마지막으로 봤
던 자리에 서 있었다. '어라?' 싶은데, 바로 다시 걷기 시작했다.
혹시 저 남자……?
「아, 이놈의 끈이 정말 말썽이네.」
들으란 듯이 중얼거리며 다시 자리에 앉아 운동화 끈을 묶는
척했다. 그러며 흘긋 동태를 살피는데, 남자는 묵묵히 걸어갈 뿐
이었다.
'착각이었나?'
하긴 그 미국인들이 자진해 물러났을 뿐 딱히 곤경에 처한 그
녀를 구해주려고도 하지 않은 남자가 그녀를 데려다 주는 게 아
닐까 하는 생각 자체가 난센스였다. 혼자 쇼한 것 같아 민망해진

귀희는 슬쩍 일어났다. 그리고 얼마 가지 않아 층마다 간간이 희미한 불빛이 뿜어져 나오는 그녀의 집이 시야에 들어왔다.

그 앞에 당도한 귀희는 여전히 멈추지 않고 저편으로 가는 남자를 돌아보았다. 이내 그녀는 가볍게 어깨를 으쓱이고 입구로 걸음을 돌렸다. 그때였다.

"혼자 있을 땐 상대를 자극하지 않는 편이 좋아."

우와, 목소리.

귀희는 저도 모르게 중얼거릴 뻔했다.

단조롭지만 깊고 그윽한 중저음이 그야말로 멋지다는 말로밖에 설명되지 않았다. 그에 멍해져서 그가 뭐라고 했는지는 완전히 뒷전이고 그저 멍하니 쳐다보고 있기만 했다.

사아아……. 그다지 멀지 않은 곳에서 파도가 방파제에 부딪혀 부서지는 소리가 들려왔다. 그리고 방파제에 부딪혀 부서지는 파도처럼 뭉글 밀려온 바람이 귓가에 부딪혀 흩어졌다.

그 순간 무슨 이유에서였을까. 어두운 유리알 너머 그녀를 응시하는 그의 눈동자 색이 궁금해졌다.

푸른색? 청록색? 아니면…… 아주 선명한 녹색일까?

왠지 마지막일 것 같다는 생각이 들었을 때, 그가 몸을 돌려 걸어갔다. 후다닥 울타리 밖으로 달려 나가 '저기!' 하고 소리쳤지만, 모서리를 돌아갔는지 이미 그의 모습은 보이지 않았다.

꼭 뭔가에 홀렸던 것 같았다. 그만큼 홀연히 나타났다가 홀연히 사라진 남자였다.

귀희는 묘한 기분을 떨치듯 고개를 흔들었다. 이대로 넋 놓고 있을 것도 아니라서 미적미적 입구로 다가가긴 했는데, 왠지 모를 미련에 남자가 사라진 방향을 자꾸 돌아보게 되었다. 하지만 곧 후— 한숨을 내쉬고 군데군데 페인트가 벗겨진 계단을 올라 갔다.

모두가 잠든 공간에는 그녀의 발걸음 소리만 메아리칠 뿐, 몇 백 년쯤은 족히 된 것 같은 낡은 건물은 음산했다. 세계에서 몇 남지 않은 공산국가인 쿠바는 미국과의 냉전으로 인해 오랫동안 무역이 체결되지 않아 건물을 새로 지을 자재가 극도로 부족했 다. 그런 만큼 어지간히 낡은 건물도 그대로 쓰이는 편이었다. 하 지만 그런 쿠바에서도 이 건물은 오랫동안 보수가 되지 않아 칠 이 다 벗겨지고 회랑 천장의 한쪽이 무너진 모습이 이미 사용 한 도를 훌쩍 넘기고 있음을 알려주었다. 그러나 복도의 거의 끝에 있는 집에 다다라 문을 열자 양초의 향기가 은은하게 퍼져 왔다. 폐허 같은 건물의 분위기와 달리 내부는 소박하지만 단정했다. 크기는 고작해야 거실과 연결된 방 하나에 부엌이 들어가는 15평 정도. 백색 도료를 바른 벽에 허름한 느낌은 어쩔 수 없었으나, 모든 것이 깔끔하게 정리된 내부에서 그 주인의 꼼꼼하고 세심한 성품을 알 수 있었다.

그곳에 여인은 등을 보인 채 앉아 있었다. 잘 손질된 목제 간 이 테이블 앞, 가지런히 정리된 치맛자락 아래로 바닥의 아라베 스크 무늬가 덩굴을 뻗치듯이 원형으로 뻗어져 나오고 있었다. 차림은 단정한 셔츠에 치마, 전형적인 현대 쿠바 여인의 차림이 었다.

「저 왔어요.」

여인은 굽히고 있던 허리를 천천히 폈다. 그러자 머리카락을 깔끔하게 빗어 넘겨 묶은 뒷머리가 눈에 들어왔다.

「아직 안 주무셨어요?」

귀희는 등에 멘 기타 케이스와 가방을 내려놓고 무게에 짓눌려 뻐근한 어깨를 주무르며 부엌으로 가 물을 한 컵 따랐다. 그리고 시원하게 들이켜는데, 조금은 쉰 듯한 목소리가 대답해 왔다.

『왠지 잠이 오지 않는구나.』

귀희는 물컵을 물로 씻어 싱크대 위에 올려놓고 그녀에게로 다가갔다. 그리고 왜소한 어깨에 양손을 얹자, 주름진 손이 올라와 가만히 귀희의 손을 잡았다.

「잠이 안 와요?」

『응……. 왠지 모르게 오늘따라 가슴이 두근거려서 말이다. 설레는 것 같기도 하고.』

귀희는 작게 하하, 하고 웃었다.

「그러실 때가 다 있네요.」

『나도 사람이니까. 그런데…….』

여인은 귀희를 돌아보았다.

『집에서는 한국어로 말하라고 하지 않았니.』

돌아본 그 얼굴은 비록 세월이 많이 지나긴 했어도 분명 이 세상 누군가에겐 낯익은 것이었다. 길거리에서 마주쳤다면 두 번 돌아보지 않을 정도로 평범한 외모지만 가슴이 선득해지도록 날카로운 눈매와 완고한 입매…… 그리고 오른쪽 얼굴을 모두 덮은 흉측한 화상 자국.

기순.

바로 그녀가 그곳에 있었다. 자신을 향해 꾸밈없이 웃는 아이를 고요한 눈길로 바라보며.
　『응, 미안해요.』
　귀희는 빙그레 웃었다.
　『엄마.』

3

『오늘 일은 어땠니?』

샤워를 마치고 나온 귀희는 질문에 '음……' 하며 고개를 기울였다.

『별건 없었는데…….』

『없었는데?』

일과에 대해 물으면 늘 괜찮았다며 무난한 대답만을 하던 귀희였다. 그래서 기순도 별 기대 없이 버릇처럼 물은 것이었는데, 일상의 변수를 암시하는 말에 서절로 고개가 돌아갔다.

귀희는 발로 다른 쪽 다리를 긁적이며 싱크대 앞에서 물잔을 채우고 있었다. 짧은 반바지 아래로 드러난, 애젊은 처녀의 하얀 다리가 눈부셨다.

『좀 이상한 손님이 있었어요. 뭐랄까…….』

귀희는 물을 마시며 한참 단어를 골랐다. 하지만 끝내 적당한 말을 찾지 못하고 고개를 내저었다.

『아, 뭐라고 설명해야 할지 모르겠어요.』

남자들이 치근댄 일은 당연히 빼고 말한다 해도, 그 이상한 손님에 대해서는 온통 이상한 느낌뿐이라서 정리도 제대로 되지 않았다. 하지만 안 그래도 딸아이가 술집에서 일하는 것부터 신경 쓰고 있는 기순이 그냥 넘어갈 리 없었다. 엄한 눈매를 치켜들었다. 결국 귀희는 털어놓았다.

『못 보던 손님인데, 한 삼 일인가? 매일 술을 시켜놓고 마시지도 않고 그냥 앉아만 있다가 가더라고요..』

『못 보던 손님이라고?』

『네.』

『너한테 무슨 말을 하든?』

귀희는 어깨를 으쓱였다.

『본 척도 하지 않던걸요..』

사실 집요하게 쳐다보기는 했지만 그뿐이기도 했고, 귀희는 괜히 기순을 걱정시키고 싶지 않아 그렇게 둘러댔다. 기순은 낯선 사람이 귀희 그녀에게 다가오면 유독 과민해지기 때문이었다. 하지만 과년한 딸을 가진 부모의 심정이란 다 그런 것이리라.

『그냥 혼자 우울을 곱씹고 있다가 가더라고요..』

그제야 기순은 안도했는지 하던 일을 마저 하며 그다지 관심이 없는 투로 말했다.

『뭔가 사정이 있나 보지.』

『실연이라도 당한 걸까요? 왜, 실연 여행 같은 거 오는 사람들

많잖아요.』

기순은 피식 웃었다.

『우리 귀희는 뭐든지 그쪽으로 끌어가는 경향이 있지.』

귀희는 짓궂게 웃었다.

『엄마와 아버지의 러브스토리를 듣고 자라서 그런가 보죠.』

반대편 의자에 앉은 귀희는 버릇처럼 목에 걸린 목걸이를 만지작거리며 달콤한 한숨과 함께 중얼거렸다.

『일하던 집의 바깥마님과 이루어질 수 없는 사랑 끝에 날 임신. 그리고 모두를 위해 한국을 떠난다……. 소설처럼 극적이니까.』

엄밀히 말해 자신은 불륜의 증거라고 할 수 있으나, 귀희는 그 사실에 딱히 자괴감을 가져본 적이 없었다. 그만큼 어떤 것도 장애가 될 수 없었던 두 사람 사이에서 나온 결실인 자신이 오히려 자랑스러웠다. 물론 정당한 관계였다면 더할 나위 없이 좋았겠지만 그렇지 않더라도 상관은 없다는 의미였다. 어쨌든 기순은 자신의 실수를 바로잡고자 아버지를 떠났으니까.

『이 목걸이도 아버지가 준 선물이고 말이죠.』

도난을 걱정해 가짜라고 이야기하기는 하지만, 이 에메랄드는 아마도 진짜일 것이다. 좁은 마을에 소문이라도 날까 싶어서 감정을 받아본 적은 없었다. 그러나 조명 아래 더욱 찬란한, 이 영롱한 빛은 무지렁이의 눈으로 봐도 결코 가짜라고 할 수가 없었다. 종종 이렇게 응시하고 있노라면 그대로 빨려들 것만 같았다.

'그 남자 눈도 이런 색일까?

머릿속에서 선글라스를 벗겨내고 그의 눈에 매치시켜 봤지만,

척 보기에도 흠 잡을 데 없이 완벽한 그 몸에 순정만화처럼 반짝이는 보석 눈을 한 이상한 이미지만 떠올라서 오히려 남자에게 미안해지고 말았다.

'아니, 그전에 인간의 눈이 이런 색일 리가 없잖아?'

또 그런 실없는 생각을 하며 보석을 기울이자, 갑자기 선명한 녹주석이 가을날 잘 익어가는 홍시처럼 붉은 빛을 띠기 시작했다.

'아, 또 이러네.'

이 보석이 특이한 점은 색뿐만이 아니었다. 햇빛 아래 나서면 초록색인데 희한하게도 지금처럼 가끔 밤에 보면 완벽한 홍색으로 변할 때가 있었다. 꼭 낮엔 음전한 숙녀, 밤엔 요부처럼.

처음엔 별 희한한 보석이 다 있다 싶었지만 아무래도 결함인 성싶었다. 색이 변하는 보석의 이야기는 들어본 적 없으니까.

그래도 아버지를 느낄 수 있는 유일한 물건이었다. 새삼 기억도 나지 않는 아버지가 궁금하거나 그립거나 한 것은 아니었다. 대뜸 찾아가서 그 아내와 아이들과 잘살고 있을 아버지의 가정을 파탄 내는 일은 절대 하지 않을 거니까. 궁금하거나 그립거나 하는 감정은 언젠가 다시 만날 거라는 기대를 할 수 있는 사람을 상대로나 가능한 것이었다.

과거는 과거일 뿐이다. 기순은 늘 그렇게 이야기해 왔고, 둘은 이렇게 자신들의 삶을 꾸려가는 데 만족했다.

『시각이 많이 늦었다. 이만 자자꾸나.』

『그래요.』

기순이 테이블을 정리하는 동안 귀희는 방으로 들어가 잠자리에 들 준비를 했다. 그리고 먼저 이불 속에 들어가 눕자, 금세 졸음이 찾아왔다. 하긴 하루에 여덟 시간씩 무거운 술병들을 지고 다니며 일하고 학교를 다니지 않는 대신 틈틈이 혼자 공부까지 하고 있으니 하루가 길고 곤할 법도 했다.

의식의 끝에 귀희는 희미하게 생각했다.

그런데 그 남자, 정말 날 데려다 준 걸까? 응, 그래. 내일 오면 물어봐야지…….

그 생각을 마지막으로, 깊고 안락한 잠 속으로 침몰했다.

주름진 손이 화장대 위에 핀을 내려놓자, 거울을 바라보고 있는 여인의 눈매에 팽팽한 긴장이 풀어졌다. 늘 머리를 한계까지 당겨 묶어놔서 때로는 심한 두통이 있었지만, 어느 순간부터 버릇이 되어 고칠 수 없게 되고 말았다. 아마 그것이 때로 흐려질 것 같은 정신에 각성제 노릇을 하기 때문인지도 몰랐다.

어스름한 빛 아래 오래된 상처가 눈에 들어왔다. 저절로 손이가 천천히 어루만졌다. 이제 진물이 흐르는 상처를 가린 붕대는 없었지만, 인식할 때면 항상 이렇게 손이 갔다. 가린다고 가려지는 것도 아니건만 꼭 비쩍 말라 시든 손으로 가려보려는 듯이.

화장품 따위 거의 바르지 않는 피부가 손바닥 아래 사포처럼 까슬까슬했다. 언제 이렇게나 늙어버렸을까. 치열하게 살아남는 것밖에 생각하지 않는 동안 그녀는 제가 봐도 마흔다섯의 나이가 무색하게 되어버렸다. 고작 20여 년이 흘렀을 뿐인데…….

「으응…….」

뒤에서 뒤척이는 소리에 기순은 거울 너머로 침대 위에 봉긋한 둔덕을 보았다.

곤히 잠든 아이를 지켜보는 동안 그녀는 다시 떠올리고 싶지도 않은 과거의 편린 하나를 마주하고 있었다. 뼈가 에이도록 추운, 그 망령(亡靈)과 같은 과거 '그날' 의 기억을……

쿵! 와르르르륵!

천장에서 검게 그을린 잔해가 무너져 내리며 눈앞에 불길이 역류했다. 그것은 괴물이 흉물스러운 입을 벌려 불꽃의 토기를 내뱉는 것과 같았다.

여긴 지옥이야.

기순은 멍하니 생각했다. 사방은 불길과 절규의 아비규환인데, 문득 현실감이 멀어지며 묘하게 차분해졌다. 꿈을 꾸고 있는 것 같았다. 소리가 아련히 멀고, 몸이 나른했다.

콰르르릉! 저 멀리 뭔가가 산산조각 나는 소리에 번뜩 정신을 차렸다. 아득하던 소리가 소용돌이치듯 귓가에 돌아왔다. 그녀는 넘어졌던 자리에서 다급히 일어났다.

예전에 들은 적이 있었다. 불이 나면 불타 죽는 것보다 그 연기를 마시고 질식해 죽는 경우가 더 많다고. 연기를 많이 마시면 의식이 흐려지고 몸이 나른해지기 때문에 조심해야 한다고.

기순은 급한 대로 웃옷을 벗어 입과 코를 가렸다. 격렬한 불길 앞에 드러난 피부가 따끔거리고 보안 브래지어밖에 하지 않은 모습이 수치스러웠지만, 생사의 기로에서 자세를 낮추고 뛰기 시작했다.

불길은 고삐에서 풀려난 망아지처럼 이미 거세질 대로 거세져 사방을 집어삼키고 있었다. 그 게걸스러운 모습이 음식을 허겁지 겁 집어삼키는 탐욕스러운 탐관오리처럼 보였다. 모든 것을 착취하고, 킬킬 웃으며 이 지옥도를 지켜보고 있었다.

어려서부터 찢어지게 가난한데다, 부모는 병까지 앓고 있어 돈을 벌기 위해 해보지 않은 일이 없었다. 그러다 밑 빠진 독처럼 끝없는 가난이 지긋지긋해 집을 뛰쳐나왔다. 하지만 중학교를 중퇴한 그녀가 할 수 있는 일이란 요즘 같은 시대에도 최저임금조차 지키지 않는 공장일 뿐이었다. 설상가상으로 그것도 동료들에게 따돌림을 당해 오래 견디지 못하고 그만둘 수밖에 없었다.

그렇게 매춘을 제외하고는 해보지 않은 일이 없을 정도로 그녀를 고용해 주는 곳만 있다면 가리지 않고 전전했다. 그러다가 마지막으로 일했던 곳에서 만난 아주머니가 그녀를 안쓰럽게 여겨 자신의 어머니가 고향의 고명한 종갓집에서 부엌어멈으로 일하는데, 그곳에 젊은 일손이 부족하다며 원한다면 소개시켜 주겠다고 한 인연으로 이곳까지 왔다. 그리고 옛날의 생활 방식을 그대로 고수하고 있는 고택에서 온갖 잡다한 일을 도맡아 하며 고생했다.

이렇게 끝나기에는, 스스로가 불쌍해서라도 그럴 수 없었다.

"아앙!"

그때였다. 기순은 우뚝 멈춰 섰다. 온통 불타오르는 소리만이 가득한 가운데, 들릴 리 없는 소리가 들려온 것이다. 꼭 갓난아이의 울음소리 같은……. 연기를 너무 마셔 환청까지 들리는 모양이었다.

"아아앙……."

그런데 또다시 들려왔다. 저를 두고 가려는 그녀의 존재를 눈치챈 듯이 좀 더 크게 울었다.

기순은 주저하며 막 지나온 방의 내부를 들여다보았다. 방 안 또한 마찬가지로 지옥도였다. 천장 한쪽이 무너진 채 불타오르고 있어 저 안에 사람이, 특히 갓난아이가 살아 있을 가능성은 미미해 보였다. 하지만 눈을 가늘게 뜨고 좀 더 깊이 들여다보니, 갓난아이가 있었다. 불타오르는 잔해가 교묘히 비켜간 공간에 강보에 싸인 채 홀로 떨어져 울고 있었다.

저 아이는…….

천장이 무너진 잔해 아래 깔려 있는 여자의 손이 보였다. 기순은 흠칫했다. 금세 그 손의 주인이 안마님임을 깨달았다. 아이를 구하려다 무너지는 잔해에 깔린 것이리라.

"정말…… 입니까?"

머지않은 기억 속에서 안마님이 떨리는 목소리로 물었다. 굳게 닫힌 장지문 너머로 새어 나온 음성, 마침 차를 나르기 위해 다가간 그녀는 멈칫했다.

그날 밤 소리 소문 없이 나타난 손님들은 매우 기묘했다. 남자 하나에 여자 하나. 얼핏 모서리 너머로 사라지는 둘 다 그들보다 머리 하나는 더 큰 장신에 이목구비가 뚜렷한 외국인이었다. 그것도 수상해 보이는 검은 코트로 몸을 칭칭 감고 있는.

사실 종갓집의 장손으로서 문화재와 전통생활 분야 사업에 참여하고 있는 바깥마님에게 외국인이 찾아오는 일은 드물지 않았다. 으슥한 시각에 찾아온 것이 좀 이례적이긴 해도 으레 그런 것이려니 했다. 그런데 이 손님들은 뭔가가 다르다는 직감이 들었다. 원래 눈치가 빨랐을뿐더러, 마님 부처가 일하는 사람들을 모두 물리고 은밀히 맞이한 것에서부터 수상함을 느끼고 있었다.

영어라 무슨 대화가 오가는지는 알 수 없었다. 그래도 왠지 모를 호기심에 숨죽이고 훔쳐 듣고 있는데, 갑자기 장지문 너머 불편한 침묵이 흘렀다. 기순은 예리한 직감으로 그들이 자신의 존재를 눈치챘음을 깨닫고 얼른 문을 두드렸다.

『차를 내왔습니다.』
『그냥 밖에 두고 가거라.』

멈칫한 기순은 다시 문을 밀어 닫았다. 그런데 문이 완전히 닫히기 직전, 이쪽을 초연한 눈으로 바라보는 남자와 시선이 마주쳤다.

타오르듯 붉은 머리칼, 기이하도록 선명한 녹색의 눈동자…….

뭔가로 한 대 얻어맞은 것 같았다. 남자는 무척 잘난 생김새였지만, 그녀가 처음 느낀 감정은 '공포' 였다. 한국인에게서는 결코 볼 수 없는, 거부감이 들 정도로 낯선 색 때문이었을까. 정확한 이유를 알 수 없으면서도 섬뜩해진 기순은 얼른 문을 닫고도 한동안 쿵쾅대는 가슴을 진정시킬 수가 없었다.

그때 장지문 너머 남자가 그윽하니 낮은 음성으로 말했다.

"열다섯이 되면 데리러 오겠습니다."

위 윌…… 컴 백 투 리트리브 허 웬 쉬 비컴즈 핍틴…….

당시에는 이해되지 않지만, 기순은 왠지 모를 예감에 토종적인 발음으로 그 문장을 조용히 머릿속에 새겼다.

쿠르르릉!

그때, 멍해져 있는 그녀를 위협하듯 옆에서 천장의 잔해가 무너져 내렸다.

기순은 주저했다. 혼자 온 힘을 다해 뛰어도 생존의 가능성은 희박했다. 아무리 봐도 그 손님들이 양자결연기관에서 나온 사람들 같지는 않았으니 여러모로 수상한 아기이긴 하지만, 자신과는 관계없는 이야기였다.

어쩔 수 없는 일임을 정당화하고 고개를 드는 순간이었다. 아기와 눈이 마주쳤다. 어느새 울음을 멈추고 빤히 그녀를 보고 있었던 것이다. 흡사 그녀의 비겁한 마음을 읽은 듯이. 치솟는 불길 속에 이 세상의 것이 아닌 듯 초연한 눈빛은 어딘지 소름 끼치기까지 했다.

꼭 '그 남자'의 것과 같은 눈빛.

기순은 사납게 고개를 내저었다. 이러고 있을 때가 아니었다.

『미안해. 난 이렇게 죽고 싶지 않아.』

알아듣지 못하리란 걸 알면서도 중얼대고 뛰기 시작했다. 자신을 오롯이 바라보던 그 청명한 눈동자에서 도망치듯. 지금 얻은 방치(放置)의 죄에서 달아나듯.

아니, 그럴 수만 있었다면 이 세계의 끝까지라도 달렸을 것이다. 하지만 달음박질이 갈수록 서서히 속도를 잃는가 싶더니, 마침내 완전히 멈추었다.

기순은 떨리는 숨을 내쉬며 눈을 꽉 감았다. 재빨리 몸을 돌리고, 불길에 무너진 책장이 반쯤 입구를 막고 있는 방 안으로 뛰어들어갔다. 그녀가 버리고 간 것을 보았음에도 울지 않은 아기를 급히 강보에 감싸 안아 들었다.

아기는 오히려 웃었다. 흡사 그녀가 돌아와 줄 줄 알았다고 말하는 것 같았다. 하지만 정말 더는 지체할 시간이 없었기에 일단 아기를 강보로 덮어 감싸고 몸을 돌렸다.

콰르륵!

『악!』

그나마 남아 있는 천장이 불길하게 흔들린다고 느낄 새도 없었다. 창졸간에 무언가 뜨겁고 묵직한 것이 그녀의 오른쪽을 때렸고, 그대로 나가떨어졌다.

온몸이 불길에 휩싸인 것만 같았다. 공포와 살갗이 타는 고통에 비명조차 나오지 않았다. 그저 짐승이 목 졸려 죽을 때 내는 천박한 울음소리만 억억 흘렀다.

아기가 목이 터져라 우는 소리가 귀를 할퀴었다. 가까스로 몸을 일으키고 오른쪽 얼굴에서 손을 뗐다. 한쪽 시야가 흐려져 보이지 않고, 손에 뭔가 끈적끈적한 점액 같은 것이 딸려 나왔다. 다른 손으로 머리카락을 더듬어보니 부슬부슬하게 끊어졌다. 그녀가 어떤 몰골일지, 아기가 얼굴까지 붉히고 온 힘을 다해 우는 모습을 보고 추측할 수 있었다.

그녀는 비척비척 울고 있는 아기에게 다가가 품에 그러모았다. 숨이 넘어가도록 우는 것에 비해 아기는 저항하지 않았다. 그것이 이 모습이 징그러워서라기보다 그녀의 고통을 느끼고 울어주는 것 같음은, 그냥 저 좋을 대로 생각하고 싶은 것뿐일까?

이렇게 죽는다고 해도 그녀를 위해 울어주는 사람 따위, 아무도 없을 테니까.

그녀는 온 힘을 다해 아기를 끌어안았다.

아마 그녀는 알았으리라. 야음을 틈타 찾아온 기묘한 남자가 한 말을 머릿속에 새겼을 때 느꼈던 예감은 이 순간을 예언했으리라고.

「으응!」

사나운 잠꼬대에 기순은 불현듯 상념에서 깨어났다. 그리고 귀희를 보자, 그녀는 이리저리 뒤척대다 곧 조용해졌다. 서늘한 방 안에 다시 정적이 찾아왔다.

"열다섯이 되면 데리러 오겠습니다."

그날 밤, 장지문 너머로 남자는 그리 말했다.

그때는 알아듣지 못했지만 이후에 오다가다 만난 외국인에게 의미를 물었을 때 알려주었다. 열다섯이 되면 데리러 오겠다……. 역시 양자결연기관에서 나온 사람이 아니었던 것이다.

기순은 소리 없이 일어나 침대로 다가갔다. 그리고 그 곁에 무릎을 꿇고 앉아 곤히 잠든 아이를 깊이 들여다보았다. 아직 어림이 남은 둥그런 볼과 간간이 우물대는 뾰루퉁한 입술, 연한 눈매……. 마냥 보드라운 아이라 때로 이리 절로 손이 가 하염없이 쓰다듬어 보게 되었다.

아이를 볼 때마다 불가피하게 떠오르는 것은, 그 기묘한 남자.

그는 누구였으며, 어디서 왔고, 귀희를 그냥 맡긴 것뿐이었다면 왜 그 사고 후에도 전혀 연락이 되지 않았을까.

어딜 가나 그 자문이 망령처럼 제 뒤를 따라다녔다. 하지만 어느 순간 더는 궁금하지 않게 되었다.

기순은 묘한 윤기가 이는 눈으로 잠든 아이를 응시하며 읊조렸다.

『나타나지 않은 건 그쪽 잘못이니까.』

과거는 과거일 뿐이다. 그 스산한 밤, 그리 단언했던 남자조차 이제 와 그들을 찾아낼 수 없는…….

청정한 달빛 아래, 여인은 한참이고 그 자리에 그렇게 앉아 있었다.

자박……. 걸음을 내딛은 그는 주변을 조용히 훑었다. 선글라스의 검은 장막 너머로 더욱 짙은 어둠에 그의 민감한 감각을 자극하는 이상 기척은 없었다. 그저 멀리서 이는 아련한 파도 소리를 따라 어둠의 물결이 잔잔히 흐르고 있었다. 굳이 이질적인 것이라고 한다면, 뒤에서 비치는 조명에 바닥 위로 길게 늘어진 그 자신의 그림자뿐이었다.

흐르듯 길게 늘어져 저편의 어둠까지 연결된 그림자는 분명 '인간' 의 것이었다. 모자를 쓰고, 코트를 입은. 하지만 어둠이 나직한 숨결을 내쉴 때면 흐릿하게 흔들려 묘한 잔영을 그렸다. 그것에서 당장에라도 밤의 야차(野次)가 실체화되어 일어날 듯이…….

불어온 낮은 바람에 이끌려 남자는 뒤를 돌아보았다.

어두운 거리에 높이 솟은 건물의 창들이 은은히 발현하고 있었다. 선한 영혼과 악한 영혼이 뒤얽힌 연옥에 선한 영혼만을 환영하는 천국의 문처럼.

그것을 응시하던 남자는 코트의 안주머니에서 핸드폰을 꺼내 들었다. 짧은 신호음 끝에 달칵— 하고 상대가 전화를 받았다. 그는 막 옆은 스탠드 불빛마저 꺼지는 창에서 시선을 떼지 않는 채 말했다.

"확인했습니다."

어두운 선글라스 너머, 파르란 녹색 눈동자가 연한 이채(異彩)를 발했다.

4

안 오네.

귀희는 쩝 입맛을 다셨다.

다음날 출근했을 때부터 괜스레 입구에 눈이 갔다. 하지만 아무리 시간이 지나도 눈에 띄는 장신은 나타나지 않았고, 이틀이 지난 오늘도 마찬가지였다. 아무래도 이곳을 떠나 다른 도시로 간 모양인데, 왠지 아쉬웠다. 분위기가 하도 묘해서 숨겨진 사정이 뭔가 궁금했는데 말이다.

티링, 팅, 디리링……. 기타의 현을 손장난하듯 무성의하게 퉁겼다. 한가한 김에 요즘 거의 하지 못한 기타 연습이나 하려고 했는데, 다른 생각만 첩첩이 산중이었다. 그때 멀리 부엌에서 호세가 '테이블 좀 닦아라' 하고 말해 어쩔 수 없이 기타를 놓고 일어났다.

아직 해가 넘어가지 않은 시각에 팜팜은 밥을 먹는 몇몇 손님을 제외하고는 한가로웠다. 그래서 청소를 하거나 이렇게 자기 할 일을 하면서 붐빌 시간을 기다리는 게 보통이었다.

행주로 테이블을 닦고 있는데, 호세가 신주단지 1호로 아끼는 빈티지 전축에서 노래가 흘러나오기 시작했다. 부엌에서 나온 호세가 틀고 간 것이었다. 타닥……. 전축 특유의 튀는 소리와 함께 나른하고 다소 끈적끈적한 노래가 클럽 내부에 오후의 열기처럼 맴돌았다.

〈베사메 무쵸(Bésame Mucho)〉, 때로 낯 뜨겁도록 끈끈한 노래를 좋아하는 호세의 취향이었다.

기타 코드를 생각하며 천천히 테이블을 닦던 귀희는 어느새 노래에 빠져 리듬을 타기 시작했다. 처음에는 음악에 맞춰 허리로 느긋한 물결을 타고, 곧 몇몇 있는 손님들 앞에서 개의치 않고 흡사 투명한 파트너와 탱고를 추듯이 스텝을 밟았다. 그러다 손님들이 휘휘 휘파람을 불자 더욱 심취한 듯이 거의 애절한 표정까지 지으며 좁은 테이블 사이를 무대처럼 휘젓고 다녔다. 마지막으로 빙글 턴하며 멈추자, 어이없어하는 목소리가 들려왔다.

「쇼한다.」

「기왕이면 쇼맨십이 넘친다고 해주세요.」

호세는 와인잔을 닦으며 픽 웃었다.

「춤이나 잘 추면. 엉덩이만 씰룩대면서 말은 잘 해?」

귀희는 보란 듯이 철썩! 제 엉덩이를 후려치며 히죽이 웃었다.

「그러니까 이 엉덩이가 백만 불짜리인 거죠.」

호세는 정말 딱 뭐 씹은 것 같은 얼굴로 그녀를 보았다. 그 표정이 너무 리얼해서 귀희는 푸핫 웃어버리고 말았다.

「나라면 너 같은 여자친구는 마돈나를 덤으로 얹어줘도 싫을 것 같다.」

「제 어디가 어때서요?」

호세는 아주 좋게 말해서야 보헤미안적인, 한 가닥으로 묶은 긴 머리카락에서부터 헐렁한 유니폼 티셔츠와 정신없이 찢어진 청바지, 마르고 닳도록 신은 운동화까지 그녀를 쭉 훑었다. 그 시선이 어찌나 적나라하던지 살짝 민망해지려고 했다.

「어디 보자. 얼굴은 그냥 애고, 정신 상태 역시 애고, 촐랑대고, 덤벙대고, 방정맞고……. 한마디로 그나마 볼 만한 건 날씬한 몸매밖에 없는 어린애?」

「어머, 사장님 눈에 제가 매력적인 여자로 보이면 그게 더 큰일이잖아요. 사장님이 변태도 아닌데.」

한 방 먹은 호세는 눈을 가느다랗게 뜨고 '호오, 제법 하는데' 하듯이 그녀를 보았다. 간만에 승리를 거둔 귀희는 호홋 웃으며 짐짓 거만하게 머리카락을 흩날려 주었다.

「말이 나온 김인데.」

보란 듯이 엉덩이를 과장되게 씰쭉대며 테이블을 닦으러 가던 귀희는 '네?' 하고 돌아보았다.

「너 진짜 좀 위험한 거 알지?」

「제 치명적인 매력에 빠지면 헤어날 수 없어서 위험하다고요?」

헛다리 한 번 신나게 짚는 말은 그러거나 말거나 신경도 쓰지 않았다.

「취미는 아르바이트, 특기도 아르바이트, 쉬는 시간마다 그놈의 기타나 들이파고, 어울려 노는 친구랍시고 보면 죄 마을에 소문난 술꾼들이나 부끄러움도 모르고 음담패설이나 일삼는 극성맞은 여편네들이지. 그러고 있으니 어디 남자친구가 생겨?」

「그런 거 없다고 세상이 무너지는 거 아니잖아요. 별로 필요가 없을 뿐인걸요.」

「여자가 좋은 건 아니고?」

귀희는 기가 막혀 웃어버리고 말았다.

「사장님!」

「찔려? 소리치기는. 뭐, 넌 어차피 가지고 싶은 것도 없는 녀석이잖아. 네 어머니야 너 키우기 편하시겠다마는, 어린애라면 어린애답게 사달라고 조르고 하는 맛이 있어야지. 참고로, 네가 아직 처녀라는 데 내가 이 가게를 건다.」

「고용인의 그런 부적절한 발언을 성희롱이라고 하는 건 아세요? 신고할 수도 있어요.」

「그럼 신고하시든가.」

본전도 건지지 못한 귀희는 고개를 내젓고 그냥 하던 일이나 하기 위해 몸을 돌렸다. 그때 마침 울리는 전화벨 소리에 호세가 전화를 받았다.

솔직히 말하자면, 이곳에서 그녀 또래들은 대부분 처녀 딱지를 뗀 게 사실이었다. 다소 조숙한 동네니까. 하지만 학교에 다니지 않아 유독 또래를 접할 기회가 없던 그녀는 남자친구는커녕 남정네의 튼실한 손목을 잡아본 일도 없었다. 그런 일들이 궁금하기라도 했다면 또 모를까, 주책없는 동네 아주머니들에게 어려서부터 너무 적나라한 교육을 받다 보니 어느새 남자 알몸 한 번 보지도 못했는데 갱년기 여자처럼 돼버리고 말았다.

넌 섹시해라, 난 무념무상이다. 뭐, 그런 거랄까.

'어떤 남자를 봐도 감흥이 없는 게 문제인 건 나도 잘 알고 있
다고요. 다 오징어처럼 보이는데 뭘 어쩌라고?'

괜히 투덜대며 테이블을 닦고 있는데, 문득 호세가 불렀다.

「귀희야, 심부름 좀 해야겠다.」

그 말에 귀희는 바로 알 만하다는 듯이 난색 어린 웃음을 지었
다.

「산타클라라 할머니시죠?」

호세는 어깨를 으쓱였다.

「어쩔 수 없지. 내 잘난 요리 솜씨를 탓하는 수밖에.」

「어허, 말은 바로 하자고요. 치매에 걸린 할머니께서 여길 식당
으로 착각하고 매일 배달 주문을 하시는 거겠죠.」

호세는 절레절레 고개를 흔들며 주방으로 들어갔다. 물론 '예
쁜 것과 버릇없는 건 비례하는 건데 저건 자기가 트로이의 헬렌
인 줄 알아요' 하고 중얼거리는 것은 잊지 않아, 귀희는 깔깔 웃
어버렸다.

얼마 후 호세는 정성스레 포장까지 마친 음식을 들고 나왔다.
식용유로 속만 촉촉하게 놔두고 겉을 바삭하게 구운 바게트 빵에
시큼 짭짜름한 모조소스 닭구이, 평범한 닭요리지만 피망으로 꽃
모양 장식까지 해두어 슬슬 허기가 지는 배에서 천둥소리가 났
다. 장난하듯이 말은 했지만, 확실히 호세의 요리 솜씨는 근방에
서 알아주는 것이었다. 그래서 팜팜이 처음 열렸을 때부터 단골
이었던 산타클라라 할머니는 치매에 걸리고서도 그 맛을 잊지 못

해 늘 이곳에 식사 주문을 하는 것일 터.

「식기 전에 가져다 드려. 옆으로 새지 말고.」

음식을 상자에 넣고 한국 드라마에서 본 자장면 배달원 같은 모습으로 입구를 나서던 귀희는 피식 웃으며 계단을 올랐다.

「사장님도 참, 이 성실하기로 둘째가라면 서러운 직원이 새면 어디로 샌다고!」

그런데 샜다.

호세에게는 참으로 할 말이 없는 일이지만 그녀도 나름대로의 사정이 있었다. 그러니까 이것이 어찌 된 일인고 하니, 배달이라는 중차대한 임무를 맡은 성실한 직원A는 행여나 가다가 쏟을까 상자를 최대한 수평으로 유지하며 종종 거리를 걷고 있었다. 잡화점의 에스테반 아저씨가 권하는 차 한 잔의 유혹도 뿌리쳤고, 그녀만 나타나면 놀아달라며 떼를 지어 덤벼드는 새끼 하이에나들―동네 꼬마들―도 씩씩히 물리쳤다. 늑대만 나타나지 않으면 할머니에게 심부름을 가는 빨간 모자 아가씨를 멈출 방해물은 어떤 것도 없어 보였다.

그런데 나타났던 것이다, 커다랗고 위험한 늑대가.

『어!』

그때 마침 귀희는 항구를 지나가는 중이었다. 그런데 바로 옆에 정박되어 있는 어선에서 갑자기 두툼한 밧줄 더미가 터억! 떨어지는 게 아니겠는가? 조금 놀라 돌아보았을 때, 어선 위에 서 있는 커다란 남자를 발견했다.

『이상한 손님!』

얼마나 놀랐으면 기순과 대화할 때를 빼고는 잘 쓰지도 않는 한국어가 다 튀어나왔을까?

그 소리에 그도 그녀를 돌아보았다. 어선 위에 올라서서 눈부신 햇살을 등진 남자의 모습에 귀희는 멍해졌다. 정말 생각지도 못한 곳에서 그를 다시 찾았기 때문이다. 더구나 그는 팜팜에서의 처음 3일을 포함해 그제 밤에 봤을 때와는 달라도 너무 달라 보였다. 해진 카키색 티셔츠에 물 빠진 청바지, 그나마 여전한 것이라면 태어나면서부터 쓰고 있는 것 같은 선글라스에 오늘은 두건까지 감고 그 위에 푹 눌러쓴 모자 정도일까? 선글라스만 아니었다면 더위에 티셔츠의 팔 부분을 어깨로 말아 올린 모습까지 딱 어선의 일꾼으로 착각할 만했다.

「귀희냐?」

그녀가 외치는 소리를 들었는지, 어선의 뒤쪽에 있던 헥터가 나타났다. 역시 일을 하고 있었던 듯 민소매만 입은 건장한 몸에 땀이 흥건했다. 그제야 귀희는 이 어선이 헥터의 소유라는 사실을 기억해 냈다.

「아, 안녕하세요, 아저씨.」

「어디 가는 길이냐? 맛있는 냄새가 나는데 그건 뭐…….」

귀희는 헥터가 미처 인사를 끝낼 틈도 주지 않았다. 휙 그의 팔을 끌어당겨 몇 걸음 더 가서 속닥거리며 물었다.

「저 사람은 누구예요? 원래 저런 일꾼 없었잖아요.」

「아아……. 장기 여행자라는데, 당분간 일할 곳이 필요하다기에 그럼 내 배에서 일하라고 했지. 왜? 아는 얼굴이냐?」

「아……. 그, 왜, 팜팜에 계속 왔었거든요. 근데 여기 있어서……. 믿을 만한 사람인지는 확인해 보고 고용하신 거예요?」

갑자기 헥터는 목을 젖히고 껄껄 웃었다.

「내 배에서 뭘 훔쳐 가랴? 다 낡아빠진 그물? 녹슨 닻? 뭐, 나에게야 없으면 아주 곤란한 것들이지만 다른 사람에겐 행여 선물로 줬다간 꺼지라고 말하는 거나 다름없는 잡동사니일 뿐인데?」

제 질문이 황당했다는 것을 깨달은 귀희는 조금 얼굴을 붉히며 '그, 그렇죠'라며 말을 더듬었다. 그사이에 헥터가 그 이상한 손님에게 이리 오라며 손짓했다. 그러지 말라며 말리고 싶었지만, 딱히 그럴 이유도 없어 당혹한 채 쳐다볼 수밖에 없었다.

그는 배의 난간을 짚고 훌쩍 아래로 뛰어 내려왔다. 그 잰 몸놀림에 조금 놀랐다. 뭐랄까, 항상 고요하게 가라앉은 채 결코 뛰거나 크게 움직이는 법이 없는 사람 같았는데.

그가 천천히 다가오는 모습을, 귀희는 왠지 모르게 초조해져 지켜보았다. 뭔가 진정이 되지 않는 기분이었다.

"당분간이라도 여기서 일하게 된 이상 자주 볼 사이니 소개해 주겠네."

원래 캐나다에서 살았지만 컨트리 드림을—일명 귀농—찾아 쿠바로 이주해 온 헥터는 유창한 영어로 말했다.

"혹시 기억하나? 팜팜의 웨이트리스로 일하는 아이인데, 이름은 귀희. 우리 마을의 마스코트지. 그리고 이쪽은…… 음? 그러고 보니 자네 이름이 뭐라고 했지?"

남자는 대답이 없었다. 하지만 대답을 주저한다는 느낌은 아니었다. 오히려 시간이 느려졌다, 라는 느낌이었다. 하얀 해안을 훑으며 불어오는 바람이 숨을 죽이고, 어선의 돛대 위에서 막 날아오르는 이름 모를 새의 역동적인 날갯짓이 느릿했다.

마침내 그는 입을 열었다.

"키츠카(Kitchka)."

묘한 소름이 등허리를 기어 올라왔다. 그때는 그것이 무슨 이유에서인지 도통 알 길이 없을 뿐이었다.

땅 밑의 미미한 진동이 잔잔한 호수에 파문을 일으키기 시작한 것조차도.

「그러니까 할머니, 천천히 드세요.」

귀희는 눈을 게슴츠레 뜨고 '으응?' 되묻는 산타클라라 할머니의 손에 수저를 꼭 쥐어주었다. 그리고 그대로 밥과 소스를 꼭꼭 비벼 떠먹는 동작까지 가르쳐 주었다. 그제야 산타클라라 할머니는 쪼글쪼글하게 주름진 입에 밥을 넣고 꼭꼭 씹었다. 어린아이가 처음 이유식을 먹듯 온 정성을 다해 그 한 가지 행위에 집중하고 있는 그녀를 귀희는 웃는 얼굴로 지켜보았다.

「이제 내가 할 테니 귀희 넌 가도 돼.」

뒤에서 지켜보고 있던 산타클라라 할머니의 손자며느리가 말했다. 귀희는 '그러실래요?' 하고 일어났다. 그리고 그저 먹는 데 혼신의 힘을 다하고 있는 할머니에게 인사하고 문으로 다가갔다. 그때 배웅 나온 할머니의 손자며느리가 막 생각났다는 듯 말했다.

「참, 헥터 아저씨의 배에 새로 일꾼이 들어온 거 알고 있니?」

귀희는 아, 하고 조금 실없게 웃었다. 좁은 마을이니 금방 소문이 돌 줄은 알고 있었다.

「여기 오는 길에 봤어요.」

「꽤 멋진 남자 같지?」

그녀는 금방 꿈꾸는 듯한 얼굴이 되었다. 이해는 되었다. 그녀는 남편과 일찍 사별하고 오랫동안 처녀처럼 살아왔으니 말이다.

「선글라스 때문에 얼굴도 제대로 못 봤는걸요.」

「그러게. 그 선글라스는 왜 계속 쓰고 있는 걸까? 하지만 내 말을 믿어봐. 나도 잘은 못 봤지만, 팔뚝에도 은근히 근육이 있는 게! 분명히 몸도 꽤 좋을 거야.」

귀희는 속으로 혀를 쏙 내밀고 말았다. 아주 해부를 하듯이 자세히도 보셨네.

「하하, 네. 언니가 지대한! 관심을 가지고 있다고 꼭 전해줄게요.」

짓궂게 말하자 그녀는 금세 '어머~ 얘는!' 하며 통박을 놓았지만 얼굴이 살짝 상기되더니 굳이 그러지 말라는 말은 하지 않았다. 확실히는 몰라도 둘이 나이대가 비슷한 것 같기는 했다. 그 이상한 손님, 아니, 키츠카…… 씨? 하여간 그 남자도 30대 초중반은 돼 보였으니까.

그런 생각을 하는 사이에, 아까 그의 이름을 듣자마자 심부름을 가야 한다며 내뺐던 항구가 저 멀리 모습을 드러내고 있었다. 팜팜으로 돌아가기 위해선 어쩔 수 없이 지나가야 하는 관문인데, 다가가는 걸음이 점차 미적거려졌다.

결국 완전히 멈춰 선 귀희는 '끙' 소리를 내고 말았다.

'그러니까 그 남자가 나한테 해코지를 한 것도 아닌데 왜 이렇게 과민반응이냐고.'

인정하건대, 자신은 그에 관해 과민반응을 보이고 있었다. 그저 한 번 스치듯 했던 그를 은근히 기다리지를 않나, 그래놓고 가끔은 '맹탕이다' 라는 평가를 들을 정도로 무른 성격에 그가 역병인 듯이 피하지를 않나, 또 그쪽은 그냥 지나가는 바둑이 보듯 하는데 꼭 그가 양의 탈을 쓴 늑대인 것처럼 몸을 사리기까지…….
이래서야 무례할 지경이었다.

'따지고 보면 날 구해준 사람인데 이렇게 데면데면하게 굴면 엄마한테 그게 무슨 버릇이냐고 혼날 거야. 그래, 인사를 하자. 응, 잘할 수 있어!'

귀희는 뒷짐을 진 채 어선 주변을 얼쩡거렸다. 저 멀리 갑판 위에서 그물을 정리하고 있는 헥터의 뒷모습이 얼핏 보이고…….고개까지 쭉 빼고 요리조리 다른 인기척을 찾아보았지만 그 남자는 보이지 않았다. 그제야 귀희는 어깨에 긴장을 풀고 제대로 섰다.

그때였다. 갑자기 뒤에서 들려온 발걸음 소리에 귀희는 화들짝 놀라 뒤를 돌아보았다. 이번에는 예상하고 있기는 했지만, 바로 뒤에 서 있는 그를 보는 건 역시 심장에 그다지 좋지 않았다.

「아, 안녕하세요.」

입가를 팽팽히 당기며 어설프게 웃자, 키츠카는 고개만 살짝 까딱였다. '목소리에 금을 발랐나…….' 하는 생각도 잠시, '아, 맞다. 금 바른 목소리 맞지' 하는 생각 따위를 하고 있는데, 그가 또 무심히 지나쳐 가려고 하기에 귀희는 급해져서 뒷짐 지고 있던 손을 불쑥 내밀었다.

「드세요!」

귀희가 거의 찌를 듯이 손을 내밀어 키츠카는 고개를 살짝 뒤로 젖혔다. 그리고 그녀가 내민 캔 음료수를 보았다.

「더우실 것 같아서요.」

귀희는 거의 떠맡기듯 그에게 음료수를 건네고 헥터를 돌아보았다.

「아저씨! 음료수 드세요!」

빼꼼히 고개를 내민 헥터는 소년처럼 만면 가득 함박웃음을 지었다.

「역시 날 생각해 주는 건 우리 귀희밖에 없다니까! 금방 가마!」

막 고개를 돌리는데, 또 슥 옆을 스쳐 지나가는 기척이 느껴졌다. 키츠카였다. 음료수를 받긴 했지만 가타부타 감사의 인사도 없어서 조금 뾰루퉁해지며 '사회성 한번 좋네' 라고 괜히 중얼거리게 되었다. 물론 속으로만.

하지만 이 정도로 포기할쏘냐. 귀희는 꿋꿋이 그에게 슬그머니 다가섰다. 음료수 캔을 옆의 말뚝 위에 올려둘 뿐, 그물을 정리하려는 듯 몸을 굽히는 모습이 그다지 그녀에게 호의적인 것 같지는 않았으나 그래도 집어 던지지 않는 게 어디냐 싶었다.

「저기…….」

『한국어로 말해도 돼.』

귀희는 '응?' 하며 주변을 둘러보았다. 분명히 한국말이 들린 것 같았건만, 환청인지 주변엔 아무도 없었다. 키츠카와 그녀를 제외하면.

뭔가 이상하다 싶어서 그를 보았는데, 강한 햇살에 짙은 선글

라스 알 너머로 흐릿하게 비치는 눈이 그녀를 똑바로 쳐다보고
있었다.

『지! 지금!』

헥터가 갑판 위에서 '어? 자네, 한국말을 할 줄 아나?' 하고 물
었다. 그러자 키츠카는 그쪽을 돌아보고 '예전에 필요해서 좀 배
웠습니다' 라고 대답했다.

『그럼…… 아까 제가 했던 말 알아들었던 거예요?』

시험 삼아 한국어로 물었는데, 그는 물끄러미 그녀를 보며 아
주 명확한 한국어로 이리 대답했다.

『이상한 손님이란 말?』

벌어진 입을 다물 수가 없었다. 좀 배운 게 아니라, 목소리만
들으면 그냥 한국인이었다. 후천적 언어 습득자 특유의 곡선을
타는 억양도 전혀 없었다.

『그, 그건 어쩌다 보니…….』

그는 묵묵히 그물을 정리했다. 그 손길이 꽤나 능숙해서 또 놀
라웠다.

『음, 저, 음료수는 안 드세요?』

『단 건 먹지 않아서.』

『그럼 물 드실래요?』

귀희는 급히 가방을 뒤져 아까 음료수를 사는 김에 산 물병을
건네었다. 하지만 그는 그것조차 선뜻 받지 않아, 민망함에 괜히
운동화 속의 발가락이 꼼지락댔다.

이것도 아닌가 싶어지는데, 다행히 곧 물병을 받아간 그가 몸
을 일으켰다.

키가 큰 줄은 알았지만 아래서부터 올라오는 걸 보고 있자니 참 끝도 없이 올라왔다. 도회적인 스타일을 맵시 있게 소화하던 늘씬한 몸은 그렇게까지 크게 느껴지진 않았으나, 실제로 마주 서고 보니 말라서 그렇지 키만큼은 제법 큰 자신이 올려다보느라 목이 아플 정도였다.

말뚝에 걸터앉은 그는 병을 따서 물을 한 모금 마셨다. 귀희는 슬그머니 눈치를 보다 그 옆 말뚝에 걸터앉았다.

『여행 오셨어요?』

그는 조금 고개를 끄덕였다.

『발 닿는 대로 여행하고 계신 거예요?』

이번에는 살짝 가로저었다.

『그럼 쿠바에만?』

『어떤 의미에선.』

『어떤 의미에서가 어떤 의미인데요?』

『누굴 좀 찾아왔거든.』

귀희는 궁금증을 막을 길이 없었다. 하지만 너무 캐묻는다는 인상은 주고 싶지 않아 분수처럼 터질 것 같은 질문을 꾹 억눌렀다. 원래 말이 없는 여행자란 물어주길 바라면서 말하지 않는 사람이 있는 반면에, 정말 침묵하길 바라는 사람도 있는 법이었다. 그리고 어쩐지 그는 후자라는 느낌이 들었다.

『아, 그동안 일도 하면서?』

또 고개만 조금 까딱.

그러고 나니 또 침묵이 흘렀다. 귀희는 발을 까딱이며 하늘 한 번 쳐다봤다가, 바다 한 번 봤다가 다시 빠끔히 그를 보고 물었다.

『근데 키츠카는 이름이에요, 성이에요?』

『성.』

『그럼 이름은…….』

막 물으려던 찰나였다. 그가 그녀를 보더니 물었다.

『넌?』

그가 처음으로 관심을 보여주었기 때문일까. 귀희는 싱그럽게 웃었다. 카리브해의 푸른 물결이 유유히 흐르는 해안선에 내리쬐는 강렬한 햇빛이 처녀의 해사한 얼굴에도 깃들어, 꼭 곧 만개할 하얀 꽃봉오리를 떠올리게 했다.

『백귀희예요. 왠지 거창하게 들리는 이름이죠? 귀할 귀에 야화 희 자를 써서 '귀한 야화(野火:들불)' 라는 뜻이래요.』

남자는 그녀를 응시했다. 눈을 깜빡이는 것조차 잊었다.

웃음은 소녀의 눈가에까지 퍼졌다. 자칫 못 알아볼 만큼 커버렸다고 생각했건만, 기억 속에 연한 눈으로 짓던 눈웃음이 고스란히 드러났다.

『들불처럼 액운을 막아주는 존재가 되라고.』

까마득한 과거, 즐거워 어쩔 줄 모르는 웃음소리가 귓가에 살아났다. 그 불길, 악한 모든 것을 태우던 둔덕 위의 그 불길 속에서 울려 퍼지던…….

『귀한 야화라니, 저희 엄마도 은근히 고슴도치…….』

하핫, 제법 호탕하게 웃던 귀희는 급살에 맞은 듯 말을 멈추었다. 눈이 휘둥그레 뜨였다. 반쯤 벌어진 입은 얼어붙었다. 모두 제 눈가에 닿은 그의 손 때문이었다.

뭔가 다가온다고 느낀 찰나, 몇 가닥 흘러내린 머리칼을 걸어

내고 그의 손이 제 눈가를 쓸었다. 아주 가볍게 스치듯 했으나, 이상함을 느끼지 못할 만큼 너무나 당연한 손길이었다. 눈이 보이지 않는 선글라스 아래 입매도 여전히 담담한 그대로였다.

'자, 잠깐.'

귀희는 알게 모르게 꿀꺽 굵은 침을 삼켰다.

'이, 이 상황이 이상한 건 나뿐이야? 응? 그쪽 동네에서는 처음 보는 과년한 처자를 막 건드려도 돼?'

물론 음흉한 손길이었다면 두 번 생각하지도 않고 쳐냈을 것이다. 하지만 낮은 바람을 휘감고 있는 듯 고요한 그를 오히려 방해하면 안 될 것 같았다. 그의 손끝이 닿은 부분에 불을 놓은 듯이 속부터 확 뜨거워지는 자신이 도리어 이상하게 느껴질 정도였다.

이러지도 못하고 저러지도 못하고, 눈가에 경련이 일어날 정도가 되었을 때 그가 손을 거두었다.

『눈웃음이 있군.』

『네, 네?』

너무 당황해서 말도 제대로 나오지 않는데, 문득 뒤에서 커다란 손 하나가 불쑥 튀어나와 그녀가 들고 있던 음료수를 가져갔다.

「어이, 키츠카 군, 자네 우리 귀염둥이한테 치근덕대면 안 되지.」

화들짝 놀라 돌아보니 헥터가 짓궂은 웃음을 지으며 음료수를 마시고 있었다. 때맞춰 나타나 준 그가 너무 고맙기는 했는데…….

무슨 소리냐는 듯 돌아보는 키츠카의 반응에 귀희는 그만 허탈해지고 말았다. 그러니까 이 남자는 그냥 그런 타입이었던 것이다. 다른 문화권에서 와서 이 정도야 악수 정도라고 여기고 있는 것이리라. 하긴, 이제는 한국에서도 남자가 조금 만졌다고 호들 갑을 떠는 시대는 지났다.

「그나저나 귀희 너는 여기서 이렇게 놀고 있어도 되냐? 너희 사장한테 이른다?」

낯설어서인지 당황해서인지 아직도 그의 손끝이 닿은 부분이 홧홧했지만, 더 그러면 자신만 이상해 보일 것 같아 귀희는 아무렇지 않은 척했다.

「잠깐 쉬는 거예요.」

「심부름을 빙자한 땡땡이라고 하는 거겠지.」

「칫. 알았어요, 정말. 가요.」

일어나는데, 헥터가 호탕하게 웃으며 솥뚜껑 같은 손으로 그녀의 엉덩이를 철썩 후려쳤다.

「오냐! 어서 가라, 이 똥강아지!」

「흐힉! 아저씻! 어디 감히 과년한 처자의 엉덩이를!」

귀희는 발끈해서 꽥 소리쳤다. 물론 그러거나 말거나 헥터는 이미 껄껄 웃으며 왔던 자리로 돌아가고 있었다. 성인이 되었다며 술 한잔 대접해 줄 때는 언제고, 늘 그녀를 어린애 취급하는 그의 태도에 귀희는 툴툴대다 키츠카를 돌아보았다.

『짓궂은 분이라서…….』

납득인지 무관심인지, 그는 또 고개만 조금 끄덕일 따름이었다.

『그럼 가볼게요.』

귀희는 그에게 꾸벅 인사하고 몸을 돌려 걸어갔다. 그제야 그에게 너무 들이댄 것 같아 조금 민망해지면서 괜스레 걸음이 빨라졌다.

꽤 가고서야 귀희는 그제 밤에 구해준 것에 대한 인사를 잊었다는 사실을 깨닫고 그를 돌아보았다. 그런데 이미 고개를 돌려버렸을 거라고 생각했던 남자는, 온화한 물빛을 등진 채 그녀를 똑바로 응시하고 있었다. 이유는 알 수 없었으나 귀희는 재빨리 고개를 돌려 버리고 말았다. 그리고 화급히 멀어지는 걸음은 거의 커다란 맹수의 기척에 놀란 토끼가 내빼는 속도와 같았다.

아마, 그 뒷모습 또한.

탁. 세면대 옆에 검은 모자가 놓였다. 그 뒤를 같은 색의 두건이 따랐다.

끼릭. 쏴아……. 수도꼭지에서 물줄기가 기운차게 쏟아졌다. 키츠카는 그 물을 받아 얼굴에 끼얹었다. 그리고 젖은 손으로 머리카락을 쓸어 올리며 허리를 들었다. 젖은 얼굴을 타고 턱 끝에서 물방울이 떨어져 세면대에 둥그런 궤적을 그렸다.

거울 속에서는 낯선 남자가 그를 보고 있었다. 눈매, 콧대, 입매, 모두 어쨌거나 평생 제 것이라 여기고 살아온 그대로였다. 하지만 창부의 입술처럼 천박한 붉은빛……. 금빛이 섞여 햇빛에 비출 때면 더욱 번쩍거리는 머리칼은 제 원래 색인데도 불구하고 몹시 낯설었다.

그때였다. 얼핏 열려 있는 화장실 문 틈 너머로 기척이 났다. 거울 너머 잔잔하던 눈동자에 바로 예기(銳氣)가 스쳤다.

끼익, 끽……. 낡은 마루가 우는 소리와 함께 발걸음이 점차 이쪽으로 가까워지고 있었다. 소리도 없이 문을 따고 들어온 침입자는 꽤 단련이 된 자인 듯 유기체 특유의 기척만 제외하면 발소리조차 없었다.

마침내 문이 활짝 열렸다.

크르르……!

흉기 같은 이를 드러낸 기형의 짐승을 발견한 침입자는 흠칫 물러났다. 반면 그 인물을 본 키츠카의 눈빛은 담담해졌다. 그러자 그의 옆에 물결치는 허공으로부터 몸을 반쯤 드러낸 대형견을 닮은 기이한 짐승 또한 바로 살기를 감추었다. 그리고 빨려 들어가듯 다시 허공의 물결 속으로 사라졌다. 곧 허공의 물결도 없어졌다.

"뭡니까?"

이완되는 키츠카의 등을 비춘 거울에 막 문가에 다가온 인물이 비춰졌다. 인물은 집채만 한 몸집으로 입구를 막고 서서 씩 장난스럽게 웃었다.

"헥터."

거울 너머 입구에 서 있는 인물, 헥터는 문가에 비스듬하게 기대섰다.

"그래, 어떻던가?"

해진 청바지, 근육질의 팔을 드러내 놓은 체크남방, 낡은 스테트슨* 아래로 짙은 갈색 머리가 사자 갈기처럼 멋대로 휘날리도록 둔 그는 분명히 헥터였다. 그런데 어째서인지 그곳에 옆집 소녀의 머리를 쓰다듬으며 웃거나 너스레를 떠는 호쾌한 어부는 없

---

* 흔히 카우보이 모자라고 불리는 형태의 모자

었다. 빙글빙글 웃는 얼굴에 소름 끼치도록 차가운 눈을 가진…… 이를 테면 사냥꾼 같은 남자가 있을 뿐이었다. 손에도 아무 데서나 주워온 것 같은 검은 비닐봉지를 덜렁 들고 있는 게 아니라 굵직한 산탄총을 하나 들고 있음 직했다.

"우리 아가씨 말이야."

"상처나 장애의 흔적은 보이지 않더군요."

전혀 개인적인 감정이 엿보이지 않는 사무적인 말에 헥터는 낄낄대며 웃었다.

"그게 아니라, 아가씨를 만난 소감을 묻는 거였어. 우리가 아가씨를 잃어버리고 거의 20년이라는 세월이 흘렀지. 모두가 죽었다고 생각했지만 너만은 그렇다고 생각하지 않았고, 결국 이렇게 만났으니 감상이 남다를 법도 하잖아?"

서늘한 눈짓이 잠깐 그에게 멈추었다.

"하고 싶은 말씀이 뭡니까?"

헥터는 쯧, 혀를 내찼다. 여전히 제 속을 드러내지 않는 녀석이었다. 죽을 위기를 겪고 나면 성격이 바뀐다고, 3년간의 가사 상태 이후라면 조금은 솔직해지는 귀여움을 볼 수 있으리라 생각했건만.

"뭐."

헥터는 어깨를 으쓱였다.

"생각보다 바르게 컸어. 너도 봤지? 상당히 귀엽다고, 우리 아가씨. 아니면 너무 커버려서 그 조그마한 것하고 매치가 안 돼?"

솔직히 웃으며 이야기하기는 해도, 먼저 본토를 떠나와 일반인으로 위장하고 아가씨를 만났을 때 그부터 적잖이 놀랐다. 꽃같이 해사한 미소로 홀딱 그를 홀렸던 그 자그마한 아기는 어느새 어디로 가고 없고, 웬 처녀가 그를 보고 처음 뵙겠다며 생글하니 웃고 있었다.

"많이 크긴 했더군요."

"그냥 큰 정도가 아니라니까. 난 새삼 애라는 게 그렇게 빨리 크는 건가 싶었다고."

"인간은 원래 그런 존재입니다. 빨리 크고, 빨리 죽죠."

헥터는 미간을 찡그렸다.

"그런 재수 없는 말투는 그만두라고. 넌 안 그래도 재수 없으니까."

그러거나 말거나, 키츠카는 물었다.

"그 화재 속에서 어떻게 탈출했는지에 대해 알아내셨습니까?"

"아, 그거 말이지. 화재가 일어났을 때 거기서 일하던 여자가 데리고 나간 모양인데…… 그래, 지금 네가 생각하는 게 맞아."

그가 남방의 앞주머니에서 꺼낸 물건을 손끝으로 탁 튕겼다. 암기처럼 날카롭게 날아오는 얇은 물체를 허공에서 정확히 잡아낸 키츠카는 종이를 앞쪽으로 돌렸다.

한 장의 사진, 그 속의 인물을 바라본 눈이 어렴풋이 가라앉았다.

"아가씨가 지금 '임마' 라고 부르는 여자야."

평범한 동양인 중년 여자는 눈에 띌 만한 것이라면 오른쪽 얼굴을 모두 덮은 흉측한 화상 자국 정도였다. 하지만 그런 흉터가 아니더라도 형형한 눈빛은 세상 모든 것과 싸울 준비가 된 듯이 전투적이었다.

예전에 보았을 때와 달라진 점은 그뿐만이 아니었다. 지나간 세월보다 더 늙고 마른 몸은 편집증환자처럼 신경질적인 기운을 내뿜었다. 사정을 모르는 이가 보았다면 어린 라푼젤을 납치해 간 못된 마녀라고 믿음 직했다.

마녀라…….

"여기저기 떠돌다가 본토에서 밀항선을 타고 쿠바로 온 모양이야. 숨길 게 있어서인지 개인적인 이야기는 하지 않는 여자라서 자세한 이야기는 알아내지 못했지만 아가씨가 간간이 하는 이야기로 유추해 보면, 네가 양아버지로 정한 그 남자와 불륜으로 낳은 아이라고 말해둔 것 같아."

"그럼 아무것도 모르는 겁니까?"

"아예 아무것도. 아가씨는 자신이 평범한 인간이 아니라는 것조차 몰라."

헥터가 살짝 고개를 숙이자, 스테트슨의 챙이 기울며 그 눈 위로 그늘을 드리웠다.

"그래, 결코 평범한 인간은 아닌데도……."

헥터 그는 그 당시 자리에 없었지만, 그들의 신령이 갓난쟁이의 육신을 빌려 악을 태우는 염화(炎火) 너머로 현신한 그날의 이야기는 충분히 들었다. 그런데 본토로부터 약 100마일, 기막히게도 어두운 등잔 밑에 있었던 그 아이는 다시 만났을 때 정말 본인이 맞는지 의구심이 들 정도로 평범한 소녀일 뿐이었다.

아마 그리 믿어버렸으리라. 그녀가 목에 걸고 있는 눈부신 녹주석 목걸이만 아니었더라면.

귀희……. 귀한 들불.

생각해 보면 묘한 우연이었다. 그 이름을 지은 이는 모르고 지었을 터인데, 그녀와 같은 존재들은 실제로 동양적인 말로 번역하자면 부정(不淨)을 부정(否定)하고 재화와 액운을 막아준다고 전해지는 신비한 존재였다. 그야말로 '신기하고 영묘한' 신령인 것이다.

헥터는 고개를 들었다. 그런데 묵묵히 서 있는 키츠카를 보자니 왠지 모를 이질감이 들었다. 뭘까? 하고 고개를 갸웃하며 생각하다 깨달았다. 항상 단정하던 커트 머리가 허리까지 올 정도로 길었기 때문이다. 늘 그랬던 것처럼 자연스러워 이제야 깨달은 것이었다.

"그나저나 그 머리는 어떻게 된 거야?"

"자를 시간이 없었습니다."

갑작스러운 화제의 전환에도 키츠카는 별다른 기색 없이 따라왔다. 물론 그만큼 융통성이 좋다기보다는, '아무래도 좋다' 란 느낌이었다.

헥터는 사과를 꺼내 옷에 슥슥 문질러 닦으며 앞을 지나가는 키츠카를 시선으로 따랐다. 등을 덮는 머리카락에서는 저 녀석 성격상 트리트먼트도 제대로 하지 않음이 분명한데 온갖 값비싼 헤어 관련 제품을 다 발라 관리한 것처럼 탐스러운 윤기가 흘렀다. 아마 일반적인 적금발보다 좀 더 금빛이 섞였기 때문이리라.

선악과가 실존한다면 아마 저런 색을 띨 터. 자체로도 '죄악'이라고 할 수 있는 색은 단순한 붉은색이라고 하기엔 기이한 이채가 있었다. 평소의 짧은 상태로는 좀 강렬한 붉은색 정도였지만, 길어서 온전한 색이 드러나니 확실히 알 수 있었다.

"긴 머리가 더 잘 어울리는 것 같은데? 뭐, 미남한테 뭐가 안 어울리겠냐마는……. 어, 잠깐!"

키츠카는 고개를 돌렸다. 그리고 진지한 시선이 자신의 하체에 향해 있는 것을 발견했다.

"너 설마 거기도……?"

휘릭— 갑자기 날카롭게 공기를 가르고 날아오르는 물체에 헥터는 홱 고개를 젖혔다. 본능적인 반응이었다. 예리한 칼날이 빠르게 회전하며 날아와 그가 들고 있는 사과에 콰직! 과즙을 터뜨리며 똑바로 꽂혔다. 그리고 티리링……. 탄력성 있는 물체처럼 몇 번 울렁울렁 흔들렸다.

피하지 않았더라면 바로 미간의 정중앙에 꽂혔을 흉기에 헥터는 떡 입을 벌리고 키츠카를 돌아보았다. 싱크대 앞에 있는 그의 옆으로 식칼을 꽂는 자리에 과일칼 하나가 비어 있었다.

"너, 너, 미쳤어? 날 죽일 셈이냐!"

"반사 신경은 아직 쓸 만한 것 같군요."

말은 무심히 한다마는, 그 눈빛이 살기등등했다.

"그럼 좀 빗겨 맞히던가!"

"헛소리를 하시기에 실전을 원하시는 줄 알았습니다."

헥터는 미간을 찡그렸다. 그리고 저도 모르게 '그럼 거기 털은 다른 색이라고?' 물으려다가 이번에는 녀석이 환술까지 써서 덤빌지도 모른다는 생각이 들어서 곱게 접었다. 하여간 새로 산 팬티의 고무줄처럼 빡빡한 녀석이라서 유머라고는 모르니까.

한숨을 내쉬고 사과에서 과일칼을 뽑아냈다. 어찌나 온 힘을 다해 던졌는지 완전히 사과를 관통한 채였다. 하지만 마침 칼이 필요했던 터라 잘됐다 싶어 스툴에 앉아 사과 껍질을 벗기기 시작했다.

"그럼 이제 어떡할 거야? 나야 위장 보드가드였을 뿐이고, 네가 왔다는 건 아가씨도 이제 모두 알 때가 되었다는 의미인데……."

사각사각……. 얇고 가지런한 껍질이 뱅글뱅글 돌며 떨어졌다.

"아가씨는 정말 아무것도 몰라. 갑자기 터뜨리면 절대 믿지 못할걸."

헥터는 묘기를 부리듯 과일칼을 손가락 사이에서 돌리며 과일을 우적우적 씹어 먹기 시작했다. 그러다 생각에 빠진 키츠카에게 '주랴?' 하고 물었지만 그는 고개를 저었다. 그리고 탁자 위에 놓인 사진을 보았다.

인간보다 많은 것을 알고 있는 그들이 모르는 것, 바로 이 여자의 의중이었다. 지금도 귀희를 데리고 호적조차 없이 이국의 섬에서 유령처럼 살아가고 있었다. 무엇을 했고, 어디서 살았고, 자취를 증명해 줄 공식적인 서류가 전혀 남아 있지 않았다. 어지간한 범죄자도 이렇게 숨어 다니지는 않는 법이었다. 그 때문에 추적이 더 힘들었다.

"어머니 쪽은 얼마나 알고 있습니까?"

"Cero(스페인어 제로). 그쪽은 평범한 인간일 뿐이야. 아무튼……."

헥터는 완전히 뼈대밖에 남지 않은 사과를 텅 비어 있는 휴지통에 던져 넣었다. 그리고 서늘한 빛을 반사하는 칼날을 이리저리 돌려보았다.

"3년 전, 네가 우리의 최대 악적인 '성자' 녀석의 심장을 가져

왔지. 하지만 녀석은 죽지 않았어. 심장을 뺏기고도 달아나 버렸으니까. 그리고 3년……. 네가 깨어났으니 성자도 곧 깨어날 거다. 그리고 이 잡듯이 찾기 시작하겠지. 아가씨를, 우리를."

천천히 옆으로 돌려진 칼날에 서슬 퍼런 푸름이 주르르 흘렀다.

"그리고 널."

칼은 날카로운 암기가 되어 목표물을 향해 빠르게 날아갔다. 그리고 그의 가슴에 똑바로 꽂혔다. 하지만 칼은 주변으로 파문을 일으키며 번져 가는 허공의 물결에 박혀 있을 따름이었다. 얇은 유리 막 같은 것이 사이에 있는 것처럼. 키츠카는 아무렇지 않게 제 가슴 부위에 박힌 칼을 뽑아내 원래 자리에 돌려 넣었다.

헥터는 미간을 찡그리고 웃었다.

"그것 좀 하지 않으면 안 되냐? 환술인 건 알지만 그럴 때마다 네가 실체인지 허상인지 헷갈린다고."

저런 모습을 볼 때마다 종종 섬뜩해지는 일은 불가항력이었다. 꼭 어느 날 정신을 차렸는데 자신을 제외하고 주변의 아무도 'D. 키츠카' 라는 사람을 모른다고 할 것 같은 기분이랄까?

"당신은 본연의 임무에만 충실하면 됩니다."

"그렇겠지. 지금 아가씨 곁에 널 제외한 '이류(異類)'는 다가갈 수 없으니까. 인간이어서 좋은 점이란 이런 걸까나? 덕분에 나도 네가 깨어나길 기다리는 3년간은 정말 한가롭게 보냈고. 어지간하면 이대로 살고 싶을 정도라니까."

그때였다. 낮게 가라앉아 무심하던 키츠카의 눈빛이 변했다. 그 별것 아닌 말 중에 무언가가 심기를 건드린 듯.

“착각하지 마시죠. 당신은 진짜 그녀의 옆집 아저씨가 아닙니다.”

“뭐?”

“일말의 예의는 갖추시죠.”

“허? 이건 당최 무슨……. 아! 혹시 아까 내가 귀희 녀석 엉덩이 때린 것 때문에 이러는 거냐?”

헥터는 기가 막혀 웃었다.

“네가 사돈이냐? 왜 남 말을 해? 너야말로 갑자기 귀희 녀석은 왜 만져? 그 녀석 놀라서 굳은 거 못 봤어? 녀석도 이제 열여덟…….”

“주의하도록 하죠.”

말을 다 하기도 전에 차갑게 끊어내는 태도에 헥터는 완전히 기가 질려 버렸다. 몰랐던 것도 아니지만, 당최 정을 주려야 줄 수가 없는 녀석이었다.

“좋아. 네게 맡겨두지.”

헥터는 문가로 다가갔다.

“하지만 너무 시간을 끌지는 말라고. 난 성자 그 녀석과 절대 다시 마주치고 싶지 않으니까.”

돌아보는 눈에 조금 전까지 능글대며 농지거리를 하던 남자는 없었다. 그저 살의에 눈을 빛내는 무시무시한 사냥꾼이 있을 뿐이었다.

“내 선조들이 마녀들에게 했던 것 따위 비교되지 않을 정도로 잔인하게 고문해서 죽여 버리고 싶어질 테니까. 하지만 제 복수라고 해도 아비게일 그 맹탕 녀석은 기뻐하지 않을 테지. 그렇게 무르니까 좀 인간적이다 싶은 녀석들은 모두 빨리 죽어버리는 거야."

탕. 문이 닫혔다.

낮게 내려앉는 침묵 속에서 키츠카는 식탁에 놓인 사진을 돌아보았다.

사진 속 차가운 무표정을 한 늙은 여인에 비해 그 곁의 앳된 여자는 밝고 여유로웠다. 하지만 그녀는 아름답지 않았다. 나름의 귀염성은 있지만 아기 때 모두 절세미녀가 될 거라고 예상했던 것에 비하면 한참 실망스러웠다. 흡사 빛나는 보관(寶冠)을 쓰고 천의(天衣)를 두르고 강림한 보살과 같았던 그녀를 인간 어머니가 보잘것없는 인간으로 만들어 버린 것 같았다. 아마 아주 틀린 말도 아니리라. 그들에게도 환경은 그렇게 중요한 것이니까.

그는 어느새 사진 속의 눈부신 눈매를 어루만지고 있는 제 손을 깨달았다. 아까 그녀가 굳어버렸을 때 알았듯이. 그럼에도 당황해 굳은 그녀를 알고도 그랬던 것처럼 지금도 손을 치울 생각은 들지 않았다.

그저 확인해 보고 싶었을 뿐이다. 아비게일이 남긴 이 유일한 빛을.

"아, 키츠카."

그때였다. 갑자기 문이 열리고 그 틈새로 헥터가 쑥 고개를 디밀어, 그는 천천히 손을 치우고 그쪽을 바라보았다.

"거기 내가 두고 간 봉지, 네 저녁거리 구해왔으니 또 귀찮다고 끼니 거르지 말고 챙겨 먹으라고. 네 입맛대로 아주 친환경적인 거니까!"

헥터는 왠지 굉장히 거슬리는 웃음을 지은 채 말하고는 쏙 사라졌다. 키츠카는 식탁 한편에 놓인 검은 봉지를 들어 안에 든 것들을 쏟아냈다.

물론 보자마자 그대로 쓸어내 옆의 휴지통에 처박아 버린 것은 말할 필요도 없었다. 그리고 제 나름대로는 유쾌한 장난이었을 증거들을 싸늘한 눈으로 보았다. 어딘가 길거리 화단에서 무작정 뽑아온 것인 듯 아직 흙더미까지 그대로 묻어 있는 풀 쪼가리들, 그는 채식을 할 뿐이지 소가 아니었다.

헥터는 킬킬대며 웃었다. 지금쯤 키츠카 녀석이 어떤 눈으로 제가 두고 온 봉지를 쳐다보고 있을지 보지 않아도 훤했기 때문이다.

가끔 인형이 아닌가 싶을 정도로 무심한 녀석이지만 오히려 그렇기 때문에 놀리는 재미가 쏠쏠했다. 그래서 일부러 이 눈에 띄는 몸집을 하고도 화단에 기어들어 가 흙장난을 하는 어린아이처럼 쭈그리고 앉아 풀을 뽑아오는 정성까지 보인 것 아니겠는가. 도통 유머를 모르는 녀석이니 가끔 이렇게라도 그 쓸데없이 비장한 분위기를 환기시켜 주는 게 인지상정인 법. 오늘도 보람찬 일을 했다 싶어 의기양양해져 큰길가로 나섰다.

「어? 아지씨!」

하필 들려온 낯익은 목소리에 헥터는 흠칫했지만 능숙하게 감정을 감추고 돌아보았다.

「우리 똥강아지, 일 끝나고 가는 길이야?」

그를 길에서 마주쳐 반색하던 귀희는 안 그래도 톡 튀어나온 입술을 뾰루퉁하게 내밀었다.

어이고, 귀엽기도 하지. 콱 꼬집어주고 싶고만.

「누가 똥강아지예요, 누가? 저도 이제 열여덟이라고요.」

양 배낭끈에 손을 걸고 삐딱하게 서서 한다는 말이 정말 말도 안 되게 귀여워서 피식 웃음이 샜다.

「그놈의 열여덟, 그럼 난 이미 관 짜고 들어가 누웠어야 하냐?」

「에이, 누가 그렇대요. 비약하시긴. 아저씨야 우리 동네 뽀빠이죠.」

「그럼 귀희가 올리브 할 테냐?」

친딸처럼 팔짱까지 끼고 애교를 부리는 모습이 마냥 귀여워 헥터는 팔불출 아버지처럼 금세 풀어져서 껄껄대며 웃었다. 그러자 귀희는 히― 입술을 늘어뜨리고 웃었다.

「그나저나 아저씨는 어디 다녀오는 길이세요? 이쪽은 잘 안 오시잖아요?」

귀희야 그냥 하는 말일 테지만 찔리는 게 있는 그로서는 뜨끔할 수밖에 없었다. 하지만 이미 털이 날 대로 나서 빈자리 하나 없이 빽빽한 털북숭이 같은 양심이었다. 그는 입술에 침도 바르지 않고 웃으며 거짓말했다.

「살 물건이 있나 싶어 좀 다녀왔다.」

「아아…….」

귀희는 납득한 것 같더니 흘긋 그의 주변을 돌아보았다.

「저, 키츠카 씨는요?」

왠지 몸을 사리는 질문이라 헥터는 귀희도 그 녀석이 영 편치만은 않다는 사실을 깨달았다. 뭐, 성별을 불문하고 누구를 터치

하는 법이 없는 녀석이 무슨 생각이었는지 그녀를 건드렸을 때 그대로 쩍 하고 돌부처가 되어버릴 때부터 알아보기는 했다.

「돌아오는 길에 일찍 퇴근하라고 했다.」

사실 상전도 그런 상전이 없는 녀석이라 말도 안 하고 멋대로 먼저 가버린 게 진실이지만 말이다.

그 말에야 귀희는 조금 안도하는 듯했다. 그 모습을 물끄러미 보다 머리를 도닥이자, 의아했던지 귀희는 고개를 갸웃했다.

「왜 그렇게 보세요?」

「아니, 정말 많이 컸구나 싶어서.」

「아저씨 여기 이사 온 지 3년밖에 안 되셨잖아요. 그사이에 제가 크면 얼마나 컸다고.」

헥터는 아직 사실을 말할 수 없어 그저 웃기만 했다.

정말 그렇게나 작았는데……. 어린애 따위 시끄럽고 부산해 딱 질색이었던 그가 시간만 나면 찾아가 온갖 재롱을 부리며 그 미소를 한 번 보려고 얼마나 애썼던지. 그게 지나쳐 울려 버리고 말면 아비게일이 어찌나 타박을 했던지…….

어린 그들의 신령은 차갑고 어두운 세계에 찾아온 눈부신 빛이었다. 특성상 어린아이의 웃음소리가 들릴 수 없는 곳에 활력을 불어넣고, 기쁨을 주었다. 그랬던 아이가 불길 속에서 고통스러워하며 죽어갔을 것을 상상하며 모두는 진심으로 슬퍼했다.

생각해 보면 모두가 기쁨에 들떠 있을 때도, 상실감에 고통스러워할 때도 전혀 영향을 받지 않았던 인물은 키츠카뿐이었다. 그가 기억하는 한, 키츠카는 그 전염성이 강한 웃음에 따라 웃어 보인 적이 없었다. 아이가 죽었다는 소식이 전해졌을 때도 흔들리지 않았음은 물론이다. 그런데 모두 아이가 죽었으리라 체념하고 수색조차 포기했을 때, 유일하게 포기하지 않은 인물이 그였다는 점이 아이러니했다.

「참, 귀희 너 그거 아느냐? 세상에, 나 참, 키츠카 그 친구 말이야.」

귀희는 바로 귀를 쫑긋 세우며 호기심을 보였다.

「키츠카 씨가 뭐요?」

헥터는 주변을 둘러보고 비밀을 속삭이려는 듯 은근히 자세와 목소리를 낮췄다.

「채식주의자라네.」

허? 그렇게 되묻는 귀희의 눈이 보이는 것만 같았다. 그러거나 말거나 헥터는 어쩜 이럴 수가 있냐는 듯 거의 희극적으로 어깻짓했다.

「아니, 일손이 급해서 고용하긴 했는데, 그 친구 보면 볼수록 좀 심하게 남다르단 말이야. 일 끝나고 술 한잔하러 가자고 했더니, 술을 마시지 않는다대? 시가 한 대 하겠냐고 내밀었더니 담배도 안 피운다네. 그래서 같이 닭요리를 먹으러 가자고 하니까 자기는 채식주의자라지 뭐야? 그 친구도 요즘 유행한다던, 그 뭐냐, 웰빙족? 고작해야 유통기한이 80년인 몸을 아낀답시고 인생 불쌍하게 사는 그런 부류인가 보다.」

「뭐, 그거야 개인 취향이니까……..」

「아니, 도대체 그 몸으로 어떻게 풀 쪼가리만 먹고 사냐고? 그 친구 은근히 맹탕이더라니까.」

과장되게 양손을 내보이며 어깻짓하고 일부러 영어로 익살스럽게 'You know what I'm saying?' 이라고 물으니, 귀희의 표정은 딱 이러했다. 'So what?' 그를 따라 과장된 어깻짓과 손짓을 하며 결론을 말하라는 듯이 우스꽝스러운 표정을 짓는 게 아닌가. 이게 아닌데 싶어진 헥터는 그대로 다시 말했다.

「맹탕이더라고.」

귀희는 못 참겠다는 듯이 깔깔 웃었다.

「뭐예요, 아저씨! 하고 싶으신 말이 대체 뭐예요?」

「흠, 그러니까…… 왜 그런 거 있잖아? 그 사람 보기와 다르다거나, 생각하는 것만큼 무섭지 않은 것 같다거나?」

요컨대 '재수 없는 D. 키츠카의 이미지 순화 대작전' 이었다고 해야 할까. 자신은 성격이 너무 좋은 게 문제라 그렇게 싹수 노란 녀석도 무서워할 것 없다고 알려주기 위해 손수 나섰건만, 웬일로 이 어리바리한 녀석이 넘어오질 않았다.

「채식주의는 그냥 개인 성향이잖아요. 성격하고 관계가 있어요?」

「채식주의자는 대체로 온화하다는 이미지 아냐?」

정작 그 본인에게는 '채식주의자=키츠카' 란 이미지가 너무 강해서 꼭 먹이사슬의 정상에 있는 육식동물이 내숭 떨며 풀을 씹고 있는 것 같은 느낌이었지만 말이다.

「나 참! 저희 사상님이 채식주의자인 거 잊으셨어요?」

아차. 헥터는 괜히 죄 없는 호세를 향해 '이 인생에 도움이 안 되는 녀석' 하고 이를 갈았다.

「아무튼 그러니까…….」

귀희가 말하기에 돌아보자, 녀석은 눈에 웃음을 한가득 머금고 싱그르 웃고 있었다.

「너무 키츠카 씨를 불편해하지 말라는 말씀이시죠?」

「뭐, 그렇지.」

오늘따라 유독 깜찍한 미소의 의미를 알 수 없어 멀뚱히 대답하자, 안 그래도 애살스러운 눈매가 더욱 화사하게 물들었다.

「불편하지 않아요. 음, 좀, 낯설긴 하지만. 주변에서 쉽게 보기 쉬운 타입은 아니잖아요. 하여간 아저씨도 사람이 너무 좋다니까요. 일부러 그러신 거죠? 괜히 그렇게 돌려 말하실 필요 없었는데. 뭐, 여러모로 키츠카 씨가 채식주의자라고 하니 의외이기는……. 꺅!」

헥터는 제 마음을 다 안다는 듯이 말하는 귀희가 정말 참을 수 없이 귀여워 그 머리를 정신없이 흐트러뜨려 버렸다.

「으와! 머리 다 흐트러졌잖아요!」

「으이구, 이 끔찍하게 귀여운 녀석.」

반항하는 녀석의 찹쌀떡처럼 말랑말랑한 볼도 쭉쭉 늘려보고 있는데, 난데없이 등골이 서늘해졌다.

등허리가 쪼릿 울려오고 괄약근이 파박 조여드는 이 불길한 느낌! 그가 아는 한 존재만으로도 이런 느낌을 주는 인물은 딱 한 명뿐이었다. 움찔 굳어 돌아보자, 서쪽 나라의 마녀 같은 여자가 거의 살기와 비슷한 푸른 안광을 냉랭히 빛내고 있었다.

쳐다보는 것만으로도 동결(凍結) 마법에 걸릴 지경이었다. 물론 그녀가 진짜 마녀라면 말이지만 말이다.

「무슨 짓이십니까.」

「여어.」

그럼에도 헥터는 히죽 웃으며 능글맞은 인사를 건넸다. 여자는 인사는 귓등으로도 듣지 않고 여전히 귀희의 양 볼을 쥐고 있는 그의 손을 보았다. 귀희는 댕그란 눈을 또르륵 굴리면서 어눌한 발음으로 '우머(엄마)' 하고 웅얼댔다.

「손 놓으시죠.」

솔직히 말해, 쫄았다. 제 어깨에나 올까 싶은 작은 여자인데 간담이 떨려 헥터는 어물쩍 손을 거두고 말았다. 그러고 나서야 진 것 같은 기분에 보란 듯이 너른 가슴을 쭉 폈다.

「둘이 같이 집에 가는 길이었나 보군, 백 씨.」

「그렇게 술집 마담 부르듯이 부르지 말라고 몇 번이나 말씀드렸습니까?」

「그럼 기순이라고 부를까?」

안 그래도 잘 벼려놓은 칼날 같은 눈에 푸르스름한 냉기가 흘렀다.

「요즘 어획량이 전에 없이 좋은가 봅니다?」

이래 봬도 나름 연약한 가슴의 소유자로서 헥터는 겁먹지 않으려고 일부러 더 능글댔다.

「뭐, 늘 고만고만하지. 그런데 왜?」

귀희는 볼만 발갛게 칠해놓은 목각 인형처럼 붉어진 볼을 문지르며 눈치를 살피느라 눈을 또르르 굴렸다. 둘이 만나면 이렇게 무슨 사단이 나도 날 것 같은 분위기는 이제 새삼스럽지도 않았지만, 늘 봐도 참으로 살벌하기 짝이 없었다.

「어슬렁거리고 다니며 빈둥대는 걸 보니 말이죠. 또 팜팜에서 아침까지 술을 마셨다면서요? 팔자 한번 좋습니다, 피셔맨 씨는.」

피셔맨은 헥터의 성(姓)이었다. 어부의 성이 피셔맨(Fisherman: 어부)이라 한 번은 꼭 일부러 그렇게 정한 것 같다고 웃기도 했다.

「이중첩자는 네 녀석이냐? 감히 일급기밀을 누설해?」

지은 죄가 있는 귀희는 헤벌쭉 웃었다.

「제가 저희 엄마한테 숨기는 게 없는 거 아시면서.」

「허이구, 모녀가 징그럽게 착 붙어서 잘하는 짓이다.」

「그 나이 되도록 술집 마담 뒤를 쫓아다니는 피셔맨 씨께는 듣고 싶지 않은 말입니다만.」

「음, 한 여자에게 구속되기엔 이 영혼이 너무 자유로워서. 왜? 그러니까 백 씨가 책임져 주고 싶나?」

기순은 상대하고 있는 것조차 경멸스럽다는 표정을 전혀 숨기지 않았다. 그리고 귀희의 팔목을 잡았다.

「가자.」

「어, 저기…….」

기순이 헥터를 싫어하는 거야 비밀도 아니라지만 이대로 가긴 뭐해서 주춤한 찰나였다. 터억, 갑자기 다른 팔목을 잡아오는 손길에 귀희는 뒤로 휘청했다.

「에? 왜요?」

돌아보니, 제 반대편 팔목을 잡고 있는 헥터가 싱긋 웃었다. 그러더니 귀희를 쭉 잡아당겼다. '엇!' 하고 끌려가려니, 기순이 반사적으로 제 방향으로 귀희를 당겼다. 물론 힘으로야 헥터를 당할 수 없지만 그는 가볍게 당기고 있을 뿐이어서 귀희는 난데없이 둘 사이에 줄다리기 줄의 꼴이 되고 말았다.

「저, 저기? 두, 두 분?」

「무슨 짓입니까.」

기순이 악귀조차 맨발로 도망가 버리게 할 것 같은 낮은 음성으로 뇌까렸다. 하지만 헥터는 성큼 다가와 기순의 손을 귀희에게서 떨어뜨려 놓았다.

「먼저 집에 가라. 너희 어머니랑 할 말이 좀 있어서 말이다.」

「에?」

헥터는 여전히 온화하게 웃고 있었지만 그가 이런 적이 처음이라 드디어 오늘 끝을 보려는 것인가 싶어 귀희는 적잖이 놀랐다. 부처도 웃는 얼굴은 세 번까지라고 하던가?

「저, 아저씨…….」

「왜, 내가 해코지라도 할까 봐? 귀희 너, 아저씨를 그렇게밖에 생각 안 했다니 좀 섭섭해지려고 한다?」

「그런 건 아니지만…….」

물론 그렇게 생각하지는 않았다. 헥터는 잡은 물고기조차 하루 적정량 이상이면 방생하는 사람이었다. 부귀영화는 모두 뒤로하고 평온한 삶을 찾아와서 그렇다고는 하지만, 건방진 동네 꼬마들이 멋대로 목말을 타고 올라도 화 한 번 내지 않았다.

「됐다. 먼저 가보렴.」

기순도 오늘 어디 한번 해보자는 심산인지 귀희에게 고갯짓했다.

「그래도…….」

「정말 이야기만 하려는 거다. 누가 데려가기라도 할까 봐 겁나는 네 엄마, 이 상태 그대로 집까지 무사히 모셔다 드릴 테니 걱정

말고 가지, 걱정도 팔자인 아가씨?」

「제 집은 알아서 찾아갈 테니 쓸데없는 신경 쓰지 마시죠.」

「자네는 꼭 만사에 그리 삐딱해야 하나? 애가 걱정하고 있잖아.」

「피셔맨 씨가 신경 쓸 바 아닙니다.」

「아니, 그럼 애가 걱정하거나 말거나 가라고 윽박을 질러야 한다는 거야?」

「감히 누구한테 윽박을 지른다는 겁니까?」

그런 둘을 보는 귀희는 또 그만 허탈해지고 말았다. 이거야…… 뭐랄까, 제 엄마에게 하기에는 죄송스러운 말이지만, 꼭 일곱 살배기 어린애들이 툭탁거리는 것 같았다. 하기야 둘이 항상 사단을 낼 것 같이 굴면서도 언제 진짜로 사단을 낸 적이 있었던가?

「그럼 전 먼저 가볼게요. 두 분 말씀 나누세요.」

조심히 말했지만, 이미 그녀를 신경 쓰고 있는 사람은 아무도 없었다.

「그러니까 진짜로 그렇게 하겠다는 게 아니라……. 아! 이 사람, 진짜 사람 말 곡해하는 데 뭐 있네!」

「곡해하게 하는 쪽이 잘못 아닙니까?」

「그런 점이 만사에 삐딱하다는 거야!」

귀희는 고개를 절레절레 내젓고 걸음을 옮겼다. 그때까지도 뒤에서 들려오는 입씨름에 아주 조금이지만, 외로워지려고 했다.

「그래서 죄송하군요. 본래 생겨먹은 게 이렇습니다.」

「그럼 좀 고쳐 볼 노력을 하는 게 인지상정……!」

헥터가 막 언성을 높이려는 순간이었다.

「피셔맨 씨!」

강한 일갈에 헥터는 입을 벌린 그대로 멈칫했다. 신장의 차이로 인해 그를 올려다볼 수밖에 없는 여자는 그럼에도 불구하고 내려다보듯이 물었다.

「할 말이 뭡니까?」

그제야 헥터는 귀희가 사라졌다는 사실을 깨달았다. 주변을 돌아봤을 때야 저 멀리 발치의 돌멩이를 툭 차며 삐친 듯 가고 있는 뒷모습이 보였다. 그리고 기순이 귀희를 보내기 위해 괜히 그와 어린애 같은 입씨름을 하고 있었음 또한 깨달았다.

'하, 이 내가 저 밤톨만 한 거에 밀린 거야?'

귀희가 소중한 것을 떠나, 왠지 모를 고까움에 헥터는 삐딱한 웃음을 지었다. 일평생 누구와 비교해도 밀리고 살아온 적 없는 남자의 못난 에고(Ego)라고 해도 상관없었다. 특히 여자를 상대로는. 아무리 고델* 같은 여자라고 해도 일단은 여자였으니까.

「정말 자네의 모든 건 귀희를 중심으로 도는군?」

「엄마니까요.」

냉랭한 일별, 그녀는 실로 그 사실에 한 치의 의심도 품지 않은 듯 보였다.

「뭡니까? 그렇게 보지만 말고 그 할 말이란 걸 하시죠. 제 기운이라도 빼고 있는 겁니까?」

저도 모르게 그녀를 한참이나 쳐다보고 있었던가 보다. 헥터는 워낙 작은 그녀 때문에 어느새 앞으로 기울어 있는 고개를 똑바

---

* 동화 〈라푼젤〉에 등장하는, 라푼젤을 탑에 감금해 놓은 사악한 마녀

로 하고 온전히 제 키대로 섰다. 참고로 말하는데, 그는 정확히 192㎝였다. 자랑이지만 키츠카보다도 4㎝나 더 컸다.

「그 기운이 어지간해서는 감당 못할 지경이라는 걸 알기는 아는 모양이군.」

「할 말 없으시면 가보겠습니다.」

정말 걸음을 돌리기에 헥터는 반사적으로 그녀의 팔을 잡았다. 그런데 거의 불에 덴 듯이 놀라는 그녀의 반응에 그가 더 놀라고 말았다. 그에 저도 불에 덴 듯이 그 팔을 놓고 말았다.

「뭐, 뭐죠?」

「어, 그게…… 나도 모르게 그만…….」

이건 또 무슨 시추에이션인지, 마을 꼬마들에게도 악명 높은 심술쟁이 여자가 드러내 놓고 당황하니 그도 당황스러웠다. 원래 버드나무 같은 여자가 그랬다면 더 기운차게 나갔겠지만, 쫓아올까 봐 무서운 여자가 이러니 꼭 봐서는 안 될 것을 봐버린 것 같아서였으리라.

그런데 기순은 갑자기 얼굴을 굳히더니 더러운 병균이라도 묻은 양 그가 잡았던 곳을 툭툭 털어냈다.

'이 여자가…….'

절로 어금니가 꽉 물리고 관자놀이에 혈관이 불거졌다.

그때 그녀의 투박한 손이 눈에 들어왔다. 겨우내 삭은 나뭇가지처럼 앙상한 손, 거친 세월이 오롯이 새겨져 아주 늙은 여자의 것 같았다. 그리고 단정하지만 보풀이 일어난 허름한 옷소매를 보자, 머리끝까지 차오르던 화가 찬물을 끼얹은 듯 식어 발아래로 흘러나갔다.

살림이 좋지 않다는 사실은 이곳에 잠입해 올 때부터 알고 있었다. 공식적으로 남은 서류는 없지만 어떻게 살아왔는지도 알 만했다. 비빌 언덕조차 없는 미혼모의 삶이란 으레 그런 거니까.

연민을 가지지 않으려고 했다. 이 여자만 없었더라면 그들은 이렇게까지 귀희를 찾아 헤매지 않아도 됐을 테니까. 이 여자가 아니었다면 귀희는 이미 불귀의 객이 되었을지도 모르지만, 그들에게서 앗아간 세월이 미워 애써 연민을 잘라냈다.

뭐, 개인적으로 이 온통 모난 가시덤불 같은 성격이 싫기도 했고.

하지만 속사정은 어쨌거나 귀희를 우주의 중심으로 알고 있는 여자에게서 그 중심을 뺏어야 한다고 생각하니 묘목처럼 자라나는 연민을 쉽게 꺾을 수 없었다. 연민, 혹은 동정. 배를 곯아도 고개만큼은 빳빳이 들고 다니는 이 자존심 강한 여자는 결코 용납하지 않을 감정이라고 해도 어쩔 수 없었다. 이럴까 봐 3년간 최대한 거리를 두려고 애썼건만……

「그러니까…….」

헥터는 이런 상황이 싫어 괜스레 제 목을 벅벅 긁었다.

「이제 귀희도 열여덟이잖아. 그렇게 저 녀석 하나만 보고 살다가 녀석이 결혼이라도 하면 자네는 어떡할 건가 싶어서.」

기껏 생각해서 물었건만, 기순은 이토록 같잖은 질문은 들어본 적도 없다는 얼굴이 되었다. 그가 조금만 더 여린 성품이었다면 상처받아서 울어버렸을지도 몰랐다.

「피셔맨 씨야말로 걱정도 팔자시군요. 아니면 할 일이 없는 겁니까? 동네 모든 사람을 다 걱정하고 다니게?」

「내가 언제 다 걱정했다고…….」

그는 또 저도 모르게 발끈하려던 자신을 애써 다스렸다. 하여
간 얄밉게 말하는 데 도가 튼 여자였다.

「그냥 이웃사촌으로서 궁금한 거라고 해두지. 귀희는 내게도
딸 같은 녀석이니까.」

「글쎄요…….」

귀희를 언급한 게 먹힌 걸까? 기순은 한동안 잠잠했다. 곧 그
철벽 속에 가둬놓은 속내를 털어놓으려는 듯이 나직이 말문을 뗐
다.

「생각해 본 적 없습니다.」

기대하고 있었건만, 정말 사람 기운을 빼는 데 방법도 다양했
다.

「이봐, 말이야…….」

기순은 삶과 삶이 부지런하게 교차하는 거리를 응시하고 있었
다. 어딘지 모르게 그 옆모습이 시려서 헥터는 기분이 이상했
다.

꼭 낮에 뜬 으스름달 같은 그 시린 빛이 낯익었다. 그것은 마치
죽어가는 행성이 뿜어내는 찬란한 최후의 빛처럼, 꼭 다시는 돌
아오지 않은 이들의 얼굴에서 보았던 마지막 생명의 빛과 같았
다.

「그런 날이 올는지도 알 수 없으니까요.」

「설마 자네, 귀희 녀석을 결혼도 안 시키고 끼고 있을 건가? 그
정도면 모녀 관계라고 해도 사랑을 넘어서 집착 아냐?」

기분이 이상한 만큼 헥터는 일부러 가볍게 이야기했다.

기순은 그를 보았다. 순간 동공 깊숙한 곳까지 보일 정도로 똑바로 눈을 쳐다보았다. 항상 그렇지 않은 척 시선을 피하는 그녀답지 않게도.

「피셔맨 씨, 세상은 당신이 생각하는 것보다 넓답니다.」

뜬금없는 말에 헥터는 미간을 찡그렸다.

「무슨 의미야?」

「당신이 생각하는 것 이상의 일이 벌어지는 곳이라는 말입니다.」

그 말을 곱씹어도 보기 전에 그녀는 금세 시선을 피했다. 늘 그렇듯.

「그럼 먼저 가보겠습니다. 심심하시면 술집 마담이라도 찾아가 보시죠. 이야기에 맞장구쳐 주는 데는 그쪽이 전문가일 테니까요.」

그러더니 뒤도 돌아보지 않고 단정한 걸음걸이로 멀어져 갔다. 그 뒷모습을 쳐다보며 헥터는 찡그린 미간을 피지 못했다.

평소라면 그냥 하는 말이겠거니 넘기겠지만, 어쩐지 목에 걸린 생선가시처럼 가볍게 치부할 수가 없었다.

'저 여자…… 뭔가 알고 있는 건가, 설마?'

5

‘뭐, 두 분이 저렇게라도 잘 지낸다면 오히려 다행이지.’

귀희는 생각을 바꾸었다.

‘원래 친구란 친할수록 그렇잖아? 정말 친구가 맞나 싶을 정도로 툭탁거리는 거.’

사실 서로 얼굴 마주하고 지낸 지도 벌써 3년이니, 싸우면서 묘한 우정이 싹텄다 해도 이상한 이야기는 아니었다.

아니, 어쩌면 그 이상의 것도……?

정말 그렇게 된다면 그만큼 남녀열애 상열지사란 알 수 없는 거겠지만, 오늘 보니 왜 여태 그런 생각을 못했는지 두 사람이 함께 있는 그림이 꽤 괜찮았다. 물론 그 살벌한 분위기는 조금 다듬어야 하겠지만 말이다. 그리고 만약 그렇게만 된다면, 자신에게도 난생처음 아버지가 생기는 셈이 아닌가? 딱히 아버지가 없어서 불편했던 적은 없지만, 그래도 있었으면 하는 것은 당연하니까.

도로를 사이에 끼고 양옆으로 가게들이 빼곡한 거리는 알록달록한 수채화에 나올 법한 풍경이었다. 그리고 높이가 맞지 않는 레고 블록처럼 각양각색의 색과 높이로 차곡차곡 놓인 건물의 향연을 따라 천차만별의 인간상이 있었다. 붉은 건물의 골동품점 주인은 빼곡히 쌓인 물건들의 먼지를 털어내고, 건너편 푸른 건물의 야채 가게 아저씨는 손님에게 색색의 과일을 담아주고, 한 아주머니는 노란 건물의 옷가게에서 흥정을 했다. 거리에는 동네 아이들이 하얀 축구공을 몰고 우르르 달려가자, 시골길을 달리는 경운기처럼 털털거리며 오던 파란 트럭이 멈춰 서서 아이들이 다 지나갈 때까지 기다려 준 후에야 느긋하게 출발했다.

그렇게 어디 하나 모난 곳 없는 풍경을 음미하며 마침 어떤 가게 앞을 지나갈 때였다.

「응?」

잘못 봤나 싶어 몇 걸음 물러나 보니, 잡다한 색으로 화려한 문구가 쓰인 식료품 가게의 유리창 너머로 낯익은 인물이 보였다. 이런 날씨에 어울리지 않는 모자에 선글라스까지 낀…….

그런데 장바구니를 들고 있는 것도 그렇고, 색색이 아기자기한 가게 안에서 브로콜리 다발을 진지하게 들여다보고 있는 모습을 보자니 저도 모르게 웃음이 나왔다.

저 남자도 스스로 장을 보는구나.

장바구니를 들고 있는 평범한 모습이 의외로 어울려서 더 신기했다.

곧 그는 식재료들을 이것저것 바구니 안에 넣고 몸을 돌렸다.

귀희는 반사적으로 몸을 낮춰서, 값싸고 질 좋은 가게의 물품을 광고하는 문구들을 그려놓은 그래피티 뒤로 숨었다. 그리고 문구 사이의 틈으로 빠끔히 눈만 빼 그가 물건을 계산하는 모습을 지켜보았다.

그는 하나의 일을 끝낼 때까지 전혀 주변을 둘러보지 않는 걸로 보아 꽤 집중력이 좋은 것 같았고, 지갑은 쓰지 않았다. 행동은 군더더기가 없었다. 목을 긁적이거나 입술을 삐죽이거나 몸을 이리저리 돌리거나 하는, 불필요하되 자연스러운 동작은 일체 없이 딱 필요한 행동만을 했다. 어쩌면 군인 같기도 했다.

귀희는 얼른 가게의 모퉁이를 돌아가 골목에 숨었다. 얼마 지나지 않아 키츠카가 가게를 나왔다.

반쯤 벽에 가려진 시야에 그가 선뜻 가지 않고 주변을 조용히 둘러보는 모습이 보였다. 하지만 딱히 특정한 것을 찾는 것처럼 보이지는 않았고, 꼭 무언가 이상한 게 있는지 관찰하는 것 같았다. 더욱이 그 행동이 버릇처럼 자연스러웠다.

'혹시?'

귀희는 멋대로 자라나는 식물처럼 뻗치는 풍부한 상상력을 주체할 수 없었다.

'그는 이국의 평화로운 마을에 휴가 온 전직 특수요원? 아니면 잠복근무를 나온 FBI?'

소설도 아니고 그럴 가능성이 얼마나 있을까 싶지만, 저 '남다름'을 보면 아예 얼토당토않은 소리 같지도 않았다.

'그래, 솔직히 어선의 일꾼과는 진짜 어울리지 않는 이미지잖아.'

그는 단 한 번도 주변에 시선을 돌리지 않고 똑바로 걸어갔다. 5분 걷다가 샛길로 새는 그녀에 비하면 정말 굉장한 집중력이라 할 수 있었다.

곧 어떤 건물의 모퉁이를 돌아갔다. 놓칠까 걱정된 귀희는 후다닥 뛰어가 벽에 딱 등을 붙이고 슬쩍 고개를 내밀었다. 건물의 입구 계단을 올라가는 뒷모습이 보였다. 방향은 반대지만 그녀의 집과 그다지 차이나지 않게 허름하고 오래된 건물이었다. 그것도 좀 그와 어울리지 않는다고 생각했으나 납득은 되었다. 영화를 보면 위장한 국가요원들은 보통 최대한 눈에 띄지 않고 허름한 집을 잠복 장소로 고르니까.

귀희는 오히려 저가 잠복근무요원이 된 기분으로 벽에 최대한 들러붙어 슬슬 계단을 올랐다. 그는 복도의 끝에 있는 집 안으로 사라졌다. 혹시 몰라 조심조심 그 앞으로 다가가 문에 귀를 붙여보았다. 하지만 아무 소리도 들리지 않았다.

여기도 그다지 방음은 잘되는 것 같지 않은데…….

'아! 혹시 이 집을 빌려서 잠복근무용으로 손본 걸까? 방음이 잘되도록? 그리고 안엔 바깥을 살피기 위한 망원경과 온갖 장비들이 막 늘어져 있고?'

그때였다.

『비행놀이는 재밌었나?』

귀희는 확신할 수 있었다. 지금 자신의 심장은 멈췄다고.

그녀는 문에 양손을 붙이고 얼굴을 척 붙인 자세 그대로 입만 겨우 뻐끔댔다. 그리고 삐질삐질 땀만 흘리다가 뒤를 돌아보고 배시시 웃었다.

『분명히 들어가는 걸 봤는데…… 어떻게 나오셨어요?』

그는 고개만 오른쪽으로 까딱했다. 그제야 귀희는 자신의 집처럼 뒷문이 있다는 사실을 깨달았다.

『그게…… 원래는 알은체하려고 했는데 갑자기 재밌는 생각이 들어서…….』

『재밌는 생각?』

『키츠카 씨가 실은 잠복 나온 FBI가 아닐까 하는 생각이요. 하하, 웃기죠.』

귀희는 미친 척 하핫 웃던 입을 딱 다물었다. 바보 같다며 같이 웃을 줄 알았는데 그의 입가에는 웃음이 살아나지 않았다. 오히려 더 심각해졌다.

『왜 그런 생각을 했지?』

귀희는 눈을 동그랗게 떴다.

뭐, 뭐야? 진짜야? 설마?

『그, 그게, 갑자기 나타나셔서……. 말도 별로 없으시고……. 늘 검은 옷에 어, 또, 어선의 일꾼과는 그다지 어울리지 않는 이미지라…….』

솔직히 더듬더듬 이야기하고 있는데, 그가 피식 웃었다. 안 그래도 동그랗게 뜬 귀희의 눈이 튀어나올 듯이 휘둥그레졌다.

그가 웃고 있었다!

어이가 없는지 토해내듯이 하는 웃음이었지만, 늘 수평을 유지하던 입가에 미소 비슷한 것이 있었다. 하지만 곧 그 웃음을 지우고는 슬쩍 제 입가를 만졌다. 착각일까? 꼭 제 입가에 있는 웃음이 어색해 숨기려 한다는 인상을 주었다.

『재밌는 생각이군.』

『불쾌…… 한 건 아니시죠?』

귀희는 조심히 그의 눈치를 살폈다. 그는 제 입가를 맴돌던 손을 내렸다.

『이제 검은 옷을 입는 건 다시 생각해 봐야겠군.』

『사실 검은색이 저희 마을 같은 곳에선 더 눈에 띄긴 해요. 좀 컬러풀하잖아요.』

그는 옆을 돌아보았다. 희미한 바람에 그의 옷깃이 낮게 흔들렸다.

『그래, 색이 넘쳐.』

묘한 어조였다. 꼭 몰랐다는 듯한……. 이제야 눈치챘다는 듯한…….

그런데 그 음성에서부터 낮은 바람이 부는 것 같아, 귀희는 조금 이상한 기분에 사로잡혔다. 아마 저편에는 강렬한 햇빛이 내리쬐는데 그늘이 진 복도의 흐릿한 음영 때문에 그 음성이 더욱 귓가에 성큼 다가섰던 것이리라.

『다른 볼일은 없나?』

『예. 그럼 쉬세요.』

귀희는 더 있기도 민망하고 해서 꾸벅 인사하고 복도를 가로질러 갔다. 입구에서 뒤돌아보고 손을 흔드니 그는 역시 수긍의 뜻으로 고개만 까딱하고 집으로 들어갔다.

귀희는 마음껏 발걸음 소리를 내며 계단을 내려갔다. 그런데 막 끝까지 내려왔을 때쯤, 갑작스러운 생각이 머리를 스쳤다.

가만? 재밌는 생각이라고만 했지, 결국 잠복근무요원이 아니란 말은 하지 않았잖아? 오히려 옷을 다른 색으로 입는 걸 생각해 본다는 건 간접적인 긍정 아냐?

'그럼 정말!'

귀희는 휙 위층을 돌아보았다. 복도를 스치는 나직한 바람을 제외하고 건물은 온통 고요했다. 꿀꺽, 굵은 침이 목을 타고 넘어갔다.

'구, 궁금해……'

평화로움은 있어도 신선함은 없는 이 마을에 바람처럼 소리 없이 스며들어 온 모험의 암시에 심장이 거세게 두근거렸다.

'궁금해…… 궁금해……. 이대로는 절대 잘 수 없을 거야……'

귀희는 변태처럼 눈을 게슴츠레 뜨고 위층을 보다가 손목시계를 내려다보았다. 혼자 호기심에 몸을 떠는 사이에 이미 3분 정도가 지나 있었다.

'에라, 모르겠다. 궁금해 죽는 게 더 문제인걸.'

귀희는 그대로 발로 시간을 재며 5분 정도를 더 기다렸다. 마침내 초침이 정확히 정각을 가리켰을 때 달리기 시작했다. 순식간에 두 계단씩 펄쩍펄쩍 뛰어올라 오르고, 꽤 긴 복도를 전속력으로 가로질렀다. 그의 집 앞에 도달하기 무섭게 정신없이 문을 두드렸다.

『키츠카 씨! 키츠카 씨!』

안에서 얼핏 날카로운 인기척이 났다. 아니, 그런 것 같다고 느낀 찰나였다. 문이 엄청난 소리를 내며 열려 귀희는 깜짝 놀라 물러났다.

『무슨 일…….』

귀희는 그대로 얼어붙었다.

선글라스를 쓰고 있어도 드러나는 이목구비로 그의 외모가 꽤 뛰어나다는 사실은 알고 있었다. 그리고 모자 아래로 몇 가닥 흘러내리는 머리카락이 붉은 계열이라는 것 역시 알고 있었다.

그래, 한없이 무채색에 가깝던 그는 확실히 붉은 머리였고, 눈 또한 선명한 녹색이었다. 하지만 그런 설명은 너무 단순했다. 어깨를 타고 흐르는 긴 머리칼은 거의 완전한 붉은색으로 보일 만큼 짙은 적 블론드였고, 눈은…… 눈은……. 무어라 설명할 말조차 찾을 수 없었다.

어두운 밤 같던 그에게 색채가 덧입혀지자, 그 강렬함이 몇 배가 되어 해일처럼 다가왔다. 그리고 햇빛의 착시였을까. 그녀를 응시하는 그가 빛나는 것 같기까지 했다. 불현듯 섬뜩해지도록 묘한 윤기가 그의 전신을 스쳐 그대로 빨려드는 기분이었다.

『우와, 섹시…….』

완전히 넋 놓고 중얼거리다 깜짝 놀라 제 입을 막았다. 몽롱한 시야에 퍼뜩 현실감이 돌아왔다. 하지만 그는 이미 똑똑히 들었는지 정갈한 눈썹 한쪽을 활처럼 휘었다.

『무슨 일이야?』

귀희는 식은땀을 삐질 흘리며 눈을 데구루루 굴렸다.

『아, 아뇨……. 그게…….』

분명 이런저런 변명을 하려고 생각해 두었는데, 너무 놀라 다 날아가 버린 후였다. 결국 찰나적으로 고민하던 그녀가 선택한 방법은 능청이었다.

『아우! 진짜 놀랐잖아요! 그 답답한 모자랑 선글라스 아래 이런 미남이 다 숨어 있었네!』

그 팔까지 찰싹찰싹 쳐대며 호들갑을 떨자, 그는 희미하게 미간을 찌푸렸다.

『이렇게 잘생긴 사람이 왜 그렇게 꽁꽁 싸매고 다녔대? 배우 해도 되겠어요!』

지금 멈추면 어색의 구렁텅이에 빠질 게 분명했기에 귀희는 혼신의 힘을 다해 너스레를 떨어댔다. 물론 그것도 그가 빤히 쳐다보는 앞이라 점점 힘들어졌다. 왠지는 몰라도 관찰하는 시선이었다. 꼭 그녀에게서 이상한 점을 찾듯이.

『그럼 소녀는 이만!』

도저히 이 상황을 견딜 수 없어 재빨리 몸을 돌렸다. 이렇게 돌아가면 다음에 만날 때 이루 말할 수 없이 어색해질 것을 알았으나 지금은 일단 이 상황을 모면하고 봐야 했다.

전속력으로 뛰려고 자세를 잡는데, 뒤에서 쑥 뻗어져 나온 긴 팔이 턱! 뒷목의 옷깃을 잡아챘다. 귀희는 채 한 걸음도 가보지 못하고 목이 졸려 '컥!' 소리를 내며 멈춰 섰다.

『잠깐.』

『왜, 왜요?』

귀희는 놀란 토끼 눈을 하고 돌아보았다.

『확인해 보고 싶은 게 있을 텐데.』

그러더니 그대로 문을 열어놓은 채 안으로 들어가 버렸다. 혼자 남겨진 귀희는 어쩔 줄을 몰라 우왕좌왕했다. 하지만 좀 더 난감해하다가 결국 호기심에 져서 '실례합니다' 말하고 슬쩍 안으로 들어섰다. 이렇게 된 거 궁금증이라도 풀자 싶었던 것이다.

이 죽일 놈의 호기심, 내게 돌을 던져라.

해가 드는 방향에서 살짝 비켜가 창가에만 햇빛이 비치는 내부는 불을 켜지 않아 어둑했다. 그리고 기대했던 것들은 없었다. 블라인드가 쳐진 창가에 놓인 망원경이라든가 통신장비라든가 하는 것들. 오히려 정말 '아무것도 없이' 깨끗했다. 그의 개인 물품으로 보이는 것은 부엌 테이블 위에 놓인 얇은 잡지 몇 권과 물병, 방금 사온 식재료가 담긴 봉지뿐이었다.

귀희는 방을 쭉 둘러보았다. 그리고 창가에 서서 그녀를 지켜보는 남자에게 시선을 멈추었다. 희미한 역광을 받은 그의 손에 들린 물병으로부터 반짝이는 물그림자가 그 발치에서 작게 찰랑였다.

『만족해?』

『아하하……. 정말 아무것도 없네요…….』

그가 잠복 나온 FBI가 아닌 것을 확인했으니 이제 그만 가보라고 할 것 같아서 귀희는 능구렁이처럼 은근슬쩍 안으로 들어갔다.

『그냥 키츠카 씨가 워낙에 비밀스러우니까 제 나름대로 이것저것 추측해 본 거죠.』

그는 나가라 말하는 대신 미약한 한숨을 내쉬었다. 그리고 부엌의 테이블에 물병을 내려놓고 화장실로 갔다. 귀희는 시선으로 쪼르르 그를 좇았다.

『키츠카 씨, 근데…….』

타악! 몸을 돌리면서 휘두른 가방이 테이블 위의 물건을 쳤는지 둔탁한 타격음이 났다. 놀란 귀희는 얼른 주우려고 몸을 굽혔다. 그리고 막 주워 들려고 했던, 바닥에 흐트러진 물건을 보았다.

『히익……!』

새된 비명이 터졌다.

키츠카는 거실에서 난 이상한 소리에 수도꼭지를 잠갔다. 그런데 뒤따라오는 소리가 없었다. 공기의 변화도 없었다. '적'은 아니었다. 그렇다면?

밖으로 나가자 소파 너머로 바닥에 꿇어앉아 있는 여자의 윗머리가 보였다.

『뭐 하는…….』

다가가며 묻던 그는 멈칫했다. 어깨까지 보이는 여자가 한눈에도 심상치 않아 보일 만큼 부들부들 몸을 떨고 있었기 때문이다. 그는 한걸음에 그녀의 곁으로 다가갔다. 하지만 미처 어깨에 손을 얹기 전에, 날카로운 외침이 터졌다.

『안 돼요!』

그는 뻗던 손을 멈추었다.

설마 벌써 눈치를…….

『키츠카 씨! 이러면 안 돼요!』

귀희는 홱 그를 돌아보았다. 강아지처럼 커다란 눈엔 눈물이 그렁그렁했고, 볼은 격한 감정에 의해 달아올라 있었다.

『아무리 사는 게 힘들어도 그렇지! 이런, 이런!』

그 모습에 시선이 못 박힌 듯 보고 있던 그의 귓가에 문득 전혀 이해할 수 없는 말이 들려왔다. 그는 영문을 알 수 없어 얼핏 미간을 좁혔다.

『이런 거에 의지하시면 어떡해요!』

그제야 키츠카는 그녀가 부들부들 떨며 들이미는 물건을 보았다. 그리고 참을 새도 없이 하, 소리를 토해내고 말았다.

반면 귀희는 도저히 믿을 수 없다는 듯 제가 들고 있는, 뚜껑이 열린 반 투명한 케이스를 내려다보았다. 케이스 안에는 정체 모를 호박색 액체가 든 주사기들이 꽂혀 있었다. 그리고 그녀가 가방으로 쳐서 떨어진 나머지 주사기 세 개는 이미 그 속이 빈 채 바닥에 흩어져 있었다. 이미 사용하고 난 후라는 의미였다.

세상에, 마약이라니…….

이것으로 인생을 망친 사람들을 여럿 봤는데 전혀 그럴 것 같지 않았던 그까지 그렇다고 생각하자 눈물까지 뭉글뭉글 솟았다.

『이러시면 안 돼요…….』

그런데 갑자기 그녀의 양어깨를 움켜쥐고 들어 올리는 손이 있었다.

『진정해.』

『키츠카 씨, 이런 건 그만두…….』

『그건 포도당이야.』

『네?』

『포도당 주사라고.』

잠시 가동을 멈춘 뇌에 하나둘 녹색 불이 들어오기 시작하자, 바닥에 흩어진 빈 주사기들이 눈에 들어왔다. 몹시 당혹스러웠다.

『다, 당뇨예요?』

그는 순간적으로 아주 묘한 표정을 지었다.

『그건 인슐린이겠지.』

귀희는 정말 얼굴이 삶은 문어처럼 빨갛게 달아올랐다. 그의 집에 막무가내로 밀고 들어온 것은 그렇다손 치더라도 포도당 주사액을 마약이라고 오해해 난리치지를 않나, 포도당과 인슐린을 헷갈리지를 않나……. 그가 도대체 자신을 뭐라고 생각할지 정말 쪽팔려 죽을 것만 같았다.

『아, 정말! 왜 사람 오해하게 이런 주사를 들고 다녀요!』

결국 방귀 뀐 놈 성내듯이 버럭 뻗대고 말았다. 그리고 황당해하는 그의 표정에야 번뜩 깨달았다.

그러고 보니 예전에 사과주스를 주었을 때 그는 '단 것은 먹지 않는다' 고 했다. 그땐 단순히 호오의 문제라고 생각했지만 돌려 말하면 '단 것을 먹지 못한다' 고도 할 수 있었다.

『혹시…… 어디가 안 좋은 거예요?』

더구나 헥터의 말에 의하면 그는 술도 담배도 심지어 육식도 하지 않는다고 하지 않던가? 이쯤 되면 호오를 넘어 어디가 좋지 않다는 결론에 도달할 수밖에 없었다. 물론 전혀 그리 보이지는 않았지만 말이다.

그는 아무 대답도 하지 않았다. 그저 귀희에게서 주사액 케이스를 가져가 흩어진 것들을 정리해서 서랍에 넣었다. 그 모습을 보고 있자니 일말의 의심이 슬쩍 고개를 내밀었다.

『그거 정말 포도당 주사가 맞는 거죠?』

『네가 직접 맞아 봐도 상관은 없다만.』

『아뇨, 정말 아니라면 됐어요.』

그는 빤히 그녀를 보더니 고개를 돌리며 아까처럼 옅게 피식 웃었다.

『오지랖도 넓군.』

이번에는 그녀가 그를 황당하게 쳐다볼 차례였다.

『어떻게 그런 표현까지 알고 있는 거예요?』

또 제 입가를 묘하게 쓰다듬고 있던 키츠카는 제 생각에 빠져 그녀의 말을 놓친 듯 '뭐?' 하고 되물었다. 하지만 귀희는 '됐어요' 하고 손을 흔들며 기운이 빠져 창가 앞의 바닥에 드러누워 버렸다.

『바닥이 더러울 텐데.』

귀희는 그대로 척 늘어진 채 손만 흔들었다.

『신발 신고 돌아다닌 것만 아니면 돼요.』

귀희는 가방을 머리 아래 받치고 눈을 감았다. 이 집에서 아주 조금밖에 허락되지 않는 햇빛의 여유가 눈가에 따끈하게 내려앉았다. 잘 알지도 못하는 그의 집에 쳐들어와 창가의 햇살까지 차지했으니 정말 제 자신의 넉살이 존경스러워졌다. 하지만 아무것도 없는 집의 여백이 오히려 시원하게 느껴져 선뜻 일어나 가고 싶지 않았다.

머리맡에 인기척이 느껴졌다. 귀희는 눈을 뜨지 않고 말했다.

『키츠카 씨는 커서 그림자 지니까 옆에 앉으세요.』

이왕 멋대로 들어와 제집처럼 구는 고양이 짓을 해버린 것, 아예 철판을 깔자고 생각하니 스스럼도 없었다.

뜻밖에도 옆에 앉는 기척이 났다. 슬쩍 실눈을 뜨자, 창밖을 보고 앉은 남자가 보였다. 밝은 햇살은 화려한 적색 물결에 금빛을 더하고, 미려한 옆선을 장식했다. 왠지 '경국지색' 이라는 말이 떠올랐다. 그가 여성적이라거나 한 것은 아니었다. 높이 솟은 장신도, 너른 어깨도, 한없이 정갈한 이목구비도 완전한 '남성' 이었다. 하지만 그냥…… 아름다웠다. 남성적인 요정이 있다면 이런 느낌일까. 나무로 치자면 서늘한 대나무나 은은한 백단 같고, 태양보다는 달, 늘 낮은 바람이 그의 주변을 감싸고 있는 것만 같았다.

한마디로 정리하자면 오징어 같지 않았다. 설사 오징어라고 하더라도 천 년에 한 번쯤 날까 말까 한, 완벽한 무결점 몸매에 빨려들어가고 싶은 영롱한 눈동자를 가진 성스럽고 거룩한 오징어라고 해야 할까. 먹으면 불로장생할 수 있다던가 뭐, 그런.

제 눈에 오징어로 보이지 않는 남자가 있다는 사실부터가 신기해 넋 놓고 한참 쳐다보고 있으니 그가 시선을 느끼고 돌아보았다. 귀희는 빙그레 웃었다.

『원하신다면 제 머리를 쓰다듬어도 돼요.』

그건 또 무슨 반응인지, 그는 미간만 찌푸렸다. 귀희는 장난으로 짐짓 칫, 소리를 냈다.

『마을 아저씨들이 제 머리 한 번 쓰다듬어 보길 얼마나 바라시는지 알아요? 특별히 허락해 준 건데.』

아함……. 슬쩍 하품이 새어 나왔다. 잠깐 눈만 쉬려고 했던 건데 따뜻한 햇살 아래 누워 있으니 정말 졸리기 시작했다.

‘아…… 가야 하는데…….’

문득 따뜻하고 큰 것이 머리 위에 천천히 내려왔다.

처음 악기를 다루듯이 어색한 동작으로 닿아왔다. 누가 봐도 이런 행동이 익숙지 않음을 알 수 있었다. 그래도 자신이 가만히 있자 더 크게 쓰다듬는 동작이 조금 자신감을 얻은 것 같았다. 음, 뭐, 이 정도면 별 다섯 개의 평점은 무리더라도 ‘개선의 요지가 보이니 더 노력해 주세요’ 라는 의미의 별 세 개 정도는 줄 수 있을 것 같았다.

『강아지인 줄 알았더니 고양이였군.』

귀희는 여전히 눈을 뜨지 않은 채로 픽 웃었다.

『여자한테 강아지 같단 말은 칭찬이 아닌데.』

발발대며 온 마을을 헤집고 다니는 자신이 고양이보다 강아지에 가깝다는 것에 동의하는 바이기는 하지만 말이다.

『근데 머리는 왜 그렇게 길게 기르신 거예요? 음, 보통 남자들은 그렇게까지 머리를 기르진 않잖아요.』

침묵이 흘렀다. 그에 궁금해져 무거운 눈꺼풀을 뒤척이며 실눈을 떠보았다. 하지만 흐릿해지는 의식 때문인지 새하얗게 밝아진 햇살 속에 밖을 보고 있는 그의 그림자가 희미하게 질 뿐이었다. 그 가운데 그는 낮아진 음성으로 대답했다. 거의 읊조리듯 했다.

『그냥 길어버렸어. 눈을 뜨길 기다리는 동안에…….』

『눈을 떠요?』

『크게 다친 적이 있어.』

솔솔 몰려오는 졸음에 '정말요……?' 하는 물음만 나직이 흘러나왔다.

『깨어났을 때 거울에 비친 내 모습이 나조차도 낯설더군.』

『응…….』

이제 아무래도 좋아진 귀희는 입가에 배시시 물든 웃음과 함께 속삭였다.

『키츠카 씨 머리 예뻐요…….』

마침내 다스한 물결 속으로 가라앉듯 잠들었다.

키츠카는 새근대며 잠든 소녀를 내려다보았다. 투박한 곳이라고는 없는 말랑한 몸으로 딱딱한 바닥이 불편하지도 않은지 이미 깊이 잠들었다. 그대로 시선을 움직여 바닥에 흐트러진 머리칼을 타고 둥그런 이마에서 살짝 벌어진 입술까지 나아갔다. 손길이 그 뒤를 따랐다.

햇살 아래 보송한 솜털이 빛나는 이마를 따라 콧대로, 입술을 지나 턱으로 내려갔다. 그리고 턱을 잡아 고개를 반대편으로 돌렸다.

불거진 목의 뼈대를 타고 올라간 손가락이 귓불 아래, 뭉그러질 것처럼 연한 살갗에 닿았다.

두근, 두근……. 맥이 뛰고 있었다. 무른 심장만큼 잔약한 박동이었으나, 손끝에 선연히 전해졌다. 살아 있다. 이 생물은 분명히 심장이 뛰고 있었다. 환각도, 상상도 아니었다.

『으응…….』

가려웠는지 벌레를 쳐내듯 제 목을 탁 때리며 돌아누웠다. 그리고 무의식중에 어떻게든 딱딱한 바닥에서 편한 자세를 찾으려고 애벌레처럼 몇 번이고 굼지럭거렸다.

그는 방 안쪽의 침대를 보고, 다시 그녀를 보았다. 그리고 한 손으로 그녀의 목 뒤를 받치고 무릎 아래 남은 손을 넣기 위해 몸을 숙였을 때,

『응…….』

잠든 소녀는 온기를 찾듯이 제 몸을 그에게로 기울여 왔다.

타인의 온기를 자연스러워한다는 증거, 하지만 그녀가 한 팔을 그의 팔에 걸치고 거의 무게를 기대다시피 한 탓에 이대로 안아 들기에는 자세가 묘해지고 말았다. 잠깐 정지해 있던 그는 곧 품 속의 몸을 수습해 어린아이를 안아 올리듯 들었다. 여자치고 제

법 크지만 제 턱까지밖에 오지 않는 작은 몸은 품 안에 다 차지도 않았다.

낮게 신음하며 깨려는 듯싶기에 반사적으로 등허리를 가볍게 쓸어내리자, 버릇처럼 제 말랑한 볼을 그의 어깨에 문지르고 다시 몸을 이완시켰다.

연한 숨이 목덜미를 간질였다. 한없이 보드라운 연꽃잎 폐로 내쉬듯 잔약하기 짝이 없는 숨결, 여전한가 싶은데 밀착한 몸은 제법 굴곡이 있었다.

낮설다…… 고 해야 할까.

긴 세월이 흘렀다. 모르는 것도 아니었는데 그는 무엇을 기대했을까. 그 아이가 마냥 작은 어린아이 그대로일 거라고 믿었던 걸까? 이 세상의 것이 아닌 듯 신비로워 모종의 힘으로 여전히 자라지 않았을 거라고.

"도저히 상상할 수 없었던 거지? 이 아이가 어떻게 성장할지."

만약 아비게일이 옆에 있었다면 웃으며 말했으리라.

"넌 역시 상상력이 부족하다니까, D. 하지만 이해해. 우리가 함께 할 수 있었던 시간은 너무나 짧았으니까. 마치 꿈처럼……."

매트리스만 있는 침대에 내려놓을 때까지도 그녀는 달게 꿈나라를 헤맬 따름이었다.

아이는 여자가 되었다. 아직 어림은 있었으나 위화감을 느낄 정도로 커버렸다. 그래도 한눈에 알아보았다. 처음 바(Bar)에 발을 들여놓은 그때에.

문이 열리는 소리에 찰나적으로 그를 응시하는 흑요암 눈동자에서 여래(如來)의 강림을 알리는 상서로운 꽃, 우담바라의 광채를 보았다. 그를 알아보지 못하고 그냥 손님처럼 대하는 그녀에게서 빛은 금세 사라졌지만, 그것은 여전히 소녀에게 있었다.

불길 너머 그에게 온 어린 아기에게서 보았던 신휘(晨暉)와 같은 빛.

온몸이 분홍빛일 것처럼 보드라운 소녀를 내려다보는 남자의 눈이 낮게 가라앉았다. 손이 생크림처럼 다스한 볼을 따라 나른한 선을 그렸다. 좀 더 크면 제법 유혹의 빛을 띨 법한 눈매로 흘러갔다. 흐트러진 머리카락을 쓸었다.

밤하늘을 닮은 머리카락이 손안에서 미끄러졌다.

찻잔 그리고 검은 머리의 여자.

불현듯 한동안 잊고 있었던 꿈속의 이미지가 눈앞을 스쳤다.

하늘하늘 흩어져 내린 검은 머리칼이 웅덩이처럼 바닥에 고였다.

그는 낮게 실소하고 말았다. 제게 이 아이는 여전히 젖먹이에 불과했다. 한 번 받은 인상이란 아무리 세월이 흘러도 쉽게 바뀌지 않는 법이었다. 더구나 꿈속의 여인은 적어도 20대 중후반이었다. 부러질 듯 가녀린 몸태도, 창백한 병색도, 눈부신 생명력으로 넘치는 이 아이와는 전혀 달랐다.

섬광처럼 찾아오는 예지의 꿈은 그의 가계를 타고 흐르는, 이제는 잊힌 고대의 계보였다. 한때는 빛나는 태양 바퀴의 전차를 타고, 까마귀와 늑대의 눈으로 세계 만물을 지켜보고, 거인 미미르*의 신성한 샘물을 마시던 자들이 그들 가계를 통해 지켜보던 불가항력적인 미래의 환영이었다. 그들 가계는 신들의 탄생과 죽음까지 모두 보아왔다. 하지만 그 핏줄도 기나긴 세월의 유수를 타고 흐르며 흐려져 마지막 전승자인 그는 늘 관계없는 자들의 미래만 보아왔지만 틀린 적은 없었다.

그는 검은 머리의 여인을 취하고, 그녀는 그로 말미암아 죽는다.

그가 꾸는 꿈은 이르든 늦든 언젠가는 일어나는 '절대'이고, 그 명제는 결코 변하지 않으리라. 다만 이 소녀는 그녀가 아닐 뿐이었다. 그렇다면 아직 만나지도 않은, 그에게 어떤 의미가 될지도 알 수 없는 여인의 말로는 지금으로서는 아무래도 좋았다.

이제는 약하게 코를 골며 자고 있는 귀희를 내버려 두고 그는 방을 나섰다.

어스름한 욕실 안, 세면대 위에 놓아둔 칼을 들었다.

침침한 빛을 반사해 서늘한 윤기를 흘리는 칼에서 시선을 들어 잠시 거울을 보았다. 일평생 처음으로 이토록 기른 머리칼, 붉은 촉수처럼 나풀거리는 모습이 흡사 라미아*와 같았다.

그런데도 무엇일까…… 선뜻 손길이 나아가지 않는 이유는.

"기츠카 씨 머리 예뻐요……."

그 생각지도 못했던 말 때문일까. 하지만 소녀가 간과하고 있

---

* Mimir: 북유럽 신화에 나오는 거인족의 현인
* Lamia: 그리스 신화에 등장하는 어린아이를 잡아먹는 요마. 상반신은 아름다운 여인이지만 하반신은 뱀의 모습으로 묘사된다.

는 점은 독이 있는 것은 당연히 아름답다는 사실이었다. 그 독이 치명적일수록 피식자(被食者)가 경계심을 풀고 다가오게 하기 위한 교활한 계획인 것이다. 그에 현혹된 어리석은 먹잇감의 운명은 자명한 것.

마침내 그는 칼을 들었다.

귀희는 부스스 눈을 떴다. 온몸에 나른한 기운이 잔영처럼 감돌고 있었다.

「아…… 진짜 깊이 잤다…….」

최근에 제법 피곤했던 모양이다. 정말 '누가 업어가도 모를 만큼' 깊이 잤다.

방의 풍경은 낯설었지만, 누가 그녀를 침대에 옮겼을지는 분명했다. 그에 귀희는 슬금슬금 손가락만 움직여 훌러덩 올라간 티셔츠를 끌어 내렸다. 그리고 말없이 누워 있기를 잠깐, 들려야 할 목소리가 들리지 않아 고개를 들었다. 매트리스 외에 아무것도 없는 방에는 그녀 혼자뿐이었다.

타인의 집에 처음 온 날 드러누운 것도 모자라 이렇게 늘어지게 잠까지 자버렸으니 처녀가 적잖이 헤프다고 한 소리 들어도 뭐라고 할 수 없을 것 같았다. 사실 모든 주민이 서로 알고 지내는 이런 작은 마을에서는 특별할 것도 없는 일이지만, 그래도 이 집의 주인은 명색이 정체를 잘 모르는 외지인이 아닌가. 하지만 어쩐지 그는 편안했다.

척 봐도 결코 편해 보이는 사람은 아닌데, 처음 봤던 날과 다르게 그곳에 묵묵히 자리한 존재감 때문인지 바위나 나무 같은 것들을 보고 경계하지 않듯이 묘하게도 경계심이 생기지 않았다. 그건 비단 그녀가 평생 마을 주민들에게 둘러싸여 경계라고는 하지 않고 살아왔기 때문만은 아닐 것이다.

「웃차.」

다리를 쭉 펴고 일어나 슥슥 머리를 정리하고 옷을 탁탁 털어내고 흠흠 헛기침을 하고 나서야 슬그머니 방문을 열었다.

조용한 거실, 아무 인기척도 느껴지지 않았다. 잠깐 외출한 걸까? 이곳 사람들이야 문도 활짝 열어놓고 다닌다지만 그가 외부인임을 감안하면 상당히 미미한 치안 의식이었다.

『일어났나?』

『헉!』

갑자기 들려온 목소리에 놀라 돌아보자, 그는 냉장고에 가려져 보이지 않던 사각지대 스툴에 앉아 있었다.

『아, 집에 계셨…… 어?』

어색하게 웃던 귀희는 말하다 말고 깜짝 놀랐다.

『어, 어……. 머리 잘랐어요?』

『응.』

놀란 그녀는 보이지 않는지, 짧은 커트머리를 한 그는 대수롭지 않게 대답했다.

『어…….』

귀희는 저도 모르게 미간을 찌푸렸다.

제게 머리를 자르지 말라 가타부타 할 자격은 없지만, 너무 예뻐서 절대 자르지 않았으면 했는데……. 적어도 자를 거라고 이야기는 해줬으면 좋았을 것 아닌가.

『왜?』

저도 모르게 뾰루퉁한 감정을 얼굴에 전부 드러내고 있었는지 그가 물었다.

『갑자기 왜요?』

『거치적대서.』

귀희는 열린 욕실의 문 너머를 훔쳐보았다. 저 멀리 얼핏 보이는 휴지통 안, 붉은 잔해들이 버려져 있었다. 허탈해졌다.

햇빛에 빛나는 적동의 색, 안 그래도 만져 보고 싶어 손이 근질거렸더란다. 그러면 손바닥 가득 보석 같은 빛물이 반짝반짝하게 묻어날 것 같았기 때문이다. 그런데 그 예쁜 머리카락을 저렇게 쓰레기처럼……. 어차피 얼굴에 철판 깔았던 거 미친 척 한 번 만져나 볼걸.

『무슨 문제라도?』

『아뇨, 문제는요. 그나저나 시간이…….』

사방에 잦아든 빛이 다소 어둑하기에 귀희는 주변을 둘러보았다. 그때였다. 갑자기 머리를 탁 쳐오는 사실에 눈을 휘둥그레 떴다. 손목시계를 쳐다보자 시침은 경악스러운 시각을 가리키고 있었다.

『으악! 세, 세상에! 집에 가야 되는데!』

다급해진 귀희는 침대 옆에 놓여 있는 가방을 순식간에 낚아채 달려 나갔다. 그리고 그를 돌아볼 틈도 없이 지나쳐 가며 '가볼게요!' 인사하는데, 가방이 뭔가에 걸렸는지 갑자기 뒤로 팽팽하게 당겨지는 물리력에 자칫 뒤로 넘어질 뻔했다. 그에 놀라 돌아보니, 그가 그녀의 가방끈을 붙잡고 있었다.

『왜, 왜요?』

키츠카는 테이블 쪽으로 흘긋 고갯짓했다.

『먹고 가.』

『예?』

그가 가리킨 테이블에는 접시 위에 반듯한 샌드위치가 랩에 싸인 채 놓여 있었다.

『어, 저, 늦어서…….』

그러거나 말거나, 키츠카는 고집스럽게 재차 말했다.

『먹고 가.』

문 쪽을 한 번 보고, 그를 돌아보고, 또 문 쪽을 보고, 한 번 더 그를 보고 귀희는 결국 '에라, 모르겠다' 하고 가방을 내려놓았다. 이미 늦은 거, 이리 굴려지나 저리 굴려지나 매한가지였다.

제 선택을 후회하지 않는 당당한 여장부, 보란 듯이 그의 맞은편 스툴에 앉았다. 그리고 키츠카가 이쪽으로 밀어주는 접시의 랩을 벗기고 샌드위치를 들었다.

『어? 햄이 들었네요? 키츠카 씨 채식주의자 아니세요? 그럼…….』

설마 일부러 나가서 사온 거야?

'맞다' 고 대답하듯, 앞에 서리가 끼어 있는 스프라이트 캔이 놓여졌다. 힐끔 올려다보았을 때도 그는 무표정한 얼굴이었다.

무어라 할 수 없이 간지러운 기운이 아랫배에 감돌았지만 귀희는 흠흠 헛기침을 하고 샌드위치를 들었다.

『잘 먹겠습니다.』

한입 베어 물고 우물대며 스프라이트 캔을 땄는데, 사온 지 얼마 되지 않아 그랬는지 하얀 거품이 푸슛 솟아올랐다. 순식간에 넘쳐 캔을 잡고 있는 손을 타고 흘렀다.

『으츠츠, 쏟았다.』

『앉아 있어.』

그가 먼저 일어나 행주를 가져다주었다. 어려서부터 바쁜 기순을 대신해 온갖 집안일을 해왔고 또 인생의 대부분을 일하며 보낸 그녀로서는 누군가가 자신을 일일이 챙겨주는 일이 낯설었다. 특히 그 상대가 옆에서 사람이 죽어도 눈 하나 깜짝하지 않을 것 같았던 남자임에야.

괜히 눈치를 보며 행주로 손과 테이블을 닦고 나자 손이 조금 끈적거렸다.

『키츠카 씨도 좀 드세요.』

샌드위치의 나머지 반 조각을 슬쩍 그의 앞에 밀어놓았다.

『괜찮아.』

『에이, 저만 먹기 뭐해서 그래요. 하나만 드세요.』

그가 빤히 쳐다만 보기에 깨닫기를, 햄이 끼워져 있어서 그러는구나 싶어 귀희는 빵을 열고 햄을 꺼냈다. 그렇게 또 저지르고 나서야 핫, 깨닫고는 샌드위치의 배를 가른 그 상태로 쩔쩔매며 그를 보았다. 그리고 어색하기 짝이 없게 웃었다.

『랩으로 집었는데…….』

왠지 음식도 완전한 무균인 제품만 드실 것 같은 분 앞에서 햄을 손가락으로 집어 빼는 망극을 벌이지 않아 천만다행이라고 해야 할까. 그런데 뜻밖에도 그는 피식 웃더니 그녀가 개조해 놓은 샌드위치를 가져가 한입 가득 베어 물었다.

그런데 이분이 의외로 먹는 모습은 대차시다. 날고기를 한입

양껏 베어 무는 맹수가 떠오를 정도.

『의외로 먹음직스럽게 드시네요..』

『의외로?』

『아니, 뭐랄까…… 채식주의자들은…….』

『풀을 깨작댈 것 같은 느낌이라고?』

그렇지 않아도 적당한 단어를 찾고 있는데 바로 그거다 싶어 고개를 끄덕였다. 그러자 그는 또 날렵한 입매를 늘어뜨리며 낮은 웃음을 흘렸다.

『넌 정말 날 웃기는 재주가 있어.』

그가 자주 웃기에 기분이 고양된 귀희는 신나서 떠들기 시작했다.

『에이, 얼마나 웃었다고요. 아까밖에 더 있어요?』

그런데 그가 갑자기 그녀의 손목을 잡아왔다. 놀라서 휘둥그레 뜬 눈으로 보았다.

『핥지 마.』

그제야 귀희는 자신이 끈적거리는 손을 핥고 있었다는 사실을 깨달았다. 하지만 손을 내릴 새도 없이 그가 그대로 싱크대 앞으로 이끌었다. 그리고 물을 틀고 직접 씻겨주시기까지 하는 게 아닌가.

손가락 사이까지 꼼꼼히 닦아주는 손길에 왠지 모르게 귓불이 아러 소녀는 옴쭉 오그라들었다. 하지만 무심한 건지 무심한 척하는 건지, 전혀 제 행동을 의식하지 못하고 있는 남자는 수건으로 물기까지 다 말린 후에야 손을 놓아주었다.

『그만 가봐.』

『네, 네? 할 일 있으세요?』

그는 오히려 그 질문을 이해하지 못하는 것 같은 기색이었다.

『집에 가야 한다며.』

『아!』

그런데도 귀희는 바로 가지 않고 멀뚱히 그를 쳐다보았다. 뭐랄까, 가기가 싫었다. 어차피 오늘과 내일이 늘 같은 곳, 딱히 놀면서 미련을 가진 적이 없었건만 오늘따라 묘하게 엉덩이가 무거웠다.

『그럼 가볼게요. 쉬세요.』

말을 걸어주지 않을까 싶어 일부러 미적미적 가방을 드는데도 그는 가볍게 고개를 끄덕일 뿐이었다. 결국 귀희는 문가로 다가 갔다. 그러고도 미련이 가시지 않아 괜히 식탁을 정리하는 그에게 기웃대다가 슬며시 물었다.

『저, 또 놀러 와도 돼요?』

즉답이 없어 몹시 민망해지고 말았다. 볼을 붉히고 급히 '아뇨, 바쁘시다면……' 하고 말을 철회하려고 했다.

『그래.』

그가 허락했다. 귀희는 자신도 잘 이해가 되지 않는 일이긴 하지만, 크리스마스 날 기대하던 선물을 받은 것처럼 주체할 수 없는 기쁨이 확 차올랐다. 활짝 웃었다.

『그럼 또 봬요!』

그제야 귀희는 평소처럼 밝아져 크게 손을 흔들며 인사하고 그의 집을 나섰다. 그리고 총총 걷고 폴짝 뛰며 익숙한 거리를 지나 빠르게 집에 도착했다.

『다녀왔습니다!』

활기차게 인사하며 문을 열자, 바느질을 하고 있던 기순이 일거리를 내려놓고 돌아보았다.

『왜 이렇게 늦었…….』

아니, 돌아보다가 돋보기안경 너머로 눈을 치켜뜨고 그녀를 보았다.

『무슨 일 있었니? 왜 그렇게 얼굴이 붉어?』

『네? 아, 얼굴…….』

머쓱해하며 볼에 손등을 대자 홧홧한 열기가 느껴졌다.

『아무것도 아니에요.』

귀희는 기순이 뭔가 더 묻기라도 할까 싶어 분분히 방으로 들어갔다. 그리고 거울을 보자, 예상은 했지만 양 볼이 정말 익혀놓은 문어 같았다. 왠지 모르게 그런 자신이 부끄러워 괜히 애젊은 처녀처럼 고개를 돌리고 침대에 몸을 던졌다.

한참 몸 둘 바 몰라 하다 천장을 바라보자, 떠오르는 것은 무뚝뚝한 남자. 그리고 그 눈에 언뜻언뜻 스미는 다정한 빛.

소녀는 나른한 한숨을 내쉬며 돌아누웠다. 그 목에 걸린 보석이 방향을 바꾸며 빛을 투과했다. 그리고 천천히 붉은색을 띠기 시작했다. 순정한 색채에 은밀히 번져 나가는 독(毒)처럼……. 마침내 찬연한 홍색으로 변한 보석이 묘하게 선득한 빛을 흘림을, 황홀감에 젖은 소녀는 알지 못했다.

발톱 La Garra

6

태양빛이 대지를 내리쳤다. 감귤나무 사이로 바지런히 움직이는 일꾼들의 이마에는 송골송골 비지땀이 맺혀 있었다. 물 한 잔 마시며 쉬엄쉬엄 할 만도 하련만, 출고일이 촉박하다고 농장주에게 특별히 말을 들은 터로 바삐 손을 놀리고 있는 중이었다.

기순은 목덜미에 흥건한 비지땀을 닦아내며 고개를 들었다. 옆에 놓아둔 바구니에는 이미 싱그러운 감귤이 한가득, 오랫동안 전정가위를 쥐고 있었던 손이 뻐근하고 아무리 모자를 쓰고 있어도 강한 햇살에 그슬린 볼이 홧홧했다.

깔깔깔……. 문득 웃음소리가 들려왔다. 저편의 감귤나무 그늘 아래 몇몇 여자 일꾼들이 잠시 일손을 놓고 대화하며 간드러지게 웃고 있었다.

기순은 작게 한숨을 내쉬었다. 저들처럼 세상 모든 게 즐겁지는 못할지언정 그래도 요즘은 나은 편이었다. 물론 여전히 농장 일과 가정부 일에, 저녁에는 집에서 부업까지 부지런히 번갈아 해야 했다. 하지만 요즘은 자신만 열심히 하면 일거리가 안정적이었고, 동양인 불법체류자라고 부당한 차별을 받는 일도 줄었다. 어쩌면 호적이 없어 학교조차 다니고 있지 못한 가여운 딸아이의 대학 정도는 어떻게든 해볼 수도 있으리라.

「그래, 그래……. 그래서 귀희가…….」

막 일을 계속 하려는 참이었다. 뒤에서 바람을 타고 들려온 익숙한 이름에 기순은 본능처럼 뒤를 돌아보았다.

「아, 귀희 엄마.」

무언가 속삭대는 모습을 물끄러미 쳐다보고 있으려니 여자들이 웃음을 감추고 알은체를 해왔다. 기순은 얼핏 미간을 찡그렸다.

징그러운 여편네들.

들으란 듯이 이야기하고 있었으면서 본의는 아니었다는 식이었다. 적잖이 의뭉스러웠다.

「제 딸아이 이름을 들은 것 같은데……. 아이가 뭐 잘못이라도 했나요?」

여자들은 선뜻 대답하지 않고 서로 눈치를 살폈다. 하지만 주저한다기보다, 자못 즐거워하는 기색이었다.

「아, 그, 왜, 요번에 마을에 새로 온 여행자 알지?」

「글쎄요.」

「귀희 엄마도 참, 다들 난리라고. 하도 무뚝뚝해서 제대로 말해 본 사람도 없긴 하지만 저기 피셔맨 씨 어선에서 일하잖아.」

그제야 얼핏 기억났다. 헥터를 언급할 때 은근히 벅차오르는 여자들의 눈빛은 일부러 무시했다.

「그러고 보니 들어본 기억이 나는군요.」

갑자기 나타난 외지인이라서 한동안 경계했지만 이쪽과 별로 연관 없는 사람인 듯해 존재조차 잊고 있었다. 그러고 보니 예전에 귀희가 '이상한 손님' 이라고 한 번 언급한 적도 있는 것 같았다.

「근데 그 사람이 어쨌다는 거죠?」

「그게 말이야…….」

여자들은 또 뜸을 들이며 간지러운 웃음소리를 냈다. 이제 슬슬 짜증이 나려고 해 기순은 미간을 좁혔다.

「귀희도 그럴 만한 나이가 되긴 했지. 어제 귀희가 그 남자 뒤를 몰래 따라가는 걸 에스테반 씨가 봤다지 뭐야?」

「네?」

자못 놀라 되묻는 말을 오해한 모양이었다.

「너무 그러진 마. 연애 한 번 정도야 경험 삼아서라도 해볼 만하지.」

「나이 차이가 좀 있는 것 같긴 하지만 뭐 어때? 요즘 세상에 열 살쯤이야 허물도 아닌걸.」

다들 왁자지껄 한마디씩 축하의 말 따위를 하고 제자리들로 돌아갔다. 남자가 꽤 돈 있는 집안 자식일지도 모른다, 귀희 팔자 피는 거 아니냐, 그때는 자신들을 잊지 말라, 뭐 그런 식이었다. 그것은 듣는 척도 하지 않고 잠깐 혼자 생각에 빠졌다.

귀희가 그 남자를 따라갔다고? 그러면 혹시 어제 얼굴이 붉어져 들어왔던 게…….

무어라 형용할 수 없는 기분이 들었다. 그런 이유로 늦게 들어왔다니 괘씸한 기분이 드는가 하면, 묘한 안도감이 몰려왔다. 어떤 남자도 좋다고 하는 법이 없는 녀석이었으니까.

문제는 어떤 남자인가 하는 것인데……. 하필 외지인이라니, 자신이 잘 알고 있는 마을 청년이었으면 좋았을 텐데.

'한번 만나봐야겠군.'

결심하고 일단 일을 끝내기 위해 막 몸을 돌릴 때였다.

「하여간 남 이야기하기 좋아하는 인간의 습성은 어디를 가나 똑같군.」

기순은 주변을 둘러보았다. 분명히 낯익은 목소리를 들었는데, 어디서 들려왔는지 알 수 없었기 때문이다. 감귤나무가 흐드러지게 피어 있는 주변엔 저 멀리 아직도 풀어낼 수다보따리가 남은 여자들을 제외하고 아무도 없었다.

하필 환청을 들어도 그 징글맞은 남자의 것이라니, 불쾌해하는 찰나였다.

바스락.

머리 위에서 잎사귀가 울었다. 울창한 나뭇잎 사이로 눈부신 햇빛이 바다의 물비늘처럼 부서졌다. 그 가운데 큼지막한 검은 그림자가 있었다.

웬 무뢰배인가 싶어 크게 놀라는데, 남자가 나뭇가지를 잡고 재게 몸을 놀려 훌쩍 기순의 앞으로 내려섰다.

「피셔맨 씨!」

말 그대로 하늘에서 떨어진 그에 기겁해 비명 같은 소리가 터졌다. 그러자 이상하도록 가벼운 몸놀림으로 내려선 헥터는 씩 웃으며 제 입술 위로 손가락 하나를 세웠다. 그제야 기순은 제 입을 막고 저 멀리 여자들을 돌아보았다. 다행히 여자들은 저들 이야기에 빠져 소리를 듣지 못한 모양이었다.

「서리라도 하시는 겁니까?」

헥터는 제가 하나 따서 들고 있는 귤을 보고 씩 웃었다. 그리고 조금도 꺼려하지 않고 귤을 까서 맛있게 먹었다.

「뭐, 그런 거지.」

이 농장의 지주 마롤로는 그와 막역한 친구였다. 서리를 하다가 걸려도 그라면 오히려 더 먹으라며 박스째로 안겨줄 터였다. 특유의 사교성으로 이 섬의 최고 부호와 둘도 없는 친구가 된 그와 단순한 일꾼 중 하나일 뿐인 자신은 사정이 달랐다.

「그럼 맛있게 드시죠.」

이 남자에 관해서는 거슬리지 않는 게 하나도 없어 차게 뱉어놓고 몸을 돌렸다. 그러자 가끔은 성가실 정도로 들러붙는 남자가 '뭐, 그러던가' 한마디 해놓고 붙잡지 않았다. 오히려 귤만이 유일한 목적이라는 듯이 느긋이 나무에 기대서서 그 짧은 새에 벌써 세 개나 따 먹었다. 그러다가 고개를 돌린 자신과 시선이 마주치자 싱글 웃는 게 아닌가. 눈가에 까치발 같은 주름을 잡으며 맹수가 기분 좋아 그릉거리듯 웃는 모습이 실로……

기순은 가차 없이 인상을 썼다. 그리고 그에 바로 표정이 아니꼬워지는 그를 차갑게 일별하고 귤을 따기 시작했다.

한동안 애써 일에 집중하다가 흘긋 시선을 돌렸다. 몸집은 쓸데없이 집채만 해서 어딜 가나 눈에 띄는 남자라 어쩔 수 없이 신경이 쓰였다. 그런데 좀 전에 눈 끝으로 봤을 때만 해도 먹고 난 귤껍질을 땅 파서 묻고 있던 그가 없었다.

「뭐 찾아?」

갑자기 뒤에서 들려온 목소리에 그녀는 기겁하고 가위를 떨어뜨렸다. 이번에는 너무 놀라서 비명조차 나오지 않았다. 어느새 바로 지척까지 와 있는 헥터는 난감한 웃음을 지었다.

「자네는 어울리지 않게 새가슴이군? 왜 그렇게 잘 놀라? 뭐 죄지은 거라도 있어?」

그 화재 이후로 편집증환자처럼 주변을 살피는 버릇이 생긴 것은 사실이었다. 그 사실이 들키기라도 할까 봐 기순은 일부러 발끈한 척했다.

「그렇게 갑자기 뒤에 서 있으면 아무리 간담이 좋은 사람이라도……!」

그런데 벌린 입으로 갑자기 뭔가 물컹한 게 들어왔다. 반사적으로 씹고 보니 입안에 상큼하게 번져 오는 맛이 귤이었다.

「이게 무슨 짓…….」

「먹어, 먹어. 자네는 너무 말랐어. 지금보다 두 배는 더 쪄야 한다고.」

「먹으라면 못 먹을 줄 아십니까? 이리 주시죠. 마롤로 씨가 물어내라고 하면 당신한테 가서 받으라고 할 겁니다.」

보란 듯이 뺏어 들고 먹자니, 그제야 자신이 제법 갈증 났다는 사실을 알았다. 한발 든 땅처럼 메마른 목을 달콤한 과즙이 적셔 주었다. 그러자 괜스레 짜증이 나고 성마른 기분마저 조금씩 잦아들었다.

그가 그 모습을 묘하게 따듯한 눈으로 보고 있었다. 꿀꺽, 갑자기 깊이 삼킨 과즙이 걸렸는지 가슴이 짜르르했다.

「왜…… 그런 눈으로 보십니까?」

뜨거운 한낮의 열기가 목까지 달구었는지 목소리가 이상하게 낮았다.

「응? 아, 뭐, 잘 먹는구나 싶어 기특해서.」

무어라 형용할 수 없는 침묵이 감돌아, 기순은 화제를 바꾸었다.

「피셔맨 씨 어선에서 일하게 됐다는 청년…… 어떤 사람입니까?」

질문이 이상했던 걸까? 이쪽이 먼저 화제를 바꾸어 반가운 듯했던 그는 그녀를 빤히 쳐다볼 뿐이었다.

「제가 대답하기 곤란한 질문이라도 한 겁니까?」

「아니…… 뭐, 나도 잘은 몰라. 일할 데가 필요하다고 해서 일하라고 했을 뿐이니까.」

「그럼 최소한의 인적사항도 물어보지 않은 겁니까? 고용하면서?」

헥터는 어깨를 으쓱였다.

「여기 뭐 그런 여행자가 한둘인가?」

「본국에서 뭐 하는 사람인 줄은 모르십니까?」

「글쎄……. 어디 높은 분을 모시는 일을 한다고는 들었는데..」

「그런 사람이 왜 이런 곳에서 어선 일을 하는 거죠?」

헥터는 속으로 투덜거렸다.

아, 거, 여편네, 파고들기는. 거기까지는 말을 맞춰놓지 않았다고.

「난들 아나. 휴가차 여행하면서 기분 전환 좀 하고 싶었나 보지. 그런데 왜 갑자기 그 친구한테 지대한 관심이 생긴 거야? 백 씨도 연하 취향이었나?」

헥터가 다시 능글대기 시작하자, 기순은 늘 그렇듯 얼음장처럼 차가운 시선으로 응수해 주었다.

「피셔맨 씨가 알 바 아닙니다.」

헥터는 피식 웃었다. 그리고 난데없이 말했다.

「고델.」

「네?」

「고델, 라푼젤을 탑에 가둬둔 마녀 말이야.」

기순은 인상을 썼다.

「도저히 이해 못할 소리를 하시는군요.」

「그럼 됐어.」

헥터는 휘휘 손을 내젓더니 왔을 때만큼 홀연히 가버렸다. 그 모습을 찡그린 눈으로 보던 기순은 곧 대수롭잖게 여기고 일로 돌아갔다. 멀리서 돌아본 헥터는 제 턱 밑을 긁으며 생각했다.

'저런 걸 보면 아무것도 모르는 것 같은데 말이야.'

만약 기순이 뭔가를 알고 있다면, 라푼젤을 납치해 아무도 찾지 못하도록 탑에 가둬놓은 마녀 고델이 무엇을 의미하는지 정도는 알아들었을 것이다. 알아듣고도 모른 척했다면 그가 눈치채지 못할 리 없었다. 그는 그렇게 어수룩하지 않았다.

키츠카에게는 좀 더 확실히 알게 된 뒤에 말해도 늦지 않으리라. 아닌 척 과격한 녀석이라 꼬인 실을 그냥 두 동강 내버리는 알렉산드로스 대왕식의 해결 방법을 들고 나오면 난감해질 테니까. 그에게 키츠카가 결심한 일을 막을 수 있는 힘 같은 것은 없었다.

그때, 헥터는 저 멀리 기름때 두둑이 낀 아랫배를 통실하니 내밀고 걸어오는 쿠바인 부호를 발견했다. 반갑게 손짓하며 다가갔다.

「어이, 마롤로.」

「여, 친구.」

「귤 두 박스 주문하려고 하는데 되나?」

마롤로는 껄껄 웃었다.

「빈대 짓밖에 할 줄 모르는 친구가 웬일이나 그래? 자네가 아무리 대식가라지만 귤 두 박스는 좀 많을 텐데?」

「아, 내가 먹으려는 건 아니고.」

「또 그 키다리아저씨 노릇인가? 안 그래도 궁금했는데, 저치들과 연이라도 있나?」

그리 말하면서 마롤로가 가리킨 인물은 요령을 부릴 줄도 몰라 미련하다 싶을 만큼 열심히 일하고 있는 기순이었다.

「뭐, 열심히 사는 모습이 기특해서 그렇다 해두지.」

자존심만큼은 굳건한 요새와 같아서 금전적으로 돕는 일은 상상도 할 수 없었다. 혹여 나중에 사실을 알고 그 여자가 서쪽 마녀로 변신할까 봐 걱정되기도 했고 말이다. 하여간 쓸데없이 카리스마가 넘치는 여자라니까.

「돈이 너무 많으면 헛짓거리를 하고 싶어진다더니, 저치들은 자네가 웃돈까지 얹어주며 나한테서 이 농장을 사들였다는 것도 모르지?」

헥터는 피식 웃었다.

「나야 비루한 생선쟁이일 따름이지. 아는 사람이 이곳을 사고 싶다고 하기에 그냥 대리인 노릇을 한 것뿐이라니까. 내 어디서 그런 큰돈이 나왔겠나?」

「그러게, 그 아는 사람이라는 양반은 땅을 사놓고 어디서 뭘 하느라 한 번 보러 오지도 않나?」

「누구한테 선물할 거라고 하더군. 오랫동안 소중한 물건을 맡아준 대가로.」

「얼마나 소중한 물건이면 이 큰 땅을 선물로 준단 말인가? 그럴 만한 물건이 있다면 내가 보고 싶군 그래.」

마롤로는 너털웃음을 터뜨리며 주문은 알았다고 하더니 일을 보러 갔다. 헥터는 한숨을 내쉬고 몸을 돌렸다. 그런데 그때 문득 드는 생각이 있어, 눈썹을 치켜들었다.

'그러고 보니 키츠카 이 녀석은 정말 어디서 뭘 하고 있는 거지?'

언젠가 아비게일이 물었다.

"D, 네기 모르는 게 있긴 있어?"

그때 그는 대답하지 않았지만 자신이 모든 것을 알고 있다는 오만한 생각은 하지 않았다. 그래도 살아온 세월만 보더라도 남보다 알고 있는 게 많음은 사실일 터. 그런데 이것만은 도통 알 수 없었다.

고적한 항구, 희미한 노을빛이 번져 가는 방파제 끝에 운동화 한 쌍이 가지런히 놓여 있었다. 자동차로 친다면 이미 몇만 마일은 족히 달린 듯 허름한 그것은 본 적이 있어 주인은 알 수 있었다. 귀희의 운동화였다. 문제는 벗어서 가지런히 접어놓은 옷가지를 포함해 그 소유물은 모두 여기 있는데 정작 주인은 보이지 않았다. 얼핏 꼭 바다에 뛰어들어 자살이라도 한 것 같은 모양새였다.

키츠카는 바다를 바라보았다. 파랑이 일지 않는 대양은 잔잔했다. 한 번 잃어버렸던 존재, 응당 급해져 찾아다녀야겠지만 묘하게 마음이 담담했다. 모네의 그림 속 같은 평온한 시골의 풍경 때문일까.

차락― 아래서 물소리가 났다. 테트라포드* 위로 작은 인영이 올라섰다. 젖은 짐승처럼 온몸을 흔들어 물을 털어내더니 젖은 머리카락을 한쪽으로 모아 쥐고 물을 짜냈다. 그 모습을 눈도 깜빡이지 않고 쳐다보고 있으려니 시선을 느꼈는지 고개를 들었다.

그 박꽃처럼 해사한 얼굴 위로 함박 미소가 번졌다.

『키츠카 씨!』

그녀는 양팔로 크게 몇 번이나 손짓한 다음 울룩불룩한 테트라포드를 건너오기 시작했다. 유독 팔다리가 긴 몸이 둔할 것 같진 않았지만 자주 그곳을 오갔는지 익숙한 몸놀림이었다.

『일 끝나고 가는 길이세요?』

---

* Tetrapod: 네 개의 뿔 모양으로 생긴 콘크리트 블록. 방파제나 강바닥을 보호하는 데 쓰임.

그녀는 가린 면적보다 드러내 놓은 면적이 훨씬 넓은 수영복만 입고 있는 상태였다.

물기에 젖은 젊은 여체는 건강한 생명력을 광휘처럼 내뿜었다. 그리고 어디 하나 비릴 것 같지 않은 달콤한 살결, 갓 세수한 듯 해맑은 얼굴은 더욱 아이 같았다. 동그란 머루 알 같은 눈동자로 그를 한껏 담고 있었다.

그는 말없이 바닥에 놓인 그녀의 옷가지를 집어 건네주었다. 그러자 그녀는 처음엔 '네?' 하고 의아해하더니 이내 반쯤 헐벗은 자신의 상태를 보고는 너털웃음을 터뜨렸다.

『죄송해요. 키츠카 씨가 외지인인 걸 깜빡하고 있었어요. 마을 사람들은 전혀 신경 쓰지 않거든요.』

일단 티셔츠를 젖은 몸에 그대로 뒤집어썼다. 그리고 전위적이리만치 찢어진 청바지를 통통 뛰면서 다리 위로 끌어 올렸다. 그 모습을 보던 그는 마침내 한마디 했다.

『테트라포드 아랜 위험해.』

『네? 그게 뭐…….. 아! 저 뚱뚱한 바람개비같이 생긴 거요?』

또 한 번 너털웃음을 터뜨렸다.

『저거 이름이 테트라 어쩌고예요? 늘 보면서도 몰랐네요. 하여간 너무 더워서요. 걱정 마세요. 이래 봬도 평생을 바닷가에서 살아온 바다 여자니까요. 바다가 언제 위험한지 정도는 알아요.』

그녀는 짐짓 잘난 체하며 말했다.

그런데 정작 본인은 전혀 신경 쓰지 않는 것 같았지만, 젖은 몸에 그대로 옷을 입은 바람에 흰 티셔츠 위로 검은 스포츠브라 형

태의 수영복이 비쳐 보였다. 풋풋한 젖가슴의 윤곽은 마치 이브
가 삼킬 때 가슴에 걸린 사과 조각처럼…….

그는 시선을 들었다. 아무렇게나 위로 끌어올린 시선이 마침
그녀의 목에 멈추었다.

『그거.』

귀희는 티셔츠 안으로 들어간 머리카락을 빼내다 말고 그가 가
리키는 제 목걸이를 내려다보았다.

『아, 이거요?』

아무래도 범상치 않아 보이는 것이라 보는 이마다 한 번씩은
물어보기에 그의 관심이 낯설지 않았다.

『봐도 되나?』

귀희는 '어……' 애매한 소리를 흘렸다. 혹시 이것의 가치를
알아봤나 싶어 걱정되었기 때문이다. 하지만 그는 조용히 그녀의
허락을 기다리고 있었다. 보석을 탐하는 것 같지는 않았다. 뭐,
여기선 가지고 도망갈 데도 없었다.

목걸이를 조심히 풀어 건네주자 키츠카는 웬일로 그 얼굴에 그
려놓은 것 같은 선글라스를 벗었다. 그리고 목걸이를 위로 들어
선홍빛 먹물처럼 사방으로 번져 가는 빛에 비춰보듯이 했다.

그런데 이상한 일이었다. 그 눈동자가 목걸이 끝에 찰랑이는
녹주석과 꼭 닮았다는 생각이 들었다. 분명 채도는 비슷해도 보
석은 보석, 사람의 눈은 눈, 아주 똑같을 수는 없는데도 광물 특유
의 광채가 그의 눈에도 흐르는 것 같은 착시가 느껴졌다. 노을빛
때문이었을까?

『혹시 보석 좀 볼 줄 아세요? 이 에메랄드, 진짜인지 가짜인지

도 모르거든요.』

『이건 에메랄드가 아니야.』

예상치 못한 말에 눈을 동그랗게 떴던 귀희는 곧 지극히 의심스러운 표정을 지었다.

『아니라고 생각은 하지만……. 혹시 다이아몬드? 녹색 다이아몬드도 있다고 들었거든요.』

『아니.』

『아아……. 역시. 유리죠? 하긴, 에메랄드처럼 비싼 물건을 덥석 안겨줬을 리가 없죠.』

약간 실망감이 들기도 했지만 마음의 척도는 보석의 가치로 따지는 게 아니니까.

귀희는 싱긋 웃었다.

『괜찮아요. 사실 몇백만 원쯤 할지도 모르는 걸 걸고 다니기가 좀 부담스럽기도 했거든요.』

키츠카는 빤히 그녀를 응시했다.

알렉산드라이트(Alexandrite), 3캐럿. 생산이 극히 희귀한 천연석으로, 햇빛 아래서 선명한 녹색을 띠고 투사광선 아래서는 맑은 홍색으로 변하는 최상급 알렉산드라이트의 특징을 고스란히 지니고 있었다. 같은 중량에 질이라면 다이아몬드는 비교도 되지 않는 것, 발견된 시기를 따지면 골동품으로서 그 가치는 더 높았다.

이 처염한 광물에 깃든 '마력' 까지 고려한다면 더더욱.

그런 것을 남자는 여자에게 대수롭지 않게 건넸다.

『행운을 가져다준다는 광물이니까 늘 몸에 지니고 있는 게 좋아.』

『아, 그래요?』

　아름다운 만큼 위험한 광물은 이 지상에서 가장 흉포했던 마수(魔獸)의 마력을 지니고 있었다. 평범한 인간으로서는 느낄 수 없는, 전신이 저릿저릿 울려오는 기운을 사방에 퍼뜨렸다. 어지간한 요마가 아니고서는 이 근처에 다가올 수도 없었다.

　오랫동안 그녀가 아무것도 모른 채로 살아올 수 있었던 이유였다. 더욱이 이것이 없었다면 지금도 그녀를 찾아내지 못했으리라.

　광물 자체가 그녀의 위치를 나타내는 GPS 역할을 한 것은 아니었다. 그랬다면 그녀가 실종됐을 때 바로 찾아냈을 터. 오히려 광물에는 그조차도 알 수 없을 만큼 기척을 완전히 지우는 위장 마법이 걸려 있었다. 마법이란 시전자 본인이 매개체가 되어 무형의 마력을 물리력으로 치환하는 것, 매개체가 없다면 성립되지 않았다. 이 경우에 시전자를 대신해 매개체가 된 것이 마력을 지닌 물질― 바로 이 광물이었다. 광물에 깃든 마력이 계속해 위장 마법을 발현해 왔던 것이다.

　보통의 마력 물질이라면 길어도 몇 달을 가지 않을 테지만, 이 광물에 깃든 마수의 마력은 대해와 같아 아무리 퍼내고 퍼내도 전혀 그 양에 변화가 없었다.

　아이러니하지 않은가. 이것은 양날의 검, 적에게서 그녀를 숨기기 위해서였던 것이 그들에게서마저 완벽하게 감추었으니.

　정작 이 광물이 그녀를 찾아낸 표식이 된 연유는 '우연'이었다. 휴가차 이곳에 여행 왔던 조직원이 우연히 로컬 바(Bar)의 웨이트리스가 걸고 있는 목걸이를 보고 혹시나 싶어 상부에 보고했

던 것이다. 언뜻 평범한 에메랄드 같아도 바의 인공조명 아래서
는 홍색으로 변해 있었을 테니, 그것이 일반인들은 잘 모르는 알
렉산드라이트의 특징임을 알고 있는 이라면 웨이트리스 따위가
걸고 있을 만한 게 아니라고 바로 알았을 터.

이를 테면, 아무 생각 없이 슬롯머신에 넣은 동전이 잭팟을 터
뜨린 셈일까. 그녀를 찾아 전 세계를 헤맨 세월을 반추하면 그라
도 허탈해지지 않을 수 없는 일이었다.

『그래도 우리 아버지, 꽤 센스 있는 분이었던 것 같죠?』

귀희는 그가 했던 것처럼 보석을 햇빛에 비춰보며 읊조렸다.

『아버지?』

『네. 아버지 유품이거든요.』

기순이 넉넉지 못한 살림에 배를 곯을 때마다 몇 번이고 팔까
생각했지만 결국은 팔지 못한 것이라고 들었다. 몇 번 전당포에
맡긴 적은 있는 것 같지만, 이것은 귀희 자신과 그녀의 근원이 연
결되는 유일한 끈이기 때문이라고 했다.

『아버지라…….』

현재의 어머니, 백기순이라고 했던가, 그 여인이 귀희에게 한
씨 부처의 남편과의 사이에서 그녀를 낳았다고 이야기해 두었다
는 것이 기억났다.

『얼굴도 모르지만요.』

그때 그는 오래전 싸늘한 주검으로 만났던 한 남자를 생각하고
있었다. 이제는 얼굴조차 기억나지 않았다. 아니, 처음부터 생김
새도 제대로 알 수 없었다. 살점을 다 뜯어 먹힌 시신의 몰골로
는…….

아무것도 모르고, 끔찍한 죄악의 피해자가 되어 비명에 갔지만 그래도 그는 끝까지 '아버지' 임을 잊지 않았다. 몸을 내던져 어린 딸을 보호했다.

『널 사랑했어.』

그가 강한 눈동자로 똑바로 그녀를 보고 있었다. 조금 위압된 것일까. 귀희는 어색하게 웃었다.

『키츠카 씨가 그걸 어떻게 알아요.』

『알아.』

이런 단언에는 어떻게 반응해야 좋을지 다소간 당황스러웠다.

'그런데 이상하지?

그가 그렇게 말했다는 것만으로도 정말 그랬을 거라고 믿어지니까. 귀희는 활짝 웃었다.

『고마워요.』

그러더니 뭔가 떠올랐는지 '아!' 하고 부산스럽게 제 배낭을 뒤적거리고 주머니를 더듬어대기 시작했다.

『어, 그러니까…….』

귀희는 한참 만에 뒷주머니 깊숙한 곳에서 뭔가를 '짜잔!' 하고 꺼내 들었다.

5센타보(Centavo:쿠바의 통화) 동전……?

그가 의미를 알 수 없어 바라만 보는데 그녀가 히죽 웃었다.

『보답이에요. 가난한 근로자라 따로 드릴 건 없고, 대신 마술 보여 드릴게요.』

사실 어제 헥터에게 동전 마술을 배우는 모습을 멀리서 보았다. 딱히 그가 아니더라도 누군가에게 배운 것을 시험해 보고 싶었으리라.

『자아, 잘 보세요.』

귀희는 동전을 잡고 다른 손으로 온갖 화려한 손짓을 하며 시선을 분산시켰다. 그리고 동전을 쥔 손에 구멍으로 다른 손의 엄지손가락을 넣는가 싶더니, 두 손을 짠 하고 펴 보였다. 동전이 사라져 있었다. 하지만 한 번 더 손짓을 하고 나자 동전이 다시 손에 나타났다.

『후후, 어때요? 신기하죠?』

키츠카는 말없이 그녀에게서 동전을 가져갔다. '응? 왜요?' 하고 반문하는 말에도 대답하지 않고 한 손에 동전을 들었다. 그리고 그 손을 접었다 편 순간이었다.

『어!』

동전이 없었다. 하지만 다시 손을 접었다 펴자 동전은 원래대로 돌아와 있었다. 다른 손은 전혀 쓰지 않은데다 숨길 만한 데도 없는 반팔을 입고 있는데도.

『우와! 어떻게 한 거예요? 우와! 신기해! 완전!』

귀희는 너무 신기해서 그의 손과 팔을 요리조리 보며 호들갑을 떨었다. 그러자 그가 이번에는 배낭에 매어둔 비치타월을 풀었다. 또 뭘 보여주려나 싶어 귀희는 난생처음 마술을 본 동네 꼬마처럼 초롱초롱한 눈으로 그를 지켜보았다.

그는 비치타월의 끝을 잡았다. 그리고 귀희를 보았다. 소녀는 얼른 뭐든지 보여달라는 무언의 압박을 담은 눈으로 힘차게 고개를 끄덕였다.

이것은 환각, 마력으로 실재하지 않는 표상을 꾸며내는 것뿐이었다. 하지만 환각, 오히려 찰나의 것이기에 잠깐은 괜찮으리라.

그는 타월을 펼치듯 위로 내둘렀다. 어지러운 무늬의 천이 새의 날갯짓처럼 잠깐 시야를 가렸다. 이내 가분히 내려앉았다. 그리고 빛이 날아올랐다.

『……!』

이 공간이 거대한 만화경이 된 듯, 오색찬란한 색채가 사방으로 비산했다. 그것은 꿈처럼 두둥실 부풀어 오른 수많은 비눗방울, 만경(晚景)의 빛에 다채로운 백색광이 그 표면에서 화려하게 빛났다. 그야말로— 황홀한 환몽.

『우와……!』

고작 수건 하나였을 뿐이다. 다른 준비물은 아무것도 없었는데, 동네의 모든 꼬마들이 모여 불어댄 듯이 수많은 비눗방울들이 하늘로 날아오르고 있었다. 귀희는 경이를 넘어서는 풍경을 쫓아 달렸다. 팔을 허공으로 한껏 뻗었다. 손끝에서 탁 터지는 느낌마저 진짜 비눗방울이라 절로 웃음이 터졌다.

마침내 원래 자리에서 그녀를 지켜보고 있는 키츠카를 돌아보고, 흥분에 상기된 숨을 몰아쉬었다.

『멋져요! 최고예요!』

소녀는 눈부시게 부서지는 빛 속에서 양손을 활짝 펼친 채로 웃었다. 만개하는 꽃처럼 그렇게…….

남자의 귓가에 과거의 속삭임이 스쳤다.

"D, 이 미소를 봐. 너무 화사하지 않아? 이 아이가 웃어주면, 불가능한 건 없을 것만 같아."

일순 가슴에 치민 것은, 그로서도 이해할 수 없는 격정이었다.

석화(石化)되었던 다리가 걸음을 내딛었다. 미지의 힘이 그를 충동으로 이끌었다.

성큼 다가가 우악스레 팔을 잡았다. 그리고 놀라서 눈을 크게 뜨는 여자를 끌어안고 말았다. 놀라리라는 걸 알고 있었으면서도.

『키츠……!』

소리도 색채도 사라진 세계, 오로지 품에 가득 들어찬 풍요로운 성찬 같은 몸밖에 남지 않았다.

소녀는 벙어리가 되어버렸다. 얇은 옷감 너머, 제 가슴께에 닿은 입술에서 새어 나오는 뜨거운 숨결이 불규칙했다. 하지만 개의치 않았다. 잃어버린 퍼즐 조각처럼 품에 안겨든 몸은 몹시도 다스했다. 격정은 갈수록 뜨거워지기만 해, 그는 숨도 쉬지 못하고 있는 여자의 어깨에 흐트러진 머리카락을 움켜쥐며 더욱 깊이 끌어안았다.

반면 귀희는 도무지 정신을 차릴 수가 없었다. 자신을 바라보는 그의 기운이 무시무시하게 변한다고 느낀 다음 순간, 이미 옴쭉도 못하게 그 품에 안겨 있었다.

남자의 몸은 제 자신의 것과 몹시 달랐다. 무섭도록 단단하고, 무어라 형용할 수 없는 강렬한 힘을 내제하고 있었다. 머리카락이 젖혀져 드러난 목덜미에 닿은 손도, 스칠 듯 가까운 턱도, 맞닿은 허벅지도. 그의 이면에 놀란 것인지, 아니면 낯선 감촉에 놀란 것인지, 심장 소리가 쿵쾅대며 온 뇌리를 울려왔다.

밀치고 벗어날 수도 있었으리라. 그런데 자신도 알 수 없는 이유로 한참이나 안겨 있기만 하던 그녀는, 어느 순간 그의 팔 아래 공간으로 주저주저 손을 뻗었다. 그리고 옷감 위로 불거진 견갑골을 지나 그 어깨를 가만히 안았다.

그냥 그를 이렇게 안아주고 싶어졌다. 이유는 몰랐다. 그냥…… 동아줄을 붙잡듯이 그녀를 안은 남자가 간절해 보였다.

『키츠카 씨…….』

나직한 부름, 떨리는 숨결이 귓가에 닿아 뜨거운 화인(火印)을 찍었다.

불에 덴 듯이 남자는 정신을 차렸다. 소녀도 그것을 느꼈는지 움찔했다. 어색하게 흐르는 시간 속, 품속에는 여전히 생크림처럼 마냥 연한 몸이 가득 안겨 있었다.

그는 덩굴처럼 그녀를 안고 있던 팔을 풀었다. 그리고 쉽사리 그를 쳐다보지도 못하고 부끄러워하는 그녀의 앞에 손을 내밀었다.

그녀는 의아해하며 그를 보았다. 그는 주먹 쥐고 있던 손을 폈다. 그와 동시였다.

티용! 무언가 초록 물체가 총알처럼 튕겨져 나가 그녀의 이마 정중앙에 붙었다.

『꺄악!』

기겁한 귀희는 새된 비명을 내지르며 파다닥 정신없이 손을 내저었다.

『뭐, 뭐예요!』

뭔가 축축한 물체가 손끝에 걸려 튕겨 나갔다. 화들짝 돌아보니, 하얀 방파제 위에 살아 있는 초록 개구리가 내려서고 있었다.

개구리!

깍쟁이 도시 여자처럼 새삼 개구리나 뱀에 펄쩍 뛸 군번도 아니건만, 설마 거기서 개구리가 튀어나올 줄이야 누가 예상이나 했겠는가? 어이가 없어 쳐다보자, 그는 여전히 그 담담한 얼굴로 말했다.

『방심하지 마.』

입이 스르륵 벌어졌다. 겁을 상실한 개구리는 아직도 그들 주변을 폴짝폴짝 뛰어다니고 있었다. 이 주변에는 서식지가 될 만한 곳이 없을 텐데 어디서 왔는지는 몰라도, 이 남자 나름대로의 장난임은 알 수 있었다. 그런데 그것도 모르고 자신은…….

불을 놓은 듯이 얼굴이 새빨갛게 달아올랐다. 귀까지 홧홧했다. 그가 장난스럽게 웃기라도 했다면 이렇게까지 사기당한 기분은 들지 않았으리라.

『그, 그러는 거 아니에요! 자, 장난을 해도 정도가 있는 거지, 어떻게 그, 그런……!』

귀희는 이대로 있다가는 그에게 당치 않은 화라도 낼 것 같아 달려가기 시작했다. 그러다 후들거리는 다리가 엇박자를 딛는 바람에 우스꽝스럽게 넘어지고 말았다.

『윽…….』

그가 뒤에서 다 봤을 거라고 생각하니 이대로 죽어버리고 싶을 만큼 부끄러워 눈물이 다 핑 돌았다. 귀희는 화끈대는 무릎도 아랑곳하지 않고 당장 일어나 뛰어갔다.

그 뒤, 남자는 소녀가 넘어질 때 반사적으로 내딛었던 걸음을 멈추었다. 소녀는 그야말로 엄청난 속도로 달려가 금세 시야에서 보이지 않았다. 옆을 돌아보자 개구리가 우스꽝스럽게 툭 튀어나온 눈으로 그를 올려다보고 있었다.

말없이 서로 응시한 끝에 개구리는 끌끌 혀를 내차며 노인의 목소리로 말했다.

「저 아이는 자네가 탐할 존재가 아니야.」

귀희의 배낭에 앉아 있는 것을 잡았을 때부터 평범한 개구리가 아니라는 사실은 알고 있었다.

「이곳의 지주(支柱)이십니까?」

개구리는 피식 웃었다. 그러면서 둥그런 눈으로 히죽 웃었다.

「보다시피 난 개구리일세. 땅의 지주는 될 수 없을뿐더러 되고 싶지도 않지. 한가롭게 연꽃잎을 타고 다니며 세상사 흘러가는 걸 구경하는 데 만족한달까. 고작 개구리밖에 안 되니까 저 아이가 걸고 있는 그 무시무시한 물건도 나 같은 이류쯤이야 그냥 내버려 두잖아? 비천한 것에도 나름 장점은 있다네. 바라는 게 있다면 이 평화를 죽는 날까지 누리는 것뿐이야. 그러니까 어서 볼일을 보고 떠나줬으면 좋겠어. 자네 같은 존재들이 눈앞에서 서성이고 있으면 없는 털까지도 쭈뼛 서거든.」

잠깐 말을 멈춘 개구리는 그를 머리부터 발끝까지 훑어 내렸다.

「자네가 뭔지는 모르겠지만…… 그 물건의 원래 주인인 듯한 걸로 보아 실은 내가 이렇게 하대도 할 수 없는 존재겠지. 뭐, 꼭 상위 종(種)으로서 대접받고 싶은 게 아니라면 나이로 따짐세. 내가 좀 가늘고 길게 살았거든. 무생물도 이만큼 버텼으면 요물이지, 끌끌.」

눈의 광채를 보건대 얼추 백 년 정도만 더 살면 땅의 지주가 될 수도 있으리라. 드문 일이지만 장수하다가 '신령'의 지위를 획득하는 이류가 없지만은 않았다. 살아생전 덕(德)이 있는 이가 사후에 토지의 신으로 임명된다는 동양 인류의 민간신앙과 일맥상통했다.

물론 이 세계에 더 이상 신은 존재하지 않았다. 신을 닮은 신령들만이 남아 있었다. 산에는 산신령이, 강에는 수신령이, 땅에는 지신령이, 그리고 그들이 모시는 인간의 모습을 한 불멸의 신령이……

「저 아이가 무엇인지 아십니까?」

「모르지, 몰라. 한갓 늙은 개구리가 어찌 감히 추측이나 하겠나. 그저 내가 이만큼 살면서도 만나보지 못한…… 우리 이류들과도 아주 '다른 것'이라는 건 알겠네. 인간인 것 같은데도 아주 영묘한 빛이 나. 한 가지 확실한 사실은 저런 존재는 이 지상 생물의 손을 타선 안 된다는 거야.」

그는 짧게 침묵했다.

「생각하시는 그런 게 아닙니다.」

개구리는 끌끌 웃었다.

「귀애와 애정은 다르다는 건가?」

「죽은 동료가 부탁한 아이일 뿐입니다.」

「뭐, 그렇다면 그렇겠지. 젊은이들의 일에 오지랖 넓게 구는 성가신 노인네는 되고 싶지 않네. 아무튼…….」

개구리는 시선을 돌려 저 멀리 수평선에 태양이 푸른 들판에 불을 놓으며 잦아드는 모습을 바라보았다. 만물을 낳은 신의 자궁 속 양수처럼 대양은 안온한 모습으로 태양을 끌어안고 있었다. 그 극적인 광경을 바라보고 있는 동안 이곳이 이 세상의 끝인 양 느껴졌다. 헤매고 헤맨 끝에 겨우 도달한…….

「폭풍이 다가오는 게 느껴져. 그게 진짜 폭풍인지 어떤 불길한 전조인지는 모르겠네. 기왕이면 폭풍이 도착하기 전에 떠나줬으면 좋겠어. 내 동료들이 술렁이고 있거든.」

제 할 말을 끝낸 개구리는 폴짝폴짝 뛰어갔다. 그러다 마지막으로 '아' 하고 돌아보았다.

「어쩌면 내가 느낀 폭풍의 전조는 순진해 마냥 허둥댈 줄밖에 모르는 소녀의 마음속에 부는 것일지도 모르지.」

바람이 불어와 그는 바다를 돌아보았다. 낮고 척척한 바람에 들큼한 물 내음이 섞여 있었다. 정말로, 폭풍이 올 것 같았다.

7

가벼운 허밍이 흥얼흥얼 흘렀다. 햇볕은 뜨겁고 바람은 선선했다. 낯선 바람이었지만 싫지는 않았다. 막 배에서 내려 선착장을 나아가는 발걸음이 경쾌했다.

후덥지근한 날씨에 양복 상의를 벗어 한 팔에 걸쳐 놓은 남자는 보잉 선글라스를 머리 위로 밀어 올리며 휙 휘파람을 내불었다.

"헬로, 보물섬*."

뜨거운 오후, 대낮임에도 선착장은 한산했다. 역시 고작해야 인구 8만 명이 산다는 작은 섬다웠다. 남자는 가볍게 주변을 둘러보다 막 저편에서 곧 주저앉을 듯이 털털대며 오는 트랙터를 기다렸다. 성질 급한 사람이었다면 이미 뛰어가고도 남았을 시간을 얼마나 느긋하게 기다렸을까. 마침내 온 세상의 시간을 다 가진

---

* 후벤투드 섬은 소설 〈보물섬(Treasure Island)〉과 〈피터팬(Peter Pan)〉의 무대이기도 하다.

것처럼 다가오는 트랙터의 운전자에게 손짓했다. 트랙터의 운전자는 별다른 의심 없이 그 앞에 섰다.

"노인장, 저기로 가려면 어찌해야 합니까?"

그가 가는 중이던 방향을 가리키자, 아지랑이가 피어나는 시골길이 아득하리만치 끝도 없이 펼쳐져 있었다.

운전자인 늙은 사내는 그 길을 흘긋 돌아보더니, 범상치 않은 무표정으로 대답했다.

"걸어가시오."

이 쿠바인은 다행히 짧으나마 영어를 할 줄 아는 모양이지만 무뚝뚝한 한마디가 꽤나 위압적이었다. 그럼에도 남자는 싱긋 웃으며 넉살 좋게 말을 붙였다.

"내 지금은 가진 게 이 두 다리뿐이라 그런데 트럭을 가진 노인장이 데려다 주면 안 되겠습니까?"

"나한테 트럭 맡겨놨소?"

남자는 자못 천진하게 고개를 갸웃했다.

"이상하군요. 시골 인심은 좋은 법이라고 들었는데……. 이러면 쿠바는 초행길인 이 여행자에게 쿠바 인상이 안 좋아지지 않겠습니까? 그 나라에 살면 모두가 그 나라를 홍보하는 민간외교관인 법이니 좋은 일 한다 생각하십시오."

정말 맡겨놓은 것처럼 구는데 오히려 그게 당연한 듯이 들리는 묘한 언변에 운전자는 쯧 혀를 내찼다. 그리고 수제 고급 구두를 신은 그의 발을 흘긋 내려다보았다.

「그런 미끈대는 양놈 구두로 무슨 여행을 한다고……. 타시오.」

혼잣말로 무어라 투덜거리긴 해도 곧 노인은 '타시오' 말하고 옆자리로 눈짓했다. 그러자 남자는 벨도 없는지 냉큼 올라탔다.

"어디서 오셨소?"

"당연히 스코틀랜드……."

남자는 꼭 그 사실을 모두가 알고 있어야 하는 것처럼 말하다가 어이없어하는 노인을 보고 얼른 말을 고쳤다.

"그리스에서 왔습니다."

영 싱거운 양반 다 보겠다는 눈으로 그를 본 노인은 트랙터를 몰기 시작했다. 그동안 남자는 뜨겁게 작렬하는 햇빛 아래 탁 트인 풍경을 바라보며 흥얼흥얼 허밍을 흘렸다.

"존 덴버의 노래 아니오?"

익숙한 음률에 아는 척하자 남자는 반색하며 돌아보았다.

"아, 아십니까?"

"유명한 노래잖소. 한데 그리스에서 왔단 양반이 이 먼 곳에 연고지라도 있소?"

고향에 가고 싶어 하는 가사였던 듯해 물으니 남자는 묘하게 차갑게 웃었다.

"초행길이라고 말씀드린 것 같은데요."

노인은 '아아, 그랬지' 하고 중얼대다 생각해 보니 자신이 기억하고 있어야 하는 이유가 뭔지 다소 불쾌해져 남자를 흘겨보았다. 하지만 다시 싱그르 웃는 얼굴을 보니 뭐라고 할 생각도 없어지고 말았다. 아무래도 조금 모자란 양반이지 싶었다.

"지인이 좋아하던 노래였죠. 부르는 걸 듣다 보니 저도 옮았습니다. 이런 풍경을 보니 유독 떠오르는군요."

남자가 덧붙여 뭐라고 했지만 그다지 대화를 이어갈 생각이 없
어 무시해 버리니 그도 더 말을 걸지 않았다.

Take me home country roads
Take me home country roads
고향으로 데려다 줘요, 정든 시골길이여
고향으로 데려다 줘요, 정든 시골길이여

트랙터가 털털대며 시골길을 나아가는 동안 남자는 계속해 경
쾌하게 허밍을 흘렸다.

문 앞에 선 헥터는 삐딱하게 웃었다.
"드디어 폐하를 알현하겠군."
열려 있는 문틈으로 인기척이 났다. 다행히 오늘은 집에 있는
모양이었다. 표면상으로는 제 일꾼이면서 출근도 엿장수 마음대
로고 어딜 그리 싸돌아다니는지 집에 잘 붙어 있지도 않았다. 어
찌나 로마 황제보다도 알현하기 힘든 몸이신지.
"키츠카! 너 도대체 일은 하는 거냐? 한시가 촉박한데 왜 미적
거리고……."
벌컥 욕실 문을 열어젖힌 헥터는 잠깐 얼이 빠졌다. 분명 거기
에 키츠카가 있기는 했다. 그런데 문제는…….
"소개팅 나가냐?"
주름 하나 없이 깔끔한 흑색의 정장, 머리칼을 단정히 쓸어 넘
긴 키츠카가 옴므파탈의 대명사 같은 모습으로 흘긋 그를 돌아보

았다. 늘 손을 대면 베일 것같이 정갈한 녀석이라지만 이렇게까지 제대로 차려입은 모습은 가히 오랜만이라 놀랐다.

"정신 차리시죠."

차려입은 탓인지 더 차가워 보이는 녀석이 냉정히 일별하며 그를 스쳐 지나갔다. 그때 풍겨오는 애프터쉐이브의 은은한 향기란. 지극한 남성미에 그조차 반해 버릴 것 같았다.

"너 부모님한테 감사하고 살아라."

키츠카는 식탁 위에 놓인 손목시계를 차다 말고 그를 돌아보았다. 말은 없었다. 그제야 헥터는 자신의 실언을 깨달았다.

아차, 이 녀석의 부모님은…….

"미안, 실언이었다. 근데 정말 소개팅이라도 나가? 왜 이렇게 때 빼고 광냈어?"

"가볼 곳이 있습니다."

"그러니까 대체 어디…….."

말하다가야 번뜩 '아!' 하고 깨달았다. 그에 입을 다물자, 묘한 정적이 찾아들었다. 그 가운데서도 태연히 제 할 일을 하는 키츠카를 눈으로 좇던 헥터는 낮게 한숨을 내쉬었다. 그리고 그에게 다가가 실오라기 하나 묻지 않은 정장을 털어주며 말했다.

"쉽지 않을 거야. 그래도 너무 심하게는 하지 마. 그리 악독해 보여도 일단은 약한 인간 여자……."

기껏 생각해 준다고 한 행동이었건만, 키츠카는 더러운 것을 털어내듯 탁 그의 손을 쳐냈다.

"손대지 마십시오."

헥터는 한쪽 눈썹을 치켜들었다. 새삼 그 매몰참에 상처받을 군번은 아니지만…….

"뭐야, 왜 이렇게 까칠해?"

"제 몸에 손대는 걸 싫어하는 게 새삼스럽진 않으실 텐데요."

"그거야 그렇지만 오늘따라 유난히……."

날이 서 있다, 고 할까.

물론 항상 감정 상태가 무심하지 않으면 서슬 퍼렇거나 하는 식으로 중간지대가 없이 극단적인 녀석이었다. 새삼스럽지도 않지만 평소에 비하면 오늘은 다소…… 그래, 신경질적이라고 해야 할 것이다. 그건 꽤 새로웠다.

"헛소리할 시간 없습니다."

"그러고 보면 갑자기 바빠진 것도 이상하고."

"성자가 깨어날 때까지 기다리고 있으란 말은 아닐 거라고 생각합니다."

키츠카는 서늘한 일별과 함께 집을 나섰다. 그 모습이 어찌나 믿음직스럽고 기특한지, 헥터는 싱긋 웃으며 이미 그가 사라진 뒤에 가운뎃손가락을 세웠다.

『꼭꼭 씹으렴.』

물컵을 옆에 놓아주며 한 말에도 귀희는 '응응!' 대답만 야무지게 하지, 거의 밥을 흡수하는 데 정신이 없었다.

『얘는, 체한데도.』

그래도 듣는 둥 마는 둥, 밥을 마시다시피 한 귀희는 그릇을 내려놓기 무섭게 분연히 일어났다.

『다녀오겠습니다!』

귀희는 뒤도 돌아보지 않고 후다닥 집을 나섰다. 꼭 돌풍이 몰아치고 나간 것 같아 기순은 후, 긴 숨을 내쉬었다.

넉넉지 못한 살림을 돕는다고 매일 저렇게 일을 하고 있으니 자신이 뭐라고 할 수도 없는 노릇이었다. 그나마 오랫동안 알아온 호세가 귀희를 딸처럼 여겨 고용해 주었기 망정이지, 어디 엄한 곳에서 일했다면 밤에 잠도 오지 않았을 것이다.

막 테이블을 닦으려고 손을 뻗는 찰나였다. 기순은 멈칫했다. 그리고 손으로 가슴께를 짚고 천천히 문질렀다. 미간에 깊게 주름을 잡고, 가빠지는 숨을 들이쉬고 내쉬었다.

진정하자, 진정……. 당황하지 말고 천천히…….

몇 번이고 스스로에게 주문을 걸듯이 하며 심호흡하고 있자 속이 뒤집히는 역한 느낌이 서서히 잦아들었다.

그래, 괜찮아. 이렇게 침착하게 심호흡만 하면…….

바로 그 순간이었다. 갑자기 속을 확 치받는 열기에 기순은 발작적으로 입을 막았다. 그리고 몸을 숙이자 격렬한 기침이 터졌다.

기순은 테이블에 엎드린 그대로 입에서 손을 뗄 수도, 움직일 수도 없었다. 아주 날카롭고 거친 무언가가 목의 내부를 할퀸 듯 고통스러웠다. 입에서 손을 떼는 것이 두려웠다. 한참 후에야 희미하게 떨며 손바닥을 내려다보았다. 하지만 손바닥에는 기대한 것처럼 검붉은 피가 흥건하게 번져 있거나 하지 않았다. 안도감이 몰려왔다.

똑똑. 그때 기다린 것처럼 노크 소리가 났다. 기순은 흠칫 놀라 문가를 돌아보았다. 닫힌 문 너머는 조용했다. 귀희가 또 덜렁대다 열쇠를 놓고 간 모양이었다. 그녀는 한숨을 쉬며 몸을 일으켰다.

『덜렁대지 말고 두고 가는 물건이 없는지 챙기라고…….』

고개를 든 기순은 멈칫했다. 당연히 미안한 표정으로 서 있을 딸을 기대했는데, 문 앞에는 딸과는 공간을 차지한 질량 자체가 확연히 다른 남자가 서 있었다.

『백기순 씨 되십니까?』

서양인으로밖에 보이지 않는 남자의 유창한 한국어도 그랬고, 기순은 의아한 기색을 숨길 수 없었다. 영어조차 잘 통하지 않는 이런 궁벽한 외지에……. 유일한 가능성은 수도 누에바 헤로나에 있는 한국인 학교의 관계자뿐인데, 그 학교도 이미 몇 년 전에 폐교한 뒤이니 그 관계자가 이제 와 새삼 그녀를 찾아올 이유도 없었다.

그렇다면 혹시…….

기순은 바로 경계하며 조심히 문고리를 힘주어 잡았다.

『그쪽은……? 절 아십니까?』

『시간을 내주실 수 있겠습니까?』

전혀 살의가 없는 점잖은 요구, 빤히 쳐다보고 있으려니 왠지 낯익었다. 분명히 최근에 어디선가 본 것 같은…….

『젊은이는 피셔맨 씨의 어선에서 일하고 있는 사람 아닙니까?』

『예.』

문고리를 잡은 손에 힘이 풀렸다. 그라면 안 그래도 한 번 만나 보려 했던 차, 시간 절약은 할 수 있게 되었어도 그는 아직 그런 제 생각을 모를 테니 무슨 일인가 싶었다. 석연치는 않았지만 기순은 문을 열어주었다.

『들어오세요. 차를 준비해 오죠.』

부엌으로 가며 돌아보니, 안으로 들어온 남자는 조용히 주변을 둘러보았다. 소박한 살림살이, 깨끗한 내부, 색색의 실이 곱게 정리된 반짇고리, 책상 위에 쌓인 책……. 어딘지 관찰하는 느낌이었다. 하지만 곧 별다른 말 없이 테이블에 앉았다. 찻잔을 앞에 놓아줄 때까지도 남자는 차분한 태도로 기다렸다.

『그래, 무슨 일이죠?』

대답하기에 앞서 남자는 선글라스를 벗었다. 어른 앞에서 선글라스를 쓰고 있는 게 예의가 아님을 알고 있는 한국인 같은 태도였다. '묘하다……' 싶은 찰나.

『제 이름은 D. 키츠카라고 합니다.』

선명한 녹색의 눈동자가 드러났다.

기순은 그대로 얼어붙었다.

그것은― 까마득한 과거의 어느 날, 어둠을 밟고 나타난 '그 사내' 와 똑같은 눈.

외모는 낯설었다. 하지만 그 사내와 이 남자가 다르게 생겼기 때문이 아니라, 그녀의 머릿속에 그 사내는 붉은 불꽃을 휘감은 녹색 눈의 기이한 짐승 같은 형체로만 남아 있었기 때문이다. 당시 그의 시선을 마주한 순간 느낀 엄청난 공포감에 생김새는 제대로 기억하지도 못했다. 그렇지만 이 눈은…… 이 눈은 결코 착각일 수가 없었다.

『이렇게 갑자기 찾아와 죄송합니다.』

기순은 흠칫 정신을 차렸다.

날…… 못 알아봐? 물론 그만큼 세월이 많이 지나기는 했다. 그와 만났을 때만 해도 없던 얼굴의 흉터도 생겼고. 하지만 아예 알아보지 못할 정도는…….

아니, 아니었다. 정신을 차려야 했다. 두 남자는 동일인물일 수가 없었다. 그건 무려 20여 년 전 일이었다. 기순은 울렁이는 가슴을 애써 진정시켰다. 그때 그 사내가 그대로 회춘한 듯한 젊은 이가 찾아온 것부터 불가피한 사건을 예고하고 있었지만 당황한 기색을 보일 수는 없었다.

『그런데?』

남자는 겉옷의 안주머니에서 봉투를 꺼냈다. 그리고 테이블에 내려놓고 슥 밀었다.

『일단 이것을 봐주십시오.』

봉투 안에서 나온 것은, 하단에 찍혀 있는 인장을 보아 어떤 종류의 공인 서류임을 알 수 있는 한 장의 종이였다. 모두 영어로 되어 있어 내용은 이해할 수 없었다. 하지만 서류의 중앙에 적힌 낯선 이름만은 읽을 수 있었다.

『제네비에브 F. 바우어……?』

이번에 그는 들고 온 두툼한 서류 봉투를 내려놓았다. 봉투에는 'Genevieve Humanitarian Society' 라는 도장이 찍혀 있었다.

『제네비에브 인도(仁道) 사회, 보통 GEHUS라고 합니다. 들어 보셨는지 모르겠습니다. 제3국의 빈민과 고아를 돕는 국제 비영리 NGO 단체입니다.』

확실치는 않았지만 들어본 이름이었다. 사는 데 바빠 다른 것에 신경 쓸 여력이 없는 그녀가 알고 있을 정도라면 꽤 큰 단체가 분명했다.

『제네비에브 바우어 여사님은 GEHUS의 창설자이십니다. 유대계 독일인 재력가 바우어 가(家)의 상속인으로, 루도비코 복자*의 질녀이시기도 합니다. 숙부님의 유지를 이어 상속받은 유산을 모두 GEHUS를 통해 사회에 환원하고 사회활동가로 활발히 활동하고 계십니다. 그에 관한 자료는 모두 여기 들어 있습니다.』

『한데……?』

『전 그분의 대리인으로 이곳에 왔습니다.』

그제야 그가 본국에서 어디 높은 분을 모시고 있다는 헥터의 말이 기억났다. 예전의 그 남자도 그렇고 눈앞의 이 남자도 사회활동가와는 거리가 먼 이미지였지만, 좋은 일을 하는 사람인데 인상으로 판단하는 것은 도리가 아니었다.

『훌륭한 분을 모시고 있군요. 하지만 내게 가입을 권유하러 온 게 아니라면 여전히 무슨 연유로 이런 걸 보여주는지 모르겠습니다.』

『그분께는 정확히 아홉 명의 양자와 양녀들이 있습니다. 모두 불의의 사고로 부모를 잃은 각국의 고아들로, 여사님께서 친히 거두어 가족으로 받아들여 주셨습니다.』

제네비에브 프란체스카 바우어, 상로의 수많은 '인간'으로서의 이름 중 하나였다. 가짜 이름이나, 엄연히 실재하는 사람이었다. 젊어서 병으로 죽은 진짜의 신분을 장로가 지인이었던 루도

---

* 福者:죽은 사람의 덕행과 신앙을 증거하여 공경의 대상이 될 만하다고 교황청에서 공식적으로 지정하여 발표한 사람을 높여 이르는 말

비코 복자의 동의를 얻어 대신 가졌기 때문이다. 후에 알아본다 하더라도 서류상의 빈틈은 없었다.

『지금은 대개 훌륭히 성장해 스스로 살길을 찾아갔지만, 불행히도 오래전 사고로 잃어버린 양녀가 하나 있습니다. 여사님께서는 오로지 그 잃어버린 양녀를 다시 보겠다는 일념으로 살아오셨다고 해도 과언이 아니죠.』

기순은 이미 아무 소리도 들리지 않았다. 윙윙 대는 기계음만이 귓가에 시끄럽게 울려왔다. 찻잔을 쥔 손이 떨려와 찻물이 출렁거렸다.

마침내 그림 같은 녹색 눈의 미남자는 이 세상의 모든 번뇌를 초월한 해탈자의 얼굴로 말했다. 바로……

『여사님은 정확히 18년 전, 백기순 씨가 일하던 한 가(家)의 화재로 실종된 영애를 찾고 계십니다.』

그녀가 수없이 꿔오던 악몽의 실체가 되어.

8

기순은 가만히 찻잔을 내려놓았다.

『아직도 모르겠군요.』

그녀는 어떤 미세한 감정의 변화도 일지 않는 얼굴로 그를 보았다.

『왜 그 따님을 내게 와서 찾는지.』

『기억하십니까? 한 씨 부부가 화재 직전에 맡았던 여자아이를.』

『아, 그렇지. 기억합니다. 마님 부처가 늘그막에 양녀로 들인 아이였죠. 무척 예뻐하셨는데……. 어린 생명이 그리 비명에 가게 되어 나도 무척 안타까웠더랍니다.』

미처 호적에도 올리지 못한 것으로 알고 있었다. 그러기도 전에 저택을 덮친 화마 속에 한 줌의 재가 되었으니까. 그때의 방화범은 아직도 잡히지 않았다. 설령 그 죄를 자신에게 뒤집어씌운다고 해도, 이미 공소시효가 오래전에 지난 일이었다.

『하지만 난 일개 고용인이었을 뿐입니다. 한 가의 사정은 잘 알지도 못하고, 같이 사고를 당하긴 했지만 운 좋게 목숨을 부지해서 새 시작을 위해 한국을 떠났습니다. 그게 전부입니다.』

"열다섯이 되면 데리러 오겠습니다."

자꾸만 그 정갈한 음성이 귓가에 성가신 벌레처럼 맴돌았다.

『안타까운 일이긴 하나, 어찌 도움을 줘야 할지 모르겠습니다.』

『그렇다면.』

여태 정중하고 차분하기 그지없던 모습과 달리, 아니, 여전히 그런 모습이면서도 이어 묻는 남자는 자비가 없었다.

『한 가의 화재 직후 백기순 씨가 데리고 다녔던 여자아이는 어디서 왔습니까? 백기순 씨가 인신매매 브로커에게 팔려고 했던 그 여자아이는, 그를 살해하고 다시 데려가신 그 아이는 어디에 있습니까?』

터져 나오는 비명 같은 목소리를 참을 새도 없었다.

『죽이지 않았습니다!』

기순은 자리를 박차고 일어나며 발작적으로 외쳤다.

『죽이지 않았단 말입니다! 난, 단지……!』

발작적으로 시작된 말은 그만큼 발작적으로 죽어버렸다. 그녀가 격분하여 외치는 모습에도 초연한 태도를 잃지 않고 바라보는 남자의 모습에 확신이 흐려졌기 때문이다.

몸이 떨려왔다. 소름 끼치는 뱀처럼 목구멍을 기어 올라오는 공포를 억누를 수가 없었다. 힘이 빠져 주저앉듯이 의자에 다시 앉았다.

『죽었단…… 말입니까?』

『아뇨, 죽지 않았습니다.』

몹시도 기가 막혀, 그녀를 우롱한 것에 대한 호통도 나오지 않았다.

『그자가 부인을 살인 미수범이라고 주장하긴 했습니다만..』

그렇다면 이미 그 브로커를 찾아내 이야기를 듣고 왔다는 의미였다. 아마 그는 신이 나서 그녀의 인상착의와 정황을 떠들어댔을 테고, 그것이 그녀를 찾아내는 데 결정적인 역할을 했으리라.

이 장면을 수없이 생각하고 상상했다. 그리고 설사 현실이 된다 하더라도 탈옥수가 탈출할 감옥의 지도를 짜듯이 대비할 방법을 철저히 그려놓았다. 그런데도 전혀 생각지 못한 때에 닥친 악몽의 실체화에, 기순은 그저 그 대리인을 멍하니 쳐다보고 있는 수밖에 없었다.

차가운 새벽 공기 속으로 하얀 서리가 몽글몽글 번져 나갔다.

유독 추운 날이었다. 숨을 들이쉬고 내쉴 때마다 예리한 공기가 폐까지 얼얼하게 찔러왔다. 새벽 공기 속 온통 삭막한 잿빛의 항구에는 아무런 인기척도 없었다. 꼭 버려진 폐허처럼 을씨년스러운 공기에 정말 이곳이 맞는지 헷갈렸다.

창고 번호를 보니 이곳이 맞는 것 같기는 한데……. 오겠지. 좀 더 기다려 보자.

가슴에 안긴 아이는 조용했다. 강보를 젖혀보니 죽은 듯이 자고 있었다. 그런데 아이는 너무나 평온해 보였다. 분명 이틀간 제대로 먹은 게 없어 허기가 극심할 텐데도 색색 숨을 내뿜으며 잠든 모습이 어쩌면 이토록 사랑스러울 수 있을까 싶을 정도였다.

그 모습을 내려다보는 그녀의 입가가 기묘하게 비틀렸다.

사고가 난 후로 일주일이 지났다. 그동안 그녀가 먹은 제대로된 음식은 3일 전 자원봉사자들이 나눠주는 무료 급식이 마지막이었다. 그 후 구걸해 얻은 돈으로는 아이의 우유를 사는 데도 벅찼기에 그녀는 물로 버틸 수밖에 없었다. 응급실에서 기억상실에걸린 척하며 치료만 받고 몰래 도망쳐 나온 이래 신원이 불확실한그녀를 고용해 주는 곳이 없었을뿐더러, 모두들 한쪽 얼굴이 일그러진 흉측한 몰골의 여자를 나병 환자 대하듯 했기 때문이다.

물론 아이를 맡기려고 간 고아원의 직원들은 겉으로나마 그녀를 안쓰러워하고 따듯한 차 한 잔을 건넸다. 하지만 그녀가 안도하고 있는 동안 치료조차 제대로 되지 않은 화상을 보고 경찰에신고하는 것을 엿들었다.

범인이 흔적조차 없는 방화 사건에서 유일하게 살아 나갔다는것만으로 용의자라니.

그래, 언제나 그랬다.

세상은 결코 그녀에게 다정하지 않았다. 그런데 우스운 것은이렇게 되고 나서야 그동안 세상이 얼마나 그녀를 봐주고 있었는지 깨달았다는 점이다.

더 이상 떨어질 곳이 없다고 생각했던 바닥에서 굴러 떨어지자, 세상은 교묘하게 숨겨왔던 그 흉악한 이면을 드러냈다. 그리

고 삶의 노예가 된 그녀에게 잔인한 감독관처럼 채찍질을 퍼부었
다. 단지 이 가여운 생명에게 선의를 베풀었을 뿐인데, 세상은 그
녀가 흉악범이라도 되는 양 취급했다.

『너와 내가 뭐가 다른 걸까?』

아기가 어쩌다 친부모를 떠나 그 수상한 외국인들로부터 한 가
에 맡겨졌는지는 몰라도, 적어도 학대를 받지는 않은 것 같았다.
그 두 외국인도 아기를 무척 조심히 대하는 듯했고, 마님 부처는
말할 것도 없었다. 아기는 자신이 지켜봐 온바 두 달간 세상에 더
부러울 것 없는 사랑을 받았다. 그리고 최악의 위기에서도 결코
남을 위해 스스로를 희생할 리 없는 자신으로 하여금 무사히 살
아 나왔다.

꼭 신이 돌보고 있는 것처럼.

발을 디디고 있는 바닥이 서서히 내려앉는 느낌이었다. 끈적끈
적한 늪이 그녀를 끌어당기는 것처럼 깊고 어두운 감정의 바닥으
로 몸이 내려앉았다.

부딪치고 부딪치다 마침내 둔탁해져 이제는 마비된 것 같은 감
각으로 그녀는 멍하니 생각했다.

아, 이런 게 살의일까.

그래, 인정해야 할 것 같았다. 아무것도 모르는 아기가 자신을
보고 웃을 때마다 참을 수 없는 역거움이 치밀었다. 자신은 이토
록 힘든데, 이렇게 고통스러운데, 아이를 보고 있노라면 자신을
반대로 찍어놓은 것 같은 존재를 이대로 죽이고 싶어졌다.

자신이 미쳤던 게 분명했다. 같잖지도 않게 남을 구하려고 했
다니. 병든 부모에게 밥을 차려줄 때도 제 먹을 몫은 틀림없이 챙

겨놓던 자신이.

『아마 넌 날 떠나서도 어떻게든 사랑받고 살겠지. 그래, 세상은 다정한 사람에겐 한없이 다정하니까, 그렇지?』

그때 그녀는 울듯이 웃는 아주 기괴한 미소를 지었지만, 자신이 그랬다는 것조차 알지 못했다.

『그쪽이오?』

기순은 흠칫 정신을 차렸다. 저 멀리 어스름한 인영이 다가오고 있었다.

마침내 그가 거의 앞까지 다가왔다. 사나흘은 그대로 입고 잔 것 같은 남루한 복장과 콧대가 뭉개진 얼굴, 기름때가 잔뜩 낀 머리카락, 연신 걸쭉한 소리를 내며 코를 삼켰다가 가래로 뱉어내는 모습이 보였다. 하지만 그녀가 움찔한 이유는 다른 것이었다. 남자와 동행한 아이의 얼굴에 선명한 피멍 자국 때문이었다.

썩은 눈빛이란 바로 이런 것일까. 아무런 희망도 없고, 초연함을 가장한 비굴한 자포자기만이 맴도는 둔탁한 빛. 그 절망의 빛이 실로 깊어 그저 새까맣게 짙은 아이의 눈은 현실을 보고 있는 것 같지도 않았다.

『거기 있는 게 부탁하고 싶은 거요?』

『아, 예.』

『어디 한번 봅시다.』

남자는 지쳐 잠든 아이를 조목조목 뜯어보았다. 그동안 기순은 그를 멀리 밀쳐 내고 싶은 충동과 싸워야 했다. 가까이 온 남자에게서는 나흘간 씻지 못한 자신도 기피하고 싶을 만큼 지독한 악취와 생선 비린내가 났다.

『아직 핏덩이다마는 이목구비를 보니 크면 남자 서넛은 후리겠
소. 보아하니 그쪽이 몸도 성치 않은 것 같고 딱해 보이니 내 값
은 넉넉히 쳐주리다.』

『아, 감사…… 합니다.』

남자는 일말의 양해도 없이 강보째 아기를 휙 가져가 버렸다.
허기에 지친 아기는 품이 바뀐 걸 알아도 조금 뒤척댈 뿐 울지도
못했다.

손톱이 손바닥에 박히는 느낌이 피부를 할퀴는 한기보다 날카
로웠다.

남자는 준비해 온 봉투에서 만 원짜리 몇 장을 꺼내 주머니에
쑤셔 박고 봉투를 그녀에게 건넸다. 그때에도 '후하게 쳐주니 고
마움을 잊지 마라' 라는 듯한 웃음이 너무나 자연스러워 기순은
얼떨결에 봉투를 건네받았다.

『그럼 잘 가시오.』

남자가 발로 툭 다리를 차자, 옆의 아이는 아기를 안은 채 종종
걸음으로 그를 따랐다. 기순은 손에 들린 봉투를 내려다보았다.

나흘간 고민한 것과 달리 너무나 단순한 일이었다. 남자가 몇
장 빼긴 했지만, 인신매매의 값인 만큼 봉투는 꽤나 두터웠다. 한
동안 어렵지 않게 먹고 잘 정도는 될 것이다. 돈을 버는 게 이렇
게 쉬울 수도 있다니, 기가 막힐 정도였다.

기순은 몸을 돌렸다. 그리고 달렸다. 어서 이곳에서 달아나야
만 했다.

원망하지 마. 내 잘못이 아닌걸. 너 때문에 얼굴까지 이 지경이
되었는데 네 입 채우자고 내가 굶어 죽을 수는 없잖아. 너 살리겠

다고 내가 희생해야 될 이유는 없잖아. 그래, 내 잘못이 아니야. 난 할 만큼 했어. 맡겨놓고 찾으러 오지 않은 그 남자 잘못인걸.

내 잘못이 아니야!

그녀는 달렸다. 심장이 터지고 폐가 끊어져도 멈추지 않을 각오로 혼신의 힘을 다해 달렸다.

한 걸음만 더 가면 아이의 얼굴 따위 씻은 듯이 지워지리라. 언제나 그랬듯이. 한 걸음만 더 가면, 한 걸음만……

『안 돼! 이 바보야! 돌아가지 말란 말이야! 제발!』

입은 그렇게 외치는데도, 뒤로 달려가는 걸음을 멈출 수가 없었다. 분명 가슴을 쥐어뜯으며 후회할 일이라고, 스스로가 얼마나 멍청했는지 앞으로 수없이 곱씹게 될 거라고, 알고 있으면서도 돌아가지 않을 수 없었다.

『저기요! 이봐요!』

어디서 그런 힘이 났는지, 기순은 순식간에 왔던 길을 되돌아가 남자를 따라잡았다.

『뭐요?』

『미안, 미안해요. 흑, 미안합니다. 도저히, 하아, 하아, 안 되겠어요. 후윽……. 아이를, 돌려주세요.』

울음과 가쁜 숨이 뒤얽혀 무슨 말을 하는지도 모르고 기순은 무조건 빌었다. 하지만 이런 일이 익숙한지 그녀를 보는 남자는 그저 성가시다는 표정일 따름이었다.

『거래의 기본도 모르시오? 그렇게 말을 바꾸면 내가 곤란하지.』

『죄송합니다. 죄송합니다. 아이를 돌려주세요.』

『이미 끝난 일이니 좋은 말로 할 때 어서 가시오.』

『제발…… 제발!』

기순은 우악스러운 힘에 떨어져 나가도 벌떡 일어나 남자에게 매달렸다.

이렇게 아이를 팔아버려도 자신은 곧 잊고 살아갈 것이다. 때때로 떠올라 죄책감이 따라와도 살길을 찾아준 것만 해도 고마워하라고 정당화할 터였다. 인간은 자신이 선한 존재라고 믿기 위해서는 어떤 것도 희생할 수 있으니까. 심지어 끔찍한 범죄를 저지른 흉악범마저도 자신은 세상에 암적인 존재를 제거해 준 독지가라고 정당화하는 법이듯이. 그럼에도 단 한 가지만은 도저히 참을 수가 없었다. 그 맑은 눈을 가진 아기가 남자가 데려온 아이와 같은 눈빛을 하게 되는 일만은.

『아! 가라니까!』

『제발! 제발 아이를 돌려주세요!』

『이년이 그래도!』

결국 억센 구둣발에 채인 기순은 비명을 내지르며 나가떨어졌다. 타격의 고통이 채 가시기도 전에 코에서 화끈하게 번지는 액체가 느껴졌다. 질척한 액체가 목을 타고 넘어가 억억 신음이 새었다. 하지만 개의치 않았다. 그저 소란에 놀라 울음을 터뜨리는 아기밖에 머릿속에 없었다.

『돌려줘!』

『정말 죽고 싶어!』

이번에는 남자가 주먹으로 얼굴을 내려쳤다. 본능적으로 터지는 비명은 어쩔 수 없었지만, 손이 닿는 대로 남자의 팔을 할퀴고 다리를 끌어안으며 물고 늘어졌다. 그럴 때마다 남자 역시 갈수록 격해지며 잔인한 폭력을 퍼부었다.

아무리 악에 받쳤어도 남자와 여자의 차이는 쉽게 극복할 수 없었다. 결국 기순이 축 늘어지자, 남자는 씩씩 콧김을 내뿜으며 몸을 일으켰다.

『뭐 이런 미친년이 다 있어!』

『아이…… 를…….』

차가운 바닥에 쓰러진 채 기순은 어지러운 머리카락 사이로 멀어져 가는 남자의 등을 보았다. 눈을 다쳤는지 흐릿한 시야에 남자의 곁에 있는 아이가 불안하게 돌아보는 모습이 보였다. 하지만 그녀가 가까스로 일어나는 모습에 안심한 듯 쪼르르 남자를 따랐다.

기순은 이를 악물었다. 입안에 번지는 피 맛이 지독하게 역했다.

달캉…….

남자가 묘한 쇳소리를 듣고 고개를 돌리려 한 찰나였다.

『뭐……!』

그가 마지막으로 본 것은 역귀 같은 몰골을 한 여자의 광기 어린 눈이었다.

퍼억! 남자는 신음 한 자락 내지 못하고 나가떨어졌다. 육중한 소리를 내며 바닥에 넘어지더니 그대로 일어나지 못했다.

머리에서 묽은 핏자국이 번져 가는 남자를 내려다보는 여자의 손에서 녹슨 철제 공구가 떨어졌다. 일꾼 중 누군가 놓고 간 것인 듯, 그녀가 쓰러져 있던 장소에서 불과 세 걸음도 되지 않는 곳에 떨어져 있던 것이었다.

어떻게든 아기를 구해야 한다는 일념 하나로 앞뒤 생각 없이 저지른 일이었다. 하지만 움직이지 않는 남자를 보자 몸이 사시나무처럼 떨려왔다.

『으윽…….』

그때 남자가 몸을 뒤챘다. 기순은 번뜩 정신을 차렸다. 그야말로 귀신과 다름없는 그녀의 모습에 울음을 터뜨릴 것 같은 아이를 돌아보았다. 그리고 덮치듯이 아이에게서 아기를 강보째로 빼앗았다.

터질 듯한 심장도 개의치 않고 떨리는 다리가 허락하는 곳까지 내달렸다. 그리고 버려진 창고가 눈에 띄자 다급히 그곳으로 숨어들었다. 썩은 악취가 나는 상자 뒤로 숨어들어 가 씩씩대는 숨을 가까스로 골랐다. 조심히 바깥을 보아도 쫓아오는 기색은 느껴지지 않았다.

설마 죽은 건…….

기순은 세차게 고개를 내저으며 마음을 다잡았다.

아냐, 일어나려고 하는 걸 봤잖아. 죽지 않았을 거야.

기순은 품속의 아기를 내려다보았다. 신기하게도 아기는 울음을 멈추고 그녀를 올려다보았다. 그리고 작은 손을 내밀었다. 무언가를 찾듯 옴지락거리기에 주저하며 손을 내밀자, 그녀의 손가락 하나를 꼭 움켜쥐었다. 어둡고 끝없는 통로를 지나 생명의 끈을 강인한 손아귀 힘으로 움켜쥐는 태아처럼.

기순은 떨리는 손으로 작은 손을 맞잡았다. 가슴이 아릿하도록 벅차오는 환희, 그것은 고통스러운 산고 끝에 제 자궁을 빠져나온 자식을 보는 어미와 같은 경이로운 감정이었다.

왈칵 눈가가 뜨거워졌다.

『넌 정말 이상한 애야…….』

그 말을 알아듣기라도 한 것일까. 아이의 눈가에 희미한 미소가 감도는 착각이 들었다.

기순은 또 울듯이 웃는 미소를 지었다. 일그러진 입가, 비틀린 눈매, 얼굴을 홍건히 적시는 눈물……. 그러나 그녀는 더 이상 기괴해 보이지 않았다. 기묘하게도, 평온해 보였다. 굳이 비교할 수 있다면 괴롭고 혼란스러운 무아경 끝에서 마침내 신의 존재를 확인한 신도처럼.

그제야 기순은 깨달았다. 아기는 신의 돌봄을 받고 있지 않았다. 스스로를 돌보았다. 이 미소로써, 상대의 가슴에 남은 마지막 선을 비춘 이 미소로써…….

그녀는 옆을 돌아보았다. 묵직하고 고독한 색만이 번져 있던 사방에 영원히 떠오를 것 같지 않던 해가 모습을 내보이고 있었다. 불길을 내뿜어 바다 위로 짙게 깔린 악귀(惡鬼)와 같은 어둠을 물리쳤다. 정말로 들판에 불을 놓은 듯이 활활 타오르는 빛이었다.

액화를 입은 들에 재탄생을 기원하며 놓는 들불…….

불길 속에 다시 태어나는 홀가분한 생명을 기원하며, 기순은 아이를 귀할 귀, 야화 희 자를 써서 '귀희(貴燦)'라고 불렀다.

『그 아이는……』

기순은 겨우 입을 열었다.

『고국의 고아원에 맡겼습니다. 귀희는…… 그 후에 만난 사람과의 사이에서 낳은…….』

하지만 말을 끝낼 수 없었다. 남자가 바라보고 있었기 때문이다. 거부감이 일도록 초연한 눈동자로. 꼭 이 조악한 거짓을 모두 알면서도 들어주는 듯이.

그녀만큼 세상의 더러운 이면을 족히 보아왔을 남자의 눈에서 느껴지는 청정함이 모두 꿰뚫어 보고 있는 것만 같았다. 그녀의 죄, 부정, 타락의 정도까지도.

아마 그 눈을 똑바로 쳐다보았을 때 느껴지는 거부감의 정체는 그런 것이었을까. 스스로가 몹시 희고 맑기에 타인의 얼룩을 낱낱이 발겨내는 성인의 눈…….

『부인의 따님은 왜 호적이 없습니까?』

그의 말은 날카롭게 벼려진 단도처럼 그녀의 가슴을 관통해 들어왔다.

『호적이 없는 부인의 따님께선 학교도 다니지 못하고 유령처럼 살아가고 있더군요.』

『그래서…… 어쨌다는 거요?』

그녀는 테이블을 짚은 손을 천천히 말아서 모질게 주먹 쥐었다. 거의 들리지 않을 만큼 낮게 내뱉는 음성은 둔탁하고 어두웠다.

『앞서 보여 드린 호적등본에 더불어 관련 자료가 더 필요하시면 제공해 드릴 수 있습니다. 그리고 이것은 작으나마 여사님께서 드리는 사례입니다.』

그는 봉투 안에서 쿠바공화국의 인장이 찍힌 등기서류를 꺼내 내밀었다. 익숙한 주소, 100에이커에 이르는 거대한 땅의 소유주는 '제네비에브 F. 바우어'로 되어 있었다.

『소유권 이전은 원하시는 대로…….』

그는 처음으로 말을 중간에 멈추었다. 기순이 서류를 들어 일말의 주저도 없이 찢어버렸기 때문이다.

촤악! 종이는 바로 두 조각이 나 바닥으로 흩어졌다.

그녀는 탁자를 거세게 내려쳤다. 굳게 다물린 입술은 단호했고, 파르랗게 빛나는 눈은 싸늘했다.

『귀희는 그 지옥 속에서 내가 구해냈어.』

기순은 웃었다.

『만약 그 아이를 딸로 삼는 것에 대한 대가가 필요했다면 이미 이 지경이 된 얼굴로 충분히 치렀고.』

그 파르란 웃음은 오른쪽 얼굴을 덮은 흉측한 낙인이 타인에게 어떻게 보일지 알고 있는 자가 짓는 것이었다.

결코 자랑이라 할 수 없는 흉터지만 때로는 이것이 도움이 될 때도 있었다. 여자 혼자의 몸으로 억척스레 살아남아야 했기 때문에 차라리 남에게 위협적으로 보이는 게 나았으니까.

『그 아이와 내가 살아남기 위해 고군분투해 온 세월을, 자네는 상상이나 할 수 있나? 내 살을 잘라 그 아이를 먹였고, 내 피를 쏟아 그 아이를 키웠어.』

분명 자신의 선택을 후회했던 적이 있긴 했다. 너무 배가 고파 잠조차 오지 않을 때. 얼음 감옥 같은 방에 누워 극악한 한기와 싸우며 밤을 지새울 때. 벌레가 기어 다니는 천장을 보며 자신이 미련했다 수없이 곱씹었다. 충족되지 않는 인간의 가장 근본적인 욕구에 유기체로서의 회환과 좌절을 느꼈다. 하지만 어느 순간…… 그래, 자신도 알 수 없는 어느 순간부터 그랬을 것이다.

자신의 곁에 누운 작은 아이가 그녀의 모든 것이 되었다. 살아 있을 수 있는 심장, 숨을 쉴 수 있는 폐, 움직여 일할 수 있는 다리까지도.

그녀를 위해 웃어준 단 하나의 존재였던 그 아이가.

『바로 이 내가!』

그녀는 상처를 입은 맹수처럼 이를 드러내고 울부짖었다. 목 끝까지 차오르는 숨에 주먹을 강하게 움켜쥐었다.

진정해. 흥분하면 안 돼. 흥분하면…….

바이스로 빠듯하게 조이는 것 같은 흉통을 억누르며 말을 잇새로 짓씹었다.

『자네를, 아니, 누굴 찾아야 하는지도 알 수 없었지만 온 사방을 헤매며 찾아다녔어. 차마 그 어린것을 그대로 내버릴 수 없어서 데려가라고, 몇 날 며칠을 안고 돌아다니면서 이 아이를 아느냐고 묻고 또 물었어.』

『왜 경찰을 찾아가지 않으셨습니까?』

『경찰?』

그녀는 가차 없이 비틀린 웃음을 지었다.

『내가 태어난 곳은 강원도의 산골 마을이었지. 내가 어릴 때는 전기도 가까스로 들어오는 곳이었어. 그런 곳에서 공권력이란 게 어떤 거였는지 아나? 절도 혐의로 내 병든 아비를 끌고 가 딱 죽지 않을 만큼만 두드려 패고 형을 살게 하는 그런 존재였지. 내 동생은 또 어떻고? 그 아이는 지역 공무원 아들에게 상해를 입혔을 때 아비가 형을 살았다는 이유로 위험분자로 분류돼서 삼청교육대에 보내졌지. 삼청교육대라고 들어봤나? 동생은 거기서 주검이 돼서 나왔지. 한 번은 공장주가 날 추행해서 억울함을 호소하러 간 경찰서도 다를 건 없었어. 경찰서를 나올 때 나는 아내에 아이까지 있는 공장주를 돈 때문에 유혹한 창녀가 되어 있더군. 그런데 행여 방화범이라니. 내가 하지도 않은 일로 사형대에 설 생각은 없었네만.』

아마 그 걱정은 기우였을 것이다. 그때만 해도 인권에 대한 인식은 많이 바뀌었고, 모든 경찰이 고향과 같지 않았을 테니. 하지만 그녀에게만은 여전히 병든 아비를 구타하고 젊은 혈기를 참지 못했을 뿐인 동생을 죽인 괴물 같은 존재였다. 그런데 인신매매를 하려고 했고 설상가상 브로커까지 때려눕힌 후에는, 경찰에 잡히는 순간 사형대가 기다리고 있다는 생각밖에 할 수 없었다. 그때 그녀는 그렇게 무지한 인간이었다.

『그러다 결국 극단적인 선택을 할 수밖에 없었던 것인데…….그걸 정당화할 생각은 없네. 그래, 금수만도 못한 짓이었지. 하지만…….』

그녀는 말 그대로 목을 쥐어짜듯이 고통스럽게 말을 토해냈다.

『자네들은 무얼 했나? 대체 어디서 뭘 했기에 맡겨놓았을 뿐이라면서 사고 소식을 듣고도 나타나지 않았지? 설마 뉴스에서 연일 떠들어대던 그 큰 사고에 대해 듣지 못했다고 할 셈은 아니겠지?』

『듣지 못했습니다. 당시 여사님의 신변에 문제가 생겨 모두 바깥 상황에 신경을 쓸 겨를이 없었습니다.』

사실이었다. 성자의 명령을 받은 적들이 장로의 은신처를 발견해 내는 바람에 아무도 외부의 소식에 귀를 기울이고 있을 때가 아니었다. 여왕을 치는 척하면서 뒤로 진짜 목표를 친다, 그들 나름대로의 양동작전이었던 것이다.

겨우 상황이 정리되고 사고 소식이 전해졌을 때, 두 여자의 자취는 어디에도 없었다.

『하, 그걸 변명이라고……. 아니, 그런 것 따윈 아무래도 좋아.
그 후에라도 찾아왔다면 난 보내줬을 거야. 젖도 나오지 않는 처
녀의 가슴을 빨다가 허기에 잠든 그 아이를 보는 건 지옥 그 자체
였거든.』

이루어질 수 없는 사랑으로 낳은 딸?

입이라는 것은 참으로 교활해서, 그런 얼토당토않은 거짓말이
라도 내뱉고 보니 누군가에겐 절대적인 진실이 되어버렸다. 그
사내의 얼굴조차 기억나지 않는데 말이다. 하지만 그 간교한 거
짓에도 진실은 있었다. 자신이 귀희를 낳았다는.

적어도 극한의 육체적 고통을 참으며 낳은 것만큼 극한의 정신
적 고통을 참으며 낳았다. 그 혹독한 겨울날, 그 아이를 향해 뛰
기 시작한 그 순간에.

『한데 이제야 느긋하게 나타나서 원래 제 딸이었으니 돌려달
라? 할 수 있으면 해보게. 그냥 두고 보지만은 않을 테니. 내 힘이
부족하다면 세상에 정의를 구할 거야. 법이 도와주지 않는다면
사람들에게 인정을 물을 거고.』

『돌아간다면 백귀희 양은 모든 것을 제공받으며 살 수 있습니
다.』

『귀희의 집은 이곳이야.』

기순은 차갑게 말하며 자리에서 일어났다.

『아무리 많은 타인을 도와봤자 뭐 하나? 결국 어미에게서 자식
을 뺏어가려는 위선자에 불과한 것을.』

테이블을 정리하기 위해 찻잔을 드는 찰나였다.

똑똑똑.

『아, 엄마! 나 또 열쇠 놓고 갔어요!』

기순은 흠칫했다. 그리고 여전히 앉아 있는 키츠카를 보고 크게 당혹했다. 대답이 없자 귀희는 문밖에서 그녀를 소리쳐 불렀다.

『엄마? 엄마?』

기순은 그에게 얼른 가라며 손짓했다.

『뒷문으로 나가게.』

다행히 키츠카는 별다른 저항 없이 일어나 그녀가 가리키는 뒷문으로 다가갔다.

『기다려.』

기순은 막 뒷문을 나서는 남자를 잡았다. 그리고 자신을 보는 그에게 나직하되 위협적인 어조로 이를 드러냈다.

『귀희에게 허튼소리를 한마디라도 한다면 각오하게. 자네를 정신병자로 몰아서라도 마을에서 몰아내 줄 테니.』

『부인.』

막 문을 닫으려는 찰나, 단호한 음성이 그녀를 잡았다.

『한 가지는 알아주십시오. 저희는 계속 따님을 찾고 있었습니다.』

저희? 그 단어가 왠지 묘하게 들려왔다.

『겨우 찾아내기 전까지 전 세계를 헤매며.』

강렬한 눈. 도저히 거짓을 말한다고는 볼 수 없는…….

기순은 입술을 한일자로 꾹 다물었다.

『난 부인이 아닐세. 이래 봬도 결혼하지 않은 처녀니까!』

타악! 그의 앞에 가차 없이 문을 닫았다. 그리고 문이 완전히 잠긴 것을 확인하고 앞문을 열었다.

『정말 미안해요! 엄마가 덜렁대지 말라고 그렇게 주의를 줬는데 급히 나간다고 나도 모르게……』

손까지 싹싹 빌며 사과하던 귀희는 무의식중에 테이블을 돌아봤다가 멈칫했다. 그쪽을 본 기순은 아차 싶었다. 반으로 찢긴 종이와 두 개의 찻잔이 그대로 놓여 있었던 것이다.

기순은 분분히 종이부터 챙겨 주머니에 집어넣고 찻잔을 치웠다.

『일에 늦겠다. 어서 열쇠 챙겨서……』

최대한 아무렇지 않은 척을 하려고 싱크대의 물을 트는데, 뒤로 슥 다가서는 인기척이 느껴졌다.

『엄마, 혹시……?』

의심이 묻어나는 어조, 일순 빳빳이 펴진 허리를 타고 긴장감이 흘렀다.

『혹시 헥터 아저씨 다녀가신 거 아녜요~?』

『뭐, 뭐?』

화들짝 놀라 돌아보는 그 모습에 모종의 확신을 얻은 듯, 반달처럼 휘어진 귀희의 웃는 눈에 장난기가 졸졸 흘렀다.

『그런 기라면 숨기지 않아도 되는 데에~』

『애가 무슨 소리를 해?』

『응? 내가 뭐랬다고요? 난 그냥 마을 아저씨가 다녀간 걸 뭘 숨기냐~ 뭐, 그런 의미였는데.』

『실없는 소리 하지 말고 일이나 하러 가. 피셔맨 씨는 이 근처에도 온 적 없으니까.』

『예에~ 그렇겠죠~ 아무렴~』

『백귀희!』

그 능글맞은 어조가 징글맞기까지 해 기순은 결국 일갈하고 말았다.

『꺅! 갑니다! 갑니다!』

혼비백산해 뛰쳐나가면서도 그 말끝에 웃음의 함지박이 주렁주렁 달려 있었다. 그 해맑은 잔영이 길게 이어졌다.

마침내 모든 소리가 잦아들고 나자, 기순은 갑자기 갈 길을 잃은 기분이었다. 해야 할 일도, 생각해야 할 것도 많은데 아무 생각도 들지 않았다. 그저 막연히 무거운 몸을 끌고 가 뒷문을 열어 보니, 복도는 비어 있었다. 그는 바로 돌아간 모양이었다.

기순은 문을 닫고 의자로 가 무너지듯이 주저앉았다. 피로감이 해일처럼 밀려와 흐트러진 머리를 쓸어 올리는데, 탁자 위에 놓인 열쇠가 눈에 들어왔다. 기껏 돌아와 놓고도 또 열쇠를 놓고 간 것이다.

아무리 주의를 줘도 덜렁대는 딸아이의 정신머리에 조금 기가 차 열쇠를 집어 들었다. 열쇠고리에는 가운데 검은 점이 박힌 흉측한 푸른 눈알 모양의 유리구슬이 난잡하게 달려 있었는데, 얼마 전에 여행 왔던 터키인이 자기 나라의 전통 장식품이라고 선물로 줬다고 했다. 나자르 본죽(Nazar Boncuk), 해석하자면 '악마의 눈'이라고 했던가? 흉측하게 생겼지만 악운을 반사해 주는 부적이라고…….

"이 눈이 왠지 엄마 같다고 느꼈어요. 날 항상 지켜주니까."

기순은 열쇠고리를 강하게 움켜쥐었다.

꽉 다문 입술 새로 억눌린 흐느낌이 새어 나왔다.

둑이 터진 듯 부지불식간에 오열이 되었지만, 마음껏 소리 내어 울 수도 없어 입술을 모질게 깨물었다. 다시 떠올리기도 끔찍한 그 긴 고난의 세월 동안 독하게 흘리지 않았던 눈물이건만……. 자다가도 발작하듯 일어나 고통에 몸부림치면서도 곁에 잠든 아이가 들을까 봐 제 살갗을 피가 나도록 꼬집을 때도 나오지 않았던 눈물이건만……. 어째서 지금…… 어째서…….

『어째서…….』

기순은 핏물이 흐르는 입술을 짓씹으며 읊조렸다.

『어째서 지금 찾아온 거야…… 어째서……!』

육신이 갈가리 찢기는 고통과 영혼을 강탈당하는 것 같은 원망을 주체할 수가 없었다. 죽기 전의 짐승처럼 꺽꺽 터져 나오는 오열이 멈추질 않았다. 열쇠고리를 움켜쥐고 탁자에 엎드려 울고 또 울었다.

그렇게 극한의 긴장 끝에서 잠깐 정신을 잃었다.

찢어질 것 같은 눈꺼풀을 억지로 밀어 올리자, 창 너머 스며드는 햇빛은 똑같은 각도를 유지하고 있었다. 시간은 얼마 지나지 않은 모양이었다. 기순은 후들거리는 몸을 일으키고 잔뜩 흐트러진 머리를 차분한 동작으로 정리했다. 바로 방금 전에 세상이 끝난 듯이 오열하던 모습은 조금도 찾아볼 수 없었다.

그녀는 절망의 사치조차 누릴 입장이 아니었다. 숨 쉬는 이상 움직여야만 했다. 그녀가 살아 숨 쉬는 유일한 이유를 위해.

반진고리와 찻잔까지 모두 깔끔히 정리한 후 집을 나섰다. 그리고 이제는 눈을 감고도 찾아갈 수 있는 익숙한 길을 건너 한가로운 농장을 지나고, 문을 열고 들어섰다.

「누구…….」

노크도 없이 들어선 인물을 발견한 집의 주인은 불쾌하게 돌아보다 말고 의아한 표정을 지었다.

「자네?」

끼익. 그를 가만히 지켜보다 한 걸음 앞으로 내딛자, 나무 바닥이 희미하게 울었다.

「마롤로 씨.」

잘 배운 산적 두목처럼 호화로운 서재에 앉은 후벤투드 섬 최고의 부호 마롤로는 검은 얼굴을 찡그렸다. 역광을 받아서일까. 빛에 감싸여 희미해 보이는 여자의 빛나는 검은 눈동자가 꼭 푸른 안광을 발하는 듯해 왠지 모를 섬뜩함이 들었다.

「물어볼 것이 있습니다.」

그녀의 뒤로 문이 조용한 소리를 내며 닫혔다.

9

"생각보다 완고하시더군요."

핸드폰 너머의 헥터는 한숨을 숨기지 않았다.

[만만한 여자가 아니라고 했잖아. 처음엔 얼떨결에 맡게 됐는지 몰라도 거의 20년을 제 딸로 키웠어. 이제 와 내놓으란다고 아, 그 러십니까, 하고 넙죽 내놓을 리가 없지. 그렇지 않았다면 3년간 널 기다릴 것도 없이 내가 먼저 아가씨를 데리고 제피룸(Zephirum)으 로 돌아갔을 거야.]

"잊으셨습니까? 그 물건은 수도에는 들어갈 수 없습니다."

헥터는 아차 했다. 잊고 있었던 것이다, 왜 발견한 후로도 3년 간이나 귀희를 그들의 신성한 서울, 하나의 성(城)에 불과하나 성 지이자 도읍으로 추앙받는, 그들 세계의 중심, 제피룸으로 데려 가지 못하고 키츠카가 깨어날 때까지 기다릴 수밖에 없었는지.

[아차차, 그 알렉산드라이트는 마력을 발현하고 있는 한 제피룸의 결계를 넘어갈 수 없지. 뭐, 그럼 다른 은신처에 숨어 있었다거나.]

보통 때라면 값비싼 보석에 불과하나, 타 일족의 마법을 발현하고 있는 물건이 난공불락의 요새를 지키는 결계를 통과할 수 있을 리 없었다. 그 물건을 귀희에게서 떼어놓으려고 해도 문제는, 본래 주인인 키츠카가 깨어나지 않는 한 그 마력을 제어할 수 있는 인물이 없었다는 사실이다.

계단을 올라가는 동안 대답하지 않자, 헥터는 푸념을 늘어놓았다.

[거의 맹수가 따로 없다고. 귀희를 위해서라면 올림포스 산에서 제우스의 번개창이라도 구해올걸.]

"억지로 뺏을 순 없습니다."

그렇다면 훗날 화근이 될 터. 오늘 그를 대하는 모습만 봐도 그 사실은 자명했다.

[누가 그걸 몰라? 그러니까 어떻게 해야 하느냔 거지. 기억이라도 지워야 하나?]

"안 됩니다."

[응? 왜?]

"당신이라면 어머니의 기억을 지우는 데 동의할 것 같습니까?"

그제야 작게 '아……' 소리를 흘렸다. 그러다 그 다혈질에 제법 잘 참는다 싶었더니 결국 벌컥 언성을 높였다.

[아, 뭐냐고! 너도 결국 뾰족한 수는 없는 거 아냐? 그런데 혼자 잘난 척은 있는 대로 다 했겠다!]

대답하기 위해 입을 열던 키츠카는 갑자기 전화를 끊어버렸다. 완전히 닫히지 않은 현관문 틈새로 소리가 들렸다.

끽— 그는 손바닥을 문에 대고 천천히 열었다. 들려오던 기타 소리가 뚝 끊겼다.

『아…….』

등을 보인 채 거실 바닥에 양반다리를 하고 앉아 있는 귀희는 바로 고개를 돌렸다. 그리고 기타를 내려놓고 급히 일어났다.

『오셨어요? 어, 멋대로 들어와서 죄송해요. 문이 잠겨 있지 않아서…….』

어제의 일이 없었던 듯, 평소의 그녀였다. 그가 그저 쳐다볼 뿐 말이 없자 애면글면한 표정을 숨기지 못했다.

『저번에 또 놀러 와도 된다고 하셔서…….』

그제야 그는 안으로 들어갔다. 뚜벅, 뚜벅……. 구둣발로 거침없이 거실 바닥을 밟았다.

『일은?』

『쉬는 날이에요.』

사실대로 말하자면 땡땡이쳤다. 호세에게는 일이 있다고 말하고 근무를 뺐으니 공식적인 땡땡이라고 해야 할까. 단지 일까지 쉬고 그에게 간다고 하면 의심스러운 시선을 살 것 같아 기순에게는 비밀로 한 것뿐이었다.

『어디 다녀오세요?』

『일이 있어서.』

『아…….』

어제 그에게 그렇게 소리치고 가고 나서야 정신이 들었다. 그때는 거의 배신감이 들어 깊이 생각할 겨를이 없었지만 그렇게 화를 낼 만한 일도 아니었다. 그의 장난이 과한 것도 있었으나 어차피 좋은 게 좋은 자신이 아니던가?

그러니까 이건 다시 관계를 개선하기 위한 노력인 것이다.

귀희는 상의를 벗으며 방으로 가는 그를 훔쳐보고 다시 바닥에 앉았다. 그리고 애면글면 눈알만 굴리고 있다가 뭐라도 해야겠다 싶어서 기타를 들었다.

괜히 손장난하듯 현을 튕겨대기만 했다. 살면서 누군가와 이렇게 어색해 본 적이 없었던 터라 이 무거운 공기에 숨쉬기가 곤란할 지경이었다.

『기타는 어디서 배웠지?』

그때 키츠카가 상의와 넥타이를 풀어놓고 나오며 물었다. 그가 말을 걸어준 것만으로도 기뻐 귀희는 바로 반색했다.

『독학했어요. 좀 더 제대로 배워보고 싶긴 하지만 레슨을 받을 여력이 안 돼서요.』

아……. 뒤에 말은 하지 말걸 그랬나. 너무 비루해 보이잖아.

다행히 그는 그런 생각까진 들지 않는지 별 기색 없이 커프스를 풀고 소매를 걷으며 화장실로 갔다. 문 틈새로 흘긋 보니 손을 씻고 있었다. 차림을 보니 정말 일 때문에 다녀온 모양이었다.

『연주해 봐.』

『네? 기타요?』

그는 예전처럼 옆에 와 앉으며 고개를 끄덕였다. 그런데 그 거리가 묘하게 예전보다 먼 것 같음은 기분 탓일까?

『신청곡 있으세요?』

『가장 잘하는 걸로.』

『음, 그럼……. 가장 잘한다고 하기엔 좀 부끄러운데.』

귀희는 기타를 똑바로 잡고 흠흠, 목을 골랐다. 도입부에 춤추 듯 현을 탔다. 그리고 노래하기 시작했다.

Almost heaven West Virginia

Blue Ridge Mountains Shenandoah River—

천국과 같은 웨스트버지니아

블루리지 산과 쉐난도우 강이 있는 곳—

허스키한 음성으로 짙게 퍼져 나가는 노래에, 키츠카는 멈칫했 다. 천천히 소녀를 돌아보았다.

"천국과 같은 웨스트버지니아. 블루리지 산과 쉐난도우 강이 있는 곳……."

아비게일이 기타를 연주하며 조용한 어조로 부르던 그 노 래……. 그것은 만화경 같은 모빌이 흔들리는 요람 옆에서 낮게 퍼져 나갔다. 가만한 자장가에 바람은 숨을 죽이고, 별빛이 찾아 들고, 아기는 새근대며 단잠을 청했다.

Country road take me home

To the place I belong

West Virginia mountain Momma

Take me home country road
정든 시골길, 날 집으로 데려다 줘요
내 어릴 적 그곳으로
웨스트버지니아, 그 정든 산으로
고향으로 데려다 줘요, 정든 시골길이여

평온히 잠든 아기를 엷은 물기 너머로 지켜보며 아비게일이 본 것은 고향이었을까. 그것은 돌아갈 수 없는 곳, 푸른 산천이 흐르는 동심(童心)의 땅, 그리움만 희미하게 남은 기억. 아이를 들여다보고 있으려면 기억 속에만 남은 시골 오솔길을 따라 그곳으로 돌아갈 수 있는 듯했을까.

가고자 마음만 먹는다면 갈 수 있는 시골 마을은 더는 그녀의 고향이 아니었다. 그곳에 가더라도 그 들판을 뛰어다니던 자유로운 시골 소녀는 더 이상 없기 때문이었다. 그녀가 보는 오솔길은 그 소녀에게로 가는, 하지만 이젠 사라져 버려 흐릿한 기억 속에밖에 남지 않은 길이었다.

그 길의 환상이 이제야 그에게도 보였다.

눈부신 신록 사이로 굽이굽이 뻗은 시골길……. 그것은 잃어버린 동심으로 향하는 길인 듯, 눈앞의 소녀에게로 이어지고 있었다.

그는 얼음장처럼 차가운 손끝으로 천천히 제 이마를 짚었다. 노랫소리가 짙어질수록 묘한 현기증이 느껴졌다.

감기조차 걸릴 리 없는 몸, 역신(疫神)이 깃든 것도 아닐진대 낯선 역함이 내부에서 태동하고 있었다. 아직 몸이 정상 기능을 모두 되찾지 못한 걸까. 아니, 그건 아니었다. 오히려 힘은 스스로 생명력을 가진 듯이 어느 때보다 더 강렬히 느껴졌다. 도리어 그 것이 이상하게 느껴질 정도로.

Take me home country roads
Take me home country roads
고향으로 데려다 줘요, 정든 시골길이여
고향으로 데려다 줘요, 정든 시골길이여

귀희는 마지막으로 현을 훑으며 노래를 끝냈다. 그리고 그의 반응이 궁금해 괜히 설레어 하며 돌아보자, 그는 지그시 감고 있 던 눈을 떴다.

『기타를 시작한 이유는 뭐지?』

질문이 갑작스러웠는지 귀희는 '계기요?' 하고 되물었다.

『음, 사실 특별한 계기는 없어요. 그냥 기타 소리를 들으면 마 음이 편해진다고 해야 하나. 어릴 때부터 괜히 좋았어요.』

기타는, 아비게일이 가진 유일한 취미였다. 손재주가 좋아 그 림 또한 자주 그리고는 했지만, 어둠 속에 앉아 무작정 그리고 또 그리는 것은 내부의 격정을 토해낼 곳이 없어 도화지에 자위하는 예술가의 광기에 가까웠다. 하지만 기타는 달랐다. 완성되지 않 은 숱한 그림이 그려져 있는, 찢어발겨진 도화지 더미 속에 앉아 기타를 연주할 때면 그녀는 유일하게 편해 보였다.

차가운 공기를 타고 퍼져 나가는 따듯한 음율…….

그것조차 무명배우의 우울한 독백극에 가까웠건만, 어느 날 그 런 그녀에게도 관객이 생겼다. 작고 어린 관객은 때로 고사리 같은 손으로 박수치며 호응했고, 기타 소리를 자장가 삼아 곤한 잠에 들었다.

『주변에 기타를 연주하는 사람이 있었나?』

귀희는 피식 웃었다.

『여긴 쿠바예요. 기타 연주자의 천국이잖아요? 그래도 주변에 영감을 줄 만한 사람은 없었던 것 같은데…….』

유독 기타 소리가 귀에 익숙해서 처음에는 자신이 기타 신동인 줄 알았다. 뭐, 지금은 취미 정도로 만족하고 있지만 말이다.

귀희는 기타를 퉁 쳤다.

『아무튼 이게 제 밑천이거든요. 그래서 그런 꿈도 있어요. 기타 하나 메고 노래하면서 여행하는 거. 공연해서 받은 돈으로 여행하다 그것도 떨어지면 아무 데에서나 일하면서 경비를 충당하고, 또 떠나고 싶어지면 훌쩍 떠나는 거죠. 멋질 것 같지 않아요? 음유시인 같고.』

가진 게 없기에 오히려 소녀는 자유로웠다. 싸구려 기타 하나로도 충분했다. 더우면 옷을 벗어 던지고서 바다로 뛰어들고, 귓가에 음악이 맴돌면 낡은 운동화를 벗고 맨발로 기타 치며 노래했다. 비천한 땅짐승의 몸에 갇혀서도 지상의 번뇌를 초월한 듯 훌쩍 자유로워, 햇빛 같고 바람 같았다.

음유시인.

그것처럼 그녀에게 어울리는 일도 없으리라. 아비게일이 그러했듯이.

『그래, 멋진 꿈이군…….』

그건 그렇고, 귀희는 몹시 궁금했다.

이 남자, 왜 이렇게 반짝거리는 거지?

그의 눈에 또 그 묘한 광채가 있었다. 꼭 보석 표면의 반짝임 같은 서늘한 빛……. 눈동자 속에서 느릿하게 휘몰아치는 것 같기까지 했다. 물론 제 기분 탓일 터. 그래도 그를 만져 보고 싶어서 손이 근질거렸다. 충동을 참기가 힘들 지경이었다. 이성은 그녀를 뜯어말리는데 어느새 손을 들어 올리고 있었다.

딱 한 번만. 뭐가 묻었다고 떼주는 척하면서 한 번만…….

"키츠카 너, 이 자식!"

쾅!! 갑자기 사방을 울리는 굉음에 귀희는 누가 걷어찬 듯이 정신을 차렸다.

"감히 내 전화를 끊어! 오냐, 오늘 누가 이기나 한번 계급장 떼고 붙어보자! 나하쉬라고 무서워할 줄……!"

난데없이 들이닥친 헥터가 천둥처럼 외친 순간, 키츠카는 휙 그를 돌아보았다. 엄청난 살기를 담은 섬뜩한 무언(無言)의 일갈이 채찍처럼 그를 후려쳤다. 그에 헥터는 물론이고 귀희마저 바짝 얼어버렸다.

그것은, 거의 인간이 아닌 듯 느껴질 정도였다.

「무슨 일입니까?」

이내 키츠카가 평소처럼 묻자 헥터는 겨우 동결 상태에서 풀려났다.

「어…… 귀희 너…….」

귀희도 겨우 정신을 차렸다.

「아, 어, 놀러 왔어요.」

「놀러?」

「네, 놀러.」

헥터는 그녀를 보고, 키츠카를 보고, 다시 그녀를 보았다. 잠깐 어색한 침묵이 흘렀다. 하지만 곧 그가 대수롭지 않게 다가와 옆의 빈자리에 주저앉았다.

「이 꿰다 놓은 보리자루 같은 녀석하고 뭐 놀 게 있다고?」

「말을 잘 들어주시잖아요.」

그런데 문득 귀희는 키츠카가 스페인어를 할 줄 안다는 사실을 깨달았다. 하긴 한국어를 하는 데 스페인어쯤이야.

「하긴, 뭐라고 떠들어도 가만히 있어서 수다 떠는 맛은 있지.」

그것도 상대에 따라 달라서 좀 길어진다 싶으면 그냥 일어나서 가버리지만 말이다. 바로 지금처럼.

「안 그래도 잘됐다. 일하기 싫었는데 네 연주나 듣자. 한 곡 뽑아봐.」

일어나 가는 키츠카를 귀희가 '아……' 하며 돌아보기에 신경 쓰지 말라며 휙휙 손짓했다.

「저래 봬도 내 일꾼이야. 신경 쓰지 마.」

「두 분, 어느새 굉장히 친해지셨네요?」

부럽다는 투에 헥터는 훗 웃었다.

「내가 사교성 하난 좋잖아.」

귀희는 피식 웃어버렸다. 그리고 기타를 바로잡고 헥터의 청대로 연주하기 시작했다. 헥터는 아무리 봐도 기특하고 흐뭇한 그 모습을 지켜보다 키츠카를 돌아보았다. 신문을 읽는 척하기는 해도…….

'저 녀석이 웬일이지? 듣고 있네?'

하지만 일일이 관심 가지고 싶을 만큼 귀여운 녀석이라면 모를까, 아무래도 좋은 헥터는 더 신경 쓰지 않았다.

「전 이만 가볼게요.」

정신없이 놀다 보니 어느덧 창가에 땅거미가 어둑어둑 기어들고 있었다. 귀희는 배낭과 기타 케이스를 챙겨 들고 일어났다.

「오늘 정말 재밌게 놀았어요.」

사실 키츠카와 단둘이었다면 상상도 못했겠지만, 헥터 한 명이 끼었다고 거의 축제나 다름없었다. 그런 온갖 기상천외한 게임은 어디서 배워왔는지 준비물 하나 없이 한두 시간은 시간 가는 줄도 모르고 게임에 열중하고, 마술도 몇 개 더 배우고, 계속 들어오는 앙코르에 노래를 열 곡쯤은 부르고, 요리사 뺨치는 헥터가 손수 준비한 저녁밥까지 먹고 나니 이 시각이었다.

「아저씨는 더 있다 가시려고요?」

제집인 양 냉장고에서 귤을 꺼내 까먹고 있는 모습을 보니 전혀 갈 생각 따위 없어 보였지만 일단 물어보기는 했다. 예상대로 헥터는 귤을 우물대며 손을 내저었다.

「그럼 먼저 가볼게요.」

키츠카는 가볍게 고개만 끄덕였다. 그에 막 걸음을 돌리려는데, 툭― 뭔가 부딪힌 소리가 들려왔다. 돌아보니 멀리서 헥터가 반쯤 남은 귤을 키츠카의 등에 던졌는지 바닥에 떨어져 구르고 있었다.

흘긋 그것을 보고 헥터를 돌아보는 키츠카는 불쾌한 기색을 감추지 않았다.

「뭡니까?」

헥터는 그에게 한심하단 듯이 고갯짓했다.

「혼자 보낼 거야? 데려다 줘.」

「괜찮아요. 늘 혼자 다니는 길…….」

당연히 거절할 거라 생각했는데, 키츠카는 그녀를 보다가 다가와 먼저 문을 나섰다. 화가 난 걸까 싶어 저도 모르게 원망하는 눈으로 헥터를 돌아보았다. 하지만 그는 무슨 생각을 하는지 싱글 웃으며 살살 잘 가란 손짓을 할 뿐이었다.

하여간 못 말려.

귀희는 한숨을 내쉬고 키츠카를 뒤따라 집을 나섰다. 집에 있던 모습 그대로 나갔으니 멀리까지 데려다 줄 생각은 아닌 듯했기 때문이다.

그렇게 생각했는데, 그는 이미 한참을 왔는데도 돌아갈 생각 없이 계속 옆에서 걷고 있었다. 처음엔 또 열심히 대화를 시도했지만 단답형 대답만 되돌아오자 결국 제 풍부한 이야기보따리마저 밑바닥을 드러냈다. 그래서 언젠가부터 대화도 하지 않고 종군하듯 걷고 있을 뿐이었다.

새삼 생각하건대 참으로 편해지기 힘든 분이랄까.

『하나만 묻지.』

그가 문득 말을 꺼냈을 땐 안도감이 다 들 지경이었다.

『네. 살살 물어주세요.』

『묻는다고 했는데. 물어본다고 한 게 아니라.』

『에, 에이. 따지시긴…….』

나 참, 쓸데없이 한국말은 왜 이렇게 잘하는 거야? 자고로 외국인이라면 좀 더듬대고 실수도 하고 해야 귀여운 법인데.

『가족하고 사는 것, 돈이 많은 것, 어느 쪽이 더 행복할 것 같아?』

『음, 글쎄요. 아무래도 둘 다인 게 가장 행복하겠지만 굳이 골라야 한다면…… 역시 가족하고 사는 거겠죠?』

웬일인지 그는 낮게 한숨을 쉬며 읊조렸다.

『예상은 했지만.』

낮은 소리를 알아듣지 못해 ‘네?’ 하고 되물었지만 대답 없이 걸어갈 뿐이었다. 귀희는 고개를 갸웃하다 얼른 그 뒤를 쫓아가며 말했다.

『저희 엄마 말씀에 돈은 있다가도 없고 없다가도 있는 거랬어요. 그리고 자살하는 사람을 보면 돈이 많은 경우는 많은데 따듯한 가족이 있는 경우는 별로 없잖아요. 그, 왜, 코닥 회장도 그렇게 성공했고 돈도 많이 벌었는데 사무실에서 권총으로 자살했다고 하잖아요.』

물 만난 고기처럼 계속 떠들었더니 조금 성가셨나 보다.

『그래, 알아들었어..』

한마디 하고 계속 걷기에 귀희는 어깨를 으쓱였다. 그래도 그란 남자에게 조금은 익숙해진 걸까. 예전이라면 상처가 될 말이 그냥 그런 사람이라고 생각하니 아무렇지 않았다.

하늘은 유연히 깊은 군청빛, 낮은 바람은 부드러운 질감, 그 가운데 고적한 밤공기만이 그들 사이를 쓸고 지나갔다. 다행히 더는 어색한 분위기가 아니라 귀희는 휘적대며 주변 풍경을 훑었다.

그렇기에 조용히 자신을 지켜보는 시선에 대해서 알지 못했다.

소녀는 꽃대처럼 가느다란 몸을 가지고 있었다. 옅은 바람에 찰랑이는 머리카락은 어린 짐승의 털빛처럼 윤기가 흘렀고, 바람이 불 때마다 하늘거리는 가는 몸은 사뿐히 걷는 발레리나를 연상시켰다. 굴곡이 희미한 몸은 나이가 들어도 농염함보다 어딘지 선이 가는 느낌을 간직하고 있으리란 것을 알 수 있었다. 보얗게 웃는 얼굴도 어린아이 같을 뿐이었다. 좌절, 고통, 격애(激愛)……. 그 어떤 것도 스며들 틈은 없어 보였다.

어느덧 나직한 흥얼거림을 흘리며 걷는 모습마저 너무나 ‘달랐다’. 그가 보아온 그녀와 같은 여자들과는…….

죽지 못해 살아갈 뿐인 그 여자들과는.

『근데 키츠카 씨.』

문득 그녀가 뭔가 생각난 듯 얼굴을 돌렸다.

『디어크.』

그 순간에 아마 그리 말한 것은, 아마 모두가 그에게는 없으리라 믿었던 충동 때문이었으리라.

『네?』

『내 이름은 디어크다.』

귀희는 ‘아’ 소리를 냈다.

『D가 디어크의 이니셜이었구나. 음, 그럼…… 디어크 씨라고 불러도 되죠?』

그는 고개만 끄덕이고 다시 걸음을 옮겼다. 왜 갑자기 이름을 말해주었는지는 알 수 없었다. 하지만 귀희는 그가 그만큼 마음을 연 것에 대한 증거일 거라 생각하고 빙긋 웃었다.

『근데 그거 먹고 성에 차요?』

식사하는 내내 지켜보았는데, 그의 젓가락이 향하는 곳은 굉장히 한정되어 있었다. 뭐, 다도를 하는 것처럼 정갈한 모습으로 먹는 양이야 웬만한 남자보다 더 먹는 것 같았지만, 채식주의자라더니 정말 나물이나 채소밖에 먹지 않았다. 계란말이나 생선도 손대지 않았다. 비건은 달걀이나 생선, 심지어 우유조차 먹지 않는다고 하던데 그도 그쪽인 것 같았다.

『인간은 육식을 하지 않아도 살 수 있어.』

『뭐, 그거야…….』

『오히려 육식을 하지 않는 게 더 건강하다는 연구 결과도 있지.』

그가 손을 뻗어 길의 양옆으로 고적한 밤거리를 장식하듯 펼쳐져 있는 갈대를 쓸었다. 사르륵……. 바람에 어울려 그가 스치듯 쓰는 갈대가 낭창하게 몸을 흔들며 가만한 소리를 내었다.

길에 둘을 제외하고 아무도 없었기 때문일까? 문득 그 소리가 그와 그녀만이 존재하는 세계를 전부 채우는 것처럼 크게 들려왔다.

사악, 사악. 갈대의 숨결인 듯 느껴졌다.

『그런데도.』

귀희는 시선을 들었다. 그는 갈대의 벽 앞에 작게 피어 있는 꽃을 어루만지고 있었다.

『인간이 육식을 하지 않으면 일정한 영양분을 섭취할 수 없다는 명목으로 육식을 포기하지 않는 이유는, 알고 있기 때문이지.』

탁, 그의 손끝에 이름 모를 작은 꽃의 꽃대가 꺾였다.

그는 소담하게 핀 꽃을 들고 몸을 폈다. 그것의 이름은 알 수 없었지만 어쩐지 붉은 산당화를 닮았다. 피처럼 짙은 붉은 빛…….

어느새 걸음은 멈춰 있었다. 귀희는 눈조차 깜빡이지 않고 그를 지켜보았다.

『이미 한 번 맛본 고기의 부드러운 육질을.』

─붉은 꽃잎이 붉은 입술 사이로 밀려들어 갔다. 분명히 식물일 뿐인데, 비릿한 날것의 핏덩이처럼.

그때 날카로운 날숨을 들이켠 이는 누구였을까.

꽃 그리고 남자.

그것은 꽃을 닮은 아름다운 짐승이었다. 짐승을 닮은 위험한 꽃이었다.

이렇게 어두운데도 빛 속에서 보는 것처럼 선명한 녹색의 눈동자가 물결쳤다. 그리고 그 속의 광채가 개별의 생물체처럼 나른하게 움직이며 상대를 현혹했다. 동공을 크게 열고 쳐다보고 있을수록 최면에 걸릴 것같이…….

창백한 피부에 대비되는 붉은 입술이 짓이겨진 나비의 날개처럼 꽃잎을 가차 없이 집어삼켰다. 그리고 유리 인형처럼 파르랗게 빛나는 미소를 지었다.

『살인이 금지된 사회에서 피를 맛볼 수 있는 유일한 길이라는 걸.』

그것은 무어라 형용할 수 없는 치명(致命)의 색정(色情)이었다.

나하쉬.

그것의 이름이었다. 얼어붙은 소녀를 보며 남자는 깨달았다.

어느새 제 안에서 고개를 들고 있는 교활한 존재를.

더 기가 막힌 점은 그것이 처음부터 눈을 뜨고 있었다는 사실이다. 간교한 뱀처럼 몸을 낮춘 채 호시탐탐 기회를 노리고 있어 그조차 미처 깨닫지 못했던 것이다. 가슴이 사느랗게 식으면서도 그만 허탈해지고 말았다.

'이것이었나.'

계속된 현기증과 역한 거부감의 정체가 이것이었다. 먹잇감의 달콤한 냄새를 맡고 깊은 잠에서 깨어나 계속 그를 자극해 왔던 것이다. 충동질하고, 평정을 뒤흔들었다.

그 간사한 계략에 놀아난 사람은 비단 그 자신뿐만이 아니었다. 그를 바라보는 시선에 숨길 수 없는 찬탄이 가득한 소녀는 마냥 연하기만 해 자신이 무시무시한 맹수의 입에 들어와 있다는 사실조차 모르고 있었다.

그의 안에 사는 것이 치명적인 유혹의 말을 속삭였다. 평생을 해온 일, 아래로 잡아끌어 다시 가두는 것은 어렵지 않았다.

단지 그러고 싶지 않을 뿐이다.

입속에 가득한 꽃의 즙이 혀가 녹을 것처럼 달았다. 혀를 움직이자 질척한 소리를 내며 더욱 향긋한 맛을 퍼뜨렸다. 아주 오랜만에 맛본 쾌락이었다. 그리고 모든 혈관이 아우성칠 만큼 풍요로운 사람 꽃은 바로 눈앞에 아무런 경계심도 없이 무방비하게 피어 있었다. 정신이 아득해졌다. 시야가 멀어지고 있었다.

냄새가…… 달다. 이것은 아직 봉오리를 피우지 않아 향기가 없는 꽃, 아무 향도 없어야 할진대 알 수 없는 천리향을 내뿜고 있었다.

손으로 가볍게 턱을 훑자 놀란 토끼 눈을 동그랗게 떴다. 부드러운 살결, 크림처럼 훑어가는 손끝에 묻어날 것만 같았다. 불안하게 달싹이는 입술은 말간 석류 빛, 소녀 코레(Kore)의 알싸한 처녀 향이 사방에 퍼졌다. 그늘을 드리우며 다가갈수록 미모사의 화신이 되어 흠칫 움츠러들었다. 하지만 곤혹으로 물드는 눈동자에는 분명 열기가 있었다. 수줍어 눈을 내리깔며 고개를 돌리지만 밀쳐 내지 않았다.

밀쳐 내고 세상 끝까지 도망가야 함에도.

"'그'는 너다. 네 가장 깊은 무의식이지. 한데 그가 잔인하고 육욕을 탐하는 자라면 네 본성이 그렇다는 의미다."

기억 속의 차가운 일별, 자신도 모르는 새 녹아가던 얼음 심장이 도로 쩍 소리를 내며 얼어붙었다.

"명심해라. 네가 이어받은 핏줄은 어쩔 수 없이 천박하고 쾌락에 약한 것이다."

그는 뻐근한 눈을 꾹 감았다 떴다. 시야가 명료해졌다. 귀희는 헤 입까지 벌리고 그를 넋 놓고 바라보고 있었다.
『백귀희.』
거슬리도록 쉰 목소리로 갈아 내뱉듯 하자, 그녀는 화들짝 정신을 차렸다.
『네, 네?』

『다신 찾아오지 마.』

그는 싸늘하게 내뱉었다. 그리고 갑작스러운 말을 이해조차 못하고 있는 그녀를 본 척도 하지 않고 몸을 돌렸다. 그제야 그녀가 당혹을 숨기지 못하고 그의 팔을 잡았다.

『갑자기 무슨…….』

그는 불필요하게 강한 힘으로 그녀를 떨쳐 냈다. 그에 그녀가 '앗!' 하고 비틀거렸지만 그저 차갑게 바라볼 뿐이었다.

『장단을 맞춰준 건 이 정도면 충분하겠지. 적당히 귀찮게 해.』

이번에 그녀는 얼굴 위로 드러나는 상처를 숨기지 않았다. 그럼에도 그는 냉랭히 몸을 돌려 걸어갔다. 그 뒷모습이 그대로 얼어붙은 듯해, 귀희는 다시 그를 잡지 못했다. 버림받은 강아지처럼 망연히 쳐다볼 뿐이었다.

물론 그는 결코 뒤를 돌아보지 않았다.

덜컹. 문가에서 들리는 소리에 헥터는 얼른 고개를 돌렸다. 그리고 한달음에 달려가 묻고 싶었던 질문을 속사포처럼 쏟아냈다.

"너, 어떻게 된 거야? 언제 아가씨와 그렇게 가까워진……."

키츠카는 대답하지 않고 그를 쳐다보기만 했다. 그 똑바로 직시하는 눈동자에 헥터는 흠칫했다. 아니, 기겁했다는 말이 정확할 것이다.

새파란 눈동자, 어느 때보다 선명하게 빛나는 눈 속에 기이한 광채가 돌고 있었다. 그리고 붉은빛으로까지 비치는 섬뜩한 기운……. 주춤, 적 앞에서도 후퇴를 모르는 걸음이 본능처럼 물러났다. 그러자 먹잇감을 발견한 맹수처럼 상대의 동공이 서서히 수축했다.

그제야 발견하길, 키츠카는 절대 평소의 상태가 아니었다. 창백하면서도 요염할 만큼 아름다운 윤기가 도는 피부에 대비되는 새빨간 입술, 선득한 이채를 지닌 눈동자는 잔인한 포식자인데, 지독히 색스러운 공기는 요부의 것에 가까웠다.

"너, 너……."

전에도 후에도 본 적 없는 모습에 목소리마저 떨려왔다. 키츠카는 천천히 입을 열었다. 붉은 입술에서 나직이 흘러나오는 숨결이 구름처럼 형체를 갖출 것만 같이 짙고 무거웠다.

"혼자 있고 싶습니다."

"너 대체……."

"혼자 있고 싶다고 말씀드렸습니다."

단전에서 울려 나오듯 목소리가 좀 더 낮아졌다. 그 목소리에서마저 농밀한 진액 같은 것이 뚝뚝 흐르는 성싶었다.

바로 몸을 돌린 것은, 그 부탁의 탈을 쓴 명령 때문만은 아니었다. 그 자리에 더 있다가는 그마저 이상해질 것 같았기 때문이다. 드래건의 동굴에 겁도 없이 기어들어 간 머저리가 된 듯이, 그곳에서 달아나야겠다는 생각밖에 없었다.

키츠카는 고개를 돌렸다. 목이 말랐다. 천천히 걸어가 냉장고의 문을 열었다. 그리고 두통이 느껴질 정도로 찬물을 들이켜는데, 문득 서리가 어린 물병의 표면에 어렴풋 비치는 제 모습을 보았다.

그는 무표정한 그대로 물병의 입구를 기울여 물을 붓기 시작했다.

콸콸콸……. 발치에 흥건한 물이 서서히 사방으로 번져 갔다. 그로부터 화륵— 불길이 일었다. 희미한 조명 빛을 반사하는 물 웅덩이를 맴돌아 더욱 거세어졌다. 흡사 폭풍을 일으키듯이 한꺼 번에 솟구치며 휘몰아쳤다. 순식간에 사방은 영원한 불길이 타오 르는 무간지옥과 같았다.

거대한 불길이 지나간 너머, 어두운 하늘 아래 불타오르는 둔 덕 위에 서 있는 세 사람의 환영이 나타났다.

남자, 여자, 그리고 아기.

사납게 타오르는 불길을 등지고, 여자는 품에 안은 아기를 남 자에게 내밀고 있었다. 때로 기억을 토대로 과거를 재현하기도 하는 환각 속, 아기는 연한 눈동자로 하염없이 그를 응시하 고…… 그는 얼간이처럼 말을 잃고 그녀를 지켜보고 있었다.

무표정한 얼굴, 얼어붙은 눈동자. 그러나 그의 눈에는 똑똑히 보였다. 그 당시 그는 충격을 받았다.

제 앞에 나타난 눈부신 빛에. 그것을 가지고 싶다고 생각하는 자신에.

모든 것을 불태울 것처럼 거센 불길은 그을음 하나 남기지 않 고 시작된 것만큼 홀연히 사라졌다. 사방에 쥐 죽은 듯한 정적이 내려앉았다.

탁. 그는 빈 물통을 내려놓고 의자에 주저앉았다. 그리고 한숨 을 내쉬며 머리를 쓸어 올렸다.

"변태였나."

쳐다보는 동안 물병의 표면을 타고 물방울이 또륵 흘러내렸다.

아니, 다시 생각해 봐도 이성으로는 아니었다. 그는 아기나 어린 여성에게 성적인 매력을 느끼는 쪽이 아니었다. 그렇다면…….

불멸의 신령.

영원을 소망하는 욕망의 현현(顯顯), 엘릭시르(Elixir)의 정령, 금의 불멸성을 품은 정신과 육체— 그 존재는 가치로 따질 수조차 없었다. 엘레우시스＊보다 오래된 비의와 신비의 집성이며, 악한 이 철의 시대에서 과거 금의 시대로 회귀하는 눈부신 미래로의 약속이었다. 그리고 그들 이류는 영원히 그것을 갈망할 수밖에 없는 숙명을 타고났다. 그 역시 이류된 자로서 어찌 거부할 수 있었으랴.

아직 어리지만 그 육체는 번식을 위한 완벽한 꽃밭이고 풍요로운 후대로 나아가는 젖줄이었다. 기민하기 이를 데 없는 제 안의 녀석도 한눈에 알아보았으리라.

특히나 그들 혈족은 쾌락에 심취하고 예쁘고 반짝이는 물건을 탐미하기로 유명했다. 아무리 엄격한 훈육도 본능까지 없앨 수는 없는 법이었다. 장로는 그가 이어받은 핏줄을 경계해 혹독히 훈육했고, 그도 자신은 그 흉악함으로 말미암아 마수라고까지 불렸던 제 어머니와는 다른 존재일 거라고 생각해 왔다.

'적어도 그날까지는.'

불행인지 다행인지 그는 얼간이가 아니었다. 처음 본 날부터 그 아이를 탐내는 자신의 마음 정도는 알고 있었다. 그래, 그들 이류는 자신들이 찰나의 실수로 잃어버린 불로불사를 영원히 소

＊Eleusis: 그리스 아티카 지방 엘레우시스만 연안에 있는 도시. 여신 데메테르와 그의 딸 페르세포네의 성지이며, 신성한 밀의(密議)가 이루어졌다.

망하며 살 수밖에 없는 존재가 아니던가. 하지만 말했듯이, 그는 얼간이가 아니었다. 그저 최초의 어머니를 대하듯 막연한 그리움과 경탄을 가지고 그녀를 보았다면 일부러 그녀를 떨어뜨려 놓지 않았을 테고, 일이 이 지경까지 오지도 않았을 것이다.

하지만 그날—

요람은 흔들리고 색색의 모빌은 오르골 피아노 음악을 연주하며 돌아갔다. 갖가지 동물이 수놓인 이불 속에 푹 파묻힌 아기는 그를 올려다보고 말갛게 웃었다. 투명하도록 희고 깨끗했다. 도저히 원죄를 가지고 태어났다고 생각할 수 없는 존재, 시선으로 탐식하듯 응시하며 붉은 마수는 어떤 희열에 찬 속삭임을 속삭였던가.

'이것이다.'

그때 그는 자신이 여덟 남성으로부터 열세 명의 자식을 본 제 탐욕스러운 어머니와 같은 존재임을 깨달았다. 제 혈관을 타고 흐르는 음험한 피를 실감한 것이다.

그것은 지독히 유혹적이되 더럽고 불편한 진실을 낱낱이 파헤치는 존재, 그랬기에 누구보다 매몰차게 대했건만 그녀는 그가 눈에 띌 때마다 만면을 다해 웃었다. 이리 와 안아달라는 듯이.

희미한 경멸의 시선도, 추악한 욕정의 눈빛도 아닌, 그저 따뜻한 품을 기대하는 눈빛은 그의 심장을 헤쳤다. 고통스럽고 아릿한, 그러나 뽑아내려 할수록 더 깊이 파고드는 가시처럼…….

그래도 그저 불멸을 갈망하는 탐욕이기만 했다면 좋았으련만……. 아직은 애참하게 어린 소녀의 미소, 그리고 경외와 신뢰를 아낌없이 주는 눈빛이 온통 가시덤불에 둘러싸인 심장에 깊숙이 박혀왔다.

원해서도 안 되고 원하고 싶지도 않았지만, 원하게 되어버렸다.

감히 누구에게 거짓말을 하고 있었던 것인지. 꿈속의 여인은 그녀였다. 그가 이 거짓된 껍질을 벗고 본성 그대로의 날것이 되어 탐욕스럽게 탐하는 여인은 그녀일 수밖에 없었다. 다만 꿈에서 본 대로 그녀가 조금 더 자란 뒤에 생길 일일 뿐이었다.

문득 꿈속에서 쾌락에 몸서리치던 풍성한 여체가 떠오르자 목이 칼칼하고, 아랫배가 뜨거웠다. 이런 자신을 믿을 수 없어 그는 난생처음 짜증이라는 감정이 무엇인지 알았다. 하지만…… 그래서?

「저 아이는 자네가 탐할 존재가 아니야.」

늙은 개구리는 정확했다. 그 아이는 제 것이 될 수도, 되어서도 안 되었다. 꿈속에서 그의 품에 안겨 절정에서 날카로운 비명을 토하며 폐화(閉花)하는 검은 머리의 여인…….

꿈은 경고했다. 그로 말미암은 여인의 말로를.

그는 떨치듯 자리에서 일어났다. 그리고 어두운 바깥에 대비되어 거울처럼 내부를 비치는 창가에 섰다.

그는, 그의 안의 나하쉬는 과연 악명만큼이나 간교했다. 생각해 보면 결국 남자가 여자를 완전히 소유하는 방법은 한 가지뿐이었다.

그 몸을 안고, 정신과 마음을 제게 묶어, 여성으로서 소유하는 것.

만약 그 아이가 남자였다면 그를 숭배하게 만드는 것쯤으로 그쳤을지도 모른다. 그러나 불행히도 그녀는 이브의 자손이었고, 나하쉬는 숨을 죽이고 그 아이가 성장하기를 기다렸다. 죽었는지 살았는지도 모르면서, 살아만 있다면 완전히 가질 수 있다는 가능성의 끈을 집요하게 놓지 않은 채…….

이제는 그 세월 동안 그녀를 찾아다니는 것이 그 자신의 의지였는지, 먹이를 탐한 나하쉬의 의지였는지조차 헷갈렸다.

"그래."

그는 유리창의 표면에 비치는, 여전히 요사스러운 이채가 흐르는 남자를 보며 읊조렸다.

"너는 나지."

이 오랜 세월 둘을 따로 떼어놓고 이야기하는 게 버릇이 되어버렸을 뿐, 사실은 변하지 않았다. 둘은 그 자신 한 사람이며, 나하쉬의 간교는 모두 제 음심의 실체화라는 사실은.

그리고 결국 그것이 그녀를 죽일 것이다. 다른 누구도 아닌 그 자신의 손으로.

균열

10

정말 이상한 남자라니까.

귀희는 불퉁한 얼굴로 턱을 괴며 생각했다.

조금 마음을 여는가 싶으면 가차 없이 닫아버렸다. 꼭 이중인격자처럼 느껴질 지경이었다. 어제는 뭐 대단한 거라도 되는 것처럼 꼭꼭 숨겨놓고 있던 이름까지 알려주면서 마음을 여는 듯했으면서 말이다.

어젯밤에는 얼음여왕도 기가 질릴 만큼 매몰차게 쳐내는 그가 너무 무서웠으나 시간이 지날수록 황당함만 남았다. 아니, 내가 뭐 뽀뽀라도 하자고 했냐고. 잘 걷다가 자기가 먼저 심하게 섹시한 얼굴로 페로몬을 흘릴 때는 언제고 갑자기 이중인격자처럼 돌변해서는…….

그런데 생각이 거기로 나아가자 저도 모르게 볼이 화끈 붉어졌다.

'후와, 그건 진짜 위험했어.'

어젯밤 그의 모습을 떠올리면 꼭 세상에서 가장 야한 것을 훔쳐본 것 같았다. 오죽하면 그 이미지가 머릿속에 박혀서 출근하는 길에도, 일하는 도중에도 도무지 떨쳐지지를 않을까. 사실 그건 너무 지나쳐서 섬뜩하기까지 한 느낌이었지만, 좀 극성맞은 여자에게 걸리면 그대로 납치나 당하지 않을지 진지하게 걱정이 될 지경이었다.

'아, 정말. 애인 말고 어떤 여자 앞에서도 절대 그런 얼굴은 하지 말라고 꼭 경고해 줘야겠어.'

화끈하게 열꽃이 핀 얼굴을 메뉴판으로 탁탁 부채질하며 결심했다.

'오늘 일 끝나고 가볼까?'

그가 한 경고는 이미 잊고 있는 상태였다. 아니, 잊었다기보다는 아랑곳하지 않았다. 다시는 그를 찾아가지 않는 일을 상상조차 할 수 없었기 때문이다. 그리고 한 번 화해한 거, 두 번을 못할까 태평하게 생각하고 있었다.

"아가씨."

그때 손님이 불러 귀희는 얼른 안색을 정리하고 몸을 돌렸다.

「주문하시겠어요?」

앞치마에서 주문서를 꺼내 들며 묻자, 손님이 얼굴까지 들어 올리고 있던 메뉴판을 내렸다. 그래서 주문을 기다리는데, 몇 초가 지나도 들려오는 목소리가 없어 귀희는 의아하게 고개를 들었다.

나이는 한 30대 중반쯤? 처음 보는 남자가 그녀를 빤히 쳐다보고 있었다. 아니, 그냥 쳐다보는 게 아니었다. 그대로 그녀의 이마에 구멍을 내려는 듯이 쳐다보고 있었다.

「손님……?」

그 시선이 부담스러워 주춤하며 물으니, 그는 사람 좋아 보이는 웃음을 빙긋 지었다.

웃는 얼굴은 꽤나 호남형이었다. 검은 머리였지만 짙은 잿빛 눈에 뚜렷한 이목구비가 동양인으로는 보이지 않았다. 양복도 아주 값비싼 브랜드 제품은 아니더라도 깔끔하고, 손목에 찬 티타늄 시계는 제법 가격이 있어 보이는 것으로 보아 사업차 온 손님 같았다. 이런 오지 마을에 모험심 넘치는 여행자가 아닌 외지인이 온다는 게 신기하긴 했지만…….

"혹시 영어 할 줄 아나?"

귀희는 얼핏 미간을 찡그렸다.

설마 이 익숙한 대사는?

여자를 어떻게 꼬셔야 하는지 몰라 무작정 쉬워 보이는 여자를 낚고 보는 20대 초반의 애송이도 아니고, 그리 궁해 보이지는 않는 남자였던지라 더욱 고까운 마음이 들었다. 그래서 이번에는 어디 한번 해보라는 생각으로 당당히 말했다.

"조금."

"이곳에 오래 살았나?"

"거의 평생."

그러니 허튼수작하면 도와줄 사람이야 많다는 의미를 내포한 말이기도 했다.

"어디 가볼 만한 데 추천해 줄 수 있나? 이거 참, 여행을 자주 다니는 편이 아니라 어딜 어떻게 가야 하는지도 알 수가 없으니……."

귀희는 '어라?' 싶어졌다. 정말 조금 곤란한 듯이 양복 안주머니에서 지도를 꺼내 드는 모습을 보니 그 외에 다른 흑심은 없어 보였던 것이다. 괜히 엄한 사람을 오해했나 싶어 민망해지려는 순간이었다.

"물론."

귀희는 오해해 미안한 만큼 주머니에 꽂아둔 볼펜까지 꺼내 여기저기 체크해 주며 성심껏 알려주었다.

"이 정도면, 음, 될까요?"

남자는 붉은 표시와 그 부연설명이 빼곡히 쓰여 있는 지도를 잠시 훑어보더니 만족했는지 활짝 웃었다.

"고마워. 덕분에 살았네."

"뭘요."

따라 웃어 보인 뒤 펜을 주머니에 넣고 고개를 든 귀희는 깜짝 놀랐다. 어느새 그가 팔을 교차해 테이블에 대고 지나치게 가깝게 얼굴을 대고 있었기 때문이다.

"이름이 뭐지?"

뭐야, 이 손님? 꼬시는 거야, 아닌 거야?

귀희는 조금 불안해졌지만 어쨌든 대답해 주었다.

"귀희."

그는 잠시 입안으로 굴리듯 '귀희…… 귀희……' 하고 중얼거렸다. 그리고 어김없이 빙긋 웃었다. 이쯤 되니 그것조차 '허파에 바람 들었나……' 하는 생각밖에 들지 않았다.

"한국인인가?"

"어? 한국을 알아?"

제가 봐도 공손한 말투와 건방진 말투를 제 맘대로 오가는 어색한 영어는 둘째 치고, 조금 놀랐다. 아직도 한국이라고 하면 '아, 그 사회주의 나라?' 라고 묻는 경우가 허다했으니까. 뭐, 요즘이야 하도 한국 브랜드의 에어컨과 냉장고가 많이 들어와서 나아졌다 해도 한 번은 불평한답시고 한국어로 중얼거리니 호세는 '소수민족의 언어라 이거냐? 아주 대놓고 말하는데?' 라고 했고 말이다. 뭐, 명색이 세계에서 두 번째로 가장 많이 쓰인다는 스페인어 원어민으로서 한국어쯤이야 소수민족의 언어가 맞긴 하겠지만.

"물론이지. 한 번 가본 적도 있는걸."

"헤에…… 그래? 손님 나아요. 전, 음, 뭐라고 해야 되지? 아, 그러니까 너무 어렸을 때……. 아, 여기 와서 추억이, 아니, 기억 없어."

"뭐, 딱히 그래도 상관은 없을 것 같던걸."

순간적으로 자신이 잘못 들었나 했다. 뭔가 한국인의 입장에서 듣기에 다소 불쾌한 말이 지나간 것 같긴 한데, 남자는 'Korea is wonderful!' 이라고 열렬히 외친 것 같은 얼굴로 웃고 있었기 때문이다.

"자, 그럼 가볼까."

그런 귀희는 어쨌거나 말았거나, 남자는 상큼하게 일어났다.

거 참, 요즘 왜 이렇게 이상한 외국인 손님들이 많은지……. 고개를 젓고 몸을 돌리려는 찰나였다.

"아가씨."

귀희는 '네?' 하고 고개를 돌렸다. 문가에 선 그는 너무나 온화한 미소로 그녀를 보고 있었다.

"보답으로 한 가지 충고해 주지. '뱀'을 조심해."

짧은 침묵. 곧 귀희는 하하, 어색하게 웃었다.

"아, 그래. 시골, 뱀 나와."

남자는 아주 살짝 고개를 내저었다. 단지 그것뿐이었다. 표정도 여전히 온화했고. 그런데도 귀희는 불현듯 알 수 없는 이유로 자신이 뭔가 굉장히 잘못한 것 같은 기분이 들어 말을 멈추었다.

"'뱀'은 아주 교활해서 꽤나 그럴듯하게 위장하고 있거든. 제 정체를 감추고. 그리고 넋을 빼놓고는 멍해 있는 사이에 한입에 집어삼켜 버리지. 홀리면, 끝장이야."

밑도 끝도 없는 말을 남겨놓은 남자는 경쾌한 발걸음으로 바(Bar)를 나섰다. 너무 황당해 마냥 쳐다보고 있는 사이, 뒤로 슥 다가서는 인기척이 느껴졌다. 그리고 그 인기척은 그녀가 꼭 하고 싶었던 말을 시원하게 해주었다.

「저건 또 뭐냐?」

한 손을 척 허리에 걸친 귀희는 뒤에 있는 호세를 돌아보지 않고 그 의견에 깔끔하게 덧붙였다.

「혹시 알라나 몰라요. 나 그 말, 반 이상 이해하지 못했다는 거.」

「하여간 이 동네도 이제 물 다 흐렸다니까. 별 희한한 게 다 기어들어 오네.」

귀희는 어깨를 으쓱이며 '그러게요' 하고 대답했다. 그리고 호세를 따라 일을 하러 가기 위해 몸을 돌리며 중얼거렸다.

「뱀이 뭐 어쨌다는 거야?」

헥터는 막 자신과 어깨가 부딪힌 남자를 고까운 눈으로 돌아보았다. 엄연히 오가는 흐름이 있는 거리에서 중앙을 당당히 차지하고 오다가 부딪힌 쪽은 상대방이었기 때문이다. 그런데도 자기가 사과를 기다리는 것처럼 멀뚱히 쳐다보고만 있기에 절로 뾰족한 어조가 나갔다.

"사과도 안 하나?"

젊은 놈이 건방지게도 그를 한동안 응시하더니만 얼간이처럼 히쭉 웃었다.

"죄송합니다."

사과를 받고도 뭔가 굉장히 찜찜한 느낌이었다. 뭐라고 정확히 짚어내긴 힘들지만……. 안 그래도 심란한 헥터는 더 생각하기 귀찮아 '조심하쇼' 경고하고 그를 지나쳐 갔다.

헥터가 좀 더 멀리 갔을 때 남자는 머리 위의 선글라스를 내려쓰며 홀로 싱긋 웃었다.

"날 알아보지 못하는군. 뭐, 그럴 만도 하지만……. 나중에 알게 되면 저 성질에 얼마나 발악하려나."

자못 즐겁게 중얼거린 그는 여전히 거리의 중앙을 차지한 채 멀어지고, 헥터는 채 떨치지 못한 찜찜함에 남자의 뒷모습을 한번 더 돌아보았다. 하지만 역시 그 이유를 알 수 없어 그냥 시선을 돌렸다.

그때, 저 멀리 익숙한 인영이 눈에 들어왔다. 갈끔하지만 허름한 옷차림으로도 어느 댁 귀부인처럼 고개를 빳빳이 들고 걸어오는 여자, 기순이었다.

무의식중에 고개를 돌린 그녀와 시선이 마주쳤다. 헥터는 왠지 모르게 조금 흠칫했다. 까맣게 고인 웅덩이처럼 잔잔한 눈동자가 너무나 말갛게 보였기 때문일까. 그 눈빛에 불투명한 영혼까지 관통당한 느낌이었다.

굳어 있는 사이, 기순은 담담한 걸음으로 그에게 다가왔다. 시선이 마주쳐도 희미한 인상만 쓰고 지나가 버리는 평소와 달리.

「피셔맨 씨도 알고 계셨습니까?」

그녀는 아주 담담하게 물었다. 헥터가 그저 바라보기만 하는 채로 대답이 없자 다시 말했다.

「고델이라고 하셨잖습니까. 라푼젤을 탑에 가두어둔 마녀…….귀희를 데려와 숨겨둔 절 그에 비유하신 거 아니었습니까?」

「아, 그건…….」

「숨기려면 숨기셔도 상관은 없습니다. 다만 마롤로 씨의 농장, 물어보니 피셔맨 씨가 대리인 자격으로 샀다고 하더군요. 제네비에브 바우어, 라고 했나요. 같은 분을 위해 일하고 있더군요. 소속이 같은 두 사람이 같은 시기에 이 작은 섬에 와 있는 게 당연히 우연은 아니겠죠?」

마롤로, 이 입 가볍기가 깃털 같은 친구 같으니라고……. 아무한테도 말하지 말라고 했는데.

하지만 이해는 되었다. 아마 그녀는 그 특유의 뼛속까지 시린 얼음장 눈빛을 하고 진실을 요구했으리라. 그 산적 두목 같은 친구가 그래 봬도 저처럼 여린 구석이 있어서 얼떨결에 털어놓고 말았으리란 사실은 보지 않아도 명백했다.

「솔직히 말하지.」

차라리 이렇게 된 바에야 털어놓는 편이 좋았다. 귀신의 뺨을 삼단 콤보로 후려치는 이 눈치에 어설픈 설명 따위에 만족할 리가 없었다.

「맞아. 나도 키츠카와 같은 곳에서 왔어.」

물론 다 밝힐 수는 없었다. 믿지도 않을 거니와 완전한 날것의 진실은 그녀가 알아야 할 범주를 넘어가는 것이었다.

「그럼 당신이 이곳에 정착한 것도 우연은 아니겠군요. 믿을 사람 하나 없다……. 과연 그렇군요. 뭐, 가장 끔찍한 사기꾼이었던 제가 할 말은 아니로군요.」

「자네는 사기꾼이 아냐. 단지 귀희를 사랑하게 된 것뿐이잖아.」

그는 저도 모르게 반박했다. 한때는 그도 그렇게 생각했으면서도. 물론 '끔찍한' 이라는 형용사까지는 붙이지 않았지만 말이다.

하지만 기순은 어설픈 위로는 들을 가치도 없다는 듯 화제를 돌렸다.

「이름은 본명이십니까?」

「이름은.」

「그럼 성은 아니란 말씀이시군요. 하긴, 어부의 성이 피셔맨이라……. 지나치게 작위적이긴 했지요. 원래 성은 묻지 않겠습니다. 숨기는 데에는 숨길 만한 이유가 있겠죠.」

「자네가 그렇듯이…… 말인가?」

허를 찔린 듯, 그녀는 잠깐 말을 아꼈다.

「……그렇다고 해야겠죠.」

그때 마침 한 무리의 쿠바인 청년들이 서로 시시껄렁한 농담을 하며 곁을 지나갔다. 헥터는 한복판에 서서 이런 이야기를 할 게 아니다 싶어 기순의 팔을 잡고 끌어당겼다. 기순은 흠칫했지만 순순히 따라왔다.

「물어봐도 되나? 왜 이 오랜 세월을 도망쳐 다녔는지?」

그는 왠지 모를 초조함을 느꼈다. 소녀처럼 말간 눈은 청량했지만 어딘지 공허한 잔잔함이 감돌아 뭔가를 포기한 사람 같았기 때문이다. 그가 아는 백기순은 이런 끈 떨어진 피노키오 같은 여자가 아니었다.

「뒷조사를 했으면 이미 아실 거 아닙니까?」

「전부는 몰라. 자네, 거의 마타하리 수준이니까.」

기순은 낮게 한숨을 내쉬었다.

「누군가가 귀희를 찾아다니고 있습니다.」

「아, 그건…….」

기순은 살짝, 그러나 단호히 고개를 내저었다.

「당신들이 아닙니다. 그 정도는 압니다.」

헥터는 미간을 찌푸렸다. 자신들이 아니었다고?

「처음엔 절 쫓는 거라고 생각했습니다. 이래 봬도 살인용의자니까요. 그런데 쫓길수록 점차 뭔가 다르다는 생각이 들더군요.」

한번 터놓자 역시 그녀는 가감이 없었다. 뒷조사를 했으니 어련히 살인용의에 대한 것도 알고 있으리라 생각했기 때문이겠지만, 정말 본인 이야기를 하는 게 맞나 싶을 정도였다.

「건너 이야기로 저와 접촉했던 사람들 몇몇이 죽었다고 들었습니다. 우연으로 치부할 수도 있었지만, 우연이 너무 교묘하더군요. 그렇게까지 교묘한 우연은 잘 없는 법이니까요.」

「그래서?」

「왜 젖먹이에 불과한 아이를 찾는 건지, 처음엔 너무 궁금해서 찾아가서 물어보고 싶은 생각도 들었죠. 물론 도박을 할 간담은 없었지만요. 그런데 분명 바로 뒤에서 뒤쫓고 있는 건 알겠는데 정작 지척까지 오진 않더군요.」

그건 귀희가 걸고 있는 알렉산드라이트 때문이었으리라. 누차 말하지만 귀희가 그 목걸이를 걸고 있는 한 이류는 다가올 수 없었다.

「한 몇 년 그렇게 도망쳐 다녔습니다. 그러다 멕시코에 도착했을 때쯤에 추격이 끊겼습니다. 그래도 혹시 몰라 쿠바까지 내려오고 나니 저희를 찾는 사람들에 대한 이야기는 더 이상 들려오지 않더군요. 그렇게 쿠바에 정착하게 된 겁니다.」

위장 마법 때문에 성자들도 귀희를 찾을 수 없자 녀석들은 인간적인 방법을 사용했다. 경찰이 범인의 뒤를 쫓듯 그 흔적을 뒤따라 목격자를 수소문하고, 또 실마리를 제거하며…….

성자가 간과했던 점은 사력을 다해 도망가는 기순의 존재였다. 아마 녀석들에게 기순은 '방해물'이라고 여길 가치조차 없는 벌레에 지나지 않았으리라. 그런데도 결코 목표에는 닿을 수 없자 결국 포기하고 발걸음을 돌린 모양이었다. 자신들도 마냥 넋 놓고 있지는 않았기 때문이다. 그리고 그 뒷일은 알고 있는 대로였다. 키츠카에게 심장을 뺏긴 성자가 잠들어 버린 것이다.

「뭐 때문에 귀희를 쫓았는지…… 당신은 알고 있습니까?」

「그건 그 알렉산드라이트 때문이야.」

그는 오히려 반대로 이야기했다.

「알렉산드라이트……?」

「귀희가 가지고 있는 보석 말이야. 그걸 탐내는 악당들이 좀 많거든. 중간에 소탕되어 추격이 끊긴 거고.」

말하면서도 이런 어설픈 설명을 그녀가 어디까지 믿을지 의구심이 들었지만, 애석하게도 지금으로서는 더 좋은 스토리가 생각나지 않았다. 다행히 기순은 미심쩍어하면서도 역시 특별히 믿지 않을 이유도 없는 것 같았다.

「당장 돌려 드리죠.」

「아냐, 이젠 소탕됐다니까? 보다시피 계속 무사했잖아.」

「무척 비싼 것 아닙니까?」

귀희에게는 대강 에메랄드쯤 될 거라고 둘러대긴 했지만 그게 제 상상을 훌쩍 뛰어넘는 가격임은 알고 있었다. 물건 자체도 그렇거니와 그 녹색 눈의 사내가 별 가치 없는 보석 따위를 주고 갔을 것 같지는 않았기 때문이다.

그런데 그때야 문득 드는 생각이 있었다.

오래전에 한 가에 찾아왔던 녹색 눈의 사내, 그리고 지금 그녀를 찾아온 녹색 눈의 남자.

그 둘은 동일인물이 아니라고 하는 게 더 이상할 만큼 똑같았다. 아마 많이 닮은 부자 관계밖에 설명할 길이 없겠지만, 보통 쌍둥이도 그 정도로 닮진 않는 법이었다. 왠지 목소리도 굉장히 흡사한 게…….

물론 동일인물일 리도 없지만…… 뭘까, 이 묘한 거슬림은?

「뭐, 보석 가격이지. 아무튼 그래서 이제 어쩔 셈인가?」

헥터는 약간 얼굴을 찡그리고 있었다. 어린아이가 호의에는 호의로, 악의에는 악의로 대하는 것처럼 꼭 그녀의 감정에 전염된 것 같은 표정이었다. 그리고 어쩔 수 없이 묻어나는 걱정스러운 기색은 만약 그녀가 조금만 더 순진했다면 정말 자신을 걱정하고 있다고 믿을 정도였다.

원래 그녀는 그 같은 남자가 불편했다. 뱃일로, 아니, 실은 어부가 아니니까 아마 운동으로 인했겠지. 아무튼 발달된 가슴과 서양인 특유의 뚜렷한 이목구비가 마을 여자들 사이에서는 제법 인기가 있는 모양이지만, 가끔은 얼굴을 마주하고 있기도 싫었다. 화상을 입기 전에는 그 같은 남자를 보면 아름답지 않은 자신이 더욱 초라했고, 화상을 입은 후에는 이 흉측한 흉터를 보고 있는 것만 같았다. 물론 애젊을 때야 그 같은 남자를 보고 설레어하며 운명처럼 사랑에 빠지는 백일몽을 꾸기도 했다. 그리고 귀희를 키우면서도 어느 날 갑자기 백마 탄 왕자처럼 찾아와 이 고통에서 구해줄지 모른다고 믿기도 했으나, 모두 허망일 뿐이었다.

백마 탄 왕자가 구해주는 인물은 공주이지, 그녀처럼 있으나마나 한 조연이 아니었다.

「그거 아십니까? 그렇다 하시니 그렇다고 믿긴 했지만, 은연중엔 당신이 어부가 아니라는 걸 알고 있었습니다.」

「어떻게?」

헥터의 얼굴이 굳었다. 키츠카가 봐도 속을 만큼 완벽한 위장이었다고 생각했는데 눈치챘다니. 그래도 그 깐깐한 녀석이 자신을 믿고 일을 맡겼는데…….

「어부치고는 옷태가 너무 좋았거든요.」

헥터는 또 '응?' 했다. 뭔가 지금…….

잘못 들었나 싶어 기순을 보니, 이빨도 안 들어갈 서늘한 무표정은 여전했다. 도저히 농담을 한 사람의 얼굴이라고는 볼 수 없었다.

물론 그는 옷발이 잘 받았다. 190㎝의 장신에 탄탄한 근육이 드러나는 늠름한 몸매, 휘날리는 갈색 머리와 불순물 없는 푸른 눈동자. 아주 미남은 아니더라도 알파 수컷의 위엄을 고스란히 내뿜고 있으니 지금처럼 해진 청바지에 물 빠진 티셔츠 한 장만 걸치고 있어도 보헤미안 스타일의 모델 같음은 인정하는 바였다. 약간 왕자병이 있는 것도 인정하고.

그래도 모두가 인정하는 사실을 유일하게 인정해 주지 않던 사람이 이 여자가 아니었던가.

「모르겠습니다.」

얼이 빠져 있는 사이 그녀가 또 화제를 바꾸었다. 조금 후에야 헥터는 그것이 제가 좀 전에 이제 어쩔 거냐고 물은 질문에 대한 대답임을 알았다.

「정말로, 모르겠습니다.」

그렇게 읊조리는 그녀는 정말로 길을 잃은 것 같았다. 뭔가가 가슴속에서 움직이는 듯해 헥터는 미간을 찡그렸다.

「목숨까지 위험한 걸 알았는데도 왜 그냥 버리지 않았나? 따지자면 전혀 관계없는 아이였잖아.」

그렇게 물은 그를 기순은 정말 이상한 사람 보듯이 쳐다보았다.

「사랑하게 됐으니까요. 신뢰를 담고 절 올려다보는 아이의 눈을 보면 제가 세상에서 가장 중요한 존재가 된 것 같았습니다. 이런 나도 살아도 될 것 같았어요. 그 아이가 처음으로 '엄마'라고 불러주던 순간을, 잊을 수가 없어요. 그때서야 비로소 전 살아 있다고 느꼈고, 태어나 처음으로 편안한 숨을 쉬어봤어요. 그냥 버려 버릴 수 있을 리 없잖습니까.」

여자는 그런 말을 할 때조차도 담담했다. 하지만 그것은 담담하기에 더욱 가슴 아픈 진실이어서, 그는 무슨 말을 해야 할지도 알 수 없었다.

「이미 그렇게 돼버렸을 때 누군가가 귀희를 쫓고 있다는 걸 알게 됐죠. 그래서 아이를 더욱 버릴 수가 없었습니다. 저와 접촉한 사람들을 죽여가면서 뒤를 쫓고 있는 사람들이라면 귀희를 어떻게 대할지 분명했으니까요.」

「무섭지 않았나?」

적을 모른다는 사실은 따라붙는 죽음의 그림자보다 더한 공포였으리라. 저기 평범한 사람들 사이에 섞여 있을지도 모르는 미지의 적을 경계해야 한다는 숨 막히는 공포와 긴장감……. 그녀가 모든 사람들을 경계하고 이렇게 벼려놓은 칼처럼 날카로워진 것도 무리는 아니었다. 아니, 미쳐 버리지 않은 게 이상할 지경이었다.

「당연히 무서웠습니다. 이대로 아이와 죽으면 모든 고통이 끝날까도 생각했죠. 하지만 신이 기껏 살아보라고 아이를 보내주었는데, 그냥 또 이렇게 포기하면 면목이 서지 않을 것 같았어요. 그리고 도망은 충분히 많이 쳤으니까요..」

가난으로부터, 병을 앓는 부모로부터, 자신을 따돌리는 공장의 동료들로부터, 거친 밭일로부터, 아이를 책임져야 하는 상황으로부터……. 그녀는 평생을 도망쳐 왔다. 쉽게 피해 갈 수 있는 길이 있는데 굳이 대적해야 할 이유가 없다고 정당화해 왔지만, 그런 생각조차 얼마나 비겁했던가.

「인간이란 참 이상한 존재라서, 그렇게 사정만 되면 도망쳐 다녔던 제가 가장 극적인 상황이 되니 도망 같은 건 칠 생각이 들지 않더군요. 어쩌면 그 아이가 신의 마지막 시험이라는 생각 때문이었는지도 모르죠. 이제 보니 시험은 한 번 더 남아 있었던 모양이더군요.」

「그건…… 무슨 의미야?」

「허혈성 심질환입니다.」

「뭐?」

「부모가 앓았던 병입니다.」

헥터는 안도했다. 순간적으로 그녀의 병명을 말하는 줄 알고 놀란…….

「유전이라더군요.」

그는 아무 말도 할 수가 없었다. 한참 후에야, 뒷말은 알 수 없는 감정에 짓눌려 허스키하게 흘러나왔다.

「언제부터……?」

「정확히 기억나지 않지만, 오래됐습니다. 젊었을 때부터 자주 숨이 가빠지고는 해서 대수롭게 여기지 않았는데, 예전에 국경없는 의사회에서 자원봉사를 왔던 의사에게 검진을 받으니 그렇다더군요.」

그래서 여태 병을 몰랐던 것이다. 한 번이라도 병원에 갔다면 그가 뒷조사를 했을 때 어떻게든 알게 되었으리라.

「물론 치료는 받고 있겠지?」

「그럴 돈이 있었다면 귀희를 학교에 보냈겠죠.」

그녀에게는 치료를 받을 돈도, 귀희를 학교에 보낼 돈도 없었다. 결국 돈의 힘은 얼마나 달콤하고 씁쓸한가 생각하고 있을 때였다.

「그런 이야기를 대체 왜 지금 해! 내가 여기 왔을 때라도 말했다면 얼마든지 고칠 수 있었잖아, 이 바보 같은 여편네야! 대체 왜……!」

기순은 눈을 크게 떴다. 헥터는 분에 못 이겨 소리치다 주변 사람들이 놀라 돌아보자 욕지거리를 토해내며 거친 숨을 골랐다. 그 흉포한 모습에 심장이 팔딱팔딱 뛰었다.

하지만 특별함은 없었다. 그는 결국 천성적으로 타인의 일조차 자신의 것처럼 여기는 사람일 뿐이었다. 기순은 자신에게 조용히 상기시켰다.

그때 그가 발작처럼 몸을 돌렸다. 그리고 그녀의 팔을 아프게 움켜쥐었다.

여린 팔을 그대로 뭉그러뜨릴 것 같은 손에는 치열한 열감이 있었다. 살아 있다면 당연한데, 갓 태어난 강아지처럼 연한 딸아이의 온도밖에 모르는 살갗이 뜨겁고 건조한 손의 낯선 열감에 요동쳤다.

「고칠 수 있어. 최고의 의료진에게 치료받게 해줄게.」

그녀는 그 화려한 불길을 조용히 응시했다.

불. 아이러니하지만 그건 그녀에게 아프고 두려운 것이 아니었다. 그 사나운 야수에 당해 이렇게 흉측해지고 말았는데도, 타오르는 불길을 볼 때마다 그녀는 정화되는 느낌을 받았다. 그 파르란 얼음 같은 불길로 뛰어들면 모든 죄악과 고통이 씻겨 내려가고 새로 태어날 수 있을 것만 같았다.

타오르는 불꽃 속에서 가슴으로 귀희를 잉태했듯이.

「무엇을 위해서요?」

「귀희를 위해서.」

「그 아이는 늘 제가 고군분투하는 모습만 봐왔습니다. 먹고살기 위해서, 돈을 조금이라도 아끼기 위해서, 아이를 학교에 보내기 위해서……. 늘 뭔가에 시달리고 여유 따윈 없는 모습이었죠. 짜증과 초조함을 달고 살았어요. 치료를 받는다면 또 병마와 고군분투하는 모습을 보이게 되겠죠.」

「자네의 자존심이 귀희보다 더 중요하나?」

「아이는 더 이상 제가 필요하지 않아요. 돌아오길 기다리는 사람들이 있잖습니까.」

당신을 포함해서요.

소리 내어 하지 않은 말이 들렸을까. 그녀의 팔을 움켜쥔 손에 더 힘이 들어갔다. 아픈지 그녀가 인상을 썼지만, 지금도 손가락 사이로 빠져나가고 있을 그녀의 생녕을 움켜쥐듯 손을 풀 수가 없었다.

「그 사람들이 자네는 아니잖아.」

헥터는 생각했다. 자신은 지금 뭘 하는 걸까. 지금 이 여자는 그들이 수도로 돌아가는 일을 막고 있는 유일한 방해물이었다.

이 여자가 놓아주기만 한다면 당장 수도로 돌아가 귀희를 안전한 곳에서 보호할 수 있었다. 그런데 그는 왜 이런 다 된 죽에 코를 빠뜨리다 못해 휘저어대는 미친 짓을 하고 있는 걸까.

「자신만만하게 이야기는 했지만…… 제가 죽어가고 있는 건 제가 가장 잘 알아요. 제가 죽으면, 귀희는 정말 갈 곳이 없겠죠. 아니, 없었겠죠.」

그 생각을 하면 기나긴 밤 한숨도 잠을 이룰 수가 없었다. 지금 가장 바라는 게 뭐냐고 묻는다면 '불로불사' 라는 얼토당토않은 대답을 할 정도로 간절했다. 아니, 그만큼도 바라지 않았다. 딱 10년의 수명만 얻을 수 있다면 지금까지 해온 고생도 기꺼이 다시 할 수 있었다. 10년이면 귀희도 결혼을 했을 테고 지금만큼 자신이 필요하진 않을 테니까.

믿고 맡길 수 있는 사람만 있다면…….

밤, 그리고 낮. 앉으나 서나 그것을 얼마나 가뭄에 기우제를 지내듯 기원했는지 모른다. 하지만 자신에게는 기다릴 만한 시간이 없다는 사실을 알고 있었다. 그렇기에 귀희가 사랑하는 남자와 결혼하는 모습을 자신이 지켜보는 날이 올 거라고는, 감히 바라지도 못했다. 그런데 정말 신이 있기라도 한지, 기적처럼 귀희를 맡길 수 있는 존재가 나타났다. 원래 있어야 할 곳으로 데려가 부족함 하나 없이 살게 해주겠다고 한다.

그런데 그 간절한 기원의 현신에 대고 그녀는 고함을 질렀다. 웃기지 말라고.

뒤늦게야 나타나 무심한 얼굴로 아이를 데려가겠노라 말하는 남자를 보니 분노가 치밀었다.

네가 뭔데, 이제 와서. 그 아이는 내 딸이야! 본능이 비명을 질렀다.

알아본 바에 의하면, 제네비에브 인도 사회는 국제적으로 인정받는 후원 단체였다. 마을 청년의 도움을 받아 더듬더듬 인터넷을 찾아보니 제네비에브 바우어 여사에 대한 뉴스가 홍수처럼 쏟아졌다. 사진 속, 흑인 아이를 안고 조금은 넉넉한 풍채에 인자한 미소를 짓고 있는 금발벽안의 노여사는 그 얼굴 위로 드러나는 영혼의 빛깔이 성녀와 같았다.

아홉 명의 양녀와 양자, 그중 테러 사고로 잃어버린 양녀에 대한 이야기까지 뉴스는 빠짐없이 전하고 있었다. 당국에 전화해 본 결과도 마찬가지였다. 마롤로에게서 사들인 100에이커의 농장 부지는 쿠바공화국이 인정하는 합법적인 절차를 거쳐 제네비에브 바우어에게 매각되었다. 하지만 그 모든 것을 알아보기 전에도, 그녀는 알고 있었다. 그 남자에게 패악을 부린 것은 제 마지막 자존심이자 발악이었다고.

선택은 처음부터 하나뿐이었다.

「신은 정말 존재하는지도 모르겠군요. 죽음이 절 데려가지 않는 이상 아주 구차한 모습이 된다 하더라도 귀희를 보내줄 용기는 생기지 않았을 테니까요.」

「신을…… 믿나?」

기순은 피식 웃었다.

「피서맨 씨, 아까부터 질문만 계속 하시는군요. 정작 질문을 해야 할 사람은 저인데.」

그는 조금 멋쩍은 얼굴을 했다. 그 모습이 뜻밖에도 귀여워 보여, 기순은 후후 웃고 말았다. 하지만 그런 자신을 그가 아연하게 보기에 바로 웃음을 거두었다.

「제 뜻은 전했습니다. 하지만 시간을 주세요. 모든 걸 정리하고 나서, 귀희에겐 직접 말하겠습니다. 그리고 그 남자에게 전해주세요. 여사님과 통화를 했으면 한다고. 적어도 20년간 아이를 맡아준 사람으로서 그 정도는 바랄 수 있는 거겠죠?」

그녀는 다가왔던 만큼 단정한 자태로 멀어져 갔다. 헥터는 그 뒷모습을 응시하며 땀으로 질척한 손을 쥐었다 폈다.

이건 분명 미친 짓이었다. 언제나 내키는 대로 살아오면서 입이 떡 벌어지는 사고도 여러 번 쳤고, 더 나이가 들어도 키츠카처럼 쓸데없이 무게 잡고 있을 생각은 없었다. 하지만 이건 그에게도 '미친 짓 of 미친 짓s' 이라고 할 만큼 순도 100%의 미친 짓이었다. 그럼에도 막 세차게 내딛는 걸음을 멈출 생각이 없다는 게, 미친 짓이라면 가장 미친 짓일 터였다.

헥터는 단숨에 기순을 따라잡았다. 바람개비처럼 홱 돌며 딸려온 여자의 눈이 화등잔만 했다.

「나랑 결혼해!」

그 말이 입을 떠나는 순간 가장 충격받은 사람은 아마 그일 것이다. 그러니까 그렇게 백주대낮에 홀딱 벗고 춤추는 미친놈처럼 보지 않아줬으면 좋겠는데 말이다.

「피셔맨 씨…….」

「나도 알아, 미친 소리라는 거. 하지만 이렇게 하면 귀희는 자네 병을 알지 않아도 돼. 나중에 자네 병을 알게 되더라도…….」

목이 뻑뻑했다. 지금 눈앞에 이렇게 생생한 여자가 정말로 죽어가고 있는 건가 싶어 실감이 나지 않았기 때문이다. 하지만 아무리 보통 인간보다 월등한 그들이라고 해도 죽음은 막을 수 없었다.

태초부터 삶과 죽음은 신의 영역이었다. 그래서 신들이 죽으며 그 경계를 다룰 수 있는 자들도 모두 사라지자 삶과 죽음은 누구도 제어할 수 없는, 멋대로 날뛰는 괴물이 되어버렸다. 무자비한 칼날을 마구 휘둘러 선한 자가 죽고 악한 자가 태어나기도 했다. 그건 불가피했다. 하지만 적어도 이것만은 그가 가능하게 할 수 있었다.

「그때는 그곳에서 적응을 하고 난 후일 테니까, 지금 모든 걸 아는 것보다는 충격이 덜하겠지.」

그리고 기순은 죽는 날까지 몰라야 하지만 귀희가 알아야 할 것은 더 있었다. 이 모든 진실을 모두 한꺼번에 감당하기에 그녀는 너무 어리고 여렸다. 장로는 오히려 그의 선택을 반가워할 터였다.

「그리고 자네가 병을 앓고 있다고 하면, 그 녀석 성격에 떠나려고 할 것 같아? 아니, 병을 몰라도 친부모도 아닌 다른 양부모 따위 개나 주라고 할 테지. 그래 봬도 꼬장꼬장한 녀석인 거 알잖아. 내 전 재산을 거는데, 자네가 그렇듯이 그 녀석은 자네를 믿고 맡길 사람이 없는 한 절대 안 떠나.」

기순은 침묵했다. 사실 귀희에게 병에 대해서까지 말할 생각은 없었다. 그래도 혼자인 자신을 두고 가려고 하지 않을 게 분명한 아이를 어떻게 달래야 할지 고민하고 있던 차였다.

「하지만 당신이 뭔데요? 왜 우리를 위해 이렇게까지 하는 거죠? 당신은 이미 여기서 팔자에도 없을 어부 행세를 하며 3년을 살았어요. 귀희 때문이었겠죠. 그런데 이제 좋아하지도 않는 여자와 결혼까지 하겠다고요?」

「내겐 책임져야 할 아내도 자식도 없어. 어디서 무엇을 하며 살든 내가 즐겼다면 충분해. 그리고 결혼도 한 번쯤은 경험일 테니까. 아니, 생각해 보니 나처럼 멋진 남자가 결혼 한 번 못해보면 말이 안 되지.」

「하긴, 이혼을 두 번은 했다고 해야 납득이 가는 얼굴이긴 하죠.」

「뭐야?」

솔직히 정말 이혼을 세 번쯤은 한 줄 알았다. 한 번은 예의상 깎아준 셈이었다. 그러고 나서 화려한 도시 생활과 질펀한 여자 관계에 질려 귀농했을 거라고 생각했고. 3년간 알고 지내면서도 개인적인 이야기는 전혀 하지 않아서 이제야 그녀처럼 결혼 경력이 없다는 사실을 알고 내심 놀라고 있는 중이었다. 하긴, 그야 못해서 안 했겠냐마는.

마침내 기순은 단정한 자태로 목례했다.

「그럼, 잘 부탁드리겠습니다.」

귀희를 위해서였다. 더운밥 찬밥을 가릴 때가 아니었다. 그것도 저쪽에서 먼저 제안하는 거라면 그녀는 얼마든지 뻔뻔해질 수 있었다.

「정말 색다른 프러포즈 승낙이로군. 그럼 뭐, 하는 김에…….」

그는 어린아이처럼 손바닥을 옷에 슥슥 문질러 닦은 다음 내밀었다.

「계약이라고 하기엔 너무 거창하고, 이해관계 성사 기념으로 악수나 하지.」

기순은 언젠가 귀희가 '괴물 오징어도 맨손으로 때려잡을 것 같은 손' 이라고 호들갑을 떨었던 커다란 손을 내려다보았다. 어부는 아니었을 텐데도 투박한 일을 해온 듯 거칠고 굵직했다. 천천히 잡자, 괴물 오징어는커녕 하늘대는 한치도 죽이지 못할 것 같은 힘으로 맞잡아왔다.

고개를 들자, 그 머리 위로 내리쬐는 따가운 햇볕에 그를 처음 본 날이 떠올랐다.

그날 그녀는 장을 보러 가는 길이었다. 항구에서 들려오는 시끄러운 소리가 주의를 끌어 돌아보았다. 막 정박한 배 앞에 웬 커다란 남자가 뒤돌아서 있었다. 청바지, 낡은 운동화, 더운 날씨에 희미하게 젖은 티셔츠 너머로 잘 발달된 등 근육의 윤곽이 드러났다.

선원과 대화하며 삐딱하게 쓴 스테트슨을 벗더니 정신없이 뻗치는 머리카락을 한 번 쓸어 올리고 다시 모자를 눌러썼다. 그때 시선을 느낀 모양이었다. 천천히 뒤를 돌아보았다. 그녀를 똑바로 직시하는 눈동자는 그가 등진 바다와 같은 빛깔이었다.

푸른 불길을 담은 눈동자로 그녀를 응시하다 싱긋, 면도해 청량한 얼굴로 웃었다. 그리고 그녀에게 다가와 손을 내밀었다.

「오늘 이사 왔습니다. 앞으로 자주 볼 것 같은데, 잘 부탁합니다.」

그때 왜 난데없이 울고 싶은 기분이 되었는지, 그녀는 지금 알 수 있을 것 같았다. 아니, 늘 알고 있었지만 결코 인정하지 않았던 것을 이제야 인정할 수 있었다. 그녀는 속으로 조용히 읊조렸다.

그랬군요. 남자에게 설렐 수 있는 날 깨닫고 울고 싶은 거였어요.

「왜 그렇게 봐?」

그가 조금 찡그린 듯한 얼굴로 물었다. 기순은 아무것도 아니라며 고개를 내젓고 그의 손을 놓았다.

결국 그녀는 여자로서 살 운명은 아니었던 모양이다. 그렇다면 이제까지 그랬듯, 철저히 어머니로 살다 가리라. 여자로서의 자신을 버려 얻은 어머니로서의 정체성, 그것이 그녀를 살아 숨 쉬게 하는 마지막 의지니까.

더 이상 붙들고 있을 수 없어서 헥터는 한참 참았던 숨을 훅 토해냈다.

"무슨 말이라도 해보라고."

그제야 수화기 건너의 키츠카는 오랜 침묵을 깨고 말했다.

[이미 결정하신 것 아닙니까?]

"네가 언제 내 결정에 이렇게 고분고분했다고?"

[별로 반대할 이유가 없군요.]

뭐, 그건 그랬다. 사실 이만큼 누이 좋고 매부 좋은 해결 방법이 어디 있겠는가? 기순도 병에 대해서는 숨긴 채 선선히 귀희를 보낼 수 있고, 귀희도 그가 기순의 곁에 있다면 안심하고 떠날 수 있었다. 그가 없다면 작전요원을 써서라도 쓰고 싶은 방법일 텐데, 다만 사소한 문제라면…….

[상황이 변하기 전까지 수도로 돌아올 수 없는 건 각오하고 계신 거겠죠?]

"뭐, 어쩔 수 없는 거겠지."

귀희가 그를 '평범한 인간인 새아버지, 헥터 피셔맨'으로 알고 있는 한 그는 그녀가 당분간 지낼 수도로는 돌아갈 수 없었다. 적어도 한동안은 '헥터 피셔맨' 노릇을 더 해야 하는 것이다.

[그럼 장로님께 보고하겠습니다.]

녀석에게 좋은 소리 듣자고 한 일은 아니나, 이런 희생에도 수고했다 한마디 일언반구도 없는 모습에 정말 없는 정도 똑 떨어졌다.

"그러라고."

결국 세상은 이렇게 불합리한 곳이다. 재주는 곰이 넘고 돈은 다른 놈이 벌고, 바닥에서 뛰는 자의 희생을 딛고 있는 자만 호의호식하는 부조리의 극치가 아닌가 말이다.

난데없는 회의주의자가 되어 투덜대는데, 문득 어제 본 키츠카의 모습이 떠올랐다.

"그나저나 너 괜찮은 거냐? 어제는…….."

[잘 겁니다.]

키츠카는 바로 말을 잘랐다.

"응? 오늘?"

[아직 몸이 생각만큼 회복되지 않은 것 같습니다. 찾아오는 사람이 없게 해주시길 바랍니다.]

"알았어. 오늘 약속은 모두 취소하지. 잠깐만, 스케줄표 좀 보고……."

헥터는 손짓으로 보이지 않는 스케줄표를 짐짓 넘겨보는 척했다.

"허, 거 참, 이상하군. 스케줄표가 깨끗하다 못해 순결할 지경인걸?"

곧 존재하지도 않는 스케줄표 따위 뒤로 던져 버리고 바(Bar)에 삐딱하게 기대섰다.

"어이, 맹탕처럼 술도 마시지 않고 사교성은 두더지보다 못한 녀석한테 누가 집까지 찾아간다고?"

말하고 보니 그럴 만한 한 사람이 떠오르긴 했다. 하지만 더 덧붙이기도 전에 녀석이 말했다.

[24시간 내로 깨어나겠습니다. 그동안 이번은 그렇다 쳐도 승인받지 않은 행동은 가급적 자제하시죠.]

헥터는 호탕하게 하핫, 웃었다.

"그래. 뭐, 이게 별거라고. 네 마음은 받아두겠으니 고맙다는 인사는 그 정도로 해둬라."

[그런데 조금 의아하긴 하군요.]

"뭐가?"

[왜 난데없이 착한 남자 흉내인지.]

그 말을 끝으로 전화는 일방적으로 끊겼다. 헥터는 끊긴 수화기에 대고 황당한 표정을 숨기지 않았다.

"헐? 나처럼 착한 남자가 또 어디 있다고?"

「그러게. 내일은 병아리가 닭을 낳겠군.」

갑자기 들려온, 가차 없는 냉소를 담은 목소리에 헥터는 탁 눈을 치켜들었다. 그리고 바(Bar) 너머에서 비릿한 웃음을 짓고 있는 호세를 보고 입매를 삐딱하게 고쳤다.

「성질 긁지 말지, 게이 사장. 착한 남자도 가끔은 나빠지고 싶은 법이니까.」

「예전부터 궁금했는데 내가 게이라는, 자네의 그 확고하고 불변한 믿음은 대체 어디서 온 건가?」

「호세라는 이름을 가진 40대 독신남이 '팜팜' 이라는 이름을 가진 술집을 운영하고 있다면 백에 아흔아홉은 절대 게이거든. 거기에 채식주의자이기까지 하다면 더욱.」

헥터는 더 말할 가치도 없다는 듯 휘휘 수화기를 내젓고는 바(Bar) 너머의 원래 자리에 내려놓았다. 그리고 여기저기 잘도 움직이는 다람쥐 같은 녀석을 찾기 위해 클럽 안을 휙 둘러보았다.

「그나저나 우리 발바리는 어디 갔어? 그러고 보니 오늘 보이질 않는데.」

「제 엄마랑 같이 퇴근한다고 일찍 나갔다만.」

헥터는 잠깐 머릿속으로 계산했다. 어차피 기순에게 갔다면 오늘은 그녀와 대화하느라 다른 곳에 갈 만한 시간도 정신도 없을 터였다. 설시 어쩌다 간다고 해도 녀석이 문이야 스위스 은행의 금고처럼 잠가놓고 잘 테니 그냥 가겠지.

그럼, 자. 이쪽도 할 일이 있고 하니…….

「참고로 말하는데, 지나치게 남성미 과시적인 헥터라는 이름을 가진 40대 독신남 어부도 절대 게이라고 생각하는…….」

헥터는 뒤에서 느긋한 척 속사포처럼 떠들어대는 호세를 돌아보았다. 그리고 만면 가득 싱긋 웃었다. 그 지나치게 남성미를 과시하는 미소가 거북했던 걸까. 호세는 바로 뭐 씹은 것 같은 얼굴이 되었다.

「설마 지금 나한테 작업 거는 건가?」

그러거나 말거나 헥터는 왠지 모를 승리감에 의기양양한 미소를 지었다.

「난 그 '40대 독신남' 카테고리에서 빼줘야겠어.」

「뭐?」

「나 결혼해.」

이제 와서 하는 말이지만, 그 어감이 썩 나쁘지 않았다.

쿵쿵쿵! 귀희는 주먹으로 문을 두드렸다. 하지만 여전히 안에선 인기척이 없었다. 결국 현관문에서 몇 걸음 물러나 찡그린 눈으로 보았다.

마을 주민들과 거의 안면을 트지 않은데다 술도 마시지 않아서 어디 갈 만한 데도 없을 텐데……. 자는 걸까? 하지만 이만큼 두드렸으면 시체도 깨어날 만했다. 아무래도 또 그 '일'이란 것을 보기 위해 나간 모양이었다.

'으음, 어쩔 수 없나……'

키츠카에게 들르기 위해 일부러 더 일찍 퇴근했건만, 어쩔 수 없이 아쉬운 마음으로 돌아섰다. 아니, 막 돌아선 찰나였다. 멈칫한 귀희는 스윽 문을 돌아보았다.

왜, 영화를 보면 보통 그러지 않는가. 첩보기관의 잠복요원은 가까워진 사람—대체로 상당한 미녀—을 일부러 밀어내고는 하지 않나. 일에 방해가 되거나 위험에 처하게 할지도 모르거나 해서. 그녀가 여주인공 감의 미녀는 되지 못해도 그와 꽤 가까워졌다고 는 이야기할 수 있었다.

자신이 생각해도 참 끈질기다 싶지만, 그녀는 아직도 키츠카가 잠복요원일지도 모른다는 의심을 떨치지 못하고 있었다. 이 날카 로운 셜록 귀희의 감이 그는 뭔가가 다르다고 이야기하고 있었기 때문이다.

귀희는 흘긋 주변을 둘러보았다. 인기척은 없었다. 그에 용기 를 얻어, 복도의 난간 너머로 몸을 빼고 보니 그의 집 베란다가 얼 마 떨어지지 않은 곳에 있었다. 외관의 벽을 따라 ㄱ 자 모양으로 붙어 있는 파이프의 윗부분을 잡고 아래 튀어나온 돌출부를 밟았 다. 기순이 봤다면 이런 자신을 엎어놓고 볼기짝을 쳐도 할 말이 없는 일이었지만, 원래 몸이 잰 편이기 때문에 어려서부터 나무 에 틈만 나면 올라가는 자신을 이미 반쯤은 포기한 후였다. 떨어 져 봤자 높이가 낮은 3층이란 생각도 있었다. 그래도 다행히 떨어 지는 일은 없이 베란다의 난간을 밟고 착 내려섰다.

안을 들여다보자, 집은 여전히 썰렁하도록 깨끗하고, 간이침대 에 누워 있는 키츠카가 보였다.

'어? 집에 있잖아?'

몸을 돌리고 있어 얼굴은 보이지 않았다. 하지만 꼼짝도 않는 것을 보니 꽤나 깊게 잠든 듯했다. 그런데 허리까지만 덮은 모포 위로 드러난 벌거벗은 상체에 괜스레 얼굴이 붉어졌다. 이완되어 있는데도 널찍한 등에 자잘한 근육까지 촘촘히 짜여 있어 보통 단련된 것이 아님을 알 수 있었다.

'오우, 생각보다 몸이 장난 아닌데.'

제법 탄탄할 줄은 알았지만, 이 정도로 무슨 특수요원 같을 줄은 몰랐다. 너무 발달돼서 투박하다기보다 옷을 입으면 일견 호리해 보일 정도로 매끈한 근육이 꽉 조여 있었다.

'역시 평범한 여행자라고 하기엔 수상해……'

미동도 없는 그의 등을 의심스럽게 보며, 불거진 견갑골을 따라 쭉 뻗은 척추를 창문 위에 손가락으로 모포 아래로 나온 맨발까지 따라 그렸다. 그런데 그려 내려왔던 선을 다시 따라 올라가다 뭔가 이상하다는 생각이 들었다. 옆으로 누워 있는 몸이 '완전히' 이완되어 있었다. 그리고 왠지 숨을 쉬지 않는 것 같았다.

'에이, 설마……'

귀희는 혹시 몰라 창문을 똑똑 두드려 보았다. 그가 깨서 베란다에 있는 그녀를 이상한 눈으로 보더라도 일단 확인을 해야 할 것 같았다. 아마 자살 여행을 온 여행자들을 종종 보았기 때문일 수도 있었다.

'근데 이 더운 날씨에 이렇게 문이랑 창문까지 다 닫고 자?'

그런 의문이 든 순간, 가까스로 억누르고 있던 의심이 확 창궐했다. 귀희는 다급히 집 안을 훑었다. 가장 먼저 부엌에 가스레인지가 틀어져 있는지 봤지만, 공교롭게도 딱 테이블에 가려지는 지점에 있어 보이지 않았다.

『디어크 씨! 디어크 씨! 디어크! 디어크!』

그야말로 정신없이 창문을 두드렸다. 그래도 그가 일어나지 않자, 귀희는 이런저런 책이 들어 있어 무거운 배낭을 벗었다. 그리고 온 힘을 다해 휘둘렀다.

창문은 그대로 엄청난 소리를 내며 박살 났다. 귀희는 안으로 손을 넣어 잠금장치를 풀고 당장 박차고 들어갔다. 그리고 배낭을 내팽개치고 그에게 달려가 몸을 흔들었다.

『디어크!』

그는 눈을 감고 있었다. 언제나 파르란 긴장감이 감돌던 그가 평화로워 보이기까지 했는데, 숨소리가 들리지 않았다.

『세상에!』

설마 진짜 자살……!

기겁한 귀희는 생각보다 심하게 무거운 그를 옆으로 돌려 눕히고 그 입가에 귀를 바싹 가져다 대었다. 그리고 멈칫했다.

정말 아주 미약했지만, 숨소리가 들렸다. 잘못 들었나 싶어 다시 들어봐도 그녀의 머리칼을 희미하게 흩날리는 그것은 숨이 맞았다. 귀희는 그대로 다리에 힘이 빠져 주저앉아 버릴 뻔했다.

세상에, 무슨 사람이 잠을 이렇게 깊게…… 그것도 꼭 혼수상태에 빠진 사람처럼 아주 가까이 들어야 알 듯 말 듯한 숨만 쉬고…….

창가의 처참한 광경이 눈에 들어왔다. 완전히 박살 난 창문에 그 잔해가 무른 감 쑤시듯 콕콕 박혀 있는 가방. 질끈 눈을 감으며 '크으' 하는 소리를 내고 말았다. 이젠 기물파손에 무단침입까지……. 그냥 이대로 그가 깨어나지 않았으면 싶을 지경이었다.

어쨌거나 그에게 이상이 없는 사실을 확인하고 기운이 빠져 막
바닥에 주저앉으려는 찰나였다.
　팔뚝을 휘감아오는 손이 있었다.
　『……!!』

11

『아…….』

귀희는 안도의 한숨을 내쉬었다. 갑자기 팔을 잡아와 좀 놀라긴 했지만, 키츠카가 눈을 떴기 때문이다. 그저 그가 그녀를 무단침입에 기물파손으로 고소하지 않길 바랄 수밖에.

『디어…….』

그런데 뒷말은 딱 목에 막혀 멈추었다. 그가 눈을 뜨고 그녀를 보고 있는 건 맞는데…… 그렇긴 한데…… 이상했다, 그의 눈이, 그녀를 보는 표징이.

『디어크……?』

그래, 짐승의 얼굴이었다. 그것도 아주 잔인한 육식동물의.

물끄러미 그녀를 올려다보는 녹색 눈동자가 기묘한 광채를 머금고 있었다. 빛의 착시일까. 하지만 뚫어져라 쳐다보는 사이에 검은 동공이 서서히 수축하는 눈은 그야말로 먹이를 발견한 맹수의 것이었다.

그럴 리가.

귀희는 바닥에 주저앉고 말았다. 그가 이불을 걷고 일어났다. 그것마저도 뭔가 달랐다. 공기의 보이지 않는 흐름을 따라 매끄러운 동작은 소리도 기척도 없었다. 딱히 흐느적대는 것도 아닌데 전혀 현실감이 없는 움직임…….

그는 맨발로 바닥을 밟았다. 불어난 것처럼 보이는 녹색 눈은 그녀에게 고정되어 조금도 움직이지 않았다.

주춤……. 저도 모르게 엉덩이걸음으로 조금 물러났다.

『디, 디어크 씨…….』

겨우 목소리를 쥐어짜긴 했으나, 무슨 이유에서인지 지독하게 쉬어 있었다.

그때, 그가 웃었다. 붉은 입술이 둥그런 곡선을 그리고, 날렵한 눈매는 사분히 휘어졌다. 아무런 기척이 없는 미소는 어쩌면 그녀가 보아온 누구보다 가장 순수한 미소라고 할 수 있었다. 하지만 비명조차 내지를 수 없는 만큼 소름이 끼쳤다. 그것은 이를 테면, 허기진 짐승이 포식을 꿈꾸며 짓는 환희 어린 것이기 때문이었다.

그때 흉기처럼 예리한 송곳니를 봤다 하더라도 놀라지 않았을 테지만, 그런 것은 없었다. 요염하게 짙은 입술 사이로 가지런히 드러난 하얀 이가 전부였다.

공간이 소실되어 시간이 사라지고, 그녀가 할 수 있는 일은 자신의 위를 점령해 오는 그를 멍하니 바라보는 것뿐이었다. 느릿하게 고개를 내린 그가 따듯한 숨결이 느껴지도록 가까운 곳에서 멈추었다. 그리고 나직한 숨을 내쉬며 입술이 닿을 듯 말 듯한 거리에서 이마에서 볼로, 목의 우묵한 공간으로 내려갔다.

비명 대신 델 듯이 뜨거운 제 숨만이 입술 사이로 새어 나왔다. 그리고 그의 숨결이 닿은 피부로부터 번져 간 아주 기묘한 감각이 완만하게 솟은 젖가슴으로 내려가 그 끝에서 더욱 오싹한 감각이 되었다. 무어라 설명조차 할 수 없는 감각은 다리 사이의 남우세스러운 부분에까지 묘한 자극을 퍼뜨렸다.

뜨거운 물을 부어놓은 듯이 번져 가는 느낌에 귀희는 허벅지를 꼭 붙이고 말았다.

뭐, 뭐지? 이건……. 이건 대체…… 뭐야?

"네게서 맛있는 냄새가 나……."

남자의 음성이 전율처럼 뱃속까지 울려왔다. 그조차 평소의 '그'는 아니었다. 나직이 읊조리는 목소리에서도 색정의 물이 뚝뚝 흘렀다.

그때 확 그를 제치고 일어나 달리기 시작한 것은, 생각에 의한 것이 아니었다. 본능이었다. 아주 위험한 '것'이 있음을 직감한 생물의 본능이 무조건 뛰라고 명령한 것, 단지 그것이었다.

쾅! 덜컹! 들이박듯이 현관문에 도착해 온 힘을 다해 잡아당겼지만 문은 열리지 않았다. 떨리는 숨을 몰아쉬며 급히 문을 닫고 잠금장치를 풀었다. 그리고 필사적으로 문을 열었다.

타앙! 뒤에서 뻗어져 나온 손이 그대로 문을 밀어 닫았다. 귀희는 비명을 내지르며 주저앉고 말았다. 하지만 강한 손이 턱을 우악스레 잡아 올렸다.

입술이 틀어 막혔다. 아니, 맹수가 먹이를 한입 크게 베어 문

것이라 해야 할까. 동시에 소름 끼치도록 생경하고 뜨거운 물체가 입안 가득 밀려들었다.

『읍! 으음!』

저항은 허무했다. 아주 음란한 금단(禁斷)의 어떤 행위를 떠올리게 하는 움직임은 점점 더 노골적으로, 그녀를 문에 박듯이 하고 깊이 파고들어 왔다. 그녀가 고개를 옆으로 치우려고 하면 입술을 빨았고 반사적으로 위로 들면 입안을 지독하게 핥았다.

이때껏 경험해 본 적이 없는 강렬한 자극에 비명을 내지르고 싶었다. 돌기가 얽히고 쓸리는 느낌에 미친 듯이 몸을 뒤틀고 싶었다. 하지만 아무것도 할 수가 없었다. 입술이 간간이 트일 때마다 온몸이 잔뜩 달아오른 여자처럼 정신없이 헐떡이는 소리만 새어 나왔다. 하지만 남자는 그녀를 거의 게걸스럽게 먹어치우듯이 할 뿐, 조금도 틈을 주지 않았다.

지금 그녀의 세상에는 온통 지독히 뜨겁고 질척이는 무언가로만 가득했다. 뒤얽히는 뜨거운 숨, 질척이는 마찰음, 양옆을 짚은 굵직한 팔, 무섭도록 크고 딱딱한 남자의 몸, 자극적인 살의 맛…….

날숨을 들이켜 쉬며 팽창한 가슴을 남자는 찬양하듯이 쓸어내려 갔다. 천 위로 느껴지는 날카로운 감각에 온몸이 욱신거렸다. 너무나 자연스럽게 옷의 표면을 훑고 내려간 손이 옷자락을 들치고 들어왔다. 단번에 속옷 안까지 침범했다. 젖가슴을 그악스레 움켜쥐었다.

그 섬뜩한 감각을 도저히 견디지 못한 처녀는 고개를 돌렸다. 하지만 그것도 헛되이, 둔탁한 통증은 남자의 손등이 보들보들한

융기의 결을 쓸어가자 젖은 신음을 내는 감각이 되었다.

『아웃, 웃…….』

'짐승'은 모든 감각이 야생동물처럼 파르랗게 살아난 시야로 여자를 보았다.

이토록 격렬한 허기는 오랜만이었다. 온몸이 환희로 들끓었다. 시야에 한밤처럼 짙어진 눈이 들어왔다. 성녀처럼 순결하던 눈이 부옇게 흐려져 쾌락의 색에 젖어가고 있었다. 섬뜩한 전율이 허리로 흘렀다. 제가 깊숙이 심은 타락의 씨앗이 발아(發芽)하는 모습에 배덕의 짐승은 한없이 만족스러웠다.

붉고 뜨거운 혀로 제 입술을 핥았다.

제 입술 또한 뜨겁게 달아오른 하체의 야만적인 짐승처럼 부어 있었다. 짐승은 온 피부를 달궈오는 정염의 화인이 고통스러워 달래고자 하는 생각밖에 없었다. 강한 허리 짓으로 달고 은밀한 냄새가 나는 곳을 옷감 위로 쳐올렸다.

당혹감과 공포로 물든 암컷의 눈이 크게 팽창했다. 하지만 그 홍채 깊숙한 곳에 숨어 있는 것은, 분명 쾌락이었다. 감각이 예민한 짐승은 알아챌 수 있었다.

『제, 제발…… 그만……!』

남자는 깊숙이 여자의 입술을 덮었다. 흉포한 소유욕의 가운데 그제야 알 수 있었다. 이것의 정체를.

이것은 '꽃'이었다. 그가 길가에 소담히 핀 붉은 꽃 대신 씹어 먹고 싶었던 꽃이었다. 이 마을의 총천연색을 퇴색시키도록 눈부신 생명력을 가진…….

파괴적인 정염이 솟구쳤다.

“아비게일…….”

귀희는 번쩍 눈을 떴다. 무언가 머리를 후려치듯 했다. 그가 귓가에 사향처럼 짙은 숨과 함께 속삭인 순간, 몽롱하게 가라앉던 의식이 돌풍처럼 휘몰아치며 돌아왔다. 하지만 그는 미소 지을 뿐이었다. 그 치명적이도록 퇴폐적이고, 얼음처럼 차가운 미소를.

그 눈빛에도 섬뜩한 미혹의 광채가 흘렀다. 파르랗게 반짝거려 그 자체가 참혹한 저주를 받은 다이아몬드처럼 아름답고 음산한 빛을 냈다. 그렇게 여자를 유혹했다.

날 알아보지 못해.

귀희는 찰나적으로 깨달았다.

다른 여자로 착각하고 있는 거야.

『디어크!』

정신이 이상해질 것만 같아 새되게 외친 순간이었다. 쨍, 하고 날카로운 무언가가 박살 난 듯이 번뜩 그가 고개를 들었다. 찰나적으로 크게 놀란 눈에서 평소의 ‘그’를 보았지만, 귀희는 주저하지 않았다. 온 힘을 다해 그를 제치고 뛰기 시작했다. 그리고 정말 알 수 없는 일이 일어났다.

어떤 걸음을 내딛은 찰나, 그 시간의 시간 속에서 바닥을 딛는 발이 깃털처럼 가벼워졌다. 등에 날개가 돋아난 것만 같았다.

차박…….

운동화에 밟혀 부스러지는 유리 파편의 소리가 슬로우 모션처럼 귓가를 스쳤다. 탁, 베란다의 끝에 닿은 그녀는 몸이 이끄는 대로 난간을 짚고 훌쩍 허공으로 뛰어올랐다. 이곳이 3층임을 똑똑히 인식하고 있었는데도, 어쩐지 몸은 조금도 주저하지 않았다.

사아앗—!

허공에서 느릿하게 넘실대는 머리카락 사이로 공기가 스치는 소리, 그리고 몸이 빠르게 하강했다. 하지만 그때에도 3층에서 뛰어내린 자신에 대한 자책이나 곧 닥쳐올 고통에 대한 두려움은 들지 않았다. 오히려 자신이 뛰어난 운동신경을 가진 어떤 짐승이 된 것처럼 온몸을 감도는 팽팽한 근육의 긴장이 느껴지고, 착지할 수 있다는 막연한 믿음이 들었다.

타닥! 그 믿음대로 귀희는 유연하게 땅에 내려섰다. 물론 그러기 무섭게 온몸에 힘이 쫙 빠지며 주저앉고 말았지만, 근육이 파열되는 고통 같은 것은 전혀 없었다. 아니, 자신에게 무슨 일이 일어났는지는 알 수 없어도 지금 문제는 그게 아니었다. 어버버 떨리는 소리를 흘리며 무릎걸음으로 거의 기듯이 조금 간 뒤 다급히 일어나 뛰었다.

높은 곳에서 내려다보는 시선이 뒤를 따라왔지만, 결코 돌아볼 용기는 생기지 않았다.

그는 그대로 꼼짝도 하지 않았다. 시선은 이미 어둠 속으로 사라진 여자의 뒤에 못 박혀 있었다.

저 운동신경…….

지금 자신이 본 것은 분명히 '각성(覺醒)'이었다. 인간의 몸으로 3층에서 고양이 과의 동물처럼 유연하게 뛰어내린 능력은 그녀와 같은 여자들이 가진 특유의 능력이 분명했다. 하지만 거의 기듯이 하다가 절뚝절뚝 일어나 뛰어가는 속도는 평범했다. 그렇다면 아주 강렬한 위험이 닥쳐야만 일어나는, 일시적인 각성이리라.

핑─ 갑자기 울컥 욕지기까지 치받혀 오며 아찔한 현기증이 덮
쳐 왔다.

그는 이를 악물었다. 본성의 잔해는 아직까지 다시 표면에 나
오고자 발악하고 있었다. 무의식에서 깨어나는 즉시 전신이 섬뜩
한 얼음물을 뒤집어쓴 듯했지만, 그 파괴적인 열기는 여전히 내
부에 일렁였다. 부드러운 젖가슴의 감촉이 남긴 잔해가 손바닥을
은밀하게 긁고 있었다. 돌 감옥 속에 갇힌 손이 꺼내달라며 벽을
천천히 긁고 있는 듯이…….

손아귀 힘에 베란다의 철제 난간이 기이한 소리를 내며 우그러
졌다.

의식이 흐려질 것 같은 현기증과 정염이 잦아들지 않아, 서늘
한 땀줄기가 옆얼굴을 타고 흘렀다. 그는 달아난 여자의 뒤를 쫓
아가고 싶은 충동을 억누르기 위해 혼신의 힘을 다해야 했다.

"멍청한 여자 같으니."

결국 평소 그라면 결코 하지 않을 말까지도 악다문 잇새로 샜
다. 그렇게 차갑게 내쳤는데 어째서…….

잠든 이류를 함부로 건드려서는 안 된다.

그것은 절대적인 불문율이었다. 하지만 평범한 인간으로 자라
온 그녀가 그 불문율을 알고 있었을 리 만무했다. 덕분에 잠깐이
지만 그가 잠든 동안 깨어 있던 무의식에 밀려나 육신을 제어하
는 고삐를 놓치고 말았다. 그리고 그 결과가 이것이었다.

그런데 왜일까. 이상하게도 갑자기 웃음이 났다. 어쩌면 이렇
게 호기심 덩어리인가 싶어서.

동그란 눈으로 요리조리 살피며 궁금한 것은 뭐 하나 그냥 지

나치질 못하고, 천하에 둘 없는 말괄량이처럼 설치는 모습에 그저 허탈하기도 하고 어이가 없기도 해 웃음이 새어 나왔다. 넉살은 어찌나 좋은지, 아마 지금 그를 찾아온 것도 어떻게든 들러붙어 문대면 되겠지 하는 생각이었을 터였다.

그런데 바로 그 순간이었다.

잔잔하던 바람이 뒤의 무언가로부터 달아나듯 재빨리 그를 할퀴고 지나갔다. 그에 멈칫한 찰나, 촤아악……. 어둠의 바다 저편으로부터 강렬한 해일이 엄청난 속도로 밀려왔다. 전신을 휘감고 지나갔다.

그는 확 고개를 돌렸다. 미친 듯이 요동치고 있는 어둠……. 그리고 교활하게 웃는 듯이 썩은 악취를 발하고 있는 진동. 암흑으로부터 부상하는 그들의 왕을 반기며 어둠이 울부짖고 있었다.

어둠을 한껏 담은 동공이 확 수축했다.

드디어 깨어났는가, 성자여……!

귀희는 제 양어깨를 꽉 감싸 안았다. 하지만 여전히 진정이 되지를 않았다. 발작 같은 떨림도, 전신을 옭아매는 기이한 열기도. 미칠 듯한 갈증에 물을 2*l*쯤은 한 번에 비울 수 있을 것 같았다. 그 생각을 했을 때에야 귀희는 자신이 가방을 놓고 왔다는 사실을 떠올렸다.

하긴, 그 상황에 가방을 챙겼으면 넌 정말 구제불능이야.

그 생각은 불가항력처럼, 어둠 속에서 치명적인 몽마(夢魔)처럼 웃던 남자의 얼굴로 연결되었다.

그건 정말…… 이상했어…….

뭐랄까, 말도 되지 않는 생각이지만, 순간적으로 그가 인간이 아닌 것 같았다. 그렇다고 동물이라는 것도 아니고, 굳이 말하자면 인간의 모습을 한 어떤 짐승 같았다.

‘무슨 생각을 하는 거야? 그럼 그가 구미호라도 된다는 거야, 뭐야? 응, 백귀희?’

저벅……. 그때 발걸음 소리가 들려와 귀희는 일순 심장이 멎을 정도로 놀랐다. 혹시 그가 쫓아온 건가 싶어 돌아봤지만, 다가오는 흐릿한 인영은 하나가 아니라 둘이었고 모두 그보다 왜소했다. 절로 안도의 한숨이 새어 나왔다. 그를 아예 보지 않을 것도 아니지만 적어도 지금은 아니었다. 생각을 정리할 시간이 필요했다.

생각…….

의식하지도 못한 새, 손이 올라가 잔뜩 부어오른 입술을 매만졌다. 초조한 혀로 따끔거리는 입술을 훑자, 다쳤는지 비릿한 맛이 났다.

뜨거운 날것의 맛…….

제 입술을 거칠게 씹던 남자까지 함께 떠올라 몸이 속절없이 떨려왔다. 그런…… 그런 것이 있으리라고는……. 그녀를 몰아붙이고 영혼까지 관통할 것처럼 깊숙이 들어와 유린하던 힘. 그것은 너무나 무서웠지만 평소 귀신을 상상하며 느꼈던 두려움이나 거친 남자들을 보고 느꼈던 두려움과는 달랐다.

그가 자신에게 무슨 짓을 할까 봐 두려웠던 게 아니라, 자신을 이상하게 만들어 버릴 것만 같아서.

‘그 남자, 뭔가 병이 있는 걸까? 몽유병이라든가……. 그렇지 않고서야 사람이 그렇게 변할 리가. 날 알아보지도 못했어.’

귀희는 앞에 느껴지는 인기척에 고개를 들었다. 어느덧 이렇게까지 왔는지, 아까 저편에서 오던 두 남자가 바로 앞에 서 있었다.

응? 서 있다……?

두 남자를 얼떨떨하게 올려다보았다. 그리고 조금 움찔했다.

두 남자 모두 서양인이었는데, 한쪽은 금발벽안을 가진 미남이었고, 흑발에 검은 눈을 가진 다른 쪽도 꼭 배우 같은 외모였다. 하지만 그들이 키츠카만큼 아름답다고 느껴지지 않은 이유는 미동도 없이 그녀를 주시하는 모습이 꼭 동상 같았기 때문이다. 전혀 움직임이 없는 눈동자, 그리고 이런 어둠 속에서도 하얗게 빛나는 피부는 시체처럼 창백했다. 조금도 생기가 없었다.

「저, 무슨 볼일이라도……?」

용기 내 물었건만, 역시 여행자라고 하기엔 묘한 것이 양복을 입은 두 남자는 입술도 달싹이지 않았다. 절로 다리가 한 걸음 물러났다.

핑…….

그때였다. 귓가를 할퀴는 묘한 소리가 들렸다. 그리고 점차 크게 증폭되며 빠른 간격으로 들리기 시작했다.

핑…… 핑핑…… 피링핑핑핑…….

마치 라디오의 주파수를 맞추는 것 같은 소리였는데, 꼭 인간이 들을 수 있는 박쥐의 초음파 같았다. 소름이 돋았다. 귀를 틀어막으며 주변을 둘러보아도 소리의 근원지는 보이지 않았다. 그리고 그 소리가 점차 희미해진다고 느꼈을 때였다.

나란히 서 있는 두 남자의 얼굴이 흉측하게 일그러졌다. 평범하던 동공이 순식간에 수축하며 고양이 같은 칼눈으로 변하고,

그들이 크악 울부짖으며 벌린 입 사이로 거꾸로 매달린 두 개의 송곳니가 번뜩였다.

말도 안 된다는 생각을 할 시간조차 없었다. 동물처럼 훌쩍 뛰어오른 그들이 그녀를 덮쳐 오기 시작해, 귀희는 비명을 내지르며 넘어졌다.

날 죽일 거야……!

그 본능적인 깨달음과 동시였다.

쿠웅! 무언가가 엄청난 속도로 그녀를 스쳐 지나가 습격자들을 들이받았다. 도대체 무슨 일이 일어나고 있는지 짐작조차 되지 않았다. 그저 그녀가 할 수 있는 일이라고는 비명을 내지르는 것뿐이었다.

짐승의 포효가 천지를 뒤흔들었다.

그야말로 정신이 이상해질 것만 같았다. 그것은 이 비현실적인 상황 때문도, 도리어 공격당한 습격자들이 내는 동물 같은 으르렁거림 때문도 아니었다.

시야를 가득 채운 거대한 황금색 야수의 존재 때문이었다.

인간의 도시에 출몰한 야수의 존재부터 경악할 만한 것이건만, ‘그것’은 절대 평범한 짐승이 아니었다. 몸집은 거의 성인 남자 다섯 명을 합쳐 놓은 정도였다. 언뜻 사자를 닮은 듯도 한 황금의 갈기를 가졌으나 사자보다 더 날렵한 모양새에 아주 길고 예리한 발톱……. 그리고 커다랗게 뜬 눈에 비쳐오는, 이마에 하늘을 향해 길게 솟은 두 개의 뿔.

천둥 같은 짐승의 포효가 또 한 번 사방을 뒤흔들었다.

차아악! 채찍처럼 넘실거리는 기나긴 꼬리가 바닥을 때렸다.

날카로운 타격음은 금수의 제왕이 아랫것들에게 노호하는 소리
와 같았다. 그럼에도 습격자들은 주눅 들지 않고 짐승에게 달려
들었다. 황금의 짐승이 허공에 날아오른 한 남자를 그대로 바닥
으로 처박았다. 공기가 하얗게 찢기는 모습이 육안으로 보일 만
큼 압도적인 힘에 아스팔트 바닥이 움푹 패이고 무언가 박살 나
는 불길한 소리가 울렸다. 거대한 발에 깔린 남자는 고통에 찬 괴
성을 내질렀다.

그때 황금색 야수가 발아래 깔린 남자를 물어 그대로 잡아 뜯
었다.

야수의 입에 물려 허공으로 날아오른 남자의 상체에서 온갖 질
척한 잔해들이 터져 올랐다. 그리고 야수가 내치는 대로 날아 쿠
웅! 바닥에 늘어졌다. 아주 잔인한 영화 속에서나 볼 법한 끔찍한
장면에 비명조차 나오지 않았다. 그러기도 전에 야수의 발아래
밟혀 있는 남자의 윤곽이 확 흐려지며 사방을 뒤덮는 재가 되어
흩어졌기 때문이다. 그리고 나머지 남자가 사납게 울부짖으며 달
려들어, 짐승은 그것 자체가 하나의 검 같은 뿔을 그에게 들이받
았다.

배가 그대로 관통당한 남자는 목을 크게 젖히고 울었다. 촤아
악─! 그리고 짐승이 확 고개를 옆으로 잡아 빼자 그 뿔에 남자는
허리의 빈이 잘려 주춤 물러섰다.

투둑…… . 폭포수 같은 핏물이 이미 더러워진 양복을 적시며
쿨럭쿨럭 흘렀다. 그럴 때마다 뒤로 한 걸음, 두 걸음, 물러났다.

"큭큭…… 크큭…… ."

그런데 갑자기 웃기 시작했다. 이 상황이 너무나 유쾌해 죽겠

다는 듯이, 배를 짚은 손을 타고 검붉은 강이 흥건히 흐르는데도 웃었다.

남자가 흐트러진 머리카락 사이로 슥 눈을 들자, 죽은 사람 같이 둔탁하던 눈에 기괴한 광채가 스쳤다.

"리히터의 아들."

짐승은 그 말을 알아들은 것처럼 조용히 그를 지켜보았다.

"오랜만이군. 꿈에서나마 널 만나길 바랐는데, 내 의식은 너무 정직해서 남자가 나오는 꿈 따윈 꾸지 않더군."

조금 아쉽다는 표정에서 피식거리며 웃는 표정으로……. 데스마스크를 쓰고 있는 듯했던 남자가 자유자재로 풍부한 감정을 내보였다. 반으로 잘린 허리에서는 무언가 이상한 덩어리 같은 것까지 흐르는데도 얼굴에는 그 고통이 전혀 나타나지 않았다.

"넌 내 꿈을 꾸었나? 부디 그랬길 바라. 꿈에서 날 밟고 올라섰던 승리의 순간을 곱씹고…… 또 곱씹고……."

나직이 잦아드는 목소리가 등허리를 전류처럼 타고 흐르는 섬뜩한 감각을 일으켰다. 너무나 부드럽고 온화해 걸리는 부분이 전혀 없는 듯 흐르는데, 비단결처럼 매끈한 음성이 도리어 소름 끼쳤던 것이다.

그런데 순간적으로 그 말투가 왠지 낯설지 않다는 생각이 들었다. 목소리가 아니라 저 희미한 이국의 억양과 느릿하게 끄는 말투가…….

"여한이 남지 않을 정도로 곱씹어야 내가 네 가슴을 갈라 심장을 꺼내갈 때 덜 억울할 테니까."

남자는 싱긋 웃었다. 그리고 머리 위에 염산을 들이부은 것처럼 얼굴이 표면부터 질척한 점액인 듯 흘러내리기 시작했다.

"참, 하고많은 것 중에 하필 수호신의 모습을 재현하다니, 네 유머 감각도 꽤나 고약하군. 너만큼 그녀에게 해가 되는 존재도 없지 않나? 유일하게 나보다도 말이야."

마침내 확 쪼그라들었다가 폭발하는 재가 되어 사방을 휩쓸었다.

휘오오오오!

눈도 뜰 수 없을 만큼 강렬한 바람은 순식간에 사라지고, 사방이 쥐 죽은 듯이 고요해졌다. 그녀는 핏기 하나 없이 파랗게 질린 얼굴로 눈앞의 짐승을 보았다.

모든 게 다 거짓말처럼 사라졌는데, 그것은 여전히 그곳에 있었다. 숨이 막힐 것 같은 존재감으로, 칠흑 짙은 어둠 속에서 은은한 황금빛을 퍼뜨리며, 달이 뜨지 않은 밤길을 헤매는 망령을 인도하는 신의 등불처럼…….

바싹 언 그녀를 짐승이 돌아보았다. 그 가만한 움직임마저 어두운 허공에 황금빛이 따라오는 듯한 잔영을 남기고, 화려한 금빛 털 가운데 선명한 녹색의 눈동자가 똑바로 그녀를 담았다.

그 눈에는 지성이 있었다. 이지(理智)가 있었다. 단순한 짐승의 것이 아니었다.

그녀는 그대로 정신을 잃었다.

불이 꺼진 집 안에는 어둠이 안식을 취하고 있었다. 창가에 하얗게 쏟아지는 유백색 달빛의 방문을 받는 그 안식은 아주 평화로웠다. 그런데 갑자기 공기의 질량이 변하고, 한편에 길게 드리워진 그늘이 흔들렸다. 그리고 달빛이 바로 앞까지 흐르는데도 유난히 짙은 그늘에서 긴 다리가 뻗어져 나왔다.

검은 구둣발이 얕게 찰랑이는 달빛의 물결을 밟고 앞으로 나아 갔다. 그리고 소박하게 정리된 방 안의 침대 가에 멈추어 섰다.

어둠으로 옷을 지어 입은 듯 머리부터 발끝까지 검은 남자가 품에 안은 여자를 침대 위에 조심히 내려놓았다. 그리고 정신을 잃은 여자에게로 손을 뻗었다. 그러다 멈칫했다. 내부의 충동과 싸우는지 손을 꾹 말아 쥐고 대신 침대 가에 한쪽 무릎을 꿇고 앉았다. 여자는 그때에도 뒤척임이 없었다.

"지켜줘, 이 아이를."

죽기 전, 아비게일은 부탁했다.

그녀의 유지, 또한 신의 유지이기도 한 그 부탁을 그 자신의 감정을 떠나서라도 지키고자 노력했다. 그러나 그녀들을 지키는 수호신의 모습을 빌릴 수는 있어도, 결국 그것은 처음부터 그의 역할이 아니었다.

평범한 남자처럼 사랑해 줄 수도 없고, 수호신처럼 지켜줄 수도 없는 그가 그녀에게 해줄 수 있는 일은 단 하나뿐이었다.

"강해져."

그는 조용히 읊조렸다. 비정하도록 단호한 경고를.

"오늘처럼 주저앉아 운다면, 넌 죽게 될 테니까."

적들에게가 아니라면, 그에게라도.

귀희는 천천히 눈을 떴다.

어느새 잠들었는지 방은 어둑했다. 아주 깊이 잔 것 같은데 어쩐지 더 피곤했다. 아니, 온몸이 얻어맞은 것 같고 근육이 곧 끊어질 것처럼 삐걱댔다.

'게다가 몸은 왜 이렇게 찝찝…….'

그 순간이었다. 모든 기억이 소용돌이처럼 휘몰아치며 돌아왔다. 지독히 유혹적인 남자의 미소, 어둠이 짙은 거리의 괴한들, 괴물처럼 일그러지던 형상. 그리고…….

황금색의 기이한 짐승.

귀희는 발작적으로 몸을 일으켰다. 그리고 다급히 주변을 훑었다. 하지만 아무도 없는 조용한 풍경은 분명 자신의 집이었다. 그 어느 것도 이질적인 것은 없었다. 떨리는 숨을 내쉬며 까칠한 얼굴을 쓸어내렸다.

'꿈…….'

정말 선명한 총천연색의, 어떤 의미로 굉장한 꿈이었다. 자신의 어디에 그런 상상력이 숨어 있었는지, 살면서 한 번도 상상해 보지 않았던 것들이 총출동해서 난동을 부렸다. 뱀파이어 소재의 소설도 읽은 적이 없는데 꼭 뱀파이어를 연상시키는 그 이상한 남자들하며, 웬 키메라처럼 여러 동물의 형태가 섞인 짐승까지…….

그런데 도대체 어디서부터 어디까지가 꿈이었는지 현실과 환상의 경계가 흐릿했다.

조금 생각한 끝에 키츠카의 집에 간 것부터 꿈이었다는 결론을 내렸다. 자신이 3층에서 그렇게 상처 하나 없이 뛰어내릴 수 있을 리도 없거니와, 그의 '그 모습'도 꿈이라고 볼 수밖에 없었기 때문이다.

하긴, 그 인간이 아닌 것 같던 모습이 현실일 리가…….

갈증이 너무 심해 한숨을 쉬고 몸을 일으켰을 때였다. 팔꿈치가 따끔했다. '응?' 하고 팔꿈치를 들어 본 눈에 격랑이 일었다. 뭔가에 쓸린 것처럼 벌겋게 까진 상처……. 기억에 의하면, 꿈에서 그 이상한 남자들이 덤벼들었을 때 넘어지며 났던 상처였다.

귀희는 정신없이 일어나 화장대의 거울 앞에 섰다. 그리고 입술 한쪽이 터진 상처를 보고, 무슨 생각을 해야 하는지조차 알 수 없어졌다.

'꿈이…… 아니었어?'

갑자기 사방이 확 밝아졌다. 크게 놀라 화장대에 부딪힌 귀희는 그대로 몇몇 물건을 떨어뜨리며 주저앉고 말았다.

『귀희야!』

놀란 기순이 빠르게 다가왔다.

『괜찮니? 얘가 왜 이렇게 놀라는…… 백귀희! 너 얼굴이 왜 이래!』

입술 한쪽이 얻어맞은 것처럼 터진 것도 모자라, 식은땀이 흥건한 얼굴은 하얗다 못해 파랗게 질려 있고 둔탁한 눈은 잔뜩 오그라들어 있었다. 꼭 귀신이라도 본 것 같은 얼굴이었다.

『너, 너…… 넘어졌어요……. 그, 그리고…… 집에 와서 잠들었는데……. 너, 너무 무서운 꿈을 꿔서…….』

기순은 얼굴을 흐렸다. 마냥 당차던 아이가 얼마나 무서운 꿈을 꿨으면 이 지경인지 안쓰러운 마음을 억누를 수가 없었다. 애잔하게 떠는 딸아이를 품에 꼭 보듬어 안았다.

『괜찮아, 진정하렴. 꿈일 뿐이야.』

귀희는 필사적으로 그녀에게 팔을 두르고 매달렸다. 그리고 한참을 그렇게 있으려니, 자신보다 작은 어미의 품에서 전해져 오는 온기에 겨우 몸의 떨림이 진정되기 시작했다.

그래, 괜찮아. 꿈이야. 꿈일 거야.

자신에게 최면을 걸듯이 속으로 수없이 반복하고 또 반복했다.

『어떻게 넘어지면 이리 심하게 다쳐? 녀석, 나이가 몇인데 아직 덜렁대기나 하고…….』

기순은 씁쓸하게 중얼거리며 구급상자를 들고 왔다. 그리고 따듯한 물에 적신 천으로 상처를 닦아 소독하고 연고를 발라 반창고를 붙여주었다. 평소와 다름이 없는 기순을 보고 있자 귀희도 그제야 진정이 되는 기분이었다.

『근데 엄마는 이 시각까지 어디 있다 오셨어요?』

시계를 보니 그녀가 다니는 시각보다 한참 늦어, 귀희는 물어보았다. 그랬는데도 기순은 가타부타 말없이 구급상자를 정리하더니 조용히 일어났다.

『엄마?』

겨우 진정된 가슴이 불안하게 떨려와 부르자, 기순은 구급상자를 원래 자리에 놓고 그녀의 앞에 앉았다. 그리고 늘 주름 없이 단정한 치마를 바르게 골랐다.

『할 말이 있다.』

『하세…… 요.』

무슨 말이 나올진 알 수 없어도, 그 '꿈' 때문인지 모든 것이 불길하게만 보였다. 가령 기순이 실은 자신도 인간이 아니었다고 고백한다던가.

『좀 갑작스럽지만…….』

그런데 드물게 뒷말을 주저하는 기순이 뭔가…… 뭐랄까…….
그래, 수줍어하는 것 같았다. 어렵게 살아도 항상 귀부인 같은 위
엄과 품위를 잃지 않는 그녀의 그런 모습에 이제는 눈까지 미친
것인가 싶었다. 하지만 아직 그런 생각을 하는 것은 시기상조였
다.

『엄마, 결혼하기로 했단다.』

귀까지 미친 게 분명했으니까.

찰나의 침묵. 여태 머릿속을 지배하던 무섭고 어두운 것들이
창졸간에 흐려지고, 누가 한 대 친 것처럼 멍해졌다.

『누, 누구…….』

연애를 하는 기색이 있었다면 모를까, 그야말로 하늘에서 뚝
떨어진 결혼 선언에 귀희는 오랫동안 바라온 일이었음에도 불구
하고 목소리를 떨고 말았다. 하지만 수줍어하는 것 같은 모습만
큼은 정말 착각이었는지, 그녀를 바라보는 기순의 눈은 어느 때
보다 결연했다.

『상대는 피셔맨 씨란다.』

12

『그럼 다녀오겠습니다.』

귀희는 꾸벅 허리를 숙였다. 앞까지 배웅 나온 기순은 앞치마에 손을 닦으며 모호한 웃음을 지었다. 일순 뭔가 어색해져 귀희도 덩달아 그런 웃음을 짓고 말았다.

『그래, 다녀오렴.』

귀희는 몸을 돌려 걸어갔다. 몇 걸음 가지 않아 달칵, 하고 문이 닫히는 소리가 났다. 조용히 계단을 내려가는 동안 머릿속이 복잡했다. 너무 많은 일이 한꺼번에 일어나서일까? 그 지독한 꿈의 잔영에서 미처 헤어 나오지도 못했는데 갑자기 터진 기순의 결혼 소식까지……. 그것도 그림같이 단정한 백기순과 자유로운 영혼 헥터 피셔맨의?

솔직히 두 사람이 좋은 감정을 갖고 있기를 바라는 것은 그냥 제 희망에 가까웠다. 결코 자신 외의 사람에게 곁을 내주는 일이 없는 기순이 정말 이제 와 결혼을 할 거라고는 생각하지 않았다. 하지만 어제 폭탄을 투하하듯이 소식을 터뜨린 기순이 말했다.

『실은 이 엄마도 계속 피서맨 씨에게 그런 감정을 가지고 있었단다. 그런데 나도 여자라고 내숭이란 게 있었는지 괜히 못된 척 싫은 척만 하게 되더구나.』

백기순과 내숭. 도저히 매치가 되지 않는 조합에 더욱 멍해졌다.

『둘 다 나이도 있고, 재고 할 것 없이 결혼부터 하기로 했단다.』
『하, 하지만 너무 갑작스러운 게…….』
『알아온 세월은 짧지 않으니까. 사람이 때로 가볍고 농담을 좋아해도 실은 진중하고 선한 심성이란 것 알아. 젊은 애들처럼 격한 사랑은 아니지만 그래도 같이 있으면 즐겁고 편해.』
『…….』
『엄마가…… 결혼하는 것, 싫으니?』

아무 말 없이 듣고만 있자 기순은 조심스레 물었고, 그제야 귀희는 고개를 내저으며 웃었다.

『그럴 리가요. 잠깐 놀라긴 했지만 싫을 리가 있겠어요? 우리 처녀 엄마가 드디어 시집을 간다는데. 오히려 십 년 묵은 체증이 내려가듯 시원하네.』

　어느덧 정신을 차렸는지 자못 너스레까지 떠는 귀희에게 기순은 엄하지 않게 매서운 눈빛을 보냈다.

『얘는, 그냥 축하한다고 하면 되지.』
『물론 축하하죠. 응! 너무 축하해요!』

　정말 그게 다일까?
　어젯밤 일은 정말 꿈이었는지 평소와 다름없이 평화로운 길을 걸으며 귀희는 자문했다.
　힘겹게 살아온 기순이 드디어 의지할 만한 배우자를 찾았으니 백 번을 축하해도 모자랄 일이었다. 그런데 왜 자꾸 그게 다가 아닌 것 같은 느낌이 들까? 그것은 피부 밑에서 살살 감각을 자극하는 작고 성가신 벌레처럼 그녀를 괴롭혔다.
　과묵해서 그렇지, 마음만 먹으면 기순은 언제나 달변가였다. 그래도 대본을 완벽히 암기한 배우처럼 술술 흘러나오는 말이 어딘가 '작위'의 느낌을 담고 있었다. 둘이 나이도 있고…… 알아온 세월은 짧지 않고…… 아주 격정적이진 않더라도 즐겁고 편하고……. 완벽한 대답이었다. 그래서 더 이상했다.
　너무 과민반응일까.
　그래, 내가 너무 못된 거야. 좋은 감정을 인정하고 받아들이기로 했다는데, 누구보다 내가 가장 축하해 줘야지.
　그때, 저편의 시야 끝에 항구가 서서히 모습을 드러내고 있었다. 귀희는 걸음을 멈췄다.

시끌벅적한 항구에 덩그러니 정박해 있는 헥터의 어선은 아무도 없는지 조용했다. 하지만 선뜻 그쪽으로 걸음이 가지 않았다. 결국 한참 그렇게 망연히 서 있던 귀희는 왔던 길로 걸음을 돌렸다.

아직은 아니었다. 아직은 키츠카를 볼 용기가 나지 않았다. 설마 모든 것이 제 상상일 뿐이었다 해도 그를 마주 보며 꿈속의 '그 모습'을 떠올리지 않을 자신이 없었다.

그래, 설사 제 상상일 뿐이라 해도…….

일할 기분도 아니고, 오늘은 곧 결혼할 엄마와 시간이나 보내자 싶어져 귀희는 그냥 집으로 돌아갔다. 호세에게는 전화로 양해를 구할 생각이었다. 하루 정도는 소식을 전하면 이해해 줄 것이다.

집 앞에 다다른 귀희는 문을 열고 들어갔다.

『알겠네.』

아니, 막 들어가려는 찰나에 안에서 들려오는 목소리에 멈칫했다.

『그럼 나중에 보도록 하지.』

기순은 등을 돌린 채 통화를 하고 있었다. 별로 이상한 대화도 아니었는데, 무어라 정의할 수 없는 기묘한 느낌이 들었다. 그래서 쳐다보고만 있으려니 기순이 곧 인기척을 느끼고 고개를 돌렸다. 그리고 멀겋게 서 있는 그녀를 발견하고는 조금 눈을 크게 뜨더니, '이만 끊지' 하고 상대의 대답도 듣지 않고 전화를 끊었다.

『뭐 놓고 갔니?』

귀희는 천천히 주머니에 손을 넣었다.

『또 열쇠를 놓고 갔는데…….』

찰그락……. 선물받은 나자르 본죽이 치렁치렁 걸린 열쇠가 손가락에 걸려 빠져나왔다. 귀희는 천천히 난색이 섞인 웃음을 지었다.

『여기 있네요. 열쇠로 문을 열면서도 모르고 있었다니, 나 정말 바보인가 봐요.』

기순도 꼭 그녀의 것과 같은 웃음을 지었다.

『그러니?』

『그럼 다녀올게요. 일에 늦겠어요.』

싱긋이 웃는 얼굴에는 끝까지 어떤 감정도 나타나지 않았다. 뽑아도 뽑아도 솟아나는 잡초처럼 가슴에 조심히 싹트는 의혹의 감정은 더욱이…….

계단을 내려온 귀희는 손가락 끝에 걸어 짤깍짤깍 흔들던 나자르 본죽 열쇠고리를 눈 위로 들어 올렸다. 악마를 물리친다는 푸른 눈알들에 검은 점으로 찍힌 홍채가 눈을 부릅뜨듯이 그녀를 응시하고 있었다.

『날 지켜줄 거지?』

무엇으로부터, 라고 해도 왠지 모를 불안함에 그녀는 햇빛을 반사하며 말없이 흔들리는 구슬들을 애타게 바라보았다.

「자! 건배!」

누군가 잔을 높이 들고 외쳤다.

「모두를 감쪽같이 속였던 음흉한 백 씨와 헥터 군이 맺게 된 황혼의 백년가약을 축하하며!」

높게 울려 퍼진 외침에 묵직한 맥주잔이 여기저기서 소란스러운 소리를 내며 맞부딪혔다.

터져 나갈 듯이 들어찬 좁은 공간에 들뜬 흥분과 흥거운 공기가 가득했다. 어떤 이들은 축제에 온 듯 함성을 지르고, 어떤 이들은 낄낄대며 짓궂은 농담을 던지기에 바빴다.

「아무리 늦게 배운 도둑질에 날 새는 줄도 모른다지만 첫날밤은 적당히 하라고!」

「혼자 있는 척 없는 척 다 하던 헥터 군은 얼마나 힘을 쓸 수 있을라나!」

「어디 백 씨의 카리스마에 눌리지 말고 선전해 보라고!」

소란의 중심이 된 중앙의 테이블, 헥터는 벌떡 일어나 '해보자는 거냐!' 하고 붕붕 주먹을 휘두르고 그 옆에 앉은 기순은 불편한 표정을 숨기지 않았다. 평소라면 그 눈빛에 슬그머니 꼬리를 내렸을 테지만 오늘은 기순이 무어라 해도 새 신부의 새침밖에 되지 않았다. 거기에 한술 더 떠 잡화점의 에스테반은 헥터의 앞섶까지 툭툭 치며 짓궂게 굴었다.

그 한껏 상기된 모습을, 바(Bar) 앞의 귀희는 조금 쓰게 웃는 얼굴로 보았다. 마을에 경사가 났다 하면 늘 보아온 모습이었다. 경사도 경사지만 축제의 냄새를 귀신같이 맡는 마을 사람들은 이런 빌미를 놓치는 법이 없었으니까. 그래서 오늘은 모두가 소식을 듣자마자 세렝게티 초원의 물소 떼처럼 팜팜으로 몰려들었다. 결국 호세는 오늘 영업을 접을 수밖에 없었고, 팜팜에서는 때 아닌 디오니소스제가 벌어졌다.

「근데 넌 왜 장례식에 온 것 같은 얼굴이냐?」

바(Bar) 끝에 양 팔꿈치를 걸치고 서 있는 귀희는 옆을 돌아보지 않았다.

「그냥 좀, 마음이 싱숭생숭해서요.」

「왜? 뺏기는 기분이야?」

호세는 알 만하다는 듯 웃음을 머금고 물었다. 귀희는 작게 하하, 하고 웃었다.

「몰랐는데, 나 의외로 독점욕이 있나 봐요. 막상 결혼하신다니까 좀…… 뭐랄까……. 에이, 그냥 좀 그래요.」

뭔지 모를 의혹은 둘째치고라도, 그런 것도 있는 성싶었다. 평생 자신만의 엄마였던 그녀가 그보다 '한 남자의 아내'가 되는 느낌이랄까?

「그렇다고 결혼을 반대하는 건 아니에요. 특히 헥터 아저씨라면 정말 다 접어놓고 절하며 땡큐죠.」

호세는 피식 웃었다.

「평생 너만 바라보던 엄마가 이제 다른 누군가를 신경 쓴다고 생각하면 뒤숭숭할 만도 해. 걱정 마, 안 그러면 더 이상한 거야. 그래도 축하해 드려. 늦게 가시는 만큼 네 어머니도 쉬운 결정은 아니셨을 테니까.」

「그래요…… 그렇겠죠.」

「묘한 기분으로 치면 저 테스토스테론 과다 분비 환자가 날 게이로 묶어 넣는 데 반박할 수단이 사라져 버린 나만 할까.」

호세가 돌아가며 질렸다는 듯 중얼대는 말에 픽 웃음이 새고 말았다.

그때, '어이! 귀희!' 하고 부르는 소리가 들렸다. 고개를 드니 재래시장처럼 왁자지껄하던 분위기가 어느새 고요해져 있고, 모두의 시선이 그녀에게 집중되어 있었다. 그리고 그 중앙에 있는 두 사람, 헥터와 기순 또한 그녀를 응시하고 있었다. 어딘지 그녀의 안색을 살피는 것처럼.

「어서 가봐.」

호세가 뒤에서 속삭였다.

「축하한다고 말씀드려.」

귀희는 손을 가볍게 말아 쥐었다 펴고, 걸음을 내딛었다. 그리고 테이블의 앞까지 다가섰다. 하지만 늘 한껏 웃던 그녀의 무표정에 헥터는 드물게도 긴장한 기색이 역력했다. 결혼이 결정되고도 시간이 여의치 않아 왠지 모르게 어색한 대화만 짧게 나눈 게 다였으니 의중을 묻고 말고 할 기회도 없었기 때문이리라.

귀희는 조용히 헥터를 보았다. 마을로 이사 온 그가 그녀를 보고 넉넉히 웃으며 머리를 쓰다듬어 준 그 순간부터 그를 좋아했다. 바쁜 와중에도 동네 꼬마의 소소한 고민마저 귀 기울여 들어주던 그가 그렇게 좋았다.

「아저씨.」

제 안색 하나에 이리 전전긍긍하는 그는 또 처음이라, 귀희는 그것이 우습기도 하고 이제 안심시켜 주어야겠다 싶어 어느 때보다 활짝 웃었다. 그리고 너른 그 품에 폭 안겨들었다.

「진부한 말이지만, 저희 엄마 행복하게 해주셔야 돼요.」

그래, 조금 수상한 구석이 있은들 어떤가. 이렇게 시작된 관계가 결국 비 온 뒤 굳는 땅처럼 단단하고 안정적으로 변해가면 되는 것 아닐까. 적어도 자신이 아는 헥터 피셔맨이란 남자는 그리 해줄 것이라고 믿고 있었다.

「귀희야…….」

헥터는 온기를 찾는 어린 강아지처럼 품에 안긴 가는 몸을 복잡한 눈으로 내려다보았다.

이것이 최선임은 알고 있었다. 그리고 모두 그녀를 위한 일이었다. 그럼에도 전혀 의심하지 않는 아이를 보니 부숭부숭 털이 난 양심마저도 콕콕 찔려왔다. 더구나 아무리 어쩔 수 없었다지만 이미 그녀를 기만하는 수많은 언행을 일삼고 난 후였다. 후일 모든 것을 알게 된 귀희가 자신을 어떻게 볼지 더럭 걱정되었다.

그런데 어쩔 줄 몰라 허공을 헤매는 팔을 짚어오는 온기가 있었다. 기순이 조용한 눈으로 그를 응시하고 있었다. 흔들림 없는 눈동자, 신에게로 변치 않는 순결의 순종을 맹세한 수녀와 같으면서도 혁명을 이끄는 전투적인 혁명가처럼 강직한 눈이었다. 파도치던 마음이 거짓말처럼 잦아들었다.

인정할 수 없어 인정하지 않았으면서도, 그는 일찍부터 그녀의 이런 강함에 감탄하고 있었는지도 몰랐다. 결심한 이상 그녀는 조금도 갈팡질팡하지 않았기에.

마침내 헥터는 귀희를 힘껏 끌어안았다.

「너 같은 딸을 가지게 돼서 너무 기쁘다.」

그 말을 신호로, 사람들은 크게 축하하며 한껏 들뜬 웃음소리를 퍼뜨렸다. 잔들이 또 한 번 흥겨운 리듬을 연주하며 부딪치고, 쿵쿵 흘러나오기 시작한 음악에 이미 몇몇 사람은 무아지경이었다.

헥터는 귀희를 놓고 고개를 들었다.

「그럼 이제 아버지라고 불러야지?」

귀희는 조금 생각하는 얼굴이더니 배싯 웃었다.

「그건 나중에요. 늘 아저씨라고 불렀는데 갑자기 다른 호칭은 낯설어서요. 그럼 잠깐만요. 딸 된 기념으로 제가 술 한잔 대접해야죠.」

귀희는 웃으며 바(Bar)로 돌아갔다. 그리고 술병을 챙기고 있을 때였다. 딸랑……. 바로 옆에 있는 호세에게도 소리쳐야 할 정도로 시끄러운데, 저 멀리 문이 열리며 그 위에 달린 종이 흔들리는 소리가 들려왔다. 멈칫한 것은 찰나, 귀희는 느리게 고개를 돌렸다.

껄껄대며 잔을 부딪치는 사람들 사이로, 스며들듯 조용히 안으로 들어서는 한 남자의 모습이 눈에 들어왔다. 가볍게 흔들리는 붉은 머리, 그가 천천히 고개를 돌리자 선글라스의 표면 위로 미끄러지는 빛의 반사, 금욕주의자의 것처럼 단호하게 닫힌 입술……. 모든 디테일이 눈에 조각되듯 하나하나 들어왔다.

「키츠카! 자네 왔나!」

그는 부름이 들려온 곳으로 시선을 돌렸다. 그 끝에 헥터가 이리 오라며 손짓하고 있었다.

「어이, 거기. 자기가 안 보인다고 남도 안 보이는 줄 아는 타조 아가씨. 떨어진 동전이라도 찾고 있냐?」

바(Bar)의 옆에 몸을 숙여 숨어 있던 귀희는 위에서 물끄러미 내려다보고 있는 호세를 어색하게 웃으며 보았다. 그리고 정말 떨어진 동전을 찾고 있었던 것처럼 바닥을 분주히 더듬대다 일어났다.

「에이, 분명히 반짝이는 걸 봤는데 아무것도 없네요.」

「헛소리 그만하고 술이나 내가라.」

날아오는 포탄을 피하듯 몸을 던져 숨었던 것에 비해, 귀희는 아무렇지 않게 테이블로 다가갔다. 그리고 조금 떨어진 테이블에 홀로 앉은 키츠카의 앞으로 술병을 내려놓았다.

탁.

다소 크게 울리는 소리에 그가 그녀를 돌아보았다. 하지만 단조로운 입가에 더불어 눈을 가린 선글라스는 여전히 교묘하게 감정의 노출을 거부하고 있었다. 귀희는 보란 듯이 싱긋 웃었다.

『안녕하세요. 왠지 오랜만에 뵙네요. 그죠?』

『그래.』

그는 별다른 기색 없이 대답했다.

『아참, 소식 들으셨어요? 두 분 결혼하세요.』

『지나가는 길에 누가 말해주더군.』

『아, 그래서 축하해 주려고 오신 거예요? 감사해요.』

수박 겉 핥는 대화가 몇 번 오가고, 귀희는 그가 손도 대고 있지 않은 술병을 보았다.

『아참, 디어크 씨는 술 안 드시죠? 다른 걸로 가져다 드릴까요? 우유 어때요?』

웃으라고 한 소리였건만, 그는 평소보다 더 단조로운 모노톤으로 말했다.

『물이면 돼.』

『에이~ 술집에 와서 물만 마시고 가는 손님이 어딨어요.』

말은 그렇게 하면서도 귀희는 물을 가지러 가기 위해 몸을 돌렸다.

『그리고 성으로 불러. 이름으로 불리는 건 익숙하지 않아.』

거부당했다.

한 번 내주었던 그것, 무슨 연유에서인지 단맛만 살짝 보여주고 차갑게 거둬갔다. 쟁반을 든 손이 떨려왔다. 하지만 귀희는 바로 밝은 웃음으로 가장했다.

『응, 알았어요.』

바(Bar)로 돌아온 귀희는 자꾸만 떨리려는 손을 꽉 움켜쥐었다.

아무렇지 않은 척, 아무 일도 없었던 척, 그것만은 자신이 봐도 감탄스럽도록 자연스럽게 해냈다. 어차피 지금은 어색한 모습을 보여봤자 그에게 대놓고 물어볼 수도 없었기 때문이다. 아니, 그랬다간 미친 사람 취급을 받을지도 몰랐다. 그래, 물을 수 있을 리 없었다.

어디서부터가 꿈이었죠? 당신이 몽유병 환자처럼 일어나서 나한테 키스한 것? 남자들이 괴물로 변해서 날 공격한 것? 황금색 야수가 나타나서 구해준 것?

애써 마음을 다잡고 가는 소녀의 뒷모습을 응시하는 시선이 있었다. 의연한 척하는 등을 주시하는 눈은 집요했다. 곧 그 시선은 천천히 내려가 걸을 때마다 물결치는 허리와 작고 소담한 엉덩이, 꽃대처럼 부드러운 다리를 보았다.

문득 그런 자신을 깨달은 것일까. 남자는 고개를 돌려 억지로 시선을 뜯어냈다.

「자자!」

그때, 기쁨과 환희의 혼돈을 뚫고 헥터가 이미 거나하게 취한 사람처럼 다가왔다. 그리고 억지로 술잔을 안기고는 철철 넘칠 정도로 술을 흥청망청 부어댔다.

「오늘만큼은 자네도 내숭은 접어두고 한잔 시원하게 들이켜라고! 좋은 날 아닌가!」

그리고는 덥석 어깨동무를 했다. 평소라면 상상도 하지 못할 행동이었다. 키츠카는 희미하게 미간을 찌푸렸지만 무어라 할 틈도 없었다. 좌중의 누군가가 기다렸다는 듯이 '건배!' 하고 외쳐 모두 술잔을 높이 들었기 때문이다. 그리고 술잔들은 파도에 파도를 타며 부딪쳤다.

귀희는 그 풍경을 보았다. 건배를 외치기 무섭게 달려들어 헥터에게 술을 쏟아붓는 짓궂은 마을 남자들, 그 모습을 찡그린 얼굴로 보다 결국 드물게도 피식 웃어버리는 기순, 깔깔대며 웃는 여자들, 헥터가 맥주를 흘린 탓에 조금 젖은 어깨를 털어내는 키츠카…….

그녀가 화가라면 화폭에 담아두고 싶을 만큼 정겨운 시골 마을의 축제, 조금도 이상한 점을 찾을 수 없는 정다운 광경이었다. 그제야 귀희는 희미하게나마 진심으로 웃을 수 있었다.

그래, 잘못될 일은 하나도 없었다. 그녀는 편안히 눈 감는 날까지 이 온화한 풍경 속에서 살아갈 테니까.

별빛은 닉스(Nix:밤의 여신)의 군청빛 치마폭에 박힌 화려한 다이아몬드 장식인 듯, 밤하늘은 하늘 높이 앉은 여신의 벨벳 치마폭처럼 우아하게 넘실거렸다. 그리고 보름달은 여신의 찬란한 왕홀(王笏)처럼 잠든 대지를 비추고 있었다. 모든 것이 유연히 깊고 풍요로운 밤이었다.

그 가운데 부연 담배 연기가 천천히 번져 가 공기 중에 녹아들었다.

「담배를 폈었나요?」

헥터는 고개를 돌렸다. 그리고 얇은 카디건을 여민 채 빛을 등지고 서 있는 기순을 발견하고 '아아' 말을 끌었다. 마지막으로 담배를 길게 빨고 바닥에 던져 껐다.

「가끔. 몇 년 전에 끊었거든.」

「의외군요. 몸에 좋다면 용도 사냥해서 먹을 것 같은 사람이.」

서양인답지 않게도 어디서 뱀이 동양의 보양식이라는 말을 듣고 마을 남자들과 몰려가 뱀을 잡아다 먹은 그를 기억하고 있었다. 그녀에게도 몸에 좋다며 건네다가 무섭게 타박을 받기도 했고.

「원래 그렇잖아? 젊었을 때 막 굴렀을수록 나이 들면 제 몸을 신주단지처럼 모시지.」

「막 굴렀다는 건 인정하시는군요?」

헥터는 잔소리꾼 마누라를 보듯 찡그린 웃음을 지었다.

「적어도 이상한 병을 얻어 오진 않았으니 안심하라고.」

「제가 그런 걸 왜 걱정…….」

반사적으로 대답하다 불현듯 깨닫고 입을 다물었다. 그랬다. 곧 그들은 어쨌거나 보기에는 부부가 아닌가.

침묵이 감돌자 그도 잘못 말했다 싶었는지 헛기침을 하고 화제를 바꾸었다.

「귀희는?」

「잠들었습니다.」

헥터는 불이 꺼진 창문을 올려다보고 주머니에서 핸드폰을 꺼내 전화를 걸었다.

"접니다."

곧 헥터는 기순을 돌아보고, 핸드폰을 내밀었다. 보이지 않을 터인데도 기순은 옷깃을 매만져 정리하고 조심히 핸드폰을 받아들었다.

「스페인어로 말해도 되나요?」

헥터는 고개를 끄덕였다. 상대는 8개 국어를 할 줄 알았던 전대 교황 바오로 2세보다 더 많은 언어를 구사할 줄 아는 사람이었다.

「여보세요?」

가벼운 침묵이 흐르고, 온화한 웃음기가 섞인 늙은 여인의 목소리가 조용히 수화기를 타고 넘어왔다.

[안녕하십니까. 제네비에브 바우어라고 합니다.]

「백기순입니다.」

[최근 일이 바빠 직접 찾아뵙지 못해 미안합니다.]

「아닙니다.」

헥터는 서늘한 밤공기 속에서 그녀와 장로가 통화하는 모습을 말없이 지켜보았다.

기실 조직의 최고통수권자로서 연극까지 하며 기순과 직접 통화할 필요는 없었는데, 이야기를 전하자 직접 대화하겠다고 했다. 아마 그녀의 귀중한 동족을 맡아준 이에 대한 최소한의 예의였으리라.

[제 섣부른 선택이 부인께 짐이 되고 고통이 되었던 것도, 너무나 미안합니다. 상황이 어쩔 수 없었기로서니 아이를 그렇게 떼놓는 게 아니었는데…….]

기순은 아무 말도 할 수 없었다.

그녀는 바우어에게 무엇을 기대했던 걸까? 재력, 훌륭한 사회적 지위, 명예, 모든 것을 가진 사람으로서 거만하고 오만하기를 바랐을까? 그래서 제가 이런 사람은 안 된다며 선택을 정당하게 번복할 수 있기를?

[당시에 다른 딸아이를 잃었습니다. 스물여덟의 꽃다운 나이였죠. 귀희를 같이 돌봐주던 심성 착한 아이였는데, 아이가 뜻밖의 사고로 요절하고 무너진 심신을 수습하기 힘들었습니다.]

본인이 주지 않은 이름을 부를 때마저 이토록 다정하고 애정에 넘치리라고는 생각하고 싶지 않았다.

[그래서 당분간 지인 부부에게 부탁해 놓는다는 것이 그만…….]

「사과하지 않으셔도 됩니다. 제가 아이의 생사조차 알 수 없으셨던 여사님만큼 힘들었을까요. 그저…… 부탁드릴 게 있습니다.」

[예, 무엇이든지.]

「아이가 교육을 받게 해주세요. 제가 못나 교육조차 제대로 받게 하지 못했습니다. 교육만큼은 여사님께서 제공할 수 있는 최고의 것으로 받게 해주세요. 똑똑한 아이니까…… 배우는 걸 재미있어할 겁니다. 여행을 보내주고, 좋은 기타를 선물해 주세요.

혼낼 땐 혼내더라도 마지막엔 안아주시고…… 또…….」

그 모습을 지켜보는 헥터의 눈빛이 흔들렸다. 결국 그녀가 바라는 것은 자신의 안녕도 무엇도 아니었다. 다른 이들에게라면 둘도 없는 기회이런만.

신은 죽었어도 그 위대한 의지는 살아 있어 귀희를 보호하고자 이 여자를 그녀에게 보내지 않았을까, 이제는 그렇게 생각하고 싶을 지경이었다.

「사랑해 주세요.」

[아무것도 걱정하지 마세요. 아이는 지금껏 누리지 못한 만큼 누리고 살 겁니다.]

「다행이군요. 그것으로…… 됐습니다.」

[고맙습니다, 부인. 정말 진심을 다해 감사드립니다.]

기순은 장로와 통화를 끝냈다. 헥터는 바로 말했다.

「미안해.」

「뭐가요?」

「그냥, 전부.」

아무것도 말해줄 수 없어 그렇게 이야기할 수밖에 없었다.

분명 귀희는 물질적으로는 원하는 대로 누리고 살게 될 것이다. 하지만 그건 파우스트가 메피스토펠레스와의 계약으로 얻은 대가 같은 것, 악마 대공과 다름없는 운명은 귀희에게 혹독한 대가를 요구할 터였다.

신은 귀희에게 이 여자를 보내주어 안배를 꾀했지만, 그 안배가 인간이었음은 치명적인 실수였다. 인간은 필멸할 수밖에 없는 존재, 그로 인한 안배도 결코 영원할 수 없건만…….

「대개…… 피셔맨 씨가 그렇게 에두를 때는 뭔가 말할 순 없지만 중요한 일일 때가 많더군요.」

헥터는 뜨끔했다. 하여간 이 여자가 진짜 마누라였다면 무서워서라도 몰래 무슨 짓은 절대 하지 못할 것 같았다. 뭐, 긴장감이야 있다마는.

「그런데 또 그런 건 묻는다고 절대 대답할 리가 없는 종류죠. 됐습니다. 알아봐야 속만 시끄러울 것 같으니까요.」

헥터는 물끄러미 그녀를 보다 불쑥 말했다.

「자네는 참 이상한 여자야.」

「네?」

「이타적인가 싶으면 이기적이고, 모성애로 넘친다 싶으면 못돼 처먹었지. 자네를 볼 때 느끼는 내 감정이 뭔지 나도 모르겠어. 기가 질리는 것 같기도 하고…….」

무례하다 싶을 만큼 단어를 전혀 가리지 않는 말이었다. 하지만 그가 자신을 별로 기꺼워하지 않는 사실은 이미 알고 있으니 상처받을 것도 없었다. 그런데도 심장 부위가 따끔거리는 이유는 평생 몰랐고 알고 싶지도 않았던 미련한 여심이리라.

「널 보면 얼음 조각이 떠올라. 딱딱하고 차갑지.」

적나라하다 싶을 만큼 무례한 말을 들을 때도 담담하던 얼굴이었다. 그런데 갑자기 불을 들이켠 것처럼 확 열이 올랐다.

더 무례해진 말투에 화가 나야 할 텐데, 제 것을 다루는 듯 예의 없는 호칭이 가진 내밀함이 묘하게 야만적이고도 선정적이었기 때문이다. 이해할 수 없는 일이지만 그렇게 느껴졌다. 아마 정말 그녀가 얼음으로 빚어졌는지 확인하려는 듯 볼가를 어루만져 오는 손길 탓이었으리라.

그녀는 고개를 돌리며 그의 손을 잡아 내렸다.

「저희는 진짜 부부가 되는 게 아닙니다. 이상한 의무감 같은 건 가지지 마시죠. 바라지도 않으니까요.」

평소처럼 머쓱해하리라고 생각했는데, 그는 그녀를 보며 눈을 가느다랗게 떴다.

「혹시 처녀야?」

그가 자신을 후려쳤던들 이만큼 놀랐을까? 대답할 생각조차 못 하고 있는데, 그의 얼굴에 스민 의심이 더욱 짙어졌다.

「설마.」

이 나이까지 처녀성을 지킨 여자란 그의 가치관을 뒤흔들 정도로 엄청난 존재인 모양이었다. 기순은 가까스로 자신을 추슬렀다.

「아이 엄마로서 그런 떳떳치 못한 일은…….」

「아하.」

아하? 묘한 감탄사에 기순은 눈을 치켜들었다.

「이제 알겠어.」

그는 정말 붓다가 보리수나무 아래서 진리를 얻은 것처럼 뭔가 굉장한 발견이라도 한 것 같았다.

「넌 남자를 사랑한 적이 없는 거야. 그랬더라면 귀희에게 그러는 것처럼 제 모든 걸 잘라줬겠지. 종종 너 같은 여자가 있어. 열정으로 가득 차서 모든 걸 바쳐 사랑해야만 하지. 이사도라 던컨 같은 여자들. 그런데 그 여자들과 달리 넌 그러지 못해서 다른 방향으로 비틀어진 거야.」

그녀는 정말로, 그가 하는 말의 0.1%도 이해할 수 없었다. 그가 갑자기 스페인어도 영어도 아닌 우간다쯤의 말을 하는 것 같았다.

「독백극 작가로서의 자신에 눈뜨기라도 하신 겁니까? 방해하지 않을 테니 실컷 심취하시죠.」

생각하자니 더 어이가 없었다. 자신을 남자 따위에 일생을 바치는 천박한 여자로 취급하는 데 하도 어이가 없어 화를 낼 생각조차 들지 않았다. 그것도 모자라 욕구불만으로 비틀렸다니?

상대할 가치도 없어 몸을 돌렸다. 그러므로 갑자기 강한 힘에 의해 팔목이 잡히고 획 딸려갔을 때 크게 놀라고 말았다.

「말이지, 난 고민거리가 없는 게 고민인 부잣집 망나니의 전형이었거든.」

이제 재미라도 들렸는지 또 그녀를 바람개비인 양 획 돌려놓은 그는 뜬금없는 소리를 했다.

「뭐, 지금도 그리 다르진 않아. 환경 특성상 주변 사람들이 좀 많이 죽어 나가긴 했지만 가지고 싶은 건 다 가지며 살았어. 그 폐해인지 지금도 가지고 싶은 걸 가질 수 없으면 좀 삐딱해져.」

그런 자신을 키츠카가 몰랐을 리도 없을 테니, 과연 '난데없는 착한 남자 흉내' 라는 말은 맞았다. 그녀를 돕고자 했던 의도에 사심은 없었지만, 확실히 그답지 않은 행동이기는 했다.

「지금 그걸 자랑이라고…….」

「별로 자랑거린 못 되지만 이게 어쩔 수 없는 나라서. 그래서 널 처음 봤을 때 화가 났던 것 같아. 귀희를 끔찍하게 싸고도는 모습을 보니 나한테 빠지면 어떨까 싶어 좀 궁금한데, 벌써 한 군데 푹 빠져서 주변을 돌아볼 생각 따윈 하지도 않네?」

솔직히 인정할 것은 인정해야 할 것 같았다. 한동안은 여태 자신이 생각했던 이유—모난 성격, 귀희를 빼돌렸다는 생각, 방해물 같은 느낌—때문에 그녀를 꺼려하고 싫어했지만, 언젠가부터 조금 다른 이유였음을.

분명 '끌렸다'라는 느낌과는 조금 달랐다. 고백하건대 처음에는 모든 관심을 받았고 받아야만 했던 부잣집 망나니의 호기심이었다. 자신을 거들떠도 보지 않는 존재가 있다는 사실이 꽤나 자존심에 스크래치였던 모양이다. 그런 삐뚤어진 마음으로 시작했기에 언젠가부터 귀희를 대하는 그녀를 보며 느낀 존경심, 혹은 경외심, 호감까지도 모른 척해 왔다.

인간이란 이 나이에도 얼마나 유치해질 수 있는지 놀라울 정도였다.

기순은 꿀 먹은 벙어리가 되었다. 사람을 들었다 놨다 하는 그 말도 말이었거니와, 어깨를 가볍게 매만져 오는 손 때문이었다.

음흉한 마음에 끈적대는 손길은 아니었다. 오히려 어린 강아지를 보듬듯 가만한 손길이었다.

「남자에 빠진 넌 어떨지 궁금해.」

「기왕 이렇게 된 거 당신의 호기심 정도는 채워주라는 겁니까?」

그제야 그는 도통 정신을 차릴 수 없게 하는 그 선득한 남성성이 넘치는 얼굴에서 평소처럼 찡그린 듯이 웃는 얼굴을 했다.

「보통 여자라면 첫눈에 반했다까진 아니더라도 호감을 가졌다 정도로는 해석하지 않나?」

「그 정도로 순진하진 못해서 죄송하군요. 그런 보통 여자한테 가시죠.」

이만하면 되려니 했건만, 헥터는 다시 그 거북하도록 짙은 남성성을 내뿜는 미소를 지었다. 조금은 달콤하고, 짓궂은, 자신의 미소가 지닌 마력을 잘 알고 있는 탕아가 지을 법한 미소를.

「싫어. 내 아내를 두고 왜 다른 여자한테 가?」

기순은 천천히 미간을 찌푸렸다.

「진심으로…… 무르고 싶어지는군요.」

헥터는 저도 모르게 크게 웃었다. 그에 기순이 얼른 '쉿' 하고 경고하자 웃음을 거두고는 그녀를 끌어당겼다.

「이리 와봐.」

지나가는 이 하나 없는 을씨년스러운 밤거리에 커다란 남자가 으슥한 곳으로 끌어가니 무서워하거나 조금이라도 반항해야 마땅했다. 그런데 도대체 어찌 된 노릇인지, 전혀 그럴 생각이 들지 않았다. 그저 약간은 주춤하는 팔, 달근대는 가슴, 상기되는 얼굴을 가려주는 어둠에 대한 고마움이 전부였다.

헥터는 나무 밑 그늘에서 멈추었다. 청명한 밤하늘 높이 뜬 보름달이 휘영청 빛났다. 하지만 아름드리나무가 팔을 뻗어 고적하게 그림자를 드리운 아래는 묘한 정적과 은밀한 아늑함이 감돌았다. 그 가운데 음영이 드리운 그의 얼굴은 아주 희미하게 보일 뿐이었다.

낮은 바람이 조용한 소리를 내며 스쳐 지나갔다.

「기순.」

못이 박힌 투박한 손이 부드럽게 볼을 쓸었다.

「난 자네를 좋아해. 존경하고. 만약 아이를 낳는다면 자네 같은

여자가 내 아이의 엄마였으면 하는 건 내 진심이야. 그래도 여자
로서는 잘 모르겠다고 생각하는데…….」

심장이 정신없이 두방망이질 쳐 그가 무슨 말을 하는지도 잘
들리지 않았다. 자신의 심장은 이토록 시끄러운 소리를 내며 달
리는데, 세상은 이토록 조용한 것이 이해되지 않을 정도였다.

「나이가 들어서 변한 건지, 아니면 원래 그랬는데 몰랐던 건지,
나 꽤 마니악한 구석이 있었던 모양이야. 이상하게 자네한테 키
스하고 싶어지는군.」

이런 말에는 도대체 무슨 대답을 해야 할지, 그녀는 도저히 알
수 없었다. 이런 상황이 익숙한 여자라면 달랐을까? 그저 굳어만
있자 그가 머리 위에서 낮게 웃었다. 그리고 천천히 고개를 내리
는 모습을, 그녀는 여전히 굳은 채 바라보기만 했다.

「할퀴진 마, 잡아먹지 않을 테니까.」

마지막에 그가 작게 '아직은' 하고 중얼거린 것 같음은 착각
일까. 하지만 더는 생각할 틈도 없이 단단하기도 하고 부드럽기
도 한 몹시도 낯선 감촉이 입술 위에 맞닿았다. 놀라서였는지 본
능이었는지 입술이 살짝 벌어졌다. 그가 맞닿은 입술 위로 나직
이 웃었다. 뱃속 깊은 곳이 저릿해질 정도로 남성적인 웃음이었
다.

곧 뜨거운 혀가 마른 입술을 가볍게 핥았다. 낮은 탄식이 샜다.
아마도 그녀의 입에서였던 것 같다. 그것이 신호인 듯 이질적일
만큼 부드러운 입술이 깊이 파고들어 왔다.

갈피를 잡지 못하고 어색하게 양옆에 늘어져 있던 팔을 그가
잡아 제 허리에 두르게 했다. 점차 깊이 맞부딪히는 입술에 온 정

신이 팔려 더 생각할 틈도 없었다. 단단한 허리가 팔 안에 감겨왔다. 어머니의 뱃속에서부터 알고 있었던 것 같은 그 그리운 감각을, 그녀는 충동에 이끌려 끌어안았다.

「살아.」

그 가운데 그가 속삭였다.

「날 위해서라도. 아직 정체를 알 수 없는 이 감정 가운데 날 두고 가버리지 마.」

그녀는 여전히 그가 싫었다. 이렇게 살고 싶게 만들어 버리기에. 허락되지 않음을 알고 있으면서도 소망하게 만들기에. 하지만 모든 분노와 고통으로부터 그녀는 눈을 감았다. 지금만이라도 자신을 위해 살고 싶어지는 이 강렬한 갈망을 음미하며…….

기순은 조심히 문을 열고 집 안으로 들어섰다. 그리고 뒤로 아주 조용히 문을 닫았다. 문에 이마를 가볍게 기댔다. 자신이 몰고 들어온 바깥의 찬바람은 아직도 주변에 서늘히 맴도는데, 불이 붙은 얼굴은 잦아들 줄을 몰랐다.

『으음, 엄마?』

안쪽에서 귀희가 뒤척대며 웅얼대는 소리가 들렸다. 기순은 이미 여러 번 정리한 옷깃을 매만지며 침실로 들어갔다.

『응, 엄마야. 계속 자.』

귀희는 잔잔한 달빛에만 의지한 어둠 속에서 흐릿하게 눈을 떴다.

『어디 다녀오셨어요?』

기순은 침대 옆에 앉아 베개 깊숙이 묻은 귀희의 머리를 쓰다

듣었다.

『산책 좀 했어. 잠이 안 와서.』

귀희는 조금 몸을 일으키더니 폭 그녀에게 안겨들었다. 기순은 작게 ‘애는, 애처럼’ 하고 타박했지만 밀어내지는 않았다. 오히려 귀희가 어렸을 때 그랬던 것처럼 꼭 안고 그 등을 몇 번이고 쓸어주었다. 귀희는 품속에 포근히 안긴 채로 ‘응, 시원하다’ 웅얼거렸다. 그리고 눈을 감은 채로 속삭였다.

『엄마, 우리 행복해져요.』

등을 쓰다듬던 손이 잠깐 멈추었다. 아이는 거의 꿈결인 것 같았다.

『모든 게 다 잘될 거예요.』

품속에 안긴 몸이 금세 부드럽게 이완되었다. 규칙적이고 얕은 숨이 피부를 간질였다. 기순은 가슴속에 치미는 감정을 참을 수 없어 잠든 아이를 꼭 끌어안았다. 그리고 희미한 물기가 밴 음성으로 곤히 잠든 귓가에 속삭였다.

『그래, 모든 게 잘될 거야. 아무것도 걱정할 거 없어……. 엄마가 지켜줄게. 다 잘될 거야, 다…….』

13

　문이 닫히고, 공간은 완전히 외부와 차단되었다. 공기가 낮게 내려앉았다. 그곳에 볼품없는 치마를 가지런히 정리해 앉은 여인은 조용히 입을 열었다.

「조금 제 이야기를 해도 되겠습니까.」

　투각창 너머, 흐릿한 인영으로 보이는 인물이 고개를 끄덕였다.

「주님께선 언제나 자매님의 이야기를 들을 준비가 되어 계십니다.」

「저는…… 아주 오래전 이 땅으로 건너온 이주자입니다. 그란마호를 타고 바다를 건너온 젊은 체 게바라처럼 세상을 바꿀 혁명을 꿈꾸진 않았더라도, 이 볼품없는 인생에 하나의 혁명을 꿈꾸었습니다. 어쩌면 희망의 땅으로 쿠바를 택한 것도, 그런 이유가 없진 않았을 겁니다.」

「적합한 선택이셨을 겁니다.」

그녀는 살짝 고개를 내저었다.

「전 절망뿐이던 고국에서 달아났습니다. 하지만 그것을 후회하진 않습니다. 염치가 없는 일이지만, 그로 인해 제 인생은 빛을 얻었으니까요. 그 빛은 아주 맑은 눈을 가진 여자아이의 모습을 하고 있었습니다.」

신은 공평하지 않아 편애하는 이들만 정성을 다해 빚는다더니, 과연 그런 것처럼 그 아이는 신이 축복하는 모든 것을 다 가진 것 같았다. 고운 윤기가 흐르는 피부, 별빛 같은 눈동자, 곱다란 입술, 연한 머릿결, 다정한 웃음…….

「너무 경이로운 그 모습에 질투조차 일지 않았습니다. 그리고 그 아이는 저의 '세계' 가 되었습니다.」

그녀의 세계에서는 그 아이가 눈을 떠야 해가 뜨고, 웃어야 별자리가 회전하고, 눈을 감아야 달이 떴다.

「그런데 신께 맹세컨대 결코 몰랐던 사실을, 그 아이에게 모든 것을 제공해 줄 수 있는 정당한 어머니가 있다는 사실을 알게 되었습니다.」

「진실을 고백하는 것은 죄가 아닙니다.」

「진실을 고백하는 것은 죄가 아니다……. 그렇다면 진실을 우롱하는 것은 죄가 아닐까요? 이렇듯 죄가 깊지만, 비록 신은 불공평할지언정 자비롭지 않으신 분은 아닐 겁니다. 이 갈등에 평화를 가져올 수 있는 방법을 친히 알려주셨습니다.」

20년, 가슴속에 뚜껑을 만들어 꾹꾹 담아놓았던 모든 것을 털어놓는 와중에도 음성은 의연했고 꼿꼿이 세운 허리는 곧았다.

「그 아이의 앞길에 방해가 되는 저의 존재를 사라지게 하는 방법을.」

「그건…….」

「병은 노아가 없는 세상에 신이 내린 천벌이다……. 누가 말했던가요. 그것은 오히려 남아야 할 자와 가야 할 자를 알맞게 지시하는 위대한 안배였습니다.」

「그리 생각하십니까?」

「물론 이 세계가 어떤 법칙에 의해 굴러가는지, 그것을 모두 알진 못합니다. 그래도 '가야 할 자'가 모두 '이 세상에 필요 없는 자'와 동의어는 아닐 거라고 생각합니다. 단지 톱니바퀴처럼 정교하게 맞물린 구조에는 때로 필요가 있어도 없어야 하는 것이 있게 마련이니까요.」

눈을 감으면 불길이 느껴졌다. 아주 오래전 버려진 항구의 시린 새벽 물결 위로 내려앉은 불길을 보며 느꼈던 것처럼, 격렬하되 고요한 불길이 전신을 쓸어가며 정화해 주는 것만 같았다.

신을 경외하지 않는 가슴에도 평화가 왔다.

「전 가야 할 자의 운명을 지시받았습니다. 그렇다면 제가 하고 갈 수 있는 마지막 일은 완수하려고 합니다. 피델 카스트로는 한 번 혁명에 실패하고 재판을 받을 때 이리 말했다고 하죠.」

「'역사는 나를 다시 평가할 것이다'.」

유명한 구절이니만큼 상대 역시 알고 있는 듯, 조용한 음성으로 읊조렸다. 그녀는 예, 하고 고개를 끄덕였다.

「자신이 무엇을 해야 하는지, 그리고 하고 있는지 확신을 가지고 있는 사람만이 할 수 있는 말이었습니다. 적어도 저 또한 그렇습니다. 이것이 올바른 일임을 알고 있습니다. 그렇다면 과연 이 '백기순' 이라는 여자를, 역사는 다시 평가해 줄까요?」

그 역사는 피델 카스트로가 말했던 '역사' 와 같은 것이 아니었다. 사전적인 의미로 '인류가 변천하고 흥망해 온 거대한 시대의 흐름' 이 아니라, 그저 그 흐름 속에 미세한 먼지에 불과했던 개인의 자취를 기억하고 있는 것……. 이를 테면 그녀를 알아온 또 다른 개인을 일컫는 말이었다.

「그것이 올바른 일임을 알았을 때, 역사는 정직했던 자를 물론 정의롭게 기억할 겁니다.」

「그것을, 진심으로 기원하고 있습니다. 이것으로 제 이야기는 끝입니다.」

「주님께선 자매님의 죄를 사하실 것입니다.」

그녀는 천천히 자리에서 일어났다.

「신이 진정 자비로우시다면, 어떤 것이든 그대의 죄 또한 사하기를.」

틈새로 희미하게 새어 들어왔던 빛줄기가 잦아들며 공간은 다시 암실이 되었다.

반대편에 앉아 있는 백발의 신부가 고개를 돌려 바라본 곳, 좁은 고해소의 투각창 너머로는 보이지 않던 맞은편의 그늘자리에 앉은 남자는 여전히 어떤 감정도 내비치지 않았다. 그저 어둠 속에 더욱 형형한 녹색의 눈이 조용히 빛날 뿐이었다.

백발의 신부는 고해소의 문을 열고 나왔다. 웅장하되 고요한 기운이 감돌고 있는 성당에는 제단 앞에 경건히 무릎을 꿇고 앉아 기도를 드리는 신자 한 명만이 있을 뿐이었다.

그는 시선을 들어 깊은 묵상에 잠긴 신자의 등에서 정갈히 정리된 성물들이 놓인 대리석 제단으로, 그리고 말없이 응시하는 예수상을 바라보았다. 사람의 두 배만 한 예수상은 새어 들어오는 새벽빛에 비춰 더욱 인자하게 보였다. 매끄러운 조각 위로 미끄러지는 푸른빛의 음영이 십자가에 못 박힌 예수를 창백한 시체처럼 보이게 하면서도 묘한 성스러움을 선사했다.

그렇게 바라보고 있는 사이, 달칵- 소리가 들리고 다시 고해소의 문이 열렸다.

돌아보자, 날렵한 장신의 몸을 검은 트렌치코트로 감싼 남자 또한 말없이 그를 응시하고 있었다. 위압적이고 수상한 분위기에도 불구하고, 그에게는 예수와 비견될 만한 성스러운 공기가 있었다. 인간의 원죄마저 대신한 하늘의 아들을 이런 자에게 비유하는 것은 매우 불경한 일일 텐데도, 그 고요한 눈에는 원죄조차 존재하지 않는 듯 비췄기 때문이다.

"도움을 주셔서 감사합니다."

백발에 푸른 눈을 가진 신부는 살짝 고개를 내저었다.

"자비로운 주님의 은혜였습니다."

"보답을 잊지 않으실 겁니다."

무슨 보답을 누구에게로부터 의미하는 것인지 선문답 같은 말이었으나, 신부는 이해한 듯 온후한 웃음만을 지었다.

"살펴 가시기를."

남자는 목례하고 걸음을 돌렸다. 그전에 여전히 제단 앞에 엄숙한 태도로 기도하고 있는 신자의 등을 한 번 바라보았지만, 곧 말없이 입구로 걸어갔다.

뚜벅, 뚜벅……. 구둣발이 그를 수면처럼 비추는 바닥을 밟으며 규칙적으로 나아갔다. 그리고 그는 푸른 물결이 쏟아져 핍진한 수채화 같은 입구 너머로 사라졌다.

그 후로도 한동안 자리를 지키던 신부는 고개를 돌렸다. 그리고 장의자 사이로 난 오솔길을 걸어 신자의 뒤로 다가갔다. 그 머리 위로 물빛 여명 아래 처연한 예수의 백색 성상이 눈동자가 없는 눈으로 그를 내려다보고 있었다.

“누구를 위해 기도하십니까?”

“절 미워하는 이들을 위해 기도하고 있습니다.”

이른 아침부터 몸을 정갈히 하고 기도하기 위해 온 듯, 말끔한 양복을 차려입은 신자는 대답했다. 나직하되 힘이 있는 음성이었다.

“미움에 사로잡힌 이들마저 용서하고자 하십니까?”

“아뇨.”

그는 고개를 들었다. 양복의 깃까지 내려오는 흑발이 목덜미에 흩어졌다.

“전 그리 자애로운 편은 되지 못하나 봅니다. 용서, 라는 것을 쉽게 할 수가 없군요.”

“우리가 원죄를 가진 인간이란 증거가 아니겠습니까.”

“그렇기에 한 가지는 진심을 다해 기도하고 있습니다. 그들에게 평화가 있기를.”

그는 고개를 돌렸다. 지중해의 혈통을 암시하는 이목구비가 뚜

렸했고, 온유한 굴곡을 그리며 휘어지는 눈매의 가운데 박힌 잿빛 눈동자는 지독히도 시렸다. 그리고 그 입가를 진하게 장식하는 것은 잔인하고 싸늘한 야수의 미소였다.

"죽음이란 평화가."

이국의 하늘을 닮은 눈동자에 다른 사람처럼 눈빛이 둔탁해진 신부의 모습이 비쳤다.

그는 죽은 듯 생기가 없는 신부를 바라보며 우아하게 몸을 일으켰다. 그리고 다소 평범한 외모와 상관없이 잔혹하게 아름다운 미소를 지으며 손을 내밀었다. 신부는 한마디 저항의 말도 없이 신부복의 주머니에서 무언가를 꺼내 건네주었다.

그가 만족스럽게 바라보는 손바닥 위의 물건은 녹음기였다. 버튼을 눌러 재생시키자, 늙은 여인의 목소리가 생생하게 흘러나왔다.

—조금 제 이야기를 해도…….

그는 음성만 확인하고 녹음기를 껐다. 그런데 그때, 그를 보는 신부의 푸른 눈에 흐릿하게나마 생기가 돌아왔다.

"하지만 이런 짓을 해도 되는 것인지……."

그가 힘주어 보자, 신부의 눈에 다시 둔탁한 빛이 돌기 시작했다.

"자, 다시 말해봐."

신부는 기계적으로 말했다.

"이교(異敎)의 여신을 숭상하는 그런 자들은 이 땅에서 사라져야 마땅합니다."

그는 싱긋 웃었다.

"그래, 난 참 너 같은 인간이 좋아. 가슴속의 검은 의심을 누르고 타인을 위하는 척하며 그런 자신이 고고하다고 믿고 있지. 그런 이중성은 조금만 건드리면 곧 걷잡을 수 없이 불어나서 평형을 잃기 때문에 '다루기' 쉽거든. 인간을 조종하는 건 원랜 내 전문이 아니었지만……."

몽롱한 눈동자로 선 신부의 귓가에 사악한 속삭임이 다가왔다.

"다른 신을 위하는 자들이 정말 같은 하늘 아래 살 수 있을 거라 생각했나?"

"처음부터 의구심을 가졌습니다. 추기경님께서 그런 이교도들을 도우라 하셨을 때부터. 그들이 제공하는 이득을 탐하여 주님을 배반하는 행위는 비난받아야 했습니다."

"그리고?"

물으면서도, 그의 걸음은 신부를 스쳐 지나 점차 멀어지고 있었다. 하지만 신부는 그가 계속 앞에 서 있는 듯 뒤돌아보지 않고 답했다. 홀로 무대 위에 버려져 모두가 비웃는 것도 모르고 열정을 다해 아무도 듣지 않는 대사를 읊는 무명 배우처럼.

"이교도들은 이 땅에서 말살되어야 합니다."

그 말에 멀어지는 남자의 입가에 오싹하도록 즐거운 미소가 떠올랐다. 꼭 그보다 더 그에게 만족을 줄 수 있는 말은 없다는 듯이.

그런데 문득, 그의 걸음이 우뚝 멈추었다. 그리고 여태 흥에 겹기만 했던 얼굴에 짜증을 담고 제 몸을 내려다보았다.

몸이 기름칠을 하지 않은 고물덩어리 양철인형처럼 삐걱대고 있었다. 역시 이런 임기응변으로는 충분하지 않았다. 녀석이 눈치채지 못하도록 인간의 몸을 사용한 것까지는 좋았는데, 이것은 곧 쓸모가 없어질 것이다. 아까도 녀석이 조금만 더 힘을 개방했다면 눈치챘을 테니까.

아니, 잠에서 깨어난 자신이 인간마저 다룰 수 있게 된 것을 알았더라면, 그 교활한 '뱀'이 힘을 반도 개방하지 않은 채로 있는 멍청한 짓은 하지 않았을 터.

그는 훗, 웃었다.

"아가씨 옆이라고 어지간히 조심하는군."

마침내 발걸음이 거리낌 없이 햇빛 아래로 나섰다.

"자, 그럼 가볼까. 한번 신나게 놀아보자고."

귀희는 터덜거리며 길을 걸었다. 기순은 이른 아침부터 나가고, 오랜만에 혼자 밥을 먹었다. 신랑이 생기게 됐다고 벌써부터 딸은 뒷전인지, 축하하는 마음은 진심이면서도 묘하게 이는 질투심은 어쩔 수가 없었다. 괜히 무기력해지고 일도 가기가 싫었다.

'하긴, 요즘 뭐 신나는 일이 있어야지.'

모든 게 뒤숭숭했다. 키츠카의 존재부터 시작해서 그 심란하기 이루 말할 수 없는 꿈까지…….

'아아, 실은 그 꿈이 진짜였으면 좀 신나기나 했으려나?'

오죽 심란했으면 이런 미친 생각까지 들었다. 물론 정말 그 꿈이 진짜인 것은 백억만 분의 일인 확률로도 싫지만 말이다. 그건 좀, 도가 지나치다고 해야 할까. 굳이 모험을 바란다면 잠복근무 나온 비밀요원과의 조우 정도지, 온갖 괴생명이 나돌아 다니는 판타지적인 모험은 어렸을 때도 꿈꿔보지 않았다.

그때, 무언가가 톡톡 어깨를 쳐왔다. 아무 기척이 없다가 갑자기 느껴진 것이었기에 귀희는 화들짝 놀라 돌아보았다.

"왜 그렇게 놀라?"

귀희는 '어?' 하고 눈을 동그랗게 떴다.

"어…… 손님?"

그 남자였다. 자신이 알아듣지 못하는 말을 의미심장하게 남겨 놓고 간 이상한 손님 넘버 투.

"멋없이 손님이라니. 오늘은 바(Bar)에서 만난 것도 아니잖아?"

갑자기 나타나 친근한 척하는 것도 그렇고, 이쪽도 그다지 정상적인 마인드의 소유자는 아닌 성싶었다.

"이름 몰라."

그는 '아' 하며 퍼지려는 웃음을 조금 참는 듯이 말했다.

"알라스테어 맥두걸."

아무래도 좋지만, 꽤나 거창한 이름이다 싶었다.

"뭐, 좋아. 근데 떠난 거, 음, 아니……? 어, 음, 그러니까, 그, 여기…… 한 번도…… 보지 않아?"

"한 번도 보이지 않았다고 말하고 싶은 거야? 아가씨는 나랑 대화하려면 영어 공부 좀 더 해야겠다."

"손님이 스페인어 배워. 아쉬워? 우물 파."

영어가 짧아 건방지게 들리는 말은 그렇다손 치더라도, 꽤나 당돌하지 않은가? 그는 진심으로 웃고 말았다. 그 우물을 파라는 것은 무슨 소리인지 몰라도 말이다.

"자, 받아."

귀희는 그가 불쑥 내민 물건을 고개를 갸우뚱하며 보았다.

"뭔데?"

"선물."

그렇다니 받긴 했는데, 여자에게 주기로는 상당히 멋없는 선물인 녹음기였다.

사랑의 메시지라도 녹음했나 싶어 바로 틀어보려는데, 그가 막았다. '응?' 하고 보니, 부드럽게 웃고 있었다. 그런데 어쩐지 그 미소가…… 서늘하다고 느껴지는 이유는 뭘까?

"선물은 혼자 열어봐야지."

의도를 알 수 없어 미간을 찌푸리는 사이에, 그는 예전에 그랬던 것처럼 상큼하게 멀어져 가고 있었다. 그러더니 몇 걸음 더 가 뒤를 돌아보고 웃었다.

"다음에 만날 땐 꼭 영어 공부 좀 더 해두라고. 알겠지?"

아마 그는 꽤 부유한 집안에서 태어났을 것이다. 남이 자신에게 맞춰주는 걸 너무나 당연하게 생각하는 태도를 보아하니.

『그래, 그러니까 네가 이상한 손님 넘버 투지.』

귀희는 투덜거리며 손안의 녹음기를 보았다. 그리고 바로 재생 버튼을 눌렀다. 호기심을 참을 수 있다면 그 이름, 백귀희가 아니었다.

이내 녹음기는 기계음 하나 없이 옆에서 듣는 것처럼 생생한, 그리고 너무나 익숙한 목소리로 말하기 시작했다.

─ 저는…… 아주 오래전 이 땅으로 건너온 이주자입니다…….

집으로 돌아온 기순은 아무도 없는 공간을 보고 작게 한숨을 내쉬었다. 설사 귀희가 집에 있었다 하더라도 어수룩하게 거짓말을 들키지는 않았겠지만, 그래도 간사한 입놀림은 적으면 적을수록 좋았다.

일단은 집을 청소하기 시작했다. 한 고비를 넘긴 지금, 마음의 안정이 필요했기 때문이다. 청소기를 돌리고, 걸레를 빨아와 방을 닦고, 가구를 닦고……. 그러다 이제는 그다지 놀랍지도 않은 마른기침이 터졌다.

『엄마.』

그때 들려온 목소리에 인생 어느 때보다 놀랐다. 날카롭게 돌아본 뒤에는 어느새 문이 열려 있고 귀희가 하얗다 못해 파랗게 질린 얼굴로 서 있었다.

『너 언제…….』

말은 끝나지 못하고 죽어버렸다. 귀희의 상태가 심상치 않았기 때문이다. 정신없이 달려온 것처럼 숨은 거칠게 헐떡이고, 표백한 듯이 핏기가 하나도 없는 얼굴은 식은땀으로 범벅이 되어 있었다. 그리고 활짝 열린 눈은…….

경악, 의심, 불가해, 공포, 어렴풋한 증오…….

단 한 번도 아이의 눈에서 본 적이 없는 것들로 곤죽이 되어 있었다.

귀희는 발작적으로 무언가를 토해내려는 듯싶더니, 꾸욱 입을 다물었다. 그리고 타악! 손에 든 무언가를 테이블 위에 올려놓았다.

『너 그게 무슨 태도…….』

역시 목격한 이례가 없는 거친 태도에 기순은 엄한 목소리를 내다 말고 멈칫했다.

─병은 노아가 없는 세상에 신이 내린 천벌이다……. 누가 말했던가요.

녹음기가 지껄이기 시작한 제 목소리 때문이었다.

세상이 모든 움직임을 멈춘 듯한 찰나, 기순은 파랗게 죽은 아이의 눈을 보았다.

『너 그걸 어디서…….』

『이게 대체 다 무슨 소리예요? 아니면 이거…… 엄마가 아닌 거죠?』

떨리는 목소리는 차라리 그렇다고 대답해 주길, 간절히 바라고 있었다. 기순은 여전히 제 목소리가 재생되고 있는 테이블 위의 녹음기를 보았다.

─이것이 올바른 일임을 알고 있습니다. 그렇다면 과연 이 '백기순' 이라는 여자를, 역사는 다시 평가해 줄까요?

귀희가 일거수일투족을 주시하는 가운데 테이블로 다가간 기순은 막 그 말이 나왔을 때 녹음기를 껐다. 당황감은 전혀 엿보이지 않는 태도였다.

『난 도저히…… 이게 무슨 소리인지 모르겠어요. 무슨 소리예요?』

그 손님이 어떻게 이런 것을 얻었는지는 몰라도, 하나는 확실했다. 이것이 기순이 아니기를 바라는 만큼 이 음성의 주인공은 그녀가 맞는다는 것.

『정당한 어머니는 뭐고…… 가야 할 자의 운명이라니. 너무 암호 같아서 도대체 무슨 소리인지…….』

기순은 침묵했다.

사정을 아는 자만이 이해할 수 있도록 자신이 많이 에둘러서 이야기한 것은 사실이었다. 하지만 적어도 귀희는, 그중에서도 가장 중요한 정보였던 두 가지는 확실하게 이해한 모양이었다.

자신에게 정당한 어머니가 있고, 그녀는 시한부라는 두 가지를.

『잠시만 기다리렴.』

몸을 돌린 기순은 전화기를 들었다. 그리고 전화를 받은 상대가 대답하기도 전에, 전혀 온기가 없는 음성으로 말했다.

『이리로 좀 오게.』

저 말투.

어떤 직감이었을까. 그 짧은 말에서 전해지는 말투에 의해, 귀희는 수화기 너머의 상대가 일전에 자신이 나간 뒤로 기순이 통화를 하고 있던 '미지의 인물'임을 알 수 있었다. 알고 싶지 않아도 알아버렸다.

그 한마디를 끝으로 상대의 말도 듣지 않고 전화를 끊은 기순은 테이블로 돌아왔다. 그리고 차분한 손길로 의자를 빼, 그곳에 평소와 변함없는 태도로 앉았다.

『앉으렴.』

말에도 불구, 귀희는 파랗게 질린 얼굴로 그녀를 볼 뿐이었다. 결국 기순은 작게 한숨을 내쉬었다.

『해줄 이야기가 있어. 이렇게 이야기를 하려고 했던 것은 아니었는데……. 인생은 참 뜻대로 되지 않는구나. 하지만 어차피 이렇게 됐으니 탓해봐야 쓸모없는 일이겠지.』

기순은 의연한 시선을, 제 잘못은 하나도 없건만 꼭 죄인처럼
고개를 들지 못하는 귀희에게 맞추었다.

『너도 알다시피, 난 오래전에 어떤 집에서 일했던 적이 있
다…….』

귀희는, 아무 말도 할 수 없었다. 그냥…… 모든 것이 뒤집혀
버렸다. 그녀가 알았던 세상, 믿었던 진실, 신뢰했던 패러다
임…… 그리고 생각했던 미래까지도.

정말 기가 막혔다. 이게 말이나 되는 걸까? 조금 전만 해도 그
녀의 세상은 흔들리지 않는 굳건한 땅 위에 존재하고 있었는데,
단 몇 마디 말로 모든 게 한 줌의 잿더미보다 더 허무한 것이 되었
다. 이런 불합리한 일이 있어도 되는 걸까?

『그, 그럼 내 부모님은…….』

아버지가 아니었다면. 기순은 그와 손 한 번 잡아본 적도 없었
다면……. 그녀조차 자신의 친모가 아니었다면.

『몰라. 본 적도 없고, 이야기를 들은 적도 없어.』

그때 문이 열렸다. 귀희는 벌떡 일어나며 문가를 돌아보았다.
그리고 눈이 최대치로 팽창되었다.

곧 얼굴이 웃는 것도 우는 것도 아닌 모양으로 일그러졌다. 이
불합리를 저주하며 울고 싶은 듯도, 이 우스꽝스러운 촌극에 웃
고 싶은 듯도.

『찾아왔다는 사람이 나였어요?』

키츠카. 그가 서 있었다.

『날 데려가려고…… 이 먼 곳까지 온 거였어요?』

상황을 파악한 것인지, 그는 여전히 그려놓은 듯이 고요한 모습으로 그녀를 지켜볼 뿐이었다.

『누구 멋대로! 어차피 버렸잖아요! 그럼 끝인 거잖아요!』

단 한 번도 누군가를 향해 이토록 격렬히 언성을 높여본 적이 없건만, 지금 귀희는 지옥 같은 열화에 사로잡혀 있었다. 이 모든 게 어느 날 나타나 그녀의 인생을 헤집어놓은 그의 탓인 것만 같아, 원망과 분노가 그를 향했다.

『왜 그냥 모르고 살게 내버려 두지 않았어요!』

남자는 어떠한 변명도 없어 귀희는 더 악 같은 목소리를 참지 못했다. 그 혼란의 가운데, 한동안 지켜보기만 하던 기순이 조용히 말했다.

『널 버린 게 아니라 잠깐 맡겨둔 거라고 하셨다.』

『20년이나 지났으면! 죽었거나 어디선가 잘살고 있을 거라고 생각해야 하는 거 아닌가요? 그만한 시간이 지났으면 살아 있더라도 더는 자신이 필요 없을 거라고 생각해야…….』

『널 버리려고 한 것은…… 나였어.』

온몸에 감돌던 강렬한 감정이 그 한마디에 모두 발밑으로 빠져나갔다. 대신 지독한 절망과 같은 것에 사로잡힌 귀희는 무섭고 두려워 중얼거렸다.

『하지만 돌아와…… 돌아와 줬잖아요.』

기순은 조용히 '그래…… 그랬지' 하고 읊조렸다.

『그런데 이제는 돌아가 줄 수가 없어…….』

지금만큼은 평소와 조금도 다름없는 모습으로 단정히 앉아 있는데도, 순간적으로 그녀가 멀어지는 느낌이 들었다. 아무리 손을 뻗어도 닿을 수 없는 저 머나먼 강 너머로.

귀희는 다급히 그 앞에 무릎을 꿇고 앉았다.

『엄마, 왜 그래요……. 강철여인 백기순 여사잖아요. 죽여도 죽지 않을 것 같고, 동네 꼬마들한테 공포의 대상인…… 그런 우리 엄마를 감히 누가 어떻게 해요?』

기순은 차마 입을 뗄 수 없었다. 그저 아직도 이런 자신을 엄마라 불러주는 아이의 마음이 고마울 따름이었다. 하지만 이런 아이기에, 진실을 알았다고 해서 냉정히 고개를 돌리지 않을 것이라는 것 또한 알고 있었다. 그래서 안심하고 떠날 수 있도록 해주려고 했건만…….

쓸쓸하게 흐려지던 미소는 거짓말처럼, 기순은 어느 때보다 시린 한기가 몰아치는 눈으로 문가에 선 남자를 보았다.

『한데 자네는 아이에게 이런 것을 준 저의가 뭔가? 아이가 안심하고 떠나는 것으로는 만족할 수 없었다는 건가?』

그가 원망스러웠지만, 미웠지만, 누명을 뒤집어쓰게 놔둘 수는 없었기에 귀희는 더듬더듬 털어놓았다.

『그건…… 키츠카 씨가 준 게…… 아니에요.』

기순은 '그럼?' 하고 물으며 그녀를 보았다. 그런데 귀희가 대답하기도 전에 키츠카가 성큼 다가와 녹음기를 가져갔다. 녹음기가 다시 재생되기 시작하자, 거의 끝에 다다른 대화가 흘러나왔다.

음성이 흘러나올수록, 가만히 귀 기울이고 있는 그의 눈이 기이할 만큼 파르란 광채를 띠기 시작했다. 그것은 어쩌면 칼집 속에 숨겨져 그 위험성을 알 수 없었던 검이 시퍼런 쇳소리를 내며 모습을 드러내는 것과 같았다.

그런 그를 본 기순은 혼란스러운 표정이 되었다.

『마지막으로 서로 합의를 보기 위해 그 성당으로 오라고 한 것은 분명 자네……. 설마 그 신부, 믿을 수 있는 사람이 아니었나?』

그는 대답이 없었다. 계속 녹음기에서 흘러나오는 내용을 듣고 있을 뿐이었다.

달칵. 마침내 녹음기 속 기순의 목소리가 사라지고, 지직……. 침묵과 함께 옅은 기계음이 계속됐다.

―안녕, 아가씨?

그 끝에 익숙한 목소리가 경쾌하게 말했다. 귀희는 눈을 크게 떴다.

―내 선물이 마음에 들었나?

알라스테어 맥두걸.

그래, 그가 녹음기를 주었지. 그런데…… 어떻게? 그는 단순한 여행자가 아니었나? 그마저 이 일에 관련된 인물이었나?

―내 다음 선물은 더 마음에 들길 바라.

그 말이 끝남과 동시에 녹음기에서 찰칵, 하는 비이상적으로 큰 기계음이 울렸다. 획 고개를 든 키츠카가 그것을 그야말로 엄청나다고 할 수밖에 없는 힘으로 창가로 던졌다.

발작적인 그의 행동에 눈을 크게 뜬 순간, 모든 일은 동시다발적으로 일어났다. 녹음기가 그대로 창문을 깨뜨리며 날아가고, 조각난 파편들이 허공에 터져 오르고, 아직 공중에 떠 있는 녹음기가 폭음을 내며 폭발했다. 그리고 번쩍! 하고 온 세상이 하얗게 변했다.

펄럭—!

뭔가 커다란 천이 날아올랐다고 느낀 찰나, 귀희는 그대로 엄청난 힘에 떠밀려 바닥으로 넘어졌다. 그리고 시야가 어두워지며 굉음이 천지를 울렸다.

파열음과 충격이 온 세상을 뒤흔들었다. 그들이 있는 건물 전체가 뒤집혀 버린 것처럼 어디가 위이고 아래인지도 알 수 없었다. 이번에는 꿈에서처럼 비명도 나오지 않았다.

어느새 세상이 조용해진 것도 귀희는 모르고 있었다. 힘겹게 고개를 들었을 때는, 그들을 보호했던 것처럼 느껴지던 큰 천은 어디에도 없었고 오로지 지옥도뿐이었다.

폭발로 허물어진 벽면은 훤히 뚫려 무심하게 푸른 하늘을 비추고 있었다. 그리고 질식할 것같이 강한 열기와 새까만 연기가 뭉글뭉글 솟아올랐다. 집 안의 모든 물건은 폭발이 날아온 방향으로 쓰러져 있었고 유리 파편들이 카펫처럼 깔린 바닥은 유리 꽃밭처럼 서슬 퍼런 빛을 반사해 반짝였다.

『엄…….』

어째서 폭발이 일어났는지, 왜 이런 일이 생겼는지 그런 것은 아무래도 좋았다.

『엄마!』

귀희는 당장 옆에 쓰러져 있는 기순을 흔들었다. 하지만 기순은 의식을 잃었는지 대답이 없었다. 그때, 확 어깨를 파고들어 오는 힘이 있었다.

『성자였나?』

신음하며 돌아본 곳에 키츠카가 무섭도록 강렬하게 몰아치는 눈으로 그녀를 직시하고 있었다.

『성……?』

『알라스테어 맥두걸. 그가 이것을 줬나?』

얼떨결에 대답하려고 했지만 그때 마침 기순이 신음을 내며 뒤척거렸다.

『엄마!』

『귀희야…… 대체 무슨 일이…….』

어조는 흐렸지만 의식은 명료한 것 같아 안도의 한숨이 터져 나왔다. 귀희는 기순을 일으켜 세워주며 키츠카를 돌아보았다.

『맞아요. 분명히 그런 이름이었어요.』

『외모는?』

『예? 그게…… 검은 머리였고…… 회색 눈에…….』

설명이 채 끝나지도 않았는데, 그는 기묘하게도 전혀 흐트러지지 않은 재킷의 주머니에서 핸드폰을 꺼내 걸었다. 그리고 상대가 받자마자 인사말 한마디 없이 바로 말했다.

"본인의 의식을 장기간 다른 몸에 전이시킬 수 있을 만큼 깨어난 것 같습니다."

폭발이 일어난 방향을 바라보는 눈동자는…… 또 그것이었다. 위험한 짐승의 눈.

"이번엔 인간입니다."

상대가 수화기 너머로 들릴 만큼 놀란 소리를 크게 외쳤다. 하지만 키츠카는 일방적으로 말했다.

"준비하십시오. 12시간 내로 출발합니다."

그가 통화를 끊은 순간이었다. 기순이 덥석 그의 팔을 움켜쥐었다.

『자네는 뭔가 알고 있지! 이게 다 무슨 일인가!』

둘 중 누군가 그녀를 진정시킬 시간도 없었다. 울부짖듯이 소리치던 기순이 갑자기 단말마의 날카로운 신음을 토해내며 가슴께를 움켜쥐었다.

『엄마!』

무너지는 것을 키츠카가 급히 받아 든 그녀는 목이 졸린 짐승처럼 헐떡댈 뿐이었다.

『아, 안 돼……. 지, 지금은…… 지금…….』

말은 중간에 뚝 끊겼다. 키츠카는 재빨리 그녀의 숨과 박동을 확인했다. 그리고 얼굴이 굳었다.

『엄마아!』

그것을 느끼기라도 한 듯, 귀희는 오열하며 달려들었다. 키츠카는 그런 그녀의 어깨를 잡아 막았다.

『진정해.』

기순을 바닥에 눕힌 키츠카는 바로 그녀의 기도를 확인하고 심폐소생술을 실시했다. 하지만 아무리 시간이 지나도 파랗게 질린 기순의 얼굴에는 생기가 돌아오지 않았다. 귀희는 실성한 사람처럼 눈물을 뚝뚝 흘려내며 지켜보는 수밖에 없었고, 기순이 숨을 내뱉지 않는 다음 순간, 그다음 순간이 실로 역겁인 듯 느껴졌다.

『엄마…… 제발! 엄마!』

그 기도가 통하기라도 한 것일까. 아니면 키츠카가 주먹을 높이 들어 내려친 힘에 퍼뜩 놀란 심장이 얼른 다시 뛰어야겠다고 생각한 것일까.

타악! 몸이 뛰어오를 정도로 강한 충격이 전해진 순간이었다.

기순이 단말마 같은 기침을 토해냈다. 귀희는 그대로 기절하지 않은 자신이 대견스러울 지경이었다. 하지만 키츠카는 한시도 지체하지 않고 기순의 작은 몸을 훌쩍 안아 들고 일어났다.

『일어나.』

『네?』

『병원으로 간다.』

후들거리는 다리로 겨우 일어났을 때, 키츠카는 이미 기순을 안고 성큼 집을 나서고 있었다.

14

『흑…… 흐윽, 흑…….』

귀희는 도저히 울음을 멈출 수가 없었다. 닦아내고 닦아내도 눈물은 얼굴을 잔뜩 적시며 흘렀고, 몸의 떨림은 갈수록 심해졌다. 하얀 병원 침대에 누운 기순이 너무나 왜소하고 연약해 보여 언제나 강건하던 자신의 엄마 같지가 않았다. 순식간에 그녀의 전신을 잠식하며 모습을 드러낸 병마는 그렇게 지독했다.

귀희가 침대 가에 앉아 연신 흐느끼는 와중에도, 뒤에 묵묵히 서 있는 남자는 어떤 인기척도 내지 않았다.

떨리는 손으로 입을 막고 계속해 끅끅거리고 있을 때였다. 갑자기 팔뚝이 붙들려 휙 몸이 돌려졌다.

여태 조용하던 키츠카였다. 하지만 그 행동의 의미를 묻기도 전에, 그가 그녀를 잡아끌어 문가로 가기 시작했다.

『이, 이거 놔요! 우리 엄마, 흑! 우리 엄마……!』

문이 열리고, 몸이 떠밀리듯 밖으로 밀려났다. 하지만 그 행동에 불쾌감을 느낄 새도 없이 귀희는 장승처럼 커다란 남자를 밀치고 안으로 돌아갈 생각밖에 없었다.

『비켜요, 비켜요! 우리 엄마…… 엄마…….』

바둥거리거나 말거나, 키츠카는 강한 힘으로 귀희를 병실 밖의 의자에 주저앉혔다.

『머리 좀 식혀.』

귀희는 자신을 막는 그에게 주체할 수 없이 화가 났다. 결국 얼굴을 새빨갛게 물들이며 소리치고 말았다.

『이 상황에 어떻게 머리를 식혀요! 우리 엄마가 저렇게 아픈데!』

『저렇게 아픈 사람을 깨우고 싶으면 계속 그렇게 옆에서 시끄럽게 굴어.』

그것은 마법의 주문과도 같았다. 열화와 분노가 거짓말처럼 사그라졌다.

귀희는 그대로 의자에 무너지듯 주저앉았다. 그리고 다리를 올려 팔로 꽉 끌어안고 그 사이에 깊숙이 고개를 묻었다. 참으려고, 억누르려고, 그렇게 애를 썼지만 결국 흘러나오는 흐느낌은 멈추지 않았다.

키츠카는 그 잔뜩 웅크린 옆모습을 보았다. 간헐적으로 떨리는 어깨와 하얗게 시린 팔뚝……. 아이러니하게도, 마냥 해사한 어린아이 같기만 하던 소녀가 몸을 떨며 흐느끼는 모습에 처연한 색광(色光)이 있었다.

남자는 눈을 꾹 감았다.

『알라스테어 맥두걸…… 이라고 했죠?』

귀희는 떨리는 입술을 깨물고 물었다.

『대체 그 사람은 뭐예요? 왜 우리를 죽이…… 려고 했던 거죠?』

그런 말을 입 밖으로 내뱉는 자체가 금기처럼 느껴졌다. 단 한 번도 누군가가 자신을 죽이려고 한다는 생각 따위 해본 적 없는데……. 무섭고 오싹했다. 하지만 묻지 않을 수도 없었다.

키츠카는 팔짱을 낀 채 눈을 감고 있을 뿐, 대답이 없었다. 그렇다면 더 깊이 캐물어야 할 테지만, 지금은 오히려 아무것도 알고 싶지 않아 귀희는 그냥 입을 다물었다. 오히려 그가 대답하지 않아 안도했다.

「귀희야!」

번뜩 고개를 돌리자, 복도의 저편에서 헥터가 온통 땀으로 범벅이 된 채 달려오고 있었다.

「아저씨!」

정신이 없어 그에게 연락할 생각은 하지도 못하고 있었는데 키츠카가 연락을 한 모양이었다. 귀희는 그에게로 달려가 필사적으로 매달렸다. 지금 이 순간, 그녀가 아무런 의심 없이 의지할 수 있는 유일한 품이었다.

「아저씨, 아저씨……. 우리 엄마, 심장병이래요. 이미 상당히 진행되어서……. 한 번 시, 심장까지 머, 멈춰서 위험하다고……. 당장 큰 도시로 나가서 수술하지 못하면 죽을 수도 있대요. 우리 엄마가……..」

소리 내어 말하면 말할수록 그 사실이 더욱 무서워져, 귀희는 또 정신없이 떨며 털어놓았다. 헥터는 말없이 그녀를 안은 팔에 힘을 더할 뿐이었다.

이내 그녀를 놓고 병실의 문을 열었다. 그 안에서 무엇을 보게 될지 두려운지 문을 여는 손길이 느릿하고 극도로 조심스러웠다. 그리고 침대로 다가간 헥터는 한 줌밖에 되지 않는 몸에 촉수처럼 연결된 링거와 산소호흡기를 떨리는 눈으로 보았다.

그는 기운 없이 축 늘어진 손을 꽉 그러쥐었다.

「기순…….」

귀희가 아무리 시끄럽게 울어도 도통 깨어날 줄 모르던 기순이 작게 뒤척였다. 그리고 낮은 신음을 내며 흐릿하게 눈을 떴다. 귀희는 순간 비명을 지르며 달려갈 뻔했지만, 왈칵 입가를 막고 참았다.

「피셔맨…… 씨.」

기순은 지독한 열병을 앓고 난 사람처럼 잔뜩 쉰 목소리로 웅얼거리더니 주변을 훑어보았다. 흐린 눈으로 자신을 보고 있는 남자, 곧 혼절할 것 같은 얼굴을 한 귀희, 그리고 뒤에 파수꾼처럼 조용히 지키고 있는 남자.

「아직…… 살아 있는 겁니까?」

「당연하지. 자네는 앞으로도 살 거야. 알지? 약속했잖아.」

기순은 잠깐 그를 보다가 몸을 일으키려고 했다. 헥터가 일어나지 말라며 말렸지만 듣지 않았다.

「지금 이렇게 누워 있을 때가…….」

「제발 한 번쯤은 그냥 내 말을 들어.」

헥터는 담담했다. 하지만 기묘하게도 어쩌면 당장 울음을 터뜨릴 것 같은 얼굴이기도 했다.

「아이를 심장병으로 잃었어. 자네마저 이렇게 잃고 싶지 않아.」

귀희는 크게 놀랐다. 헥터에게 아이가 있었다니, 금시초문이었다. 기순 또한 처음 듣는 소리에 놀란 얼굴이었다.

「아이가…… 있었나요?」

「아이 엄마에게 특별한 정은 없었어. 사고였지.」

헥터는 태연히 말했다.

「스물한 살 때쯤이었나, 임신했다는 말을 듣고 지우라고 했지. 하지만 아이 엄마는 개의치 않고 낳았어. 그런데 심장에 문제가 있었거든. 낳고는 내 잘못이라고 있는 대로 욕을 퍼붓더니 버리고 가더군. 나 역시 내 아이라고 생각되지도 않았고 인정하고 싶지도 않았지만…….」

짧은 침묵이 흘렀다.

「그게 그렇더군. 그 녀석이 날 보고 웃는 게 아니겠어. 이 몹쓸 아비도 아비라고. 다음날 아이는 죽었어. 한 번 이름을 불러주기도 전이었지.」

「그런 의미였군요. 아이를 낳는다면 저 같은 여자가 아이 엄마였으면 한다던 말은…….」

「부정은 안 해. 모성이란 참 알 수 없어. 누구는 전혀 관계없는 아이에게 목숨을 바치는데, 누구는 제 배 아파 낳은 아이도 버려버리니까.」

기순은 귀희를 돌아보았다.

「그건 아이 엄마 잘못이 아니에요. 아이를 알 기회가 없었던 것

뿐이죠. 알았다면…… 결코 버리지 못했을 겁니다.」

아무 말도 할 수 없어 귀희는 그저 꾹 입술을 깨물었다. 기순은 다시 헥터를 돌아보고, 여전히 파랗게 질린 얼굴로도 피식 웃었다.

「아이가 있었던 걸 숨기고 있었다니……. 사기결혼으로 고소해도 됩니까?」

헥터는 찡그린 얼굴로 웃었다.

「농담할 기운이 있는 거 보니 좀 살 만한 것 같군?」

「누가 농담이랍니까? 결혼, 취소하렵니다.」

「뭐?」

「굳이 결혼까지 할 필요가 없어졌다는 말입니다. 그러니 피셔 맨 씨도 더는 타인의 일에 기운을 낭비하실 필요 없습니다.」

역시 그런 거였나……. 귀희는 흐릿하게 생각했다. 처음부터 이 결혼이 의심스러웠던 것은 기우가 아니었던 것이다.

반면 헥터는 한쪽 눈썹을 추켜들었다.

「좀 우습군. 자네가 귀희를 버리지 않았는데 내가 자네를 버릴 거라는 생각은 어디서 왔어?」

「그것과 이건 달라요.」

「어디가?」

「그냥…… 달라요..」

「백기순. 언제쯤 너만 그럴 거라는 그 넌덜머리나는 이기주의를 버릴 거야? 왜 남도 너에게 대가 없는 호의를 베풀 수 있다는 생각은 안 해?」

놀랍게도 기순은 한동안 아무런 말도 하지 못했다. 이런 상황

에 우습지만, 귀희는 자신의 엄마가 이토록 막무가내이면서도 묘
하게 순종적인 모습은 난생처음 보았다.

「대가 없는 호의가 아니에요. 귀희는 그 불 속에서 내게 웃어주
었죠. 그게 충분한 대가였을 뿐이에요.」

나머지 둘이 지켜보고 있는데도 불구하고, 갑자기 헥터는 자못
애틋하게 그녀의 볼을 감싸 안았다. 그에, 꼭 부모의 내밀한 장면
을 훔쳐보는 것만 같아진 귀희는 저도 모르게 눈을 돌렸다.

「그럼 내게도 웃어줘. 그거면 돼. 말이 그렇다는 거지, 정말 내
아이를 낳아달라는 것도 아니잖아.」

기순은 천천히 눈을 감았다 떴다. 그리고 가슴속에 무언가 끊
어진 것처럼 눈가에 물기가 차올랐다. 그런 제 모습을 믿을 수 없
다는 듯 손등으로 눈가를 가렸다.

「바보 같으니. 그냥 버려 버리면 될 텐데…….」

탄식처럼 토해져 나오는 원망과 안도는 한 뿌리에서 자랐다.
아마도, 사랑이라는 근원에서.

「네가 하지 못한 걸 남이 할 수 있으리라고 기대하지 마. 그거
아주 이기적인 거야.」

「정말, 말이나 못하면…….」

탓하듯 울음과 함께 속삭이는 음성이 천천히 잦아들었다. 그
식은땀에 젖은 얼굴을 남자는 한없이 다정하게 어루만지고 또 어
루만졌다. 여인이 잠들고도 한참을 어루만지다 손을 내려 꾹 그
고목나무처럼 시든 손을 쥐었다.

「그럼 일단 아바나(La Havana:쿠바의 수도)로 가서 수술
을…….」

「아뇨.」

그때, 여태 묵묵히 상황을 지켜보기만 하던 키츠카가 단호한 태도로 끼어들었다.

「미국으로 갑니다.」

「수술이라면 아바나에서도 충분히 가능해. 쿠바의 의료시스템은 네가 생각하는 것 이상으로…….」

「장비가 충분하지 않습니다. 그리고 한시라도 빨리 본국으로 돌아가는 편이 좋습니다.」

그가 안 된다고 할지언정 필사적으로 매달려 제발 그렇게 해달라고 빌고 싶은 심정이었음에도, 귀희는 말했다.

「하지만 그럴 만한 돈은…….」

「모든 건 제공될 테니 걱정할 필요 없어.」

따지자면 그는 완전한 타인이었지만 지금은 자존심 따위를 따질 상황이 아니었다. 아니, 기순을 살릴 수만 있다면 설사 모종의 이유로 그들을 죽이려고 한 알라스테어의 도움이라도 받을 것이다.

「미국에 가면 우리 엄마 사실 수 있나요?」

「그래.」

양부부터 시작해 폭발 사건까지, 그와 관련된 풀리지 않는 문제가 산적해 있었지만 귀희는 일단 고개를 끄덕였다.

「그럼 가겠어요.」

헥터도 기다렸다는 듯이 말했다.

「그럼 준비는…….」

그때였다.

「어! 너희들은 뭐……. 끄아악!」

바깥에서 비명 소리가 터졌다. 흠칫한 귀희는 문을 돌아보았다. 활짝 열려 있는 문 너머로는 쿵, 하고 무언가가 넘어지는 소리가 들릴 뿐, 아무것도 보이지 않았다.

지금 소리는……?

그때 헥터가 달려 나갔다. 앞을 본 그의 얼굴에 놀람과 분노가 혼합된 기묘한 표정이 스쳐 갔다. 따라서 달려 나가려는 그녀의 팔목을 강한 힘이 잡았다.

「키츠카 씨……?」

「어머니를 모셔.」

그는 아주 낮은 목소리로 말했다. 귀희는 알아듣지 못해 '네?' 하고 되물었다.

「어서.」

조용히 그녀를 응시하는, 영령한 귀기가 맴도는 눈동자.

왜인지 깊은 곳에서 무언가 선득한 그림자가 스쳐 지나가는 눈동자가 일순 도저히 '인간'으로는 느껴지지 않았다.

「키츠카!」

헥터가 다급히 달려 들어와 기순을 시트째 한 손으로 안아 들고 나머지 손으로는 귀희의 팔을 틀어쥐어 당겼다.

「이리 와!」

영문을 알 수 없는 귀희는 얼결에 끌려갔다. 그리고 문을 나서는 순간, 보고 말았다.

복도를 가득 메우며 행군하듯 걸어오고 있는 한 부대의 남자들을.

모두 색과 스타일이 다른 말끔한 양복 차림이었지만 그 일률성은 그들을 '하나의 개체'처럼 보이게 했다. 하지만 도저히 이해할 수 없으리만치 이상한 것은, 그중 한 명이 바닥에 쓰러진 의사를 올라타고 그의 목에서 피를…… 그래, 이해할 수 없게도 피를 빨고 있었다. 울대를 정신없이 오르내리며, 허기진 짐승처럼 거칠게 으르렁거리며.

그것은 인간이 아니었다. 알 수 있었다.

그 순간 키츠카가 천천히 앞을 막아섰다. 그리고 손을 뻗었다.

벽을 짚었다. 그런데 그의 손가락이 벽을 관통해 들어갔다. 벽이 관통성 있는 물렁한 물체가 된 듯 어떠한 저항도 없었다.

이내 그가 휙 손짓하자 벽이 뜯겨져 나왔다.

아니, 아니었다. 벽은 그대로, 벽의 얇은 표면을 한 꺼풀 벗겨낸 듯이 거대한 하얀 천이 벗겨져 나와 허공에서 펄럭이며 굵은 파문을 첩첩이 퍼뜨렸다. 그리고 눈앞에 있는 허공이 수면이 된 것처럼 파문은 그로 연결돼 퍼져 갔다.

떡 입을 벌리고 바라본 그 기이한 광경은, 흡사 M.C. 에서*의 〈낮과 밤〉과 같았다. 어디서부터가 낮이고 밤인지 알 수 없도록 경계가 모호한 그 불가능의 표현처럼, 벽에서 뜯겨져 나온 천과 허공의 경계가 불분명했다. 말 그대로 '연결되어' 있었다.

키츠카는 그것을 능숙한 마술사처럼 휘둘렀다. 그러자 반대편의 풍경을 옮겨 그려놓은 것처럼 비추고 있는―그것도 파문을 퍼뜨

---

*Escher: 네덜란드의 판화가이자 화가. 수학적으로 불가능한 구조를 표현한 판화 〈그리는 손〉, 〈뫼비우스의 띠〉, 〈폭포〉로 널리 알려져 있다.

리는 채로—천의 펄럭임이 빠르게 내달려 남자들을 스쳐 지나 저 복도 끝까지 나아갔다. 그리고 천이 엄청난 속도로 말리듯이 되 돌아와 그녀까지 스쳐 지나 반대편 복도로 나아갔다.

휘리리릭—

그때 일어난 광풍 같은 바람에 머리카락이 전부 뒤로 흩날리 고, 세상은 거짓말처럼 평화를 되찾았다. 모두 눈을 크게 뜨는 한 찰나에 일어난 일이었다.

"공간의 이중화……."

모든 남자들이 한 명이 말하듯이 동시에 말했다. 꼭 개체의 자 아가 삭제된 듯 세뇌된 모습이 이루 말할 수 없이 섬뜩했다.

"하나의 공간을 그대로 본떠서 물리적 힘이 닿지 않는 이공간 에 분리한다……. 늘 조금은 부럽기까지 한 능력이지만, 고작 몇 명의 인간을 지키기 위해 낭비하기로는 좀 과하지 않나?"

그때, 남자들이 홍해가 갈라지듯이 열리고 그 가운데로 어떤 인물이 느긋하게 걸어 나왔다. 그를 발견한 귀희의 눈이 더욱 크 게 팽창했다.

알라스테어……!

그런 그는 단순한 부잣집 도련님이 아니라, '제왕'과 같았다. 도열한 신하들을 거느리고 천천히 높은 왕좌로부터 걸어 나오는 제왕……. 평소처럼 피식 웃는 얼굴마저 조금은 실없는 듯싶던 '이상한 손님 넘버 투' 따위가 아니었다.

"당신!"

그럼에도 귀희는 외치고 있었다.

"왜 줬어, 그거!"

‘여, 아가씨’ 하고 짐짓 손까지 들어 보이던 알라스테어는 픽 웃었다.

“아가씨도 참 물건이군. 이 상황에 그게 문제야?”

“너야말로.”

키츠카가 말했다.

“내 능력을 알고 있는 너라면 다음에 뭐가 올지 알고 있을 텐데.”

이번에 그는 양손으로 허공을 잡았다. 역시 물리적으로 도저히 불가능한 일이었지만, 그가 잡은 허공은 천처럼 펄럭이며 실체화되었다. 그리고 휙 앞으로 내지르자, 두 장의 천이 커다란 날개를 펼치듯이 교차하며 허공을 날았다.

일순 그가 화려한 서커스를 펼치는 것 같다고 느껴졌다. 그 가운데 장막을 제 수족처럼 다루는 그는 환상이 펼쳐지는 무대를 장악한 마술사였다.

커다랗게 펄럭여 시야를 가득 채운 천은 그녀의 뒤로 충격파처럼 확 번져 갔다. 그와 동시였다.

사방을 뒤흔드는 폭포수의 굉음이 울렸다. 그리고 뒤를 덮쳐 오는 거대한 움직임의 전조에 번뜩 뒤돌아보자, 어디서 온 것인지 알 수 없는 엄청난 양의 물이 복도에 소용돌이치며 해일처럼 거세게 밀려오고 있었다. 새하얗게 소용돌이치는 포말과 파괴적인 압력…….

이 생생함은 꿈 따위가 아니었다!

『키츠카 씨! 무, 물이!』

그 물의 해일이 가장 먼저 쓸어갈 위치에 있는 그들이었다. 그에 당혹해 외쳤지만, 도리어 엄혹한 음성이 날아들었다.

『움직이지 마!』

어차피 해일이 바로 눈앞까지 다가온 지금은 움직이고 싶어도 움직일 수 없었다. 귀희는 곧 덮쳐 올 충격을 예상하며 팔로 얼굴을 가렸다.

쿠구구구— 콰과과과!

공기마저 빨아들이는 거센 힘이 지나가는 소리가 귓가에 천둥처럼 울렸다. 하지만 몸을 종잇장처럼 쓸어가는 충격은 없었다. 그에 어렵사리 눈을 뜨니, 아직도 거세게 몰아치고 있는 물은 그녀를 지나가고 있었다.

소리와 힘은 이토록 생생한데, 자신이 유령이라도 된 것처럼 제 주변에서 반투명해진 물은 어떠한 영향도 주지 않고 지나갔다. 키츠카 또한 마찬가지였다. 하지만 순식간에 그를 지나쳐 반대편으로 질주해 간 물은 남자들을 자비 없이 집어삼켰다. 그러자 남자들은 몸을 가누지 못하고 확 쓸려가며 물에 잠겨 버렸다.

어느새 자신의 주변은 젖은 자국 하나 없이 말끔히, 하지만 남자들을 집어삼킨 물은 아직도 저편에서 굉음과 함께 몰아치고 있었다.

『달려.』

키츠카는 뒤를 돌아보지 않고 일갈했다.

『당장.』

이제 귀희는 주저하지 않았다. 이게 다 무슨 일인지, 또 꿈을 꾸고 있는 것인지조차 알 수 없었다. 하지만 일단 이곳에서 벗어

나는 게 급선무라는 것은 얼이 빠진 머리로도 알 수 있었다. 귀희는 앞서 달리는 헥터를 따라 전속력으로 달리기 시작했다.

그런데 얼마 가지 않아 헥터가 급히 멈춰 섰다. 저편에서 또 한 부대의 남자들이 다가오고 있었다. 앞서 봤던 남자들처럼 똑같이 그 무표정한 얼굴에 살기를 내뿜으며.

그때 키츠카가 타악! 바닥을 내리밟았다. 그러자 그의 발치로부터 터지듯 퍼져 나간 굵직한 파문이 바닥을 사정없이 뒤흔들고, 그가 뒤로 휙 손짓하자 벽에서 또 다른 벽이 스스로 살아 있는 것처럼 일어났다.

차르르륵! 벽은 중간의 경계가 되어 그와 귀희 일행을 완전히 차단했다.

이렇게까지 된 거 뭐가 새삼스러우랴마는, 귀희는 그야말로 쑥 솟아나 눈앞을 가로막은 '완전한 벽'을 아연한 눈으로 보았다. 급히 앞을 돌아보자, 뒤를 가로막은 벽 때문에 막다른 길에 몰려 있는 그들을 향해 남자들은 멈추지 않고 다가오고 있었다.

꿀꺽, 침이 고통스럽게 마른 목을 타고 넘어갔다.

문득 헥터가 크게 한숨을 내쉬었다. 귀희는 의아하게 그를 보았다. 절망적이고 의문스러운 상황은 이해하지만 한숨이라니…….

헥터는 몸을 돌렸다. 그리고 그녀가 기순을 부축하도록 하며 조심히 내려놓더니, 난데없이 귀희의 양어깨를 붙잡았다.

「귀희야.」

귀희는 '네……?' 하고 대답했다.

「어떤 원망의 소리도 달게 받으마. 하지만 딱 하나, 한 가지만

은 오해하지 말아다오. 내 마음만은 한 치의 거짓도 없는 진심이
란다.」

입가에 떨리는 웃음이 그려졌다. 그것은 어쩌면 직감이었을까.

그가 바지를 걷어 올리자, 털이 부숭부숭하게 난 다리에 가죽
칼집이 차여 있었다. 그리고 그가 빼내는 대로 상어를 닮은 모양
새의 군용단검이 파르란 모습을 드러냈다.

그것을 능숙하게 쥔 헥터는 우레와 같은 기합을 내지르며 남자
들에게로 달려갔다.

귀희는 눈을 질끈 감았다. 그리고 축 늘어진 기순의 몸을 필사
적으로 끌어안고 고개를 깊이 묻었다. 아마 눈을 뜨면 아주 무서
운 것을 보게 되리란 직감 때문이었으리라.

단 한 번도 들어보지 못했던 아주 무서운 소리들이 울려왔다.
기순을 끌어안은 팔에 더더욱 힘이 들어갔다.

그만해. 제발 그만해. 듣고 싶지 않아. 이런 건 내가 알던 세상
이 아니야. 아무것도 보고 싶지 않아. 이대로 눈을 감고 꿈에서
깰 때까지…….

하지만 이건 더 이상 꿈이 아닌걸. 내가 이대로 겁에 질려 아무
것도 보지 않고 떨고만 있는다면 우리 엄마는 누가 지키지?

귀희는 흐느끼며 입술을 질끈 물었다. 눈을 떠야만 했다. 그 불
길 속에서 기순이 자신을 구해냈듯이, 이번에는 그녀가 구해줄
차례였다.

고개를 들자, 난생처음 보는 모습으로 남자들과 대적하고 있는
헥터가 보였다.

그는 공격해 오는 한 남자를 주먹으로 쳐내고, 그 목에 흉기를

박아 넣었다. 그러자 남자는 바로 꿈에서 보았던 것 같은 모습으로 재가 되어 흩어지고, 은빛의 날이 다시 춤을 추듯 허공을 날았다. 휘둘러진 검에 다음 남자마저 흔적 없이 흩어지자, 헥터의 거대한 풍채가 거짓말처럼 곡예를 하듯 날렵하게 다음 남자를 타고 올라 그 무게에 적이 쿠웅! 바닥으로 넘어지자 머리칼을 움켜쥐고 목을 베었다. 그대로 다른 남자의 목을 핏줄이 올올이 돋아난 두꺼운 팔뚝으로 휘감아 부서트렸다.

혈혈단신으로 뛰어들어 남자들을 차례대로 처리해 가는 그는, 실로 무시무시하고 성난 야수 그 자체였다. 어쩌면 극도로 훈련된 특수요원이라고 하면 될 텐데, 그에게도 그저 단순히 '인간'이라고 할 수 없는 무언가가 있었다.

첫 만남은 3년 전, 귀농했다며 커다랗게 웃던 헥터가 기억났다. 그렇게 단출한 가방 하나 들고 나타난 그는 머지않아 시원한 성격으로 마을 사람들과 동화되어 금세 주민 중 하나가 되었다. 가랑비에 옷 젖는 줄 모르듯 일어난 일이었기에 그를 키츠카처럼 의심스럽게 본 일은 없었다.

이상하다고 느낀 것은 이런 상황에도 너무나 태연히 대처하는 헥터를 보았을 때였다.

멍하니 지켜보고 있는 귓가에 어떤 소리가 들려왔다. 천천히 시선을 내리니, 거친 숨만 색색 몰아쉬고 있는 기순의 손에서 못 보던 핸드폰이 울리고 있었다.

「받아!」

남자들 사이에 삼켜져 보이지 않는 헥터가 외쳤다. 귀희는 허둥지둥 핸드폰을 받아 들었다.

[준비되었습니다.]

「여, 여보세요?」

[누구십니까?]

「저, 전…… 백귀희라고 하는데…….」

[아, 아가씨이십니까?]

「네?」

그때 헥터가 다시 외쳤다.

「돌격하라고 해!」

귀희는 어째야 할지 몰라 우왕좌왕했지만 일단 외쳤다.

「도, 돌격하래요!」

"키츠카!"

귀희를 따라 헥터가 외친 순간이었다. 저 벽 너머에 있는 키츠카가 외침을 들은 듯이 사방이 다시 파르르륵 물결쳤다. 그리고 직감적으로 '공간'이 원래대로 돌아왔다고 느껴지는 동시에 콰아아앙! 오른쪽 벽이 폭발했다.

귀희는 본능적으로 몸을 돌려 기순을 보호했다. 천지를 뒤흔드는 굉음에 이제는 비명조차 나오지 않았다.

뚫린 벽에서 솟아오르는 연기와 함께 또 다른 무리의 남자들이 쏟아져 들어왔다. 모두 하나같이 평복에 방탄조끼를 입고 무시무시한 총기로 무장하고 있었지만 경찰이라는 생각은 들지 않았다. 인간이 아닌 모습으로 기괴하게 일그러진 다른 쪽 남자들을 아무렇지 않게 공격하기 시작했기 때문이다.

총성과 불티, 괴성과 비명이 사방을 채웠다.

이내 남자들이 엉망으로 뒤얽힌 곳에서 여기저기 생채기가 난 헥터가 달려 나왔다. 그는 무어라 한마디 설명도 없이 일단 기순을 번쩍 안아 들었다.

「따라와!」

쾅! 헥터는 병실의 문을 걷어차고 복도를 내달렸다. 그런데 아까 전까지만 해도 간간이 있던 환자와 보호자들이 모두 어딜 갔는지 살아 있는 인기척이 하나도 없었다. 이 세상에 그들만이 존재하는 것처럼.

귀희는 숨이 끊길 것만 같았지만 오로지 등 뒤를 유령처럼 따라오는 괴성에서 달아나고자 하는 생각밖에 없었다. 그리고 1층에 다다르자마자 입구를 지나쳐 밖에 세워져 있는 차로 헥터를 따라 달려갔다.

기순을 차의 뒷자리에 태운 헥터는 귀희가 다자오자마자 번쩍 안아 들다시피 해 차에 집어넣고, 자신은 바로 운전석에 올라탔다. 그리고 콰악! 액셀러레이터를 밟았다.

끼이이익! 바닥을 긁는 타이어의 마찰음 끝에 차는 용수철에 튕기듯이 출발했다. 귀희는 깜짝 놀라 이미 저 멀리 멀어지고 있는 건물을 돌아보았다.

「아, 아직 키츠카 씨가!」

「괜찮아, 그 녀석은! 성자의 인형 따위에게 죽을 놈이었으면 귀엽기나 했지!」

고작해야 키츠카를 '그 친구' 정도로만 부르던 것과 달리, 그를 아주 잘 알고 있는 것 같은 말투였다.

꼭 아주 오래전부터.

하지만 생각은 더 이어지지 못했다. 차의 천장이 쿠웅! 하는 충격과 함께 움푹 패었기 때문이다.

「제길! 또 있었나!」

헥터는 바로 핸들을 끝까지 꺾었다. 차가 완전히 한쪽으로 쏠리자 귀희는 순간적으로 몸을 돌려 기순을 대신해 문짝에 등을 부딪쳤다. 척추가 박살 나는 것 같은 충격에 숨도 제대로 쉬어지지 않았다. 헥터는 그런 그녀를 걱정스럽게 보면서도 아직 위에 붙어 있는 기척에 바로 시선을 돌렸다.

「바퀴벌레 같은 것들! 뱀파이어 주제에 떼로 몰려다니긴!」

충격의 여파로 고통스러운 와중에도 그 단어가 화살처럼 귀에 꽂혀들었다.

「배, 뱀파이어……. 그, 그런 게 어디 있어요!」

헥터가 핸들을 꺾는 대로 차가 반대편으로 쏠리고, 또 귀희는 중심을 잡기 위해 부단히 노력해야 했다.

「이 꼴을 보고도 아직 그런 소리가 나와?」

「하지만!」

「그래, 그렇게 생각하고 싶다면 그렇게 생각해. 곧!」

타악! 끼이이이이이익!

헥터가 브레이크를 강하게 밟은 순간 차가 온몸을 솜인형처럼 뒤흔드는 반동과 함께 멈추었다. 그리고 그는 재빨리 꺼내 든 총을 천장으로 향하고 방아쇠를 당겼다.

「믿고 싶지 않아도 믿을 수밖에 없는 순간이 올 테니까!」

탕! 탕! 탕탕! 불티가 터지고, 괴성의 끝에 숭숭 뚫린 구멍으로 회색 재의 줄기가 쏟아졌다. 경험상 그것이 무엇인지 알고 있는 귀희는 기겁하며 몸을 물렸다. 그러자 시트에 닿은 재가 녹아들

듯이 사라지고, 헥터는 바로 액셀러레이터를 밟아 차를 출발시켰
다.

도저히 더는 참을 수 없었다. 귀희는 악에 가까운 고함을 터뜨
렸다.

「제발 설명해 주세요! 알라스테어는 누구고, 왜 날 죽이려고 하
는 거고, 저 남자들은 왜 날 쫓는 거며, 아저씨의 정체는 뭐고, 그
리고…… 키츠카 씨는 뭐죠?」

어쩌면 마지막 질문이 가장 묻고 싶었던 것일 수도 있었다. 꼭
환각을 부리는 마술사인 듯 보이지만 결코 그것만이 아닌 그
는……. 그리고 그런 그가 찾아온 자신은.

「난 그냥, 그냥…… 평범한 고아잖아요!」

「그건…….」

헥터가 입을 열었을 때, 차창 너머로 웬 검은 벤 한 대가 나타났
다. 어느덧 짙게 내려앉은 밤을 기민하게 가르며 빠르게 그들이
탄 차를 추격해 왔다. 그리고 벌컥 벤의 문이 열리더니, 헥터가
뱀파이어라고 주장한 남자들이 발판을 짚고 바로 이쪽 차로 뛰어
들었다. 100km를 상회하는 속도로 질주하고 있는 차에서 뛴 것치
고는 주저도 없었고, 그 발군의 도약력은 결코 인간의 것은 아니
었다.

쿠웅! 천장 위로 뛰어내린 남자로 인해 안 그래도 움푹하던 천
장이 더욱 가라앉았다. 헥터는 쳇, 혀를 내찼다.

"키츠카!"

키츠카는 어디에도 없는데 헥터가 외치자, 차창 너머로 휙 금
빛이 스쳤다. 깜짝 놀라 돌아본 눈이 거의 튀어나올 듯이 크게 뜨

였다.

저것은! 그 황금색 야수였다!

꿈속에서 보았던 것과 같은 모습으로 어두운 허공에 금빛 잔영을 흩뿌리며 차를 따라 달리고 있었다. 커다란 몸집과 바람에 흩날리며 강철과 같은 윤기를 흘리는 모피……. 이마에 검처럼 솟은 두 개의 뿔. 신화를 설명하는 책 속의 일러스트에서 묘한 소름과 함께 발견할 법한 모습 또한 여전했다.

이내 더욱 속도를 높여 차를 앞질러 가더니, 앞에서 휙 몸을 돌리며 촤아아악! 미끄러졌다. 차의 강한 헤드라이트 빛에 비친 커다란 짐승은 꿈도, 상상도 아닌 현실이었다.

오싹하도록 아름다웠다. 신이 창조하지 않은 기이한 모양새가 불길해야 하건만, 이질의 짐승은 어두운 하늘에서 번개를 부를 듯한 포효, 악을 멸하는 발톱, 그리고 이지스*와 같은 강철의 모피까지 그 자체가 신을 닮아 있었다.

짐승이 허공에서 무언가를 낚아채듯 손짓하자 공간이 쩍 갈라져 나왔다. 그리고 뒤의 배경이 무늬처럼 그려진 그대로 커다란 짐승을 전부 감싸자, 거짓말처럼 공간의 천에 감싸인 형체가 변하기 시작했다. 줄어들고, 줄어들고, 기어코 어떤 두 발 짐승의 형태로…….

마침내 남자의 형태로 화한 인영이 투우사처럼 몸에 둘러진 무형(無形)의 천을 걷어내니, 천의 주름이 올올이 물결쳤다. 그리고 끝부분이 공간으로 녹아들어 있던 천이 허공에서 커다랗게 회전하며 이내 원래의 '잡히지 않는' 공간으로 돌아가고…….

---

* Aegis: 그리스 신화에 등장하는 절대 뚫리지 않는 방패

짐승이 사라진 곳에 키츠카가 있었다.

미끄러지는 속도에 긴 코트 자락이 정신없이 흩날리고, 헤드라이트 빛에 형형한 눈동자가 섬뜩하게 빛났다.

그와 동시였다. 그의 뒤로 아무것도 없는 허공에 세 개의 소용돌이가 생성되고, 그로부터 각각 검은 인영이 튀어나왔다.

세 마리의 검은 대형견.

아니, 얼핏 도베르만을 닮기는 했지만 세 짐승은 평범한 개가 아니었다. 크기도 형태도 달랐다. 사자를 닮았으나 그것만은 아닌 황금색의 야수처럼.

지옥을 지키는 파수견 케르베로스(Kerberos) 같은 세 마리의 짐승은 사납게 짖으며 먼저 차 위로 뛰어올랐다. 어지간한 대형견보다 큰데도 불구하고 보닛을 밟고 천장으로 뛰어 올라가는 몸에서는 전혀 무게가 느껴지지 않았다. 뒤이어 키츠카도 훌쩍 도약해 차의 보닛 위에 쿠웅, 내려앉았다. 한쪽 무릎을 꿇고 앉은 그의 다른 손에는 흑색의 장검이 들려 있었다.

파르랗게 날이 선 검이 선득한 모습을 드러내고, 그는 차 위로 뛰어 올라갔다.

천장을 올려다본 순간에 소름 끼치는 은빛이 스쳤다. 그리고 천장 위에 있던, 아마도 뱀파이어가 차 뒤로 내던져져 날아갔다. 동시에 짐승이 차 위에 있는 다른 뱀파이어를 덮쳤는지 뒤차창 너머로 뒤엉켜 날아갔다.

목을 물어뜯긴 남자는 저 멀리 재가 되어 흩어지고, 짐승은 그 자리에서 바로 사라지는 동시에 나란히 질주하는 차 사이에 생성된 소용돌이에서 뛰쳐나와 다른 차를 덮쳐들었다.

쿵! 뒤이어 키츠카가 주먹으로 내려쳤는지 천장에서 타격음이 울렸다.

"더 옆으로!"

헥터는 쯧, 혀를 내찼다.

"그럼 새로 변신해 날아가든지!"

그렇게 투덜대면서도 재빨리 핸들을 꺾자 차는 옆의 벤으로 가까이 붙기 시작했다. 차창 너머로 부딪칠 듯 성큼 가까워지는 차를 귀희는 공포 어린 눈으로 쳐다보았다.

쿵! 쿵! 위에서 몇 번 발걸음 소리가 울리고 그가 훌쩍 벤 위로 건너갔다. 바로 양쪽으로 차 문이 열리고 남자들이 원숭이처럼 날렵하게 몸을 돌려 차 위로 올라갔다. 물론 키츠카는 그들이 자세를 바로잡을 때까지 기다리지 않았다.

세 마리의 짐승들이 기다렸다는 듯이 날카로운 송곳니로 각각 적을 덮쳐들어 뒤로 날아갔다. 그리고 어떤 저항도 없이 공기를 가른 검이 가장 먼저 고개를 위로 들이민 남자의 목을 그대로 쳐냈다.

토기가 울컥 치받혀왔다. 남자의 목이 뒤로 날아가는 찰나에 드러난 그 흉측한 단면을 보아버린 것이다. 귀희는 입을 틀어막으며 고개를 돌려 버렸다.

『으음…….』

그때, 이 난리 통에도 겨우 약한 숨만 쉬고 있던 기순이 품속에서 신음했다. 귀희는 재빨리 그녀를 내려다보았다.

『엄마?』

급히 불러보았지만, 혼몽한 와중에 뒤척댄 것뿐인지 기순은 반웅이 없었다. 여전히 숨을 제대로 쉬고 있는 것을 확인하고 고개를 돌리자, 차창 너머의 키츠카는 어느새 운전자를 제외한 마지막 남자와 대치하고 있었다.

검은 코트는 어둠으로부터 바로 자아낸 직물인 듯, 그가 서커스의 서막을 알리듯 휘둘렀던 천처럼 그를 감싸고 휘날렸다. 그런 그는 그녀를 구해주는 영웅이라기보다 마왕처럼 비쳐졌다. 목까지 단추를 잠근 검은 코트가 수도사의 것처럼 보임에도 불구하고…….

—에피메테우스*의 실수.

왜 그것이 떠올랐을까. 지상을 창조할 때에 어리석은 에피메테우스가 생각 없이 모든 훌륭한 특징들을 짐승들에게 나눠주어 마지막으로 인간의 순서가 왔을 때는 정작 나누어줄 것이 남아 있지 않았다고 한다. 그래서 대신 인간은 신들처럼 두 발로 설 수 있는 능력을 받았다.

그 모습은 흡사 제신(祭神)처럼 대지에 두 발로 우뚝 서게 된 인간이되, 후각자(後覺者:에피메테우스)로부터 축복받은 동물처럼 그 실용적이고도 아름다운 선물들을 모두 지니고 있는 것만 같았다. 그 조화를 보며 느낀 것은, 찬탄이었을까.

그가 방향을 돌린 칼날에 차가운 금속성이 미끄러져 내렸다. 남자는 송곳니를 드러내며 그에게로 달려들었다. 허공을 날아간 검이 직선으로 남자의 가슴을 관통했다. 찰나의 정적, 마침내 마지막 남자는 목을 길게 빼 부르짖으며 사방에 몰아치는 회색 돌

---

* Epimetheus: 인간에게 불을 가져다준 프로메테우스의 동생. 인류 최초의 여자 판도라의 남편. 이름의 뜻은 '나중에 생각하는 자'

풍이 되어 사라졌다.

키츠카는 헥터에게 손짓하고 벤의 운전석 문을 열었다. 그리고 헥터가 한 손으로 핸들을 잡고 다른 손을 뻗어 조수석의 문을 여는 사이에 운전자의 목을 잡아 끌어내 던져 버렸다. 그 성인 남자를 어린아이 다루듯이 하는 힘조차도 그가 '인간'이 아닌 '무엇'임을 암시하고 있었다.

조종자를 잃은 벤은 빠르게 속도를 잃으며 뒤로 미끄러지기 시작했다. 키츠카는 바로 이쪽 차의 천장으로 뛰어올라 조수석의 윗부분을 잡고 기민하게 미끄러져 내려왔다. 그리고 반동에 쿵! 쿵! 흔들리고 있는 차 문을 당겨 닫았다.

블랙홀에 빨려 들어가듯 굉음이 순식간에 잦아들고, 차가 자갈을 밟으며 달려가는 소리 외에 정적이 내려앉았다. 세 마리의 짐승은 어느새 사라졌는지 보이지 않았다.

그 가운데, 귀희는 파랗게 질린 얼굴로 조수석에 앉아 있어 옆모습만 비치는 그를 보았다. 그렇게 몸을 움직이고 난 후인데도, 그는 숨소리 하나 흐트러지지 않은 상태였다.

그 황금색 야수가 키츠카…….

아니, 그래, 이 모든 것을 겪고 난 뒤에는 그다지 놀라울 게 없었다. 특히 그 야수의 녹색 눈이 꼭 그의 것 같았다고 느끼고 난 후에는.

이제 머릿속에 맴도는 모든 질문을 쏟아낼 차례였지만, 귀희는 그러고 싶지 않았다. 시간이 좀 더 필요한 것일까. 아니면 아직 각오가 되지 않은 것일까. 어느 쪽인지는 스스로도 알 수 없었으나, 그저 기순을 좀 더 품에 그러모아 편히 안기만 했다.

「묻지 않나?」

귀희는 천천히 고개를 들었다. 질문한 키츠카는 여전히 앞을 보고 있었고, 운전 중인 헥터만이 백미러 너머로 걱정스러운 시선을 보냈다.

「뭐부터…… 물어야 하는지 모르겠어요.」

음성에는 혼란도 분노도 묻어 나오지 않았다. 단지 눈부신 영혼을 강탈당한 듯, 흐릿하게 흐려진 무채색뿐이었다.

「이야기를 하나 들려주마.」

귀희는 순순히 고개를 끄덕였다. 이제는 헥터 역시 정체가 모호했지만, 적어도 그가 하는 이야기라면 지금 자신이 듣고 싶지 않아 하는 '진실'은 아닐 것 같았기 때문이다.

「좋아요.」

「이건 내가 살던 지역에 내려오는 전설인데…… 혹시 암브로시아(Ambrosia)라고 알아?」

왜였을까. 허리에 묘한 감각이 흘러내렸다. 어쩌면 오싹한 소름과 같은…….

「아뇨.」

「그건…….」

헥터는 한 손으로 허공에 천천히 어떤 글자들을 써갔다.

A. M. B. R. O. S. I. A.

어두운 허공에 흔적을 남기지 않고 지나가는 글자는…… 암브로시아. 꼭 외국 여자의 이름 같다는 생각이 들었다.

「그리스 신화에 등장하는 이름이다. 신들이 먹던 음식으로, 이 암브로시아를 먹음으로써 신들은 영원한 생명과 상처를 입어도 죽지 않는 불사의 몸을 얻었다고 해.」

그는 허공에 흔적이 남지 않은 글씨를 응시했다. 낮게 읊조렸다.

「불사(不死)의 신찬(神饌), 암브로시아.」

또다. 허리를 훑는 묘한 소름. 잊힌 신화를 읊듯이 나직한 그의 목소리 때문일까.

「우리는 이 암브로시아가 실은 '음식'이 아니라 '여자'라고 생각해.」

「여자…… 요?」

「더 정확히는, 여신. 그리스 신화보다 더 오래된 옛날…… 신들이 통치하고, 거인이 배회하고, 온갖 신화적인 것들이 살던 때가 있었는데 그때 살았던 여신이라고. 그 이름이 암브로시아였어. 그리고 그녀는 그리스 신화에서 말하는 음식 암브로시아처럼 신들을 영원히 살게 하고 죽지 않게 하는 힘— '영생(永生)', 그리고 '불사(不死)'를 관장하던 여신이었지. 신들은 그녀의 힘으로 말미암아 영생하며 불사했고.」

아주…… 묘한 전설이었다.

같은 나라라 해도 지역마다 전설이 다르고, 잊힌 원주민의 전설까지 따지자면 세계 각국의 전설들이 인류의 수만큼 많다는 것은 알고 있었다. 하지만 뭐랄까……. 이 이야기는 그런 것 중에 하나가 아닌 것 같은 막연한 감이 들었다.

「하지만 라그나뢰크*가 일어났을 때, 그녀는 죽었어.」

---

* Ragnarök : 북유럽 신화에 나오는 세계 종말의 날. 여러 신과 악마들의 싸움으로 온 세상이 멸망한다고 한다.

「네? 불로불사의 몸이 아니었나요?」

「더 이상 그녀에게는 힘이 없었으니까. 그 영생의 힘을 탐낸 자에게 빼앗기고 난 후였거든.」

귀희는 미간을 좁혔다. 힘을 빼앗기느니 마느니, 그건 전설이니까 그렇다손 치더라도…….

「신도 죽나요?」

「그래. 다만 그 죽음의 형태가 다를 뿐이지. 무한한 생(生)을 잃은 그녀는 유한한 꽃이 되었어. 그리고 전설은 그 이후 아주 오랜 시간이 지나 태어난 한 아이에게로 연결돼.」

반사적으로 몸이 떨려왔다.

참 이상했다. 이건 그냥 전설일 뿐인데 아주 불길한 예감이 들기 시작했다. 어쩌면 이야기꾼 기질이 있는 헥터가 자신을 위로하기 위해 지금 바로 지어내는 이야기일 수도 있는데…….

「텍사스 주(州)의 작은 마을……. 동쪽 나라에서 이주해 온 부부가 평범하게 땅을 일구어 사는 농가에서 아이는 태어났지. 아마 아주 평범하고 평온한 삶이었을 거야. 해가 뜨면 땅을 일구고, 해가 지면 함께 식사를 하며 하루를 마감하는……. 그런데 비극이 일어났어. 노모를 포함해 부부가 끔찍하게 살해당한 거야.」

「누구…… 한테요? 아니, 왜요……?」

「도둑.」

그는 탁 내뱉었다.

「태초에 여신 암브로시아에게서 '영생'을 빼앗아간 도둑에게 살해당했어. 그 아이는 여신 암브로시아가 남긴 후예였으니까.」

「잠깐만요, 잘 이해를 못하겠어요. 여신이 남긴 후예는 뭐고, 목적이 아이라면 그 부모는 왜 죽인…….」

그는 그녀가 말을 끝내길 기다리지 않았다.

「여신은 죽었지만 진정으로 죽진 않았어. 여신이 죽은 자리에서 피어난 꽃이 개화하자, 거기서 여자아이가 태어났지. 그 아이가 인간 남자와 결합하여 아이를 낳고, 그 아이가 또 아이를 낳아 현대에 내려올 때까지 반복되어 '후예'를 남겼지. 그리고 여신에게서 '영생'을 빼앗아간 도둑은 그 후예에게 그들이 미처 뺏지 못했던 '불사'가 있으리라 믿고 이 현대에까지 쫓아왔어.」

귀희는 질끈 눈을 감았다.

아냐, 이건. 이만큼 얼토당토않은 이야기는 들어본 적도 없어. 이건 아닐 거야.

「그 후예를 찾아 불사를 내놓으라고 으름장을 놓았지. 그 아이가 그 후예 중의 한 명이었고, 아이의 부모는 그렇게 희생되었어.」

「분명…… 도둑에게서 아이를 지키려고 했을 테니까요?」

그는 고개를 끄덕였다.

「그럼 그 아이는요? 구조되었다고 했죠?」

「그 아이는…….」

이번에도 그는 선뜻 말하지 않았다.

「새로운 부모에게 맡겨졌지. 그조차도 그 아이를 쫓아간 도둑들이 놓은 불길에 잃게 되었지만.」

귀희는 절망적으로 머리를 감싸 쥐고 말았다.

이거였다. 부정할 수도 없이 이것은 그녀의 이야기였다.

물론 여전히 납득은 되지 않았다. 설사 판타지 소설에서 뛰쳐나온 것 같은 생물들이 설치고, 조금 수상할 뿐이었던 남자가 벽을 움직이고 짐승으로 변신하고, 옆집 아저씨가 무슨 특수요원처럼 전투를 벌였어도, 그런 신화가 진짜일 수는 없었다. 신화는 무지한 고대인들이 현대 과학으로는 설명할 수 있는 일들을 신성하게 여겨 지어낸 이야기가 아니었던가? 그렇듯 여신이니 영생이니 하는 것들은 상상 속에서만 존재해야 하는 것이었다.

여신의 후예라니. '불사' 같은 그 단어조차 낯선 것 때문에 쫓기고 있다니.

그녀는 인간이었다. 단 한 번도 인간이 아닌 것 같은 전조가 느껴진 적도 없었고, 신체검사를 받았을 때도 아무런 하자가 없었다. 물론 감기 한 번 걸린 적 없을 정도로 건강하긴 했지만, 고작 그것이 그녀가 인간이 아닌 증거라고 할 수는 없었다.

그런데 이야기를 들으면서도 깨닫지 못하고 있었던, 아주 무서운 예감이 그녀를 사로잡았다. 귀희는 기겁하여 고개를 들었다.

「그, 그럼…… 그 아이는, 그 아이는…… '인간' 이 아닌 건가요?」

「아니, 인간이야. 여신의 후예라고는 하지만 수없이 인간과 결합한 끝에 인간과 조금도 다를 게 없어졌거든. 인류의 조상인 이브가 원랜 아프리카인이었다는 이야기와 비슷하다고 생각하면 돼. 시조가 흑인이었다고 해도 나는 백인이고 너는 황인종일 뿐인, 그런 거지.」

이미 앉아 있지 않았다면 안도감에 주저앉을 뻔했다. 만약 자신마저 인간이 아닌, 그 남자들이나 키츠카처럼 '어떤 것' 이었다면…….

「양부모의 사고 이후로 아이는 사라졌어. 이야기 속에서 감쪽같이……. 아마 누구도 예상하지 못했던 '변수' 가 끼어들었던 거겠지.」

그렇게 말하는 그는 아직 의식이 없는 기순을 보고 있었다. 그러나 그 시선은 여전히 다정한 온기를 품고 있어, 귀희는 그에 관해선 아무 말도 하지 않았다.

「그 뒷이야기는…… 모르세요?」

「그래.」

그 말을 끝으로 귀희는 침묵했다.

차는 풀과 나무, 흙 외에 아무것도 없는 시골길 위를 미끄러져 저 지평선에 내려앉은 밤하늘까지 달려갈 것 같았다. 하늘에는 별빛들이 무심히 빛나고, 달은 짙은 구름에 가려져 보이지 않았다. 그래도 휘영청 크게 빛나는 존재가 없어 하늘은 오히려 소박하고 아늑했지만, 그 평온한 공기가 그녀는 자신들과 상관이 없다고 이야기하고 있었다.

「……없나요?」

그녀는 들리지도 않을 만큼 낮은 목소리로 중얼거렸다. 그것을 듣지 못한 헥터는 '응?' 하고 되물었다. 그러자 귀희는 고개를 들고, 흔들리는 눈으로 물었다.

「어차피 전설인데…… 행복한 결말이 날 수는 없나요?」

헥터는 선뜻 대답할 수 없는 듯 말이 없었다.

「그렇지. 어차피 지어내는 이야기라면…….」

「모이라이(Moirai)는 비극을 좋아하지.」

눈을 감고 있던 키츠카가 조용히 눈을 떴다.

「모이라이…… 요?」

「운명의 세 여신. 실을 잣는 클로토(Cloto), 그 실을 인간에게 나눠주는 라케시스(Lachesis), 그리고 때가 되었을 때 실을 자르는 불가피한 아트로포스(Atropos). 그 운명의 집행자들을 일컬어 단수로 모이라이라고 하지.」

이런 상황인데도, 그가 이렇게 길게 말을 할 줄 안다는 것이 조금 놀라웠다.

「모이라이에게 암브로시아는 이교의 여신이다. 자신과는 흘러온 기원이 다른. 그 피를 잇는 자들에게 그녀가 자비로워야 할 이유는 없겠지.」

귀희는 꾹 입을 다물었다.

세상이 뒤집혀 버린 그녀에게 말조차 저토록 모질게 하는 그는 정말…… 영웅일까? 아니면 그녀를 지금 이 자리에 앉아 있게 만든 악당일까?

점차 심상치 않아지는 공기에 헥터는 분위기를 어떻게든 해야 한다는 사명감을 느꼈는지 화제를 돌렸다.

「어머니는 좀 어떠냐?」

귀희는 눈에 고인 눈물을 닦아내고 기순의 상태를 확인했다. 숨이 거칠긴 했지만 아직 별다른 기색은 없어 보였다.

「괜찮으신 것…… 같아요.」

그제야 헥터는 한시름 놓고 키츠카에게로 시선을 돌렸다.

"급한 대로 다음 도시까지 가야 하나? 지금은 괜찮다 해도 어서 안정을 시키는 편이……."

"지원 부대가 정리를 끝내면 연락해 올 겁니다."

헥터는 폭 한숨을 내쉬더니 들으라는 듯이 중얼거렸다.

"공간이동도 못한다니, 이 쓸모없는 녀석 같으니라고."

"그럼 공간이동을 할 수 있는 페나(Pena)를 데려오지 그러셨습니까?"

거의 장난으로 말을 시작했던 헥터는 기겁하는 얼굴이 되었다.

"아, 말도 마. 내가 페나라면 학을 떼는 거 모르나? 에블린 그 마녀한테 농담 한마디 했다가 남자 인생 종칠 뻔했다고."

뜻밖에도 키츠카는 미약한 한숨 같은 것을 내쉬었다.

"그 성격을 알면서도 그러셨습니까?"

"몇 년 전에 결혼했다던데, 그런 여자를 마누라로 데리고 사는 남자는 대체 간이 얼마나 크나 그래?"

"리처드 레인스터 말입니까."

"어라? 네가 웬일로 그런 걸 다 기억해? 역시 미움이 깊으면 사랑이 된다고, 둘이 그렇게 서로 개 닭 보듯이 하더니 그새 묘한 감정이 싹튼……."

"여자들이 하도 떠들어서 기억합니다."

귀희는 조금 얼떨떨해졌다. 조금 전까지만 해도 세상이 끝난 것처럼 절망스러운 분위기였는데, 뭐라고 하는지는 모르겠지만 오래된 친구처럼 대화하는 두 남자는 꼭 가벼운 담소라도 나누는 것 같았다.

"아참, 근데 자네, 아라의 소식은……."

마침 헥터가 그렇게 운을 뗄 때였다. 가만히 앉아 있던 키츠카가 날카롭게 시선을 돌렸다. 그리고 바로 손을 뻗어 핸들을 한쪽

으로 급격히 꺾었다. 헥터는 '어! 어!' 소리를 터뜨리고 귀희도
반사적으로 놀란 소리를 터뜨렸다.

콰아아앙!

길 한쪽으로 울창한 숲을 뚫고 달려 나온 검은 차가 옆을 들이
박았다. 그 강한 충격에 바퀴가 사나운 마찰음을 내며 차가 옆으
로 크게 휘청거렸다. 그에 헥터가 얼른 중심을 잡자 길 밖으로 떨
어질 듯 밀려나던 차가 겨우 제자리를 잡았다. 하지만 홀연히 나
타난 다른 차가 여전히 쿵! 쿵! 박아대고 있었기 때문에 그때마다
정신없이 비틀댔다.

차창 너머로는 혼자 운전을 하고 있는 알라스테어가 미친 사람
처럼 웃고 있었다.

하하하하하!

소리는 들리지 않는데도, 그 광적인 웃음소리가 들리는 것만
같았다.

"저, 저 자식! 지원팀 자식들은 뭐 하는 거야! 지금은 인간의 몸
인 녀석을 놓치고!"

그 말을 들은 듯이 알라스테어가 핸들을 끝까지 꺾어 차를 박
아왔다.

"제 동족이라면 수십 명을 한꺼번에 조종할 수 있는 녀석입니
다. 제 몸 하나 빼내지 못했을 것 같습니까?"

"네가 웬일로…… 약.한. 소.리.를. 다. 해! 으라차차차!"

헥터는 우렁찬 기합을 내지르며 핸들을 꺾었다. 하지만 자신이
탄 차의 바퀴 하나가 길 밖으로 밀려나 휘청하는데도 알라스테어
는 엑스터시를 한 듯이 웃고 있었다.

소름이 귀희의 전신을 사로잡았다.

"약한 소리가 아닙니다."

반면 키츠카는 차창 너머로 알라스테어를 보며 서느렇게 읊조렸다.

"지금은 결국 저런 짓밖에 하지 못하는 몸이라고 말하는 겁니다."

"어, 그럼 설마 저 녀석!"

"예. 심장을 잃은 몸은 깨어나지 못했습니다. 유령처럼 의식만 살아 움직이고 있는 겁니다."

헥터는 환희를 참을 수 없는 듯이 하하! 웃었다.

"잘난 척은 혼자 다 하더니 아주 꼴좋게 되었군! 그래, 유일무이한 천 년짜리 뱀파이어도 심장을 잃고는 별수 없었어!"

키츠카는 눈을 감았다. 귀희는 비가시적인 어떠한 기운을 내뿜기 시작한 그에게서 차창 밖으로 시선을 돌렸다. 본능적으로 곧 일어날 일을 직감한 것이었다.

아까처럼 밤하늘을 비춘 허공에서 천이 펄럭이며 흩어져 내리고 있었다. 그리고 밤하늘을 뚝 떼어낸 것 같은 천은 그대로 바람에 쓸려 장막처럼 알라스테어의 차를 뒤덮었다. 그럼에도 천은 너무나 투명해, 운전대를 완전히 놓고 차창을 짚는 그를 똑똑히 비추었다.

차를 덮은 장막은 서서히 흰색으로 불투명해지기 시작했다. 그 사이로 알라스테어는 똑바로 그녀를 응시하며 읊조리고 있었다.

뱀…… 을…… 조.심.해…….

먹물이 번지듯이 장막 위로 퍼져 나가던 흰색은 전체를 잠식해 완전한 불투명색이 되었다. 그리고 장막에 뒤덮인 차는 속도를 잃고 엄청난 속도로 뒤로 미끄러져 갔다. 이내 꽹음을 내며 길 밖으로 처박히는 모습이 빠르게 멀어지는 차 미러에 비춰왔다.

뱀을 조심해…….

그가 의미심장한 예언처럼 남긴 그 말을, 귀희는 입술 모양으로만 나직이 읊조려 보았다. 그가 두 번이나 그녀에게 한 경고를. 하지만 대체 뱀이 어디 있다는…….

귀희는 얼른 그 생각을 떨쳐 냈다. 그는 '악당' 이었다. 그 말에 자신에게 도움이 되는 의미가 있으리라고 생각하는 것 자체가 언어도단이었다. 그는 자신을 죽이려고 했던 자인 것을.

그때 기순이 크게 뒤척이며 눈을 떴다.

『엄마!』

귀희가 외친 소리에 나머지 두 남자도 재빨리 뒤를 돌아보았다.

『귀희…… 야…….』

기순은 흐릿하게 중얼거리며 손을 뻗어 귀희의 얼굴을 더듬었다. 그녀가 무사한지 확인하려는 듯이.

『괜찮니……?』

어디서부터 무엇이 괜찮으냐고 묻는지는 알 수 없었지만, 귀희는 제 얼굴을 쓰다듬는 손을 쥐고 힘겹게 고개를 끄덕였다. 또 흐르기 시작한 눈물에 볼은 이미 축축했다.

『괜찮…… 아요…….』

기순은 길게 떨리는 숨을 내쉬며 앞좌석에 있는 두 남자를 보았다. 그리고 당장에라도 축 늘어질 듯이 흔들리는 손을 헥터에게 뻗었다.

「헥터…….」

헥터는 당장 차를 멈추고 몸을 돌려 그녀의 손을 꼭 맞잡았다.

「그래, 나 여기 있어.」

「별이…….」

「응?」

「별이 보고 싶네요.」

꼭 죽기 전의 유언 같은 말이라 귀희는 그러지 말라고 소리치려다 가까스로 억눌렀다. 아픈 그녀를 놀라게 할 수는 없었다. 헥터는 운전석에서 내려와 뒷좌석 문을 열고 기순을 조심히 안아 들었다.

차 안에서는 미처 몰랐지만, 풀벌레 소리가 아득히 울리는 바깥은 훈훈한 공기에 더불어 고즈넉한 시골의 정취가 아름다웠다. 하늘은 어느새 바로 머리 위로, 하얗게 시린 별빛이 폭우가 되어 쏟아질 것만 같았다.

기순은 난생처음 꿈을 꾸듯 몽롱한 눈으로 별빛이 꽃밭 같은 하늘을 올려다보았다. 유연하게 깊은 하늘은 꼭 물결이 넘실거리고 있는 것 같았다. 저 광대한 하늘의 끝 어디에선가 이 세계를 관장하는 천축이 인간의 귀에는 들리지 않는 소리를 내며 구르고 있는 듯이…….

『그래……. 귀희는…… 우리 귀희는, 역시 평범한 아이가 아니었던 거죠?』

그녀는 저 하늘 위의 전지전능한 존재에게 묻듯이 물었다. 그렇기에 대답은 아무도 하지 않았다.

『그럴 줄 알았습니다…….』

기순은 희미하게 웃었다.

『그 불길 속에서 나를 물끄러미 보던 눈부터 평범한 인간의 것은 아니었거든요.』

의식은 계속 어둡고 혼몽한 곳을 헤매고 있었지만, 귀는 깨어 있어 주변에서 웅웅 울리는 소리들을 듣고 있었다. 자맥질하는 의식에 전부 알아듣진 못했어도, 중요한 이야기는 모두 들었다. 그리고 평생 해갈되지 않던 의문이 풀리며 마음에 기묘한 평화가 찾아왔다.

『죽을 것처럼 힘이 들면서도, 귀희를 안으면 모든 게 다 괜찮아질 것 같은 막연한 확신이 있었어요. 아무리 힘든 일이 있어도, 정작 진짜 죽을 만큼 일이 잘못된 적은 없었어요……. 그건…… 신의 품에 안긴 것과도 같았죠…….』

원래대로라면 그녀는 이 모든 허무맹랑한 이야기를 추호도 믿지 않았으리라. 하지만 이렇게 별들이 가까운 것을……. 사방에서 인간이 아닌 것들의 숨소리가 이토록 선명히 들려오는 것을…….

하늘로 성큼 가까워지는 아득한 부유감 속에 인간은 알 수 없는 존재들을 느낄 수 있었다. 땅짐승의 몸으로부터 자유로워지고 있는 영혼이 눈으로 볼 수 있는 것만 믿고자 하는 땅짐승의 속박된 시야로부터도 자유로워지고 있었다.

『자네는…….』

기순은 어둠에 안겨 흡사 악의 사자인 듯 비치는 남자를 보았다.

『저승사자인가, 구원자인가?』

이 모든 것을 몰고 온 죽음의 사자인지, 아니면 그로부터 구원하기 위해 온 영웅인지……. 아니, 어쩌면 그가 결코 평범한 인간이라고는 볼 수 없는 신비로운 공기를 휘감고 나타났을 때부터 그녀는 눈치채고 있었는지도 모른다. 평범하게 살았다면 그녀로서는 죽는 날까지 전혀 몰랐을 이 세계의 이면을. 그리 해 헥터의 어설픈 변명을 실은 전혀 믿지 않았으면서도 그냥 믿고자 했으리라.

『그 어느 쪽도 아닙니다. 굳이 말하자면, 인도자일 뿐.』

『그렇다면 자네가 인도하는 곳에서…… 귀희는 안전하나?』

그가 설사 거짓말을 한다 해도, 자신에게는 더 이상 귀희를 지켜줄 힘이 남아 있지 않았다. 그러니 믿는 수밖에 없었다. 저 남자 자체보다, 자신의 선택을. 거북하리만치 맑은 그 눈에서 진정성을 보았던 자신의 판단을…….

『저희는 인간의 발로는 닿을 수 없는, 한때 신이 살았던 흔적이 남아 있는 기지(奇地:신기한 땅)에서 왔습니다. 그곳에 따님을 지키고자 하는 이들이 있습니다.』

어둠의 숲 속에 또 다른 숲을 닮은 눈이 조용히 빛났다. 녹음의 불꽃처럼.

『목숨을 바쳐서라도..』

후……. 기순은 낮은 숨을 내쉬었다.

「헥터…….」

헥터는 바로 그녀에게로 고개를 기울여 대답했다. 그래, 하고 조용히.

「당신은, 인간인가요?」

기순은 흐릿한 눈을 돌려 그를 보았다. 소리가 들려온 방향을 더듬어 찾듯 느릿한 움직임에 귀희는 알 수 있었다. 더 이상 그녀의 눈이 보이지 않는다는 것을. 자신도, 헥터도 볼 수 없다는 것을.

「응. 난 인간이야.」

「그럼 머지않아 볼 수 있겠군요.」

이제 소용없음을 알았을까, 헥터는 더는 그딴 소리 하지 말라며 반박하지 않았다. 그저 그 사느랗게 식어가는 볼을 건드리기도 애틋한 듯 어루만지며 속삭였다.

「그래. 머지않아…….」

「오면, 그때도 그럴 마음이 있다면…… 찾아주세요. 그때는 나도…… 좀 더 용기를 낼 수 있을 것 같으니까요.」

헥터는 희미하게 웃었다. 그리고 그녀의 마음을 편하게 해주기 위해서였는지, 이런 때에도 조금은 농담하듯이 말했다.

「그런 용기라면 좀 일찍 내주지 그랬어. 나 이래 봬도 순진한 남자라 그랬다면 자네한테 홀딱 빠져서 내 심장이라도 빼주겠다고 설쳤을지 모르는데.」

「당신한테 첫눈에, 반했어요. 그랬던 것 같아요. 고마워요. 이곳에 와줘서…… 날 만나줘서…….」

헥터는 그녀의 손을 들어 자신의 볼에 문질렀다. 그리고 그 위에 살짝 입술을 눌렀다. 내일 아침 일어나 다시 만날 아내에게 하듯 가볍고 일상적인 행동이었기에 오히려 무어라 할 수 없이 서글펐다.

「미안해. 마음껏 사랑해 주지 못해서. 더 일찍 깨닫지 못해서. 나중에 모두 갚을게. 그러니까…… 수고했어. 백기순, 멋지게 살았어. 브라보.」

기순은 이제 아무것도 볼 수 없는 흐린 눈으로 가분히 웃었다.

「그래요……. 멋진 삶이었어요. 너무나…….」

귀희는 더 이상 참을 수 없었다.

「제발! 제발…… 그러지 말아요……. 엄마 돌아가시는 거 아니잖아요. 그렇잖아요. 그러니까 그런 말은…….」

새파란 핏줄이 올올이 도드라진, 투명하리만치 하얀 손이 천천히 움직여 그녀를 향해 왔다. 하지만 귀희는 그 손을 선뜻 잡을 수 없었다. 창백한 죽음의 냉기가 풍겨오는 손이 그 자체로도 마지막 인사를 하는 듯했기 때문이다. 떨면서 바라보고만 있자, 헥터가 그 힘없는 손을 받쳐 그녀에게로 내밀었다.

『웃어주렴. 그 불 속에서 그랬듯이…….』

귀희는 절레절레 고개를 내저었다. 눈물이 울컥울컥 흘러 시야가 온통 흐렸다.

『기억나지 않아요……. 내가…… 그랬나요?』

『그럼. 아주 화사하게 웃었지. 도저히 두고 갈 수 없을 정도로…….』

웃지 않을 수 없었다. 모든 것을 다 바쳐서라도 웃어야만 했다. 얼굴이 그대로 갈라져 나가는 것 같았지만 귀희는 입술을 끌어올려 웃었다.

『그래…… 그렇게 웃어. 늘…… 모두가 널 지켜줄 테니까.』

더 이상 그녀의 목소리는 들리지 않았다. 아주 드문드문한 읊조림일 뿐이었다. 마침내 기순은 굳은 입술을 달싹여 마지막 말을 가쁘게 쏟아냈다.

『사랑한다, 내 딸.』

그녀는 눈을 감았다. 서서히 잦아들 듯이…….

키츠카는 몸을 일으켰다. 차의 운전석으로 돌아가 시동을 켜더니 굉음을 내며 앞자리의 무언가를 뜯어냈다. 앞 차창 너머로 그가 불티가 파직거리며 튀는 전선들을 줄줄이 끌어내는 모습이 보였다. 이내 그는 살아 있는 듯 불티를 퍼뜨리는 전선을 아무렇지도 않게 쥐고 다가와 기순의 곁에 앉았다. 그리고 다른 손을 그녀의 심장 바로 위에 대었다.

그가 조용히 눈을 감고 집중하는 찰나였다.

쿵! 제세동기의 전기충격 같은 충격이 기순의 몸을 뒤흔들었다. 그 모습에 헥터는 상황도 잊고 멍하니 생각했다.

세상에……. 자신의 몸을 전도체로 위장하는 것까지 가능하다니……. 괴물 같은 놈…….

쿵! 충격이 다시 한 번 가해졌다. 그러나 기순은 다시 눈을 뜨지 않았다. 귀희는 기순을 보았다. 너무나 평온했다. 어쩌면 이렇게 곱고 아름다울 수 있을까 싶을 만큼.

그녀가 이렇게 결연히 청아해 보였던 적이 있었던가……. 모든 번뇌와 세속의 때를 내려놓고…….

『그만하세요…….』

거의 들리지도 않을 만큼 작은 소리였으나, 키츠카는 손을 뗐다. 이미 마지막으로 가한 충격에도 기순은 눈을 뜨지 않아 절망적인 결과를 받아들일 수밖에 없었다.

차륵……. 귀희는 고개를 수그린 채 바닥의 흙을 움켜쥐었다.

「그것은 오히려 남아야 할 자와 가야 할 자를 알맞게 지시하는 위대한 안배였습니다.」

그런 위대한 안배 따위, 그녀는 알지 못했다. 알고 싶지도 않았다. 하지만 적어도 한 가지는 알 수 있었다. 그렇게 생각하고 싶을 만큼 기순은 지쳤다는 것을……. 이렇게 별빛 아래 잠들어 너무나 편안하다는 것을…….

어쩌면 아주 오래전부터 이 순간을 기다려 왔다는 것을.

『나 때문에…… 살아주었던 거죠?』

대답 없는 그녀에게 조용히 물었다.

청명한 하늘, 그녀의 간간한 웃음. 잦아드는 노을, 그녀의 생명. 짙은 밤, 그녀의 까마득한 안식.

이제야 그녀의 하루가 막을 내렸다. 보람찼던 하루를 웃으며 배웅해 주어야겠지. 내일 아침 다시 만날 것을 기약하며 굿나잇 키스를 해주어야겠지…….

귀희는 아직 부드러운 온기가 남아 있는 볼 위로 가만히 키스했다.

『잘 자요…… 엄마.』

아주 달콤한 꿈만을 꾸기를. 그녀의 역사에 가장 정의롭게 기억될 영웅에게 신이 그 정도의 자비는 베풀기를…….

어디선가 불어온 낮은 바람이 가만히 숨죽인 나뭇잎들을 쓸고, 그에 숲이 소리 없는 숨결을 내쉬었다. 그리고 그 신호를 기다린 듯 사방에서 종적을 감추었던 풀벌레들이 목청 높여 울기 시작했다. 그러나 세 사람 사이에 잦아든 죽음 같은 침묵은 영원 같았다.

차르르륵……. 눈부신 헤드라이트를 밝힌 여러 대의 자동차가 다가와 멈춰 섰다. 그리고 차 문이 열리고 예의 그 방탄조끼를 입은 남자들이 걸어 나왔다. 그중 한 명이 바로 키츠카에게로 다가왔다.

"대부분 달아났습니다. 죄송합니다. 역시 저희끼리 뱀파이어 사냥은 무리였습니다."

"그자는 어떻게 됐습니까?"

남자는 자신이 왔던 차 쪽으로 고갯짓했다. 눈이 시리도록 강한 헤드라이트 빛 사이, 열린 차 문 너머로 흐릿한 인영이 보였다.

차 안의 사내는 웅크려 앉은 채 제 양어깨를 그러쥐고 있었다. 머리는 귀신처럼 흐트러져 있고, 단정하던 양복은 완전히 구겨져 여기저기 찢긴 상처에서 핏물이 배어났다. 시선을 느낀 듯 그가 더듬더듬 고개를 든 찰나, 눈이 마주쳤다.

섬뜩한 공포에 사로잡힌 눈.

도리어 그녀에게 도움을 구하는 결백한 눈……. 자신에게 무슨 일이 일어난 건지조차 알지 못하는 불가해의 혼란.

"아무것도 기억하지 못합니다. 그리스 국적의 사업가인데, 아바나행 비행기를 타고는 기억이 없다더군요. 가벼운 찰과상을 빼면 큰 상처는 없습니다. 일단 본부로 이송해 기억을 지우고 집으로 돌려보내 주겠……."

달리 지시할 것도 없이 남자가 능숙하게 말하고 있을 때였다.

"네가 죽였어!"

갑자기 악에 받친 비명이 터졌다.

"네가 우리 엄마를……!"

더는 알라스테어가 아님을 본능으로 알면서도, 귀희는 악독하게 소리쳤다.

"절대 용서 안 해!"

「정말 그렇게 생각하나?」

그런데 사내가 툭 말했다. 모두는 그대로 얼어붙었다.

「네가 태어나지 않았더라면 저 여자는 애초에 이렇게 살 이유조차 없었을걸?」

혼란 속의 공포에 사로잡혀 있던 남자는 표정부터 달라져 있었다. 입꼬리를 살짝 말아 올린, 비웃는 듯도 애정 어린 듯도 한 묘한 미소.

경악으로 얼어붙어 있던 남자들은 번뜩 정신을 차렸다. 동시에 일사불란하게 총을 꺼내 들었다. 철컥, 철컥, 철컥, 동시다발적으로 울리는 쇳소리가 사방을 때렸다.

수많은 총구가 알라스테어가 몸을 빌린 사내에게로 향해 갔다. 그러나 엄슬한 총기가 살기를 빛내는데도, 알라스테어는 태연히 말을 이었다.

「그리고 저 녀석.」

그 손가락이 똑바로 가리킨 끝에는 키츠카가 있었다.

「'저건' 네가 생각하는 그런 존재가 아니야.」

그때 귀희는 알라스테어가 스페인어로 이야기하고 있다는 사실을 깨달았다. 그리고 그 사실로 하여금 여태까지 스페인어를 못하는 척했으면서도-아마 자신에게 타인을 맞추려는 오만함의 발로였을 것이다-이제 와서야 그녀가 이해하는 언어로 이야기하는 이유는, 그녀가 지금부터 자신이 하는 말을 아주 똑똑히 이해하길 바라서라는 사실까지도 깨달을 수 있었다.

「녀석은 널 미끼로 삼았어, 날 잡기 위해서. 녀석이 왜 당장 널 데려가지 않고 여기서 미적거렸다고 생각해? 날 끌어내기 위한 최적의 조건이 갖춰져 있었기 때문이야. 너만 한 미끼는 좀처럼 없거든. 교활한 녀석, 내가 꼭 널 만나기 위해 올 걸 알았겠지. 그래서 덫을 놓은 거야.」

알라스테어는 그녀를 보고 싱긋, 다정한 큰오빠처럼 웃었다.

「증거는 네 목걸이야. 거기에 걸린 마법은 나 같은 존재들을 거부해. 그 마력이 워낙 강력해서 나조차 섣불리 접근할 수 없지. 그런데 난 여기 있어. 생각해 봐. 20년간 널 지켜주던 마법이 언제부터 풀렸을까? 녀석이 네 목걸이에 손을 댄 적이 있다면 바로 그때겠지.」

황혼의 부둣가, 제게서 목걸이를 받아 들어 빛에 비춰보던 키츠카.

그 장면이 뇌리를 스쳤다. 귀희는 눈물이 쉴 새 없이 흐르는 눈으로 키츠카를 돌아보았다.

「정말이에요?」

키츠카는 대답하지 않았다. 하지만 대답은 충분했다. 알라스테어는 크게 웃었다.

「그거 보라고. 네 엄마를 죽인 건 내가 아니야, 녀석이지.」

갑자기 알라스테어, 아니, 그에게 조종당하던 사내가 사시나무처럼 몸을 떨기 시작했다. 그리고 눈물을 뚝뚝 흘리며 알아들을 수 없는 언어로 정신없이 무어라 애원했다. 다른 남자가 말을 시

켜보았지만 아마 그리스어인 듯한 그 언어 외엔 모르는지 좌절하
며 울먹일 뿐이었다. 그 모습은 결코 알라스테어가 연기를 펼치
는 것이라고 볼 수 없었다.

「잔류한 성자의 사념(邪念)인가.」

조용한 목소리가 들려왔다.

「저 남자도 이제 평범하게 살긴 글렀군. 평생 성자의 망령에 사
로잡혀 살 거야.」

헥터가 아래 깔아두었던 코트째로 기순의 몸을 조심히 안아 들
며 무심하게 말했다. 고개를 숙이고 있어 얼굴은 보이지 않았지
만, 손길은 눈에 띄게 떨렸다.

「성자가 제 동족을 조종할 수 있는 건 그들이 본질적으로 자신
과 같은 존재이기 때문이지. 그런데 인간까지 그 대상이 되었다
는 건, 무의식을 파고들어 간 성자가 누구나 가지고 있는 '악'을
일깨워 제게 동조하게 했다는 의미야. '숙주'가 사회의 도덕적
관념보다 제 본능에 충실한 사이코패스가 되도록 만든 거지. 평
생 뒤를 봐줘야 할 사람이 또 하나 늘었어.」

귀희는 비정상적으로 가쁜 숨을 거칠게 몰아쉬었다.

「왜 그런 말을…… 제게 하는 거예요. 난 그런 어려운 말은……
알아듣지 못해요.」

잠깐 앞에 멈춰 선 헥터는 희미하게 웃었다. 몹시도 흐렸지만,
여전히 어린 딸을 보듯 온기가 가득한 웃음이었다.

「네가 알고 싶어 할 거라고 생각했다.」

아니면 알아야 했던 건가요?

귀희는 계속해 가빠지는 숨을 토해내며 그가 안아 들고 있는

기순을 보았다. 아니, '백기순'이라고 불렸던 여인의 껍질을 보았다. 검은 코트가 하얀 수의를 대신해 얼굴을 덮고 있는…….

다리가 무너졌다.

「아아아……!」

오열은, 죽어가는 짐승의 단말마와도 같았다.

지독히 괴롭고 비통해 갈퀴와 같이 듣는 이들의 귀를 할퀴었다. 그에 몇몇 남자들은 질끈 눈을 감으며 고개를 돌려 버리고 말았다.

깊은 절망에 사로잡힌 소녀는 문득 어깨를 짚어오는 온기를 느꼈다. 그것이 무엇인지 깨닫기도 전에, 혹렬하게 춥고 시린 몸이 그 유일한 온기에 필사적으로 매달렸다.

「울지 마…….」

멀어지는 헥터의 목소리가 나직이 울렸다.

「울지 마……. 지금 우는 것으로 기운을 낭비하기에는 가야 할 길이 너무나도 멀어…….」

그렇게 무거운 걸음을 내딛는 남자 또한 울고 있었다. 그저 비였으면 하는 물기가 강직한 얼굴을 적시며 하염없이 흘렀다.

또 다른 남자는 어둡게 짙어진 눈으로 품에 매달린 소녀를 응시했다.

신이 울고 있었다.

전설에 의하면, 신이 울면 그날은 세상이 비통에 잠겨 모든 움직임을 멈추었다. 바다에 파도가 치지 않고, 별빛이 잦아들고, 해가 뜨지 않고, 하늘은 통탄하며 같이 눈물을 흘렸다. 하지만 땅짐승의 육신에 갇힌 신의 울음은 더 이상 저 높은 하늘에 닿지 않았다.

닿지 않았다…….

그에 금기된 일임을 누구보다 잘 알면서도, 남자는 강한 힘으로 소녀를 끌어안고 말았다.

날카롭게 피부를 파고들어 오는 열감은 성인의 머리에 씌워진 월계수 왕관의 참망한 가시였고, 배덕한 금단의 열매였다. 그렇듯 결코 그에게는 허락되지 않은 것이었다. 그럼에도 에덴에 숨어든 뱀이 꿀과 젖이 흐르는 강가에 누운 여체의 유혹을 참을 수 없었던 것처럼, 제 품의 소금인형 같은 소녀에게서 팔을 풀 수 없었다.

낙원의 그늘에 나뭇가지를 칭칭 감고 숨어 가만히 허기진 눈빛을 빛내는 뱀의 환영이 눈앞을 스쳤다. 그 환각을 물리치듯, 남자는 눈을 감았다. 단 이 순간만…….

15

바람이 불어왔다. 파도에 물비늘이 다가오고, 푸른 창공에 하얀 갈매기들이 매끄러운 호선을 그리며 날았다. 날씨는 장례식을 치르기에는 지나치게 화창했다.

귀희는 제 허벅지 위에 놓인 검은 유골함을 보았다. 위를 가볍게 쓸자, 고르게 옻칠이 된 표면에 고급스러운 윤기가 흘렀다. 금수 비단 덮개까지 덮어진 유골함은 일평생 낭비란 것을 해본 적 없는 기순이 마지막으로 누리게 된 호사였다.

장례는 마을에 돌아와 치러졌다. 지원팀이라던 남자들은 시간이 없다고 했으나 키츠카가 당분간은 안전할 거라고 확신해 준 덕에 가능했다. 물론 의문의 폭발 사고 이후 갑작스럽게 영면한 그녀를 두고 마을 사람들마저 속닥거림이 많았지만 귀희는 신경 쓰지 않기로 했다. 창졸간에 천애고아가 된 자신을 안타까이 여기며 기순의 장례식에 와서 진심으로 슬퍼해 준 사람들만으로도 충분했으니까.

일단 마을로 돌아오기는 왔고, 오늘 장례식도 치렀다. 그렇다면 이제 뭐가 남은 걸까…….

그때, 머리 위로 검은 그림자가 길게 드리워졌다. 그녀는 시린 눈을 들었다.

「제가 아버지를 원했기 때문에 엄마를 잃게 된 걸까요?」

헥터는 난생처음 보는 모습이었다. 야성적으로 뻗치던 머리카락은 반듯하게 쓸어 넘겼고, 칼같이 단정한 검은 양복이 탄탄한 몸을 감싸고 있었다. 늘 턱에 드문드문 나 있던 수염까지 말끔히 정리되어 낯설었지만, 곧 찡그린 듯이 웃는 얼굴은 분명 '어부' 헥터였다.

「네 잘못이 아니란 거 알잖아.」

「알아요. 그냥…… 그래요. 뭔가로 인한 벌을 받고 있는 기분이 들어서요.」

헥터는 나직이 한숨을 쉬었다.

「불행인지 다행인지, 인간과 달리 우리에겐 더 이상 신이 없어. 태초에 전쟁이 나서 서로 치고받고 하다가 다들 죽어버렸거든. 웃기지? 신이나 되면서 말이야. 하지만 어쩌면 다행인지도 몰라. 뭔가가 그렇게 되도록 정해두는 존재가 없어졌으니까. 그러니까 적어도 이 세계에서 일어난 일은 '운이 없었네' 하고 털어버려도 돼.」

아직 이 세계니, 신이니, 도저히 적응되지 않았지만 귀희는 조금 그 말을 곱씹어보았다.

「그런 점에서는 좋은 것도 있네요.」

「모두 다 나쁘기만 하면 살 리가 없잖아. 이런 세계라도 이래서 살아간다는 점도 있는 거야. 그나저나 나야말로 걱정이네. 아무리 노력해도 네 엄마처럼은 하지 못할 것 같거든. 비교될 것 같아 무서워.」

「여기 있어주시는 것만으로도 돼요. 그것만으로도 너무 감사해서……..」

헥터는 옆에 무릎을 굽히고 앉아 가볍게 어깨를 감싸 안아주었다. 귀희는 그 품에 자연스럽게 고개를 기댔다.

「걱정 마. 곁에 있을게. 몇십 년 정도는 네 곁에 있어주지 않으면, 네 엄마 찾으러 가봤자 타박만 받을 것 같으니까.」

그러면서 양복 안주머니에서 주섬주섬 뭔가를 꺼내 들기에 보니 담배였다. 그리고 꼭 불량한 소년처럼 앉아 담배에 불을 붙이고 가볍게 빨아들이더니 후, 연기를 내쉬었다. 적어도 한두 번 피워본 폼은 아니었다.

「나 같은 남자를 두고 가버리다니, 네 엄마 참 굴러들어 온 복 걷어차는 재주도 여러 가지지? 내가 철은 좀 없을지 몰라도 네 엄마 귀부인 만들어줄 능력 정도는 있는데.」

귀희는 그런 그를 잠깐 물끄러미 보았다.

「정말 엄마를 좋아하셨어요?」

헥터는 담배 연기를 내뱉으며 중얼거렸다. 거의 혼잣말하듯 했다.

「그러니까 자업자득이겠지. 너무 늦게 깨달아 버린 데 대한 벌이랄까. 웃기지만 난 결국 나라는 사실을 잠깐 잊고 있었던 거야.

왜 나란 인간은 그럴 마음이 없는 한 지구가 두 쪽 나도 그러지 않는다는 걸 잊고 있었는지.」

뭔가 두 남녀 사이의 비밀을 알게 된 것만 같아 귀희는 애매한 얼굴이 되었다. 그러자 헥터는 자신이 너무 많은 것을 이야기했다는 사실을 깨달았는지 멋쩍게 웃었다. 그리고 괜스레 그녀의 머리를 아프지 않게 통 쳤다.

「이 녀석, 발랑 까져서는. 생각하는 그런 거 아니야.」

「제가 무슨 생각을 했는데요.」

「내가 지금 생각하는 걸 생각했겠지.」

「그럼 아저씨가 발랑 까지신 거예요?」

「이 녀석이…….」

헥터는 고개를 절레절레 내젓고 일어섰다.

「됐다. 더 하면 네 엄마 화낸다.」

헥터는 '먼저 들어가마' 라고 말하더니 뒤돌아갔다. 귀희는 그를 보내고도 한참 동안 말없이 넘실대는 바다를 응시하고 있었다.

『궁금한 게 있어요.』

이내 귀희는 돌아보지 않고 말문을 텄다.

『그래.』

어느새 기척도 없이 다가와 있던 남자는 바로 대답해 왔다.

『내가 여신의 후예인지 뭔지 하는 건 알겠어요.』

더는 그것이 자신의 이야기임을 기피하지 않았다.

『하지만 그래도 인간이라는 거잖아요? 근데 날 이렇게 찾아야 할 정도로 특별한 게 있어요? 불사가 있다고 믿었던 거라면 결국은 없다는 의미인데?』

그래, 어쨌거나 자신은 인간일 뿐이라고 하지 않았던가.

뒤돌아보자, 키츠카는 헥터처럼 정장을 입고 있었다. 잔잔한 바닷바람이 상의의 깃과 말끔하게 쓸어 올린 머리를 스쳐 갔다.

『모이라이에 반(反)해 네가 살길 바라는 사람들이 있어.』

그 또한 더는 '그 아이' 라는 3인칭을 사용하지 않았다.

『무언가를 위해서가 아니라, 살기 위해서 살기를.』

살기 위해서 살기를…….

귀희는 자신이 앉아 있는 탓에 유독 시선이 높은 곳에 있는 그를 훑어보았다. 그 색 탓인지 여전히 그는 그녀를 구해주기 위해 백마를 타고 나타난 영웅이라기보다 이 모든 절망을 몰고 온 지옥의 사자 같아 보였다.

『당신도 그중 한 명인가요?』

『난 널 최초로 발견한 사람에게서 부탁받은 사람이다.』

『그, 한 씨 부부란 사람들은요?』

기억도 나지 않아 부모라고 부를 수는 없었다.

『난 널 인간으로 키워줄 수 없었으니까.』

아, 그래. 그는 인간이 아니었지.

모르는 사실도 아니었는데 왜 일순 움찔하게 되는지. 아마 그가 너무나 인간처럼 보이기 때문이리라. 절대 인간이라고 할 수 없는 능력을 보고 난 후에도.

『그럼 절 가장 먼저 발견했다던 그 사람은 누군가요? 그는 어디 있죠?』

『널 가장 먼저 발견한 여자는…….』

여자…….

『아비게일 델 라 크루즈.』

바람에 이끌려 천천히 고개가 돌아갔다.

아비게일……. 그 이름은…….

『성자에게 살해당한 암브로시아지.』

귀희는 눈을 크게 떴다. 하지만 그는 그런 이야기를 한 사람이나 맞는지 태연히 이야기를 이었다.

『세계 각지에서 태어나는 암브로시아를 찾아내는 임무는 대개 같은 암브로시아의 몫이지. 어느 정도 거리가 가까워지면 존재를 느낄 수 있으니까. 아비게일은 작은 마을의 농가에서 널 발견했어. 그리고 수도로 데려왔지. 일반적으로 암브로시아는 열 살은 되어야 발견되지만, 넌 이례적이었지. 젖먹이였으니까. 어쩔 수 없이 발견자였던 아비게일이 널 돌보게 되었고…….』

아직도 조직의 어른들 사이에서만 살다가 거의 난생처음 어린아이를 맞대하게 된 아비게일이 우왕좌왕하던 모습이 기억났다.

"D, 이 손 좀 봐. 어쩌면 이렇게 조그마할 수가 있지? 너무 작아. 발도……. 이런 발로 설 수나 있을까?"

그때 그는 뭐라고 답했는지…… 기억나지 않았다. 하지만 아마 그다지 귀엽지 않은 말을 했으리라. 그녀가 그를 흘겨보며 말했었다.

"이 아이도 엄연한 암브로시아야. 작건 크건 뱀파이어들은 이 아

이도 어쨌든 불사를 가지고 있을 거라고 생각한 걸 거야. 불쌍하게
도……. 적어도 유년 시절 정도는 '인간'으로 살 수도 있었을 텐
데."

『난 우연히 그 곁에 있었어.』

우연……. 과연 그것뿐이었을까? 그런 의문이 불쑥 샘솟는 것
은 불가항력이었으리라.

『그리고 그 한 달 뒤에 아비게일은 성자에게 살해당했다. 시신
조차, 돌아오지 않았지.』

그의 어조는 담담했고, 눈빛은 고요했다. 하지만 귀희는 말 중
간의 찰나적인 침묵에서 그의 마음을 엿본 것도 같았다. 결코 드
러내고 싶지 않아 하는 비밀을.

귀희는 여전히 잔잔한 바다를 돌아보았다.

그러고 보면 참 멀리도 왔다. 살해당한 친부모에서 같은 암브
로시아였던 여자에게로, 자신을 인간으로 키워주기 위한 역할이
었던 한 씨 부부에게로, 그리고 변수로 맡게 되었던 기순까
지……. 자신은 모르는 새에 이 까마득하리만치 넓은 대양을 건
너고, 또 대양을 건너고, 그렇게 이 세계의 끝과 같은 곳까지 다다
랐다.

『그런 무서운 곳으로 내가 가야 하는 건가요?』

물으면서도, 어느 정도 대답은 예상하고 있었다. 단순히 이
모든 사실을 알려주기 위해 그가 이곳까지 왔을 리는 없을 테니
까.

『가지 않아도 돼. 하지만 넌 끊임없이 쫓기게 될 거야. 성자만

이 아니라 다른 뱀파이어에게도. 그들은 불사를 얻기 전까진 결코 포기하지 않을 테니까.』

귀희는 빤히 그를 보았다.

그는 말을 다정하게 하는 편은 아니었다. 그냥 '이상한 손님'이었을 때도. 그것이 야속했는데, 가만히 보니 그것은 선생님의 따끔한 질책과 같았다. 그에게도 그만한 애정이 있는지는 모르겠으나, 정신을 일깨우는 말로 가야 할 길을 제시해 주는 그런 것이었다.

아마 그 순간 학생에게 가장 최선인 길을…….

눈을 감아보았다. 어두운 길 끝에 희미하게 비치는 빛이 보였다. 기실 그것은 감은 눈꺼풀 너머로 스며드는 어렴풋한 햇빛이었으나, 그녀는 믿고 싶었다. 아무리 어두운 밤길이라도 그 끝에 아침은 오리라고.

가보지 않는다면 영영 모르리라. 사방에 침잠한 밤에 압도되어 아침을 향해 가지 않는다면.

귀희는 눈을 떴다. 그리고 수평선 너머로 끝없이 몸을 출렁대며 흘러가고 있는 바다를 응시했다.

그래, 가보자. 어차피 호기심의 노예인 그녀는 궁금해서라도 견딜 수 없을 테니까.

유골함을 옆에 내려놓고 일어나 탁탁, 치마를 털었다. 그리고 주머니에 손을 넣어 무언가를 꺼내 들었다. 차르륵……. 건드릴 때마다 풍경처럼 요란스러운 소리를 내는 것, 햇빛에 반짝거리는 나자르 본죽 묶음이 흔들렸다. 그녀는 그것을 미련 없이 던졌다. 허공을 날아간 나자르 본죽은 순식간에 푸른 바다 속으로 침몰해

사라졌다.

『왜 버리는 거지?』

『행운의 부적 따위에 기대는 게 얼마나 허무한 일인지 깨달았 거든요. 고작 유리구슬일 뿐인 걸 알면서도 나 은근히 믿고 있었 나 봐요. 진짜 악운을 막아줄 거라고. 그러니까 안 되는 거였어 요. 저런 막연한 걸 믿고 있으니까 왜 날 지켜주지 않느냐고 괜히 남 탓만 하고 있었죠.』

그를 돌아보고 희미하게 웃었다.

『결국 날 지켜준 건 저런 부적 따위가 아니라, 잘은 모르지만 정말 실제로 어떤 힘을 가진 키츠카 씨의 보석이었잖아요?』

그 목걸이는 이미 돌려주었다. 아버지의 유품이라고만 생각해 왔던 보석이 실은 그의 것이었으니까. 며칠 전 헥터가 이야기해 주었다. 일순 헉 소리를 터뜨렸던 가치 또한.

그런 것을 그냥 덜렁 매고 다닌 자신에게 아찔함이 느껴지기도 했거니와, 원래 주인이 나타난 이상 계속 자신이 가지고 있을 수 는 없었다. 덕분에 20년간 이번 같은 일을 겪지 않고 살 수 있었 다지만, 어차피 진짜 아버지가 준 것도 아니니까.

『원망하지 않나?』

무엇에 대해서인지 물을 필요도 없었다.

『원망했으면 좋겠어요? 나, 어리고 멍청하지만, 적어도 그랬지 만, 그런 궤변에 넘어갈 정도는 아니에요. 날 미끼로 쓴 건 좀 화 나는데, 그게 최선책이기 때문에 키츠카 씨가 그랬을 거라고 믿 어요.』

『믿지 마. 너 자신 외엔 아무도 믿지 않는 게 좋아.』

『충고인가요?』

『경고야.』

『그럼 묻죠. 키츠카 씨는 저희 엄마를 죽이려고 의도했던 거예요?』

말 없는 그를 보며 귀희는 웃고 말았다. 자신을 변호하는 법에는 조금 서툰 남자구나.

『그런 게 아니라면 오해하게 하지 말아줘요. 지금은 안 그래도 좀…… 혼란스럽거든요.』

낮게 한숨을 내쉰 귀희는 유골함의 옆에 쭈그리고 앉아 그것을 조심히 쓸었다.

『엄마도 같이 가줄 거죠?』

귀희는 저 끝까지 이어지고 있는 방파제를 바라보았다. 화사한 햇빛이 버진로드처럼 희게 뻗은 방파제를 장식하고, 그녀가 언제나 모험을 꿈꾸는 눈으로 바라보았던 대양을 건너 불어오는 바람은 뭉근했다.

가보자. 저항할 수 없는 힘이라고 해서 그녀를 고통스럽게 하지만은 않으리라 믿고…….

푸르게 높은 창공, 하얗게 부서지는 파도, 무지갯빛 물비늘이 넘실대는 바다, 창연한 바람……. 내뻗은 길을 의연히 나아가는 소녀의 뒤로 파수꾼처럼 따르는 남자의 등에 카리브해의 물빛이 작별을 고하며 손짓했다.

「그러니까…….」

귀희는 방금 들은 말을 곰곰이 곱씹었다.

「저 같은 여자들이 몇 명 더 있고, 그 암브로시아들을 지키는 단체가 있다는 거죠? 그리고 두 분은 그 조직에서 파견되었고요?」

운전 중인 헥터는 '그래' 하고 고개를 끄덕였다.

「특히 난 3년 전에 주변 인물로 위장해 은밀히 널 보호하라는 명령을 받았지. 적당한 시기가 올 때까지.」

헥터 피셔맨, 술을 좋아하고 바람둥이 기질이 있는 호탕한 바다 사나이는 그가 만들어낸 가상 인물이었다. 물론 일부러 그리 정한 것 같다고 웃었던 성 피셔맨도. 제 나름대로 해학적인 유머였다고 하는 데는 할 말이 없어지고 말았다.

뭐, 그런 걸 보면 성격 자체는 그다지 달라 보이지 않았지만, 본명은 헥터 뵘(Böhm). 저도 모르게 '폭탄(붐:Boom)이요?' 하고 되물었다가 꿀밤을 한 대 얼어맞고 말았다.

귀희는 조수석에 묵묵히 앉은 키츠카를 흘긋 돌아보았다.

「그 적당한 시기란 키츠카 씨가 깨어날 때까지였고요?」

「그래.」

곧 헥터는 묻지도 않은 것까지 줄줄이 털어놓기 시작했다.

「하필이면 20년 만에 다시 널 찾아낸 날 성자와 마주치는 바람에……. 둘이 정말 사생결단을 내려고 붙은 끝에 양쪽 모두 쫙 뻗어버렸지. 하여간 상처 한 번 나는 꼴을 못 봤던 이 녀석을 녹다운시킨 성자 그놈도 그놈이지만, 그 징그러운 놈을 그렇게 때려 눕힐 수 있는 괴물은 진짜 이 녀석밖에 없을 거야. 그것도 그놈이 동족과 떼거리로 덤벼서 그렇지, 일대일이었으면 이미 목이 날아가고도 남았지.」

잠든 줄 알았던 키츠카가 눈을 떴다.

「쓸데없는 이야기는 그만두십시오.」

「어라, 이게 왜 쓸데없는 이야기인가? 한 100배쯤 부풀려도 부족한 무용담이구만. '정신감응'이란 심란한 능력을 가진 탓에 전례 없이 천 년이나 살아남은 녀석을 늘씬하게 두들겨 패준 유일한 헌터가 자네니까 좀 자부심을 가져 보라고. 아무튼 크, 그때 정말 난리도 아니었는데. 성자의 심장을 얻었다고 사방은 잔치 분위기에, 그 탄력을 받아 확 쓸어버려야 한다고 특별전담반이 전 세계로 파견되었잖아. 자네가 잠드는 바람에 결국 성자의 몸을 발견하지 못한 게 좀 아쉽긴 했지만, 다들 사기에 넘쳐서 그땐 뱀파이어들도 웬만하면 숨죽이고 있을 정도였으니까.」

그 말은 듣는 둥 마는 둥, 키츠카는 차가 멈추자마자 차 문을 열고 나갔다. 헥터는 개의치 않고 트렁크로 짐을 가지러 갈 때까지도 떠들어댔다.

「20년 전에 널 잃고 조직은 거의 제정신이 아니었어. 뱀파이어를 불러들이는 위험을 무릅쓰고 다른 암브로시아들까지 동원해 세계 각지를 뒤졌지만 발견하지 못했으니까.」

헥터가 트렁크에서 꺼내준 배낭이 턱, 품에 안겼다. 귀희는 쿨하게 제 몫의 백팩 하나만 꺼내 들고 가는 키츠카의 뒷모습을 보고 있느라 얼떨결에 받아 들었다.

「결국은 죽었다는 결론에 도달할 수밖에 없었지. 솔직히 말해 조직은 널 포기했었어. 너도 중요하긴 했지만 살아 있는 암브로시아들을 보호하는 게 더 급선무였으니까, 언제까지고 인력을 밖으로 돌릴 수 없었거든.」

그때, 공항의 입구 앞에 상주하고 있다시피 한 택시 기사들이 몰려들어 '택시?' 하고 앞다퉈 외쳐 댔다. 수도 아바나조차 처음 와본 촌뜨기인 귀희는 당황해 쳐다보기만 했다. 그러자 헥터가 파리 내쫓듯 휘휘 택시 기사들을 내쫓고 귀희를 보호하며 입구로 다가갔다.

「그런데 키츠카만은 포기하지 않았지.」

정신없이 둘러보고 있던 귀희는 '네?' 하고 헥터를 돌아보았다.

「말려도 마이동풍이었어. 한국에서 일본, 중국, 베트남, 태국……. 아시아권에서 발견되지 않자 유럽과 중동도 전부 뒤졌어. 그러다 아프리카까지 내려갔고, 또 아시아권으로 돌아갔어. 우연히 쿠바에 살고 있는 널 한 조직원이 찾아낼 때까지…….」

그녀를 돌아보는 헥터의 미소가 씁쓸했다.

「오로지 널 찾겠다는 의지로 지내온 녀석을 너무 미워하진 마.」

다른 때였다면 미워하지 않는다고 대답했을 것이다. 그리고 미워하지 않는 것도 사실이었다. 좋아하는지, 싫어하는지, 일이 이렇게 되어버린 지금 확신할 수 없었지만 적어도 미워하지는 않았다. 그럼에도 대답하지 않은 이유는 아마……

이미 이 세상에 없는 어떤 여자 때문이었을 것이다.

아비게일 델 라 크루즈.

키츠카는 그녀를 사랑했거나, 그게 아니었더라도 동료 이상의 감정을 가지고 있었던 것만은 분명했다. 그녀로 착각당했을 때 당한 일을 떠올려 보면. 게다가 그녀에게 부탁받아 아무 관계도 없는 자신을 돌봐주었고 계속 찾아다녔다면…… 그것은 결코 귀희 그 자신을 위한 일일 수 없었다. 아마 아비게일 그녀를 위해.

사랑하는 여인의 부탁을 어떤 일이 있더라도 지켜야 했기 때문에.

「그만 떠드시죠.」

막 다가가자 키츠카는 귀희에게서 배낭을 빼앗다시피 해 타악! 카트 위에 내려놓았다.

「무슨 소리 했는지도 모르면서? 네 청력만큼은 평범한 걸 알고 있는 나한테 사기 칠 생각은 마시지.」

「듣지 못했어도 분위기란 게 있습니다.」

「저기, 근데…….」

귀희는 주목을 요하며 손을 들었다. 두 남자는 동시에 그녀를 돌아보았다. 헥터는 그렇다손 치더라도 전혀 그런 이미지가 아닌 키츠카까지 슬랩스틱 코미디를 하듯이 말이다.

『저 여권이 없는데요. 어떻게 출국해요?』

그녀도 방금 여권을 들고 지나가는 여행자를 보고야 깨달은 사실이었다. 그런데 키츠카는 바로 재킷의 안주머니에서 여권을 꺼내 건네주었다.

『이거 설마…… 위조예요?』

혹시 몰라 한국어를 쓰고 있음에도 귀희는 누가 들을까 싶어 최대한 목소리를 낮췄다.

『아니, 합법적인 네 여권이다.』

귀희는 여권을 펴보았다. 도대체 언제 공수했는지 자신의 증명 사진이 보이고…….

일순 그녀의 눈가가 꿈틀거렸다.

귀희는 번뜩 고개를 들었다. 키츠카는 '뭐 문제라도?' 하고 문 듯이 무표정하게 그녀를 보고 있었다.

『내 이름이 왜 이래요?』

홱 앞에 들이민 여권을 키츠카는 태연히 가져가 접수대의 공항 직원에게 내밀었다.

『네 본명이야.』

『아비게일 바우어…… 가 제 본명이라고요?』

Abigail Bauer. 분명 제 사진 옆에 똑똑히 적혀 있는 낯선 이름은 그것이었다.

『바우어 가의 양녀니까.』

성이야 아무래도 좋았다. 문제는 너무나 익숙한 그 이름이었다.

『이거 혹시 제가 아는 그 이름에서 따온 이름은 아니겠죠?』

『왜 아닐 거라고 생각하지? 아비게일은 널 구해준 사람이야.』

귀희는 무언가 발작적으로 말하려다 꾹 입을 다물었다. 그 심상치 않은 분위기를 읽었는지 공항 직원이 무슨 문제가 있느냐고 물었고, 헥터가 바로 사람 좋은 미소를 지으며 말을 걸어 직원의 주의를 돌렸다.

『제 이름은 백귀희예요. 행여나 그런 이름으로 부를 생각 따윈 하지도 말아요.』

거북했다. 그따위 이름으로 불린다는 것이 미치도록 거북했다. 그가 사랑했던 여자의 이름을 따서 붙인 이름 따위…….

귀희는 차갑게 내뱉고 가버렸다. 키츠카도 말을 걸지 않았다.

그동안 사람들이 웅성이며 맴도는 면세점 거리를 지나, 게이트를 지나고, 비행기로 통하는 에어웨이 위로 들어섰다.

그런데 에어웨이를 중간쯤 왔을 때, 불현듯 귀희는 멈춰 섰다.

제법 긴 길을 오는 동안 자신이 왜 이토록 불쾌해하는지 생각해 보았다. 하지만 해답은 나오지 않았다. 기순이 지어주지 않은 이름을 본명이라고 했다 쳐도 어차피 호적상의 이름일 뿐이고, 고작 그런 것으로 까칠하게 굴 만큼 모난 성격도 아니었다. 그렇다면 대체 왜…….

「오징어.」

깨달음은 벼락같았다. 귀희는 탄성처럼 중얼거렸다. 그리고 뒤돌아보자 '응? 오징어?' 하고 되묻는 헥터가 보이고, 그 앞에 키츠카가 감정을 알 수 없는 얼굴로 멈춰 서 있었다.

『나, 키츠카 씨를 좋아하게 된 것 같아요.』

첫사랑이었다.

그가 인간이 아니라든가 하는 것까지는 생각해 보지 않았다. 애초에 그렇게 섬세한 성격이 되지 못했고, 생각을 깊게 하는 편도 아니었다. 이 순간 깨달은 감정을 숨기지 못하고 솔직하게 털어놓고 말 정도로.

그와 뭘 하고 싶다거나 뭘 어떻게 하고 싶다는 그런 것도 아니었다. 적어도 아직은. 다만 생각해 보면…… 처음 만난 날 그가 묘한 공기를 뿜으며 그녀를 응시하고 있음을 깨달았을 때, 이미 제 본능은 알고 있었다.

이것이다, 라고.

그렇지 않다면 시간만 나면 그에게 가고 싶고, 길을 걷다가도 그가 보고 싶고, 조금 수상한 여행자였던 그가 그토록 궁금했던 이유를 어떻게 설명할 수 있을까?

그래, 왜 여태 자신이 첫사랑조차 하지 못했는지 이제야 알 수 있었다. 어떤 남자도 만족스럽지 않았다. 그들은 모두 남자이기 전에 오징어로 보일 뿐이었으니까. 그런데 어느 날, 하늘에서 뚝 떨어지듯이 이 남자가 나타났던 것이다.

선명한 눈동자, 비정하게 아름다운 붉은 머리칼, 치명적으로 다른 공기…….

이것을 기다려 왔다. 감정을 깨닫자마자 제 본능의 선택에 전율이 일도록 하는 이 남자를.

스스로도 인식하지 못하는 새 희미한 열락이 번지기 시작한 눈에, 갑작스러운 고백에도 일체의 반응이 없는 남자가 비쳤다.

가지고 싶어. 내 것이었으면 해.

더없이 뜨거운 감각이 몰아쳤지만, 전혀 놀랍지 않았다. 도리어 강렬한 목적의식이 서서히 형체를 갖춰갈수록 내부에 잠들어 있던 세포들이 생생하게 살아났다. 전신에 눈부신 생명력의 새싹이 돋아났다. 자신의 몸이 햇빛을 받은 식물이 된 것 같은, 묘하고도 근사한 감각이었다.

『일단 그렇다고 말해둘게요.』

당돌하게 말한 귀희는 먼저 몸을 돌려 갔다. 그때까지도 자신의 선택을 후회하지 않았다. 아니, 오히려 그것은 그녀가 살면서 행한 일 중에 가장 올바르게 느껴지는 일이었다. 단지 한국어를 모르는 헥터가 '어이? 안 가고 뭐 해?' 하고 의아해하며 물었을 때에야 조용히 따라오는 그의 반응이 부정적이지 않은 것이기만

빌 뿐이었다.

승무원의 도움으로 찾은 자리는 일등석의 창가였다. 하지만 귀회는 일등석과 그 이하의 구별을 알 리 만무했으므로, 그녀가 탄 일등석이 표준적인 좌석이라 착각하고 '세상이 진짜 좋구나' 하고 감탄했을 따름이었다. 그에 이것저것 들춰보고 있는데, 뒤이어 온 헥터가 앞자리에 앉았다. 흘긋 돌아보니, 키츠카는 반대쪽 자리에 앉고 있었다. 물론 고백까지 한 마당에 그가 바로 곁에 와주기를 바라지는 않았지만, 일부러 멀리 앉은 듯해 조금 야속했다.

그때, 짐을 머리 위의 캐비닛에 넣고 막 자리를 잡고 앉은 헥터가 뒤를 돌아보았다.

「근데 아까 키츠카한테 뭐라고 한 거야?」

탁 말문이 막혔다. 그가 보는데도 개의치 않고 당차게 이야기한 것까지는 좋았는데, 이리 질문을 받으니 볼이 화끈 붉어졌다. 이제야 제가 한 짓이 부끄러워지기 시작했다.

「그…… 그게…….」

「뭐라고 했는데 저 녀석이 완전히 굳어버린 거야? 오징어가 어쨌는데?」

그도 그렇거니와, 헥터는 아까 찰나적으로 보았던 귀회의 모습이 신경 쓰였다. 마냥 어린 소녀 같기만 하던 얼굴에 선연히 떠오르는 '여자'의 표정……. 아닐 거라고 생각은 하지만, 사랑을 고백하는 수줍은 소녀 같으면서도 남자를 유혹하는 여자 같은 표정이 일순 거북해질 만큼 제가 알아오던 딸 같은 아이가 아니었다. 뭐랄까, 순간 오싹할 정도였으니까.

반면 귀희는 굳었다…… 는 기색은 느끼지 못했지만, 저보다 키츠카를 오래 알아온 그이니 틀린 말은 아닐 거라고 생각했다. 귀희는 그 반응을 부정적으로 해석하지 않으려고 애쓰며 더듬더듬 털어놓았다.

「그러니까 제가…… 키, 키츠카 씨를 좋아하게 됐다고…….」

「뭐엇!?」

흠칫한 귀희는 고개를 움츠렸다. 그 소리에 이쪽을 돌아보는 키츠카의 시선이 느껴졌기 때문이다. 벌떡 박차고 일어났던 헥터는 분연히 자리에 앉았다.

「지금 그러니까…… 정말 그렇다고 생각해?」

귀희는 힘겹게 고개를 끄덕였다.

「그를 미워하지 말라고 했지, 사랑하라고는 하지 않았어.」

「그건 저도 어쩔 수 없는…….」

「안 돼.」

그 어조가 그답지 않게 사뭇 엄해, 귀희는 의아한 시선을 들었다.

「키츠카는 안 돼.」

「어, 어째서요?」

「녀석은 인간이 아니야.」

「그건 저도 알아요. 하지만 인간이니 아니니…… 전 잘 모르겠어요. 그냥 제 감정을 인정했을 뿐이에요. 당장 뭘 어쩌겠다는 이야기도 아니고…….」

「단순히 인간이 아닌 것만이 아니야.」

「네?」

「우리는 인간을 '인류'라고 부르는 것에 상대해서 '이류'라고 불려. 개중엔 나처럼 인간들도 있지만, 뱀파이어, 늑대인간 같은 수인(獸人:동물인간), 마녀……. 그중에서도 키츠카는 '에키드나(Echidna)'라고 불리는 종(種)인데…….」

동물처럼 종이니 뭐니 하는 것은 그렇다손 치더라도, 귀희는 그때까지도 그것이 얼마나 심각한 이야기인지 알지 못했다.

「에키드나는 마녀다.」

「예? 마녀요? 하지만 키츠카 씨는 남자…….」

귀희는 저편에 홀로 앉은 키츠카를 훔쳐보았다. 창밖을 응시하고 있는 그는, 어딜 보로나 '인간'이었고 '남자'였다. 설사 모종의 의미로 남자인 그가 마녀로 불린다고 해도 막연히 상상해 온 못된 마녀처럼은 도저히 보이지 않았다.

「마녀 종에도 남자는 있으니까. 마녀라고 불리지 않을 뿐이지. 그래서 편의상 마녀 종의 남자들은 마법사라고도 불리지만……. 그건 둘째치고, 다른 마녀 종의 남자라면 괜찮아. 하지만 에키드나는 안 돼.」

「어째서요?」

헥터는 씁쓸히 웃었다.

「'에키드나'란 이름을 듣고도 어째서냐고 되묻는 사람을 얼마만에 보는지 모르겠구나. 그건 우리 이류의 세계에서도 가장 불길한 이름 중 하나야. 에키드나는, 특히 에키드나의 남자는…….」

시선의 끝에 창밖에서 스며드는 햇빛에 비춘 남자의 얼굴이 어느 때보다 맑고 순결해 보였다.

「이브를 유혹해 금단의 열매에 손대게 함으로써 낙원에서 쫓겨

나게 만든 사악한 뱀, ‘나하쉬(Nahash)’의 후손이니까.」
 번뜩 고개가 헥터를 향해 돌아갔다.
 진지한 눈. 어쩌면 경멸이 섞였다고도 할 수 있는…….

 “‘뱀(에키드나는 그리스어로 ‘뱀’을 뜻한다.)’을 조심해.”

 귓가에 사악한 악당의 웃음소리가 울리는 것만 같았다.

『나하쉬』 2권에 계속…